1

# Dédicace

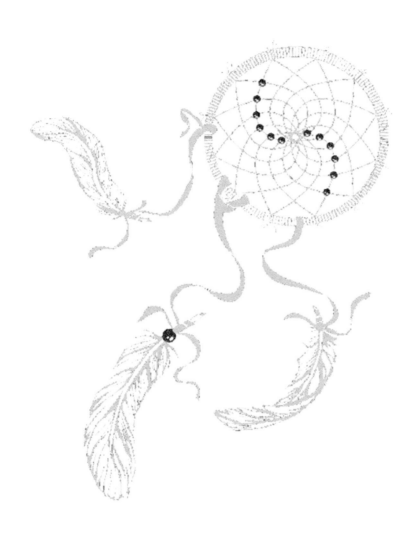

# Love in DREAM

## ABBY SOFFER

http://abby-soffer.fr/

E-mail : abby.soffer@gmail.com

© 2017, Abby Soffer.

© 2024, pour la présente édition.

Illustration : ©Sweet Contours

Maquette : MD Design

Ce livre est une œuvre de fiction. Les noms, les personnages, les lieux et les événements sont le fruit de l'imagination de l'auteur ou utilisés fictivement, et toute ressemblance avec des personnes réelles, vivantes ou mortes, des établissements d'affaires, des évènements ou des lieux ne serait que pure coïncidence.

*Ce n'est pas dans l'allégresse que l'on mesure son courage,*
*mais dans notre capacité à se relever dans l'adversité.*

*Il n'y a pas plus sûr moyen pour apprécier le meilleur que de*
*devoir se confronter au pire.*

*Pour toutes celles qui se battent au quotidien, pour forcer le destin à prendre la direction qu'elles veulent. Avancer coûte que coûte et ne jamais renoncer.*

## Note de l'auteur

L'histoire de Logan et Meghan s'étale sur plusieurs années. En l'écrivant, il m'est apparu nécessaire de vous donner des éléments de leurs passés respectifs. Aussi, pour ne pas perdre le fil, lisez toujours les intitulés, cela vous aidera.

# *Prologue*

## Meghan

En lisant l'affiche aussi décrépite que le bâtiment, une vague de désespoir me brûle la poitrine : « FERMETURE DÉFINITIVE ».

Le nœud coulant autour de ma gorge se referme d'un seul coup. Je tente de réguler mon souffle et ferme mes paupières pour retenir mes larmes. Je savais que c'était une mauvaise idée, que je n'aurais pas dû espérer, mais une fois encore je n'ai pas pu m'en empêcher.

— Merde ! murmuré-je en étouffant un sanglot.

Je serre les poings, tentant vainement de contenir la douleur violente qui explose dans ma poitrine.

Elle est vraiment partie. Mon amie est morte. Ma sœur, ma seule famille, a disparu. Elle s'est évaporée comme toutes les personnes qui comptaient pour moi. Elle aussi a fini par m'abandonner. Je porte la guigne, je ne sais pas pourquoi, j'essaie encore. Je ne sème que la malchance et la désolation, je devrais le savoir depuis le temps.

De colère, je tambourine à la porte déglinguée du vieux refuge. Malgré son piteux état, elle tremble sous les coups, mais ne cède pas. Je reste ainsi à bout de souffle, me fustigeant intérieurement contre ce fol espoir plus douloureux encore que la vérité.

Les « si » et les « peut-être » sont les pires impostures que l'être humain ait inventées pour se faire du mal. L'espoir ! Vaste connerie !

Épuisée, accablée par la dure réalité, je descends laborieusement la petite colline sur laquelle est nichée la bâtisse.

Les images des temps anciens me reviennent. C'est étrange comme ce lieu, laissé à l'abandon depuis des années, réveille ma mémoire. Je nous revois encore, Jadde, Sofia et moi, échevelées et assoiffées, rassembler nos dernières forces pour rejoindre le bâtiment éclairé. Le souvenir du réconfort d'un chocolat chaud et des deux grands verres d'eau me tire un sourire.

Malheureusement, tout ceci appartient au passé. Je sais qu'il n'y aura pas de rédemption pour moi, pas d'intervention miraculeuse cette fois.

Je sors le portable du sac, accroché au dossier de mon fauteuil, et tente de lancer un appel. Sauf que, bien sûr, avec ma poisse habituelle, je dois être dans la seule partie du monde où je n'ai pas de réseau ! Bordel ! Comment peut-on avoir une guigne pareille ?

Je hurle, passant du désespoir à la colère. Pour une fois, le crétin qui tire les ficelles ne pourrait-il pas me simplifier la tâche ? Une seule fois ! Ce n'est pas si difficile !

Arrivée en bas de la colline, je dois reprendre mon souffle. Le terrain affreusement accidenté est un véritable enfer pour mes bras. Je masse machinalement mes épaules en retenant un gémissement. Si seulement mon cœur arrivait à ralentir un peu, je n'aurais pas l'impression d'avoir un tamtam dans les tempes. Bon sang, mais quelle idiote ! Si seulement j'avais mis ma saleté de fierté de côté et avais demandé au taxi de m'attendre !

IDIOTE ! IDIOTE ! IDIOTE ! Je ne suis qu'une imbécile. Maintenant il va me falloir rejoindre le premier village qui est au moins à dix kilomètres. Avec ce con de fauteuil, j'en ai au moins pour deux heures !

Après une demi-heure de pure torture, j'atteins enfin la route. Désireuse de mettre le plus de distance possible entre mes espoirs ridicules et moi, je résiste au besoin de faire déjà une pause et m'engage sur la voie goudronnée. Sillonner les vieilles routes de campagne est loin d'être le Nirvana de la roulette, mais c'est toujours mieux que les pierres grosses comme le poing.

Je roule depuis près de dix minutes sans croiser âme qui vive quand une voiture s'arrête à ma hauteur. Un frisson me parcourt l'échine. Ma vulnérabilité est évidente et je déteste cette position de faiblesse.

— Je peux vous aider ? m'interpelle une voix chaude.

Je tourne la tête dans sa direction, m'attendant à voir de la pitié, devenue si coutumière dans le regard de mes interlocuteurs. Pourtant, je suis surprise de n'y rencontrer que de la sincérité, sans la moindre trace de jugement.

C'est un homme d'une quarantaine d'années, aux cheveux grisonnants, qui me regarde avec une pointe d'amusement, probablement à cause de mon air débraillé. Mon premier réflexe serait de refuser, mais la perspective des heures d'effort à venir fait taire mon trop-plein de fierté et de prudence.

— Je dois avouer que je ne serais pas contre un petit coup de main, me contenté-je de répondre.

— Où avez-vous l'intention d'aller ?

— Je voulais rejoindre le premier village pour commander un taxi.

Bien sûr, il n'a pas besoin de savoir que je dispose d'un portable, même si celui-ci est pour l'instant inutilisable… On n'est jamais trop prudent. Il opine, sans montrer le moindre signe de surprise, et se gare sur le bas-côté. Il me rejoint en quelques enjambées.

— Vous avez besoin d'aide pour entrer dans la voiture ? demande-t-il en récupérant mon sac à dos.

Je regarde le quatre-quatre, beaucoup trop haut pour que je puisse m'y installer seule. J'acquiesce, gênée. Il fait mine de ne rien remarquer et pousse le fauteuil pour le placer à côté de la porte passager, qu'il a préalablement ouverte. De là, il baisse l'accoudoir avec une dextérité assez déroutante et passe une main sous mes jambes et la seconde dans mon dos. Il me soulève aussi aisément que si je ne pesais presque rien et m'installe dans le véhicule, sans rien laisser paraître.

Étrangement, ses gestes et son attitude ne me mettent pas vraiment mal à l'aise et quand il a fini de replier le fauteuil, il fait le tour du véhicule et s'installe à mes côtés, comme si tout était parfaitement normal.

Il ne pose aucune question sur ma présence ici, perdue au milieu de nulle part, et son absence de curiosité me permet de me détendre.

Alors que nous roulons depuis quelques minutes, il rompt le silence en m'affirmant l'air de rien :

— Vous avez eu de la chance que je sois passé par ici, la route n'est pas très fréquentée.

Plutôt soucieuse qu'il ne s'attarde pas sur le sujet, je lui souris, un peu crispée. Il ne s'en formalise pas vraiment et continue :

— Sans vouloir me mêler de ce qui ne me regarde pas, faire venir un taxi jusqu'ici va vous coûter une petite fortune. La première station est au moins à cinquante kilomètres.

J'acquiesce, parfaitement consciente qu'il a raison. Comme je ne dis toujours rien, il tente une nouvelle approche :

— Où vouliez-vous qu'il vous conduise ?

Je me tourne dans sa direction, un peu surprise de son indiscrétion.

— Condatomagos, répliqué-je avec hésitation.

En réponse, il m'adresse un sourire éblouissant avant d'affirmer avec enthousiasme.

— Vous êtes chanceuse, je dois m'y rendre aussi. Si vous le souhaitez, nous pourrions faire la route ensemble. Enfin dans la mesure où vous n'êtes pas trop pressée.

— Pas vraiment, dis-je en haussant les épaules avec un certain scepticisme que j'ai du mal à masquer.

Il fait mine de ne pas l'entendre et continue sur le même ton :

— Super ! Alors je passe chez Georges pour récupérer quelques papiers et je vous descends, ça vous convient ?

— Je ne veux pas vous déranger, réponds-je, un peu gênée.

— Ne dites pas de sottises, rétorque-t-il en secouant la tête. Je suis content, le trajet sera plus agréable à deux.

Sans se départir de son sourire, il reporte son attention sur la route étroite et chaotique.

Le trajet se poursuit dans un silence confortable et je regarde le paysage défiler, en me disant que finalement, la journée ne sera peut-être pas aussi merdique que prévu.

Quand nous arrivons dans un petit corps de ferme, mon regard est immédiatement attiré par un homme d'une carrure impressionnante, en train de fendre du bois. C'est une force de la nature, aux cheveux gris, entre deux âges, mais dont le corps, de dos, n'a rien à envier aux jeunes gringalets qui font la une des magazines.

Il coupe les deux ou trois bûches qu'il vient d'installer avant de se tourner dans notre direction. Son air familier me prend par surprise et quand ses yeux argent croisent les miens, j'ai l'impression que mon expression reflète la sienne.

Il se détourne vers son ami qui sort déjà du véhicule et s'avance à sa rencontre. De mon côté, je continue à le dévisager, cherchant à le replacer dans son contexte, pendant que les deux hommes se serrent la main amicalement.

Je devrais probablement me sentir inquiète de me retrouver avec deux inconnus, dans une ferme reculée du Larzac. Mais aussi étrange que cela puisse paraître, ce n'est pas du tout le cas. Je suis même presque amusée de voir mon chauffeur et le propriétaire des lieux discuter avec animation. Au bout d'un moment, le plus âgé des deux me désigne du doigt et son ami hausse les épaules en me regardant.

Peu après, ils s'avancent dans ma direction avec un air interrogateur.

— Mademoiselle… ? Georges veut absolument m'offrir un café, avons-nous le temps d'en prendre un sur le pouce ?

Notre hôte, dont les traits sont plus marqués que je ne le supposais au premier abord, me regarde d'un air impassible. Une barbe couvre ses joues ridées, lui donnant un air bourru, même si cette vision austère est contrée par ses yeux pétillants d'intelligence et de jovialité.

— Euh…

Devant mon hésitation manifeste, il ajoute à l'attention de son ami :

— C'est ta faute, avec tes airs bourrus, tu lui fais peur !

— Je n'attendais pas de visite autre que la tienne, répond le vieil homme, sur un ton éraillé.

Il mâchonne son mégot coincé à la commissure de ses lèvres, grimace un sourire et m'adresse une révérence outrancière.

— Georges Durand, ancien tavernier et bûcheron à ses heures perdues, pour vous servir !

J'éclate de rire parce que je m'attendais à tout, sauf à une telle entrée en matière.

— Meghan Blanc, répliqué-je quand mes rires cessent enfin.

— Enchanté, jeune fille, réplique-t-il avec un immense sourire. Bon, maintenant que les présentations sont faites, un café, ça vous dit ?

Je regarde les deux hommes qui me dévisagent avec espoir et ne trouve aucune raison valable pour refuser leur proposition.

— Avec plaisir !

Georges frappe l'épaule de son ami et lui lance :

— Tu vois, je ne fais pas aussi peur que tu le prétends !

Les deux hommes plaisantent de nouveau pendant que mon chauffeur, dont je ne connais toujours pas le nom, rejoint le coffre pour sortir mon fauteuil. Sans me demander mon avis, il passe ses bras sous mes jambes et dans mon dos et m'installe sur mon véhicule. Georges, pas le moins du monde perturbé par la scène, s'avance déjà vers sa maison.

Le conducteur du quatre-quatre attend que le vieil homme soit hors de portée de voix et me murmure :

— Je suis désolé pour ce contretemps, mais il n'a pas beaucoup de visites et je n'ai pas eu le cœur de lui refuser un peu de mon temps.

J'opine et le rassure d'un sourire.

— Pas de soucis !

En réalité, cet élan amical spontané me touche. Il me distrait de la douleur ressentie, une heure plus tôt, devant la vieille bâtisse, vestige de mon enfance. Il n'y a qu'ici qu'on peut encore rencontrer de telles attitudes. Nulle part ailleurs on ne réserverait un tel accueil à un illustre inconnu, sans attendre autre chose que le plaisir de partager un bon moment.

Mon chauffeur me surprend encore en m'attendant patiemment, alors que je fais avancer ma prison roulante sur le chemin terreux. J'apprécie qu'il ne m'ait pas proposé de le pousser, je déteste que l'on me réduise à l'état de grabataire. Nous rejoignons donc le propriétaire, en quelques minutes, en suivant la pente douce qui mène à la maison.

En entrant dans la demeure, je suis surprise par l'intérieur pour le moins spartiate, mais étrangement adapté pour circuler en fauteuil.

À table, le vieil homme est déjà installé. Devant lui, une cafetière fumante, avec trois tasses. Il a même sorti de la fouace, ce qui me tire un nouveau sourire. Cela fait une éternité que je n'ai pas dégusté cette brioche sucrée parfumée à la fleur d'oranger, qui a bercé mon enfance. En plus d'être l'une des spécialités de mon Aveyron natal, cette petite merveille est surtout ma pâtisserie préférée. Je retiens avec difficulté la gourmande qui sommeille en moi, pour ne pas me jeter sur ce petit délice.

Une des chaises a été éloignée afin que je puisse m'approcher de la table sans difficulté. Je leur suis reconnaissante de ne rien laisser paraître de la gêne habituelle des personnes qui, pleines de bonnes intentions, en font toujours des caisses.

Si mon chauffeur s'est montré peu curieux, le vieil homme n'a pas du tout l'intention de laisser de côté les questions indiscrètes.

— Qu'est-ce qu'une aussi jolie fille peut bien faire dans un coin aussi reculé ?

J'hésite deux secondes avant de lui répondre, pas très sûre de ce que j'ai envie de lui dire. Comme je n'ai aucune véritable raison de mentir, j'opte pour la vérité, les yeux perdus dans le vague.

— Il y a une vingtaine d'années, mes amies et moi nous sommes perdues sur le Causse. Je m'étais toujours promis d'y retourner et comme je repars demain, j'ai décidé de faire une sorte de pèlerinage chez notre « sauveur ».

Je mime les guillemets, en reportant mon attention sur le vieil homme, dont le visage s'est soudainement illuminé.

— Je savais que je vous avais déjà vue quelque part !

Je fronce les sourcils, un peu surprise.

— C'était en mars 1991, si ma mémoire ne me fait pas défaut, affirme-t-il avec conviction.

Je dois le regarder avec des yeux écarquillés, parce qu'il continue, rayonnant :

— Je ne risque pas d'oublier la seule et unique fois où je me suis senti héroïque ! clame-t-il alors qu'une ombre furtive traverse ses traits.

Je comprends mieux pourquoi son visage m'était vaguement familier, même si les années n'ont pas été très clémentes avec lui. Maintenant que j'ai trouvé où chercher dans mes souvenirs, la ressemblance avec l'homme qui nous a sauvé la vie est évidente. Il me coupe dans mon examen en poursuivant avec amusement :

— C'est quand même incroyable ! Je n'ai pas entendu parler de cette histoire pendant des années et voilà qu'en l'espace de quelques semaines, je rencontre deux de mes petites rescapées.

— Pardon ? Qu'est-ce que vous venez de dire ?

Mon cœur se met à battre plus vite, alors que je le dévisage, pleine d'espoir. Se pourrait-il que... ?

— Vous avez vu l'une de nous ?

Il opine en fronçant les sourcils, surpris par ma vive réaction.

— Oui, une jolie brune, elle était accompagnée d'un type un peu taciturne, qui n'avait pas l'air ravi d'être là. Il ne la lâchait pas d'une semelle. Ils avaient l'air plutôt mordus, c'est en tout cas la réflexion que je me suis faite en surprenant leurs échanges silencieux.

— Quand les avez-vous vus ? demandé-je, soudain gagnée par une vague d'espoir.

Il semble réfléchir et me répond sans grande conviction :

— Il y a quatre ou cinq semaines.

— Vous ne pouvez pas être plus précis ? dis-je avec une pointe d'impatience.

Il hausse les épaules et se lève. Je ne comprends pas tout de suite ce qu'il fait. Il quitte la pièce pour revenir avec un calendrier.

— Alors, marmonne-t-il pour lui-même, le quinze j'avais la sortie avec les vieux croulants du coin. C'était avant… le huit, je crois que j'avais rendez-vous avec l'architecte. C'était deux ou trois jours après que nous nous soyons vus, Joff. Tu ne te souviens pas de la date ? demande-t-il à mon chauffeur, qui me regarde d'un air incrédule.

— Attends, dit-il en se reprenant enfin. Je suis venu chercher les papiers le quatre septembre.

— C'est ça ! affirme Georges, comme si la mémoire lui revenait d'un seul coup. Je les ai croisés à la vieille grange, le premier septembre ! J'aurais dû m'en souvenir, c'était l'anniversaire de Cindy.

Une nouvelle ombre, plus sombre, traverse son visage avant de reporter à nouveau son attention sur moi. Il m'observe avant d'affirmer avec conviction :

— Ils sont passés à l'ancienne auberge, le premier septembre.

C'est-à-dire la veille de leur disparition. L'espoir s'étouffe dans l'œuf et s'évapore. Tentant de repousser la vague brûlante de déception, je demande :

— Ils vous ont dit ce qu'ils venaient faire là-bas ?

Il hausse les épaules avec nonchalance.

— Elle serait simplement venue me remercier. Elle paraissait un peu tendue et après s'être présentée, elle m'a simplement expliqué qu'elle était écrivain et qu'elle voulait raviver ses souvenirs pour mettre cette anecdote dans un de ses livres.

J'acquiesce, intriguée. Jadde avait beau avoir un talent incroyable, en quittant la plus grosse maison d'édition du pays avec fracas, elle savait parfaitement qu'elle ne pourrait jamais plus être sur le devant de la scène. Alors, pourquoi avoir évoqué son métier déchu avec le vieil homme ? Indifférent à mes interrogations, il poursuit :

— Après, nous avons discuté un moment des travaux en devenir et ils sont repartis.

— Ils ne vous ont rien dit de plus ? l'interrogé-je, de plus en plus troublée par cette visite incompréhensible.

Il souffle, indécis, cherchant apparemment à comprendre ce que j'attends. Puis comme une lumière que l'on allume, il se souvient d'un détail qu'il partage avec nous.

— En fait, elle m'a dit un truc qui m'a surpris : « Parfois, les souvenirs ont besoin d'être sortis d'outre-tombe, pour nous aider à avancer ». Ça m'a paru étrange qu'elle choisisse cette formulation, c'est pour cette raison que je l'ai retenue.

Il me sourit et j'ai un pincement au cœur. Je sais où je dois aller maintenant.

Deux paires d'heures plus tard, je suis devant la tombe de sa mère, en me répétant que je suis ridicule. Pourtant, je n'ai pas réussi à me raisonner. À l'instant où il a parlé d'outre-tombe, j'ai su que je me retrouverais ici.

C'est la fin d'après-midi et le cimetière est presque vide. La tombe d'Angélina, la seule vraie mère que je n'ai jamais eue, me fait monter les larmes aux yeux. J'ai beau ne pas croire en Dieu, je m'en veux de ne pas avoir pu assister à sa mise en bière et me surprends à m'en excuser.

La boule douloureuse du manque, désormais familière, me serre la poitrine et je tente de la dissiper en prenant une grande inspiration. Pourquoi m'avoir guidée jusqu'ici, Jadde ? Qu'est-ce que tu veux que je trouve ?

Le nœud autour de ma gorge ne m'a pas lâché de l'après-midi. Même lorsque mes deux compagnons d'infortune ont tenté de me faire rire avec leurs pitreries, mes gloussements sonnaient faux, même à mes oreilles. Quand je leur ai dit au revoir vers seize heures, j'appréhendais déjà le moment où je ferais face à ce marbre gris, froid et impersonnel. C'est la dernière demeure de la femme qui m'a soutenue, aimée comme si j'étais sa propre fille et jamais je ne l'oublierai.

Prise d'une curiosité morbide, je me prends à détailler les quelques plaques qui décorent la surface plane de la pierre.

Elles n'ont rien d'inhabituel. Elles sont juste le reflet des différents pans de la vie de cette femme exceptionnelle.

— « À la femme que j'aime », lis-je à voix feutrée, « à notre amie », « à une artiste incroyable », « à notre mère aussi merveilleuse qu'irremplaçable ».

Les larmes me montent aux yeux en lisant cette dernière inscription pour la deuxième fois.

J'attrape la plaque pour la serrer contre moi. L'attention de Jadde me touche en plein cœur. Elle savait à quel point j'étais attachée à sa mère, et qu'elle ait pensé à m'inclure dans l'inscription m'émeut plus que je ne sois capable de l'expliquer. Je serre fermement le mausolée contre ma poitrine, comme si par une magie quelconque, cette sépulture de marbre froid s'était tout à coup transformée en doudou rassurant. Sans ce geste, je n'aurais probablement pas remarqué la minuscule aspérité collante, juste derrière le support.

Machinalement, je la retourne pour voir de quoi il s'agit. Surprise, à l'ombre de la pierre, je tombe sur une toute petite pièce de plastique, maintenue par un scotch double face. En réponse, mon cœur s'emballe. Je n'étais donc pas dingue !

Je détache le petit étui avec délicatesse et le regarde, étonnée. Il n'est pas plus gros qu'une pièce d'un cent. À travers la protection, je devine une puce téléphonique, ou en tout cas cela y ressemble.

J'ignore pourquoi mon amie a pris mille détours, semé des indices que j'étais la seule à pouvoir comprendre, pour me transmettre ce petit bout de plastique. Une chose semble évidente en revanche, c'est que Jadde n'aurait pas pris tant de précautions, sans que le jeu n'en vaille vraiment la chandelle.

Fébrile, je réfléchis à toute vitesse, en regardant autour de moi. Personne ne semble me prêter attention, mais je sais que les apparences sont parfois trompeuses. Alors prise d'une soudaine inspiration, je prends un paquet de lingettes dans mon sac en glissant ma découverte dans une des poches intérieures. Mine de rien, je commence à nettoyer la plaque, comme si elle était sale, et retire le scotch double face par la même occasion.

Puis, avec attention, je la replace où je l'ai trouvée et fais la même chose avec les autres. Non que je m'attende à trouver quoi que ce soit d'autre, mais cela semblerait peut-être moins louche si l'on m'observe.

Une demi-heure plus tard, j'appelle un taxi pour retourner à mon hôtel. J'ai l'impression que mon sac pèse des tonnes et que tous les regards sont braqués dans ma direction.

Quand j'arrive dans ma chambre, à l'abri des curieux, j'ouvre mon sac et sors le minuscule bout de plastique. J'observe l'objet avec attention. Il semble bien inoffensif et je me demande ce qu'il peut contenir. Bien que semblable à une carte à puce, il est légèrement trop gros pour entrer dans un Smartphone.

Comment faire ?

Je replace l'objet dans mon sac et ressors rapidement pour acheter un appareil adapté. Comme je suis en centre-ville et que malgré sa taille modeste, mon village natal est plutôt bien fourni en matière de télécommunications, le problème est vite résolu.

Je retrouve donc l'intimité de ma chambre moins d'une heure plus tard. Je glisse l'objet dans la fente prévue à cet effet. L'appareil, comme chaque fois à moitié chargé, s'allume. À ma grande surprise, l'accès aux informations est protégé par un code Pin.

— Merde ! Tu abuses, Jadde, grogné-je au comble de la frustration.

Je tente sa date de naissance, parce que c'est le truc le plus évident, et le message ne se fait pas attendre.

« Code erroné, veuillez recommencer ».

— Merde, merde et remerde !

Je réfléchis une seconde. Qu'a-t-elle pu choisir ?

Comme la puce m'était destinée, je me dis qu'elle a peut-être préféré ma date de naissance, même si je ne suis pas vraiment convaincue.

« Code erroné, il ne vous reste qu'un seul essai ».

— Mais ce n'est pas vrai ! m'agacé-je.

Puis d'un coup, l'évidence me vient. Je tape en tremblant 0391, pensant qu'elle ne m'a pas mise sur la piste de ce souvenir sans raison. L'écran bascule et trois icônes apparaissent. La première « les contacts » est vide et je me renfrogne. Qu'est-ce qu'elle veut me faire découvrir ? La seconde, « les messages », là encore, je fais chou blanc. Aucun message reçu ou envoyé ! Je commence à désespérer.

J'appuie sur la troisième et dernière icône avec angoisse. À l'intérieur, un unique fichier. Cliquant sur la fenêtre, je découvre, des photos ainsi qu'une lettre dactylographiée incompréhensibles pour tout un chacun sauf pour moi.

Bien que je n'ai pas utilisé ce langage abrégé à outrance, que nous avions mis au point pour prendre des notes plus rapidement à la Fac, je n'ai aucune difficulté à retrouver mes marques. À chaque mot déchiffré, le trou béant dans ma poitrine se creuse et des larmes traitresses se mettent à dévaler mes joues.

*Ma rouquine,*

*Si tu lis ce message, c'est que tu as réussi à trouver les indices que j'ai cachés pour toi avant de partir. Je suis désolée, j'aurais* aimé t'épargner une telle séparation, mais c'est impossible. Je suis au pied du mur et partir était ma seule option. Sache que mon seul objectif est de vous protéger Sof, Eddy et toi.

Vous êtes la dernière famille qu'il me reste et je ferais tout et n'importe quoi pour que vous ne soyez plus en ligne de mire. Pourtant, si malgré tout, cela ne suffisait pas, je veux que tu aies les armes pour te protéger.

Quand je t'ai dit que j'étais responsable de ton accident, et même si tu es persuadée que c'est faux, je ne t'ai pas raconté toute la vérité. En fait, c'est ma mère et moi qui en sommes responsables, même si nous n'avons jamais souhaité que tu en fasses les frais.

Sans rentrer dans les détails sordides, Angélina s'est retrouvée, dans sa jeunesse, sous la coupe d'un malade qui l'a avilie. Elle a refusé son sort, a résisté, s'est échappée et s'est fait passer pour morte. Cela a fonctionné pendant des années. Puis, j'ai été mise en lumière et là, tout a basculé. Le monstre nous a retrouvées. Plutôt que d'attaquer de front, il a lentement tissé sa toile autour de moi, pour se venger de la seule femme qui lui ait résisté. Enfin, c'est en tout cas la conclusion à laquelle je suis parvenue, en recoupant les informations que nous avons réussi à recueillir.

Il a peut-être d'autres motivations, mais je n'en suis pas certaine. Ce genre de type est un maniaque du contrôle et ne supporte pas qu'on lui tienne tête. Alors, si en plus on le tourne en ridicule en réussissant à le fuir, je ne doute pas une seconde qu'il le vive comme un affront et cherche à nous le faire payer.

*C'est un manipulateur, au QI et à l'égo surdimensionnés. Il n'a aucune limite, il utilise tous les moyens possibles et inimaginables pour nous atteindre, nous blesser. Je suis presque certaine qu'il a commandité ton accident et mon agression. Et nous sommes loin d'être ses seuls crimes.*

*Il a tué mon père, et je soupçonne, même si je n'en ai aucune preuve, de ne pas être étranger dans la mort de Jack. J'extrapole peut-être, pourtant cela expliquerait toutes les zones d'ombres et les incohérences qui entourent son accident. Pourquoi ce père de famille aurait traversé la France, sans raison apparente, pour être impliqué dans cet accident mortel ? Surtout si l'on ajoute dans la balance qu'il était censé avoir fait ce périple sous l'emprise de l'alcool. Cela reste peu vraisemblable, même si la police n'a pas jugé utile de chercher plus avant.*

*Mais comme pour tous ses autres crimes, je n'ai aucune preuve de ce que j'avance. Il est bien trop intelligent pour laisser derrière lui, le moindre élément qui pourrait l'incriminer.*

*Outre l'accident, tu as déjà fait les frais de ses manipulations. Je ne sais pas dans quelle mesure, mais je te connais trop bien pour croire que tu aies sciemment choisi de séduire le père et le fils.*

*Tu as déjà deviné de qui il est question et je te conjure de te tenir le plus loin possible de lui. Ne te mêle pas de cette sale histoire. Reste éloignée de ce monstre, je t'en supplie.*

*Mais si, malgré tout, tu n'y parvenais pas, les photos qui suivent pourraient te servir de monnaie d'échange. Garde-les en sécurité. Elles sont les seules preuves que mes parents ont réussi à récupérer. Personne n'y a eu accès à part Brad et moi. Je doute* que cela mette vraiment en péril le père MCL, mais c'est le dernier cadeau que je peux t'offrir.

Je t'aime, ma rouquine. Tu es la sœur que je n'ai jamais eue, n'en doute jamais.

Ton amie, aujourd'hui et pour toujours.

Jadde.


Je lâche le téléphone qui s'écrase pitoyablement par terre.

Oh mon Dieu ! Si j'avais su…

# Chapitre 1

## Meghan

*Six mois plus tard*

— Allez ! Secoue-toi un peu ! Ce n'est pas parce que c'est ton dernier jour ici que tu dois te reposer sur tes lauriers ! braille le kiné.

Je lui adresse un regard assassin en continuant les exercices de renforcement musculaire. Cette machine est une torture. Plier doucement, tendre sans atteindre la butée, et recommencer. Flexion des genoux, extension. Pour la plupart des gens, c'est un exercice plutôt simple, mais pour moi, c'est une façon supplémentaire de me martyriser, pour retrouver un tonus suffisant afin de marcher plus de cinq minutes.

Pourtant, je ne risque pas de me plaindre, parce que j'ai atteint mon premier objectif : retrouver ma position verticale. Le corps médical ne m'avait pas menti quand il affirmait que j'allais en baver. Il était même en dessous de la vérité, mais le résultat est là. Je marche, comme une handicapée certes, mais je me tiens debout et j'avance. Ce qui est un « presque miracle », si j'en crois les dires des professionnels de santé du centre de rééducation, surtout en si peu de temps.

La bonne blague, tu parles d'un miracle ! Selon moi, cela tient bien plus de la persévérance et de la volonté que de toutes leurs conneries. Même si le véritable coût de cette réussite est ailleurs : pas de vie sociale, une abstinence forcée de plusieurs mois (autant dire un calvaire), et pour compléter l'abomination, quarante-huit heures de sport par semaine, sans une seule minute de danse. De la torture à l'état pur !

Heureusement, le résultat que je m'étais fixé est là. Je vais pouvoir sortir, si et seulement si je poursuis en externe les séances de supplice. J'aurais été prête à jurer tout et n'importe quoi pour ne pas avoir à rester une journée de plus dans ce camp de haute sécurité. Six mois de plus à ce rythme et je suis bonne pour m'engager dans les paramilitaires. Lever aux aurores, sport, psy et tout le tintouin, sport de nouveau et piscine. Le pire de tout : le foutu bassin ! J'y ai passé des heures et des heures, au point d'être surprise de ne me retrouver avec des pieds palmés.

Heureusement, tout cela est derrière moi maintenant. Je vais utiliser mon expérience pour monter mon nouveau projet et avancer dans la bonne direction. Finis de me complaire dans le passé, je dois regarder vers l'avant. Je vais m'atteler à rester le plus loin possible de tout ce qui pourrait me ramener à l'instant où la voiture de Jadde et Braden a volé en éclats. Je vais compartimenter ma vie comme je l'ai toujours fait. Rien de nouveau sous le soleil.

— Meghan ! rage Théophile, le kiné le plus exaspérant du centre. Tu as fini de bayer aux corneilles ?

L'ignorant superbement, j'accélère tout de même la cadence. Monter, descendre, monter, descendre, jusqu'à ce que mes cuisses me brûlent et que ma respiration devienne heurtée. Bien entendu, je m'abstiens de l'envoyer sur les roses, même si ce n'est pas l'envie qui m'en manque. Mais j'ai bien appris ma leçon : si je l'ouvre, il double les exercices. Autant dire que j'ai tout intérêt à subir en silence.

Apparemment satisfait, il s'éloigne pour préparer la machine de supplice suivante, et j'en profite pour lui tirer la langue. Connard ! Connard ! Connard ! Voilà la litanie du moment !

Pourtant, je me concentre sur les mouvements, interrompant mes pensées galopantes. Agir pour ne pas réfléchir, encore, encore et encore. Un, deux, trois, quatre, plier, pousser, tendre, retenir et recommencer. C'est comme des pas de danse, sans le plaisir. Juste la douleur et la rythmique. Ce n'est pas si mal !

Ma jambe droite me met à la torture. C'est elle qui a le plus pâti de l'accident. La fonte musculaire était si importante qu'ils ont dû commencer par la musculation non volontaire avec des appareils de neurostimulation. J'ai détesté ! Je ne contrôlais rien du tout et franchement pour rien au monde je ne recommencerais ce genre de calvaire.

— Assez ! beugle mon bourreau de l'autre côté de la pièce. Les adducteurs maintenant.

Je souffle de soulagement, sachant que dans moins de cinq minutes, je vais regretter d'être passée à la suite. Couchée sur le dos, les jambes en flexion, je relâche complètement la tension. Je descends ma jambe droite suivie de la gauche, de part et d'autre de l'appareil, puis me redresse en position assise, lentement. Mes abdominaux m'élancent agréablement et je peux presque les sentir frémir de satisfaction.

Avant de prendre la posture verticale, je teste la fiabilité de mes points d'appui, un réflexe acquis avec la rééducation. Quand on est gosse, ça semble si naturel de tomber, de se relever et de recommencer. Mais quand on est adulte, se ramasser n'est pas aussi facile, surtout quand il faut une immense concentration pour mobiliser chacun de ses muscles. Sans parler du ridicule, lorsqu'on s'étale de tout son long, parce qu'on est trop con pour regarder où l'on marche. Passer pour une idiote ? Très peu pour moi ! J'en ai bien assez avec ma patte folle pour gâcher le tableau d'ensemble.

Lorsque je suis certaine de ma stabilité, je m'avance au bord du banc de musculation. Je prends une grande inspiration et souffle en me redressant. La douleur dans ma hanche me fait serrer les dents. Comme je ne dois m'en prendre qu'à moi-même puisque je refuse obstinément de prendre le moindre analgésique depuis l'instant où je me suis remise debout, je la ferme et j'avance. J'écoute mon corps et le dompte. La souffrance me rappelle que le chemin est loin d'être fini, mais cela m'est égal. Je peux affronter ce rappel. Alors je relève la tête pour croiser le regard aussi colérique que respectueux de Théo.

Masquant à merveille ses émotions, il m'adresse un sarcasme de plus pour me faire réagir.

— Dites, madame Blanc, vous comptez enfiler des perles encore longtemps ?

Je lève les yeux au ciel pour ne pas lui faire un doigt d'honneur et redresse les épaules, la tête droite, l'air fier et défiant. C'est une attitude condescendante qui a fait ses preuves, pour masquer ce que je ne veux pas montrer.

J'avance jusqu'à lui en clopinant parce qu'il m'est interdit d'utiliser les béquilles dans la salle de sport. D'après lui, les douleurs que je ressens dans la hanche n'ont aucune origine organique, et je n'ai aucune raison de boiter. Des conneries ! J'ai mal, c'est ma seule réalité, alors il pourra bien me raconter ce qu'il veut, je ne choisis pas de claudiquer. Un pas après l'autre, sans me presser, je traverse la salle pour le rejoindre.

Je m'installe devant le nouvel instrument de calvaire de mon geôlier et m'attelle à la série d'exercices suivantes. Ce connard a encore augmenté la charge, comme s'il ne pouvait pas me laisser tranquille pour le dernier jour ! Bien entendu, je fais comme si je n'avais rien remarqué, pas question de lui offrir le plaisir de me voir pâtir.

C'est ainsi que se poursuit la matinée, passant d'un atelier à l'autre, jusqu'à ce que mes muscles courbatus demandent grâce. Cette fois-ci, il ne m'aura pas fallu plus de dix minutes pour imaginer mille et un sévices afin d'étriper le jeune et beau kinésithérapeute qui a fait de moi la victime préférée de son sadisme.

Je rejoins ma chambre, en récupérant devant la porte la simple béquille qui me sert de soutien. Mes pas sont lents, mais assurés, et c'est bien plus que j'en espérais en entrant ici. Ma valise est déjà sur le lit. J'ai mis une demi-heure pour regrouper le peu que j'avais apporté ici.

Six mois de ma vie qui tiennent dans une minuscule valise ! Quatre pantalons de sport, des sous-vêtements, un nécessaire de toilette et huit tee-shirts. Rien de plus. Autant dire que je n'ai plus grand-chose à voir avec la férue de mode et la cadre supérieure bon chic bon genre. Apparence que j'entretenais à grand renfort de couturiers de renom avant l'accident.

Le plus pathétique, c'est que ce nouveau moi me ressemble bien plus. Pas de maquillage, mes cheveux couleur feu ramenés en carré plongeant. Mes traits sont plus durs tandis que mon corps a retrouvé sa fermeté. Je suis carrément canon, même sans fioriture. Je n'ai pas besoin de jouer les fausses modestes, c'est ridicule. Je sais ce que je vaux. Il me suffit de croiser mon regard dans la glace pour en être convaincue. Et si j'avais le moindre doute, les regards lascifs de la gent masculine le combleraient. Cependant, je n'ai pas besoin d'eux. Je n'ai besoin de personne.

J'attrape la poignée de mon bagage et mon sac pour rassembler le tout devant la porte. Un taxi doit venir les chercher dans quelques minutes.

Avant son arrivée, je passe dans la salle de bains pour me rafraîchir. Je n'ai pas le temps de prendre une douche, mais pas question de sortir du bâtiment sans être à mon avantage. Je dois donner le change, coûte que coûte, être au top à la moindre apparition en public. Ne jamais laisser voir ses faiblesses, c'est la seule façon efficace de se protéger.

Mes jambes, après l'effort intense de la matinée, étant du genre flageolantes, je prends une chaise et m'installe devant le lavabo.

Comme toujours, quand je me prépare, j'allume la musique, pour mettre mon mental au diapason. Ce n'est pas parce que je ne peux plus danser, pour l'instant tout du moins, que je dois me priver de ma deuxième folie : la musique. Je sors mon portable de ma poche et fais défiler les titres de ma playlist. Quand je trouve la musique dont j'ai envie, je sens déjà mon ventre se mettre à pulser au rythme entraînant du très célèbre *Eye of the Tiger* de Survivor. Dès que les premières notes retentissent, mon corps se redresse, mon cœur se mure, mon esprit devient clairvoyant et hyper-vigilant. C'est comme si j'engrangeais une dose massive de confiance en moi, annihilant les barrières et démontant mes appréhensions.

— Allez, ma grande, tu es capable de forcer le destin pour qu'il abonde dans ton sens. La vengeance est un plat qui se mange froid. Il paiera au centuple ce qu'il nous a fait, c'est une promesse que je renouvelle chaque jour.

Je retire mon débardeur qui atterrit directement dans la poubelle. Grâce au Ciel, je n'en aurai plus besoin. Ne reste, en dessous, que mon hideux soutien-gorge de sport, qui suit le même chemin. Je ne leur jette même pas un regard, préférant me concentrer sur le gant frais, qui passe et repasse sur ma poitrine et mon buste dénudés.

Bon sang ! C'est un régal !

Je passe la fleur d'éponge sur ma peau et frissonne. La fraîcheur dénoue mes muscles douloureux. Je me sens revivre en éloignant cette odeur entêtante de transpiration que j'exècre. J'en profite pour passer une dose de déodorant et une pointe de parfum. Quand j'ai enfin retrouvé visage humain, je donne un coup de brosse à ma tignasse. Je m'avance légèrement vers le miroir pour tracer les contours de mon œil droit. Lentement, j'accentue l'effet œil de biche qu'ont naturellement mes yeux noisette.

Je dessine sur le dessus une ligne fine, qui part du milieu de ma paupière pour finir à l'angle extérieur, en un trait plus épais. Mon geste est sûr, même si je ne l'ai pas fait depuis plusieurs mois. Concentrée, je ne réalise la présence d'un intrus que lorsque ce dernier se racle la gorge dans mon dos.

Surprise, le crayon m'échappe et s'écrase dans le lavabo. Merde ! Je tourne le buste d'un coup sec pour me figer, soudainement glacée. Derrière moi, un type au teint bronzé, beau comme un dieu, semblant tout droit sorti d'une page de Playgirl, se tient nonchalamment appuyé contre le chambranle de la porte.

Il m'observe, amusé, ses yeux sombres brûlant d'une intensité désarmante. Sans gêne, il laisse courir son regard sur mon corps largement dénudé. Je suis presque tentée de croiser mes bras sur ma poitrine. Mais jamais, ô grand jamais, je ne lui donnerai un tel accès à mes faiblesses.

Aussi, décidant qu'il a déjà vu de moi tout ce qu'il y avait à voir et que ce geste idiot ne changera pas grand-chose à la situation, je revêt ce vieux masque d'indifférence qui me caractérise.

Peu importe que mon corps soit différent de celui qu'il a été. Entre mes cicatrices et la musculation intensive, je ne ressemble plus vraiment à la Meg d'autrefois, mais qu'importe. Je relève la tête, prenant un air défiant, et me détourne avant de me relever.

Lui, sourit tout en me détaillant de haut en bas s'attardant plus sur ma poitrine, que sur mes cicatrices. Je lui en suis secrètement reconnaissante.

Pourtant, arrogante comme un paon, sans lui adresser un mot, je retourne dans la chambre en récupérant au passage ma trousse de toilette. Pour manifester que je reste maître du jeu, même si ce traître me surprend en situation de faiblesse, je le bouscule avant d'attraper le petit haut que j'ai laissé sur le lit. Évidemment, l'effet désinvolture serait plus efficace si je ne claudiquais pas comme un canard.

J'enfile mon top sans soutien-gorge, parfaitement consciente de la réaction de mon corps à sa présence. Mes tétons tendus pointent à sa proximité comme munis d'une volonté propre. Sales traîtres ! pensé-je. Mon cœur affolé n'est pas vraiment mieux, mais je ne laisse rien paraître. Plutôt crever que de lui donner l'avantage.

Je rassemble ce qu'il me reste de dignité et lui tourne le dos en laissant tomber mon pantalon le long de mes jambes. Je l'entends siffler entre ses dents quand il comprend ce que je suis en train de faire.

— Putain, Bébé, mon self-control a des limites !

Je me retiens de lui jeter un regard noir, je déteste qu'il m'appelle ainsi et il le sait. Au prix d'un effort surhumain, je garde un visage impénétrable, tout en jubilant de sentir son excitation devenir palpable.

Vas-y ! Bave et crève d'envie ! Le jour où tu pourras me toucher à nouveau n'est pas près de se lever.

En ne laissant transparaître qu'une parfaite indifférence, je m'assieds pour finir de retirer mon pantalon, laissant mon intimité largement visible sous mon string transparent.

— Ça t'amuse de me torturer, crache-t-il de nouveau.

Je retiens un demi-sourire de pure satisfaction et enfile le short en lin, court, plutôt que de m'abaisser à lui répondre.

Par pur sadisme, je prends mon temps et enfile mes ballerines plates, avant de me relever en peinant à retenir une grimace. Bien entendu, troublée par sa présence, je ne vérifie pas où je pose mes satanés pieds et me retrouve déséquilibrée par une de mes baskets laissées en plan près du lit. Je manque de tomber et me rattrape de justesse au matelas.

Cependant, le dieu grec, avec son âme de sauveur, s'est déjà précipité pour me retenir. Ma peau se hérisse à sa proximité. Avant qu'il n'ait le temps de me toucher, je l'arrête dans son élan en rugissant, les dents serrées :

— Je t'interdis de poser tes sales pattes sur moi !

# Chapitre 2

## Flashback

*Huit mois plus tôt*

Allongée dans son lit, percluse de douleurs, Meghan a l'affreuse impression que son corps n'est qu'une immense plaie ouverte et agonisante. Elle a repris conscience depuis six jours, enfin si elle s'en réfère à l'alternance jour-nuit entre deux sommeils agités.

Même si les pires douleurs sont censées avoir disparu pendant sa phase de coma provoqué, elle en vient presque à regretter les tortures vicieuses de sa mère. Et Dieu sait à quel point cette dernière était douée dans ce domaine. Des sévices de l'aiguille plantée sous les ongles, en passant par le pincement violent de la peau du bras quand elle trouvait que sa chère fille ne faisait pas preuve de suffisamment de tenue.

Même les pires moments de l'époque passent pour de douces caresses, comparées aux violentes sensations qui agitent la jeune femme aujourd'hui. Dans ce maelström de douleur, elle a remarqué que la situation pouvait empirer si elle avait l'idiotie de bouger. Dans ces moments terribles, la souffrance devient torture, rendant impossible la moindre pensée cohérente. Aussi, même si elle n'aime pas vraiment l'idée de ne rien pouvoir faire, elle essaie de rester immobile, préférant se statufier, que verser toutes les larmes de son corps, pour que ce calvaire cesse.

Les yeux fermés, elle se contente donc d'espérer, non sans une certaine impatience, la prochaine dose d'antalgiques. Doux paradis artificiel qui lui permet, au moins pour un temps, d'échapper à ce vicieux tourment.

En attendant, comme elle a eu mille fois le temps de le faire pendant ses longues heures de léthargie, elle trace mentalement une cartographie détaillée de ses blessures. Le moins que l'on puisse dire, c'est que le constat n'est pas vraiment folichon.

Son bras droit est dans le plâtre, et avec cette chaleur, les démangeaisons relèvent du supplice. Mais ce n'est rien en comparaison des maux de tête qui lui brouillent la vue et dispersent ses idées. C'est comme si un marteau-piqueur, branché par intermittence, avait migré dans son cerveau. Les médecins ont affirmé que les sensations allaient s'atténuer. Pourtant, les jours passent et les pics ne disparaissent pas.

Mais il y a pire, bien pire même, parce que derrière ces douleurs irritantes, niche une atroce réalité, une aberration presque offensante. Elle ne contrôle plus rien en dessous de la ceinture. C'est une perception assez étrange. Elle voit son corps, elle sait qu'il est là, comme en témoigne l'élancement douloureux qui ne la quitte jamais. Pour autant, comme s'il s'agissait d'un membre fantôme, la partie basse de son anatomie ne réagit plus à sa demande, accentuant l'effet qu'elle a perdu dans l'accident bien plus que quelques jours de sa vie.

Ce corps, qu'elle a toujours plié à sa volonté ne lui appartient plus vraiment, et cette constatation la terrifie. Pour la plupart des gens, faire le deuil de ses jambes serait synonyme de perdre le moyen de se déplacer, la normalité coutumière et l'appartenance au genre humain. Parce que, quoi que l'on en pense, circuler sur quatre roues n'a rien de naturel.

Mais pour Meg, perdre ses jambes c'est l'obliger à renoncer à sa seule passion, sa raison de vivre, l'unique chose qui offrait un dérivatif à sa vie pathétique : la danse. Et elle est incapable de se contenter de cette conclusion.

Pour elle, se mouvoir en rythme est aussi vital que respirer. Imaginer laisser cet univers derrière elle l'étouffe aussi sûrement, que si on lui maintenait la tête sous l'eau. Mais cette angoisse n'est pas liée uniquement à son amour inconditionnel pour sa passion, même si elle ne l'admettra jamais ouvertement.

Dans son esprit combatif, voir mourir cette flamme signifie donner raison à sa mère qui voyait dans cette profession artistique la pire des insultes. Cette idée, plus que tout autre, est absolument inenvisageable !

Cette vieille bique a privé Meg de transformer sa passion en métier, alors qu'elle a tenu ce rêve au creux de sa paume. Cependant, si la rouquine s'est résolue à céder une fois, elle s'est aussi promis que jamais plus elle ne laisserait sa génitrice avoir le dernier mot dans ce domaine.

Au fil des années, la jeune femme a trouvé dans la danse un point d'ancrage autant qu'une forme de résistance. À tel point qu'il est difficile de déterminer où commence son amour pour l'art de la scène et où finit sa défiance face à l'autoritarisme maternel.

Ces sentiments confus ont toujours fait de la danse son leitmotiv. Aussi, malgré l'évidente réserve du corps médical, elle est incapable de renoncer à cette liberté. Pas question que ce maudit accident ait raison de sa passion, plutôt l'enfermer directement entre quatre planches !

Elle trouvera le moyen de s'en sortir, il le faut, elle n'a pas d'autre alternative. Même si l'espoir semble ténu, voire ridicule au regard de la situation, il est là, et c'est tout ce qui compte. Elle va s'y raccrocher, aussi souvent et aussi fort que nécessaire, à chaque fois qu'elle sentira ses forces vaciller. Peu importe, si pour l'instant, cela relève plus de l'utopie que de la réalité, rien n'est impossible. Jamais.

La sonnerie d'un portable l'interrompt dans sa désagréable introspection. Le son lui parvient étouffé, mais s'accentue quand la porte s'ouvre. Aussitôt, un frisson familier la traverse, n'ayant absolument rien à voir avec la température environnante. Il ne lui en faut pas plus pour deviner l'identité de son visiteur. Supputation qui se confirme moins d'une seconde plus tard, quand le nouvel arrivant se met à bougonner contre son interlocuteur, sans pour autant décrocher.

— Qu'est-ce qu'il peut être chiant parfois ! lâche-t-il d'un ton crispé.

La voix claire et rocailleuse de son amant interrompt le désagréable vacarme, tandis qu'il se laisse tomber sur le fauteuil près du lit. Il marmonne encore deux ou trois paroles peu amènes sur l'insistance agaçante de son ami Braden.

Les grognements agacés de son compagnon lui tirent presque un sourire, qu'elle réprime néanmoins, préférant feindre le sommeil. C'est plus simple, se serine-t-elle. Elle n'est pas encore prête à faire face au regard de compassion qu'il ne manquera pas de lui adresser. Ils se déchiffrent trop bien pour qu'il parvienne à lui dissimuler ses sentiments véritables. Il débordera de cette mansuétude dégoulinante qu'elle exècre. Et rien que d'y songer elle a envie de tout casser. Elle ne veut pas de sa pitié. Elle refuse que les souvenirs de leur belle histoire soient entachés par cette fatalité. Alors chaque nuit, depuis son réveil, quand il la rejoint pour passer quelques heures volées à ses côtés, elle joue la comédie du sommeil paisible.

Si elle était moins égoïste, elle l'aurait déjà obligé à partir, parce que, soyons honnêtes, la femme pour laquelle il reste, l'ancienne Meghan, a disparu. À l'instant où ce camion fou l'a percutée, réduisant en miettes son corps et sa dignité, il n'est resté de la femme forte et courageuse qu'un amas de tôles froissées et irrécupérables.

Elle devra se résoudre, à un moment ou un autre, à lui avouer qu'il n'est plus amoureux que d'une illusion, de l'image idéale qu'il s'est forgée d'elle. Cette personne n'existe plus, elle n'est plus qu'un fantasme.

Elle est surprise qu'il ne soupçonne rien des tumultes qui l'agitent. Pourquoi ne peut-il pas s'éloigner de lui-même ? Cela leur simplifierait tant la tâche ! Qu'est-ce qui le retient ? Et elle, pourquoi n'a-t-elle pas la bravoure de le laisser partir ?

C'est pourtant la seule conclusion possible à tout ce gâchis. Pour survivre, elle doit accepter le poids pesant de leur séparation. Seule la solitude peut lui assurer de renaître. Elle ne peut compter sur personne parce que se reconstruire encore et encore passe par la seule force de sa volonté. Même si c'est difficile, que son cœur se brise à l'idée d'être loin de lui, elle accepte ce sacrifice. Se confronter à l'adversité en solitaire est l'unique façon qu'elle connaisse pour relever la tête, tout en continuant à avancer. Il y a bien longtemps qu'elle a arrêté de se bercer d'illusions. Elle va le perdre, c'est écrit, elle ferait bien de se le rentrer dans le crâne.

Elle n'a pas la place pour lui et encore moins la force pour lutter afin de préserver leur histoire. Elle doit remonter la pente, parce qu'elle n'accepte pas l'idée de n'être que l'ombre d'elle-même, et tant pis si cela signifie le perdre, pour y parvenir. Tout vaut mieux que se perdre soi-même.

Pour être honnête, il y a une autre raison, bien moins altruiste, de souhaiter son départ. Chaque fois qu'il l'approche, son corps réagit à sa présence, et la confronte à tout ce qu'elle a perdu dans ce fichu accident. Cela devient de plus en plus difficile à supporter. Lutter pour se relever est déjà un combat suffisamment éprouvant. Se heurter au constant rappel d'un passé révolu ne l'aide pas du tout. Au contraire même, s'apitoyer sur ses pertes la tire vers le bas et elle est bien trop déterminée pour se laisser happer dans ce genre de processus destructeur.

Dans son plan, Logan n'a clairement pas sa place, elle doit juste s'en convaincre suffisamment pour agir en conséquence. Elle a le devoir de rester centrée sur l'essentiel, rien d'autre, et il ne peut pas en faire partie.

Pourtant, malgré ses résolutions, elle ne parvient pas à se passer du réconfort de sa présence, de son odeur si particulière de cèdre et de musc, qui lui donne l'impression de sortir de sa torpeur. Elle ne fait que retarder l'inévitable, elle en a parfaitement conscience, mais elle n'arrive pas à se résoudre à passer le cap. Comme chaque fois qu'il s'agit de lui, elle manque de courage. Aussi, et même si elle se méprise pour cette détestable faiblesse, elle choisit de mettre son esprit en stand-by et de profiter de l'instant. Elle se gorge de sa présence en se laissant envahir par cet étrange calme qu'il offre à son corps déchaîné.

Lorsqu'il pose sa main sur la sienne, tout son corps en frissonne de plaisir et pour ne rien laisser paraître, elle s'oblige à conserver une respiration calme et régulière.

De son côté, Logan bougonne en silence. Il s'inquiète que la sonnerie ait pu troubler le repos de sa belle. À l'affût, il contemple son visage contusionné et crispe une nouvelle fois sa main libre pour contenir ses émotions.

La voir si éreintée, brisée, met à mal son self-control. Il a envie de hurler, de frapper tout ce qui se trouve à proximité, tout en sachant que cela ne résoudra rien. Mon Dieu ! pense-t-il en la scrutant avec souffrance. Il a bien failli la perdre ! C'est insupportable d'imaginer qu'il aurait suffi d'un petit rien, pour qu'elle ne soit plus de ce monde. Un petit rien pour qu'il ne puisse plus jamais la serrer dans ses bras. Un petit rien pour ses embruns de fraise et de caramel n'emplissent plus jamais son univers.

Alors même qu'il peine à l'admettre, couchée, amaigrie, le teint blafard, elle n'a plus grand-chose à voir avec la femme qu'il a connue, sa Meg. Ce n'est que l'ombre de la combattante magnifique, indépendante et extravagante qui a ravagé ses convictions, à l'instant où elle est entrée dans sa vie.

Pour autant, il est tout à fait capable de s'en accommoder, parce que la perdre aurait été pire que tout. Il préfère encore n'avoir qu'une part d'elle, plutôt que son absence, et c'en est presque pathétique. En même temps, quand il s'agit d'elle, il a toujours eu des réactions étranges et irrationnelles.

Le meilleur exemple en reste le fauteuil que les soignants ont cru bon d'apporter dans la chambre. Plutôt que de s'en inquiéter, il s'attriste du dédale de bandes, qui a remplacé sa chevelure si rousse qu'on la croyait presque de feu. Il se moquerait presque de sa superficialité si la tignasse de Meg ne lui manquait pas autant. Les cheveux flamboyants collaient à l'image conquérante et inébranlable de sa compagne. Les voir disparaître c'est, en quelque sorte, se confronter sans cesse à cette réalité. Bien entendu, il ne risque pas de le lui dire, mais à chaque fois qu'il entre, il s'attend à la voir telle que ses souvenirs la dépeignent. Il a mal, il souffre pour elle et avec elle.

Malgré son étrange fébrilité, il n'a pas pu retenir son élan naturel et sa main s'est posée sur celle de la jeune femme endormie. C'est le seul geste de tendresse qu'il s'autorise depuis qu'elle a frôlé la mort, parce qu'il ne sait pas comment se comporter.

Il a pas mal réfléchi à son comportement, juste après l'accident, sa réaction instinctive de fuir, face à son avalanche d'émotions contradictoires. Il lui a fallu au moins deux jours pour réaliser l'évidence. Il connaît le handicap et, bien qu'il ait peur, ce n'est pas vraiment ce qu'il a fui. Non, il a été terrifié par l'absolue certitude que s'il l'avait perdue, il n'y aurait pas survécu.

C'est effrayant d'en prendre conscience. De réaliser à quel point elle a pris de l'importance dans son univers. Et puis, alors que cette absolue certitude a déjà mis à mal son statut d'homme libre, un second couperet est venu ébranler ses fondations. La réciprocité n'existe pas. Il a réalisé avec un sentiment amer que si les rôles étaient inversés, elle survivrait et poursuivrait son chemin. Il ne devrait pas en éprouver une telle rancœur, pourtant il ne parvient pas à la faire taire.

Cette disproportion entre leur attachement respectif l'a obligé à s'interroger sur les bases de leur relation. Et la vérité est accablante. Si pour lui, il n'y aura jamais de place pour une autre, il est persuadé qu'aux yeux de sa tigresse, lui ou un autre ne ferait pas vraiment de différence. Il ne lui est pas indispensable. Aussi, même si cette question le fait passer pour une lopette, il lui semble plus que légitime de se demander s'il ne va pas droit dans le mur...

Cependant, à aucun moment, il ne remet en cause l'intensité de l'attachement de la jeune femme. Il sait qu'elle lui offre tout ce qu'elle est et tout ce qu'elle a, sans la moindre réserve, tout du moins quand elle s'autorise à envisager qu'ils ont un avenir commun. Ce qui était enfin le cas, avant cet horrible accident.

Qui aurait cru que le Don Juan de ces dames en viendrait un jour à quémander l'affection de l'une d'entre elles ? La situation est déroutante et le perturbe bien plus qu'il n'est prêt à l'admettre. C'est en partie parce qu'il n'aurait jamais pensé tomber amoureux de ce genre de fille. Elle n'a pas grand-chose à voir avec les standards qu'il s'évertuait à rechercher dans ses aventures antérieures. Il sourit en pensant qu'elle est même à leurs antipodes. Elle est déroutante. Malgré leur relation chaotique, qui dure depuis de nombreuses années, il ne sait jamais à quoi s'attendre avec elle. Si la plupart de ses ex se prétendaient indépendantes, elles n'en avaient que l'étiquette. Meg est différente. Elle affirme sa liberté et son émancipation, qu'elle s'évertue à revendiquer, dans chacun de ses actes.

Comment ne pas admirer la détermination dont elle fait preuve au quotidien ? Elle vit, elle existe pour elle et n'attend pas des autres qu'ils l'approuvent. Pourtant, en la côtoyant si étroitement, il sait que beaucoup de ses choix sont basés sur l'apparence qu'elle va renvoyer. Ce qui, si on reste en surface, peut paraître assez contradictoire. Mais il n'en est rien. Pour comprendre sa rouquine, il faut admettre que la fierté est la clef de voûte de l'ensemble. En usant de cette dernière à outrance, Meg prouve au monde qu'elle est capable de s'en sortir, quelles que soient les embûches. Mettre à mal cet orgueil, en se dévoilant sous un jour affaibli, est une épreuve qu'elle n'est pas prête à surmonter.

Logan a mis du temps pour saisir ce trait de caractère, férocement singulier, qui est à la fois la plus grande force et la pire faiblesse de sa compagne. Il compose avec lui et la plupart du temps, il en est venu à l'apprécier. Seule exception, lorsque Meg laisse ce foutu orgueil prendre le pas sur son bon sens. Le pire c'est qu'il présage qu'une fois encore, c'est très exactement ce qui va se passer.

Malgré ses peurs, il est là, près d'elle, chaque nuit, à la place qui est la sienne. Pour autant, il n'est pas convaincu d'avoir raison d'y être, et encore moins que ce soit ce qu'elle désire. Elle risque même de le maudire, lorsqu'elle apprendra ce qu'il a fait pour la retenir. Mais tout cela n'a pas d'importance. La seule chose qui compte, pour l'instant, c'est qu'il ne veut être nulle part ailleurs.

Tandis qu'il ressasse encore et encore ses doutes, il tente de se concentrer sur la douce chaleur qu'il ressent à travers tout son corps, simplement en tenant sa main dans la sienne. Malgré la moiteur étouffante, sa peau est froide presque glacée. Elle paraît si fragile, si menue. Ses longs doigts fins frémissent sous la caresse de son pouce. Si seulement leurs rapports pouvaient être aussi simples que la communion évidente de leurs corps !

Meghan ne peut retenir un nouveau frisson quand le pouce de son amant se met à tracer de petits cercles paresseux sur la naissance de son pouce. Elle déteste sentir sa détermination flancher, face à toutes les petites attentions qu'il lui offre, sans même s'en rendre compte. Elle ne veut pas que son équilibre dépende de sa présence, elle préfère tout rejeter en bloc, plutôt que d'accepter cette plénitude qu'il est le seul à lui faire éprouver. C'est un sentiment bien trop dangereux pour quelqu'un comme elle. Y croire reviendrait à ouvrir une brèche dans la carapace qu'elle a mis des années à se forger. Et c'est inenvisageable, parce qu'elle a appris que dans la vie, on ne peut compter que sur soi, quoi qu'en dise son crétin de cœur.

La solitude vaut toujours mieux que l'abattement, quand il lui tournera le dos, comme tant d'autres l'ont fait avant lui. Elle sait qu'elle est l'unique responsable de ce qui lui arrive. Elle n'est pas quelqu'un de bien. Elle n'apporte que malheur et désolation aux personnes qui l'entourent. Sa mère le lui a répété bien trop souvent, pour qu'elle ait le loisir d'en douter. Si elle a pu croire le contraire, un moment, à cause de lui, elle s'est simplement fourvoyée, perdue dans son trop-plein d'affection.

Heureusement, elle a repris ses esprits, avant qu'il n'ait à en subir les conséquences. Il faut qu'elle garde en tête, que la solitude est une alliée, pas une ennemie. Elle a toujours su tenir les gens à distance, même ses amies, afin de les préserver des effets néfastes, qu'elle a sur les autres ; même si de son côté, elle n'a jamais réussi à se préserver, en ne s'offrant aux autres qu'à moitié. Mais, qui se soucie de son cœur piétiné tant de fois, qu'il est devenu méconnaissable. Pour finalement terminer pulvérisé, en tant d'éclats qu'il a fallu un camion entier de scotch double face, pour le réparer. Maintenant que chaque morceau a retrouvé sa place, elle ne peut pas prendre le risque qu'il explose à nouveau. Parce que cette fois, même avec la meilleure volonté, elle n'aura pas la force de le reconstruire.

Une nouvelle fois, elle est interrompue dans ses élucubrations par une sonnerie rythmée, bien différente de la précédente. La main de son compagnon quitte la sienne pour décrocher et elle ressent une telle sensation de vide qu'elle a envie de se donner une paire de claques, histoire de se remettre les idées en place. Plutôt que de se fustiger, résolue à faire taire sa ridicule déception, elle reporte son attention sur l'échange, tandis qu'elle entend le jeune homme se lever et s'éloigner du lit.

Logan est étonné et un peu mal à l'aise de recevoir un coup de téléphone de sa sœur alors qu'il est avec Meg. S'il n'était pas si con et s'il avait suivi son instinct en lui faisant rencontrer sa famille, tout serait beaucoup plus simple. Or, il s'y est toujours refusé, éprouvant une certaine réticence à ce qu'elle découvre ses origines. Être riche ne l'a jamais défini, mais il sait qu'elle verra, dans son milieu aisé, un signe supplémentaire, qu'il n'est pas fait pour elle. Aussi, malgré une relation par intermittence depuis près de cinq ans, sa sœur et sa compagne ne se connaissent toujours pas et il n'est pas vraiment pressé que les choses changent.

Pourtant, toujours inquiet de recevoir l'un de ses appels, il ne peut se résoudre à ne pas décrocher.

— Salut Britt, murmure-t-il tout bas, tandis que la rouquine tend l'oreille pour entendre la réponse.

Britt ? s'étonne la jeune femme. De qui s'agit-il ? s'interroge-t-elle, son attention tout à coup accaparée. Elle tend l'oreille cherchant à entendre l'échange. Malgré ses efforts, elle ne parvient pas à comprendre les mots de l'interlocutrice. Seule un chuchotis indistinct rythme la conversation entre les deux protagonistes. Une chose est certaine en revanche, l'intonation intime et le surnom amical prouvent qu'il connaît très bien la jeune femme. Trop bien même ! Madame Jalousie pointe immédiatement le bout de son nez et un vide désagréable s'enracine dans sa poitrine.

— *Salut Frangin. Bon, je ne vais pas y aller par quatre chemins, qu'est-ce que c'est que cette histoire de mariage ?*

Tandis que Meg s'agace, le jeune homme se crispe en apprenant que sa famille est déjà au courant de ses dernières décisions. Comme toujours, sa sœur, en première ligne, ne prend pas de gants et va droit au but. Elle est digne de son image de bulldozer, en talons aiguille, aussi charismatique qu'emmerdante. Cette dernière, totalement indifférente à l'agacement de son frère, poursuit sur un ton hostile :

— *Maman m'a dit que tu avais épousé une nana que tu fréquentes pour une histoire d'assurance ?*

Logan frustré, ferme les yeux avec force, et frotte son front entre le pouce et l'index juste au-dessus de ses sourcils. Pourquoi a-t-il fallu qu'il soit entouré d'une bande de nanas aussi fouineuses qu'ingérables ?

— J'ai fait ce qu'il fallait, répond-il, essayant de paraître serein, alors qu'il a envie de lui hurler de se mêler de ses affaires. Il est déjà suffisamment inquiet de la réaction de Meg, quand elle découvrira, qu'il a définitivement lié leur destin.

— *Mais tu es dingue ou quoi ? J'ai dû louper un épisode ? Depuis quand on se marie pour ce genre de raison ?*

— Je ne pouvais décemment pas la laisser dans cette situation.

Même si le jeune homme dit la vérité, ce n'est pas la raison pour laquelle il a été jusqu'à implorer le juge de paix, pour qu'il accepte de valider ce mariage. Supplications qui n'auraient servi à rien, si le juge, son cousin par alliance, ne lui devait pas un énorme service après qu'il lui ait sauvé les fesses des années plus tôt.

Heureusement, Logan a su trouver les arguments pour qu'il accepte leur union, alors que sa rouquine était toujours dans le coma. Il faut dire que mettre dans la balance le chantage dont la jeune femme était victime représentait un argument de poids.

D'ailleurs, il ne pourra jamais assez remercier Braden de l'avoir averti du danger qu'elle encourait, même si en contrepartie, il doit supporter le harcèlement, en règle, de son ami, pour savoir comment il a réglé le problème. Bien entendu, Logan n'est pas assez fou pour avouer qu'il a utilisé l'information comme excuse, pour apaiser l'angoisse étouffante qui lui vrille le ventre.

Osera-t-il avouer à sa femme, un jour, qu'il a agi sur une impulsion viscérale, un besoin vital, alors qu'il avait un panel d'options, probablement bien plus sécurisantes ? Il a largement les moyens de régler les frais médicaux de sa compagne, mais il a choisi sciemment de l'épouser.

Il sait pertinemment que si elle était en pleine possession de ses moyens, elle refuserait son offre, ce qui, lorsqu'il y pense, ne manque jamais de lui faire grincer des dents. Il a parfaitement conscience de ne pas la jouer fair-play, mais il a laissé sa peur de la perdre annihiler tout bon sens. Il devait la protéger, mais surtout, il avait besoin de ce semblant de contrôle, sur le destin de la jeune femme pour se laisser l'illusion de pouvoir la retenir. Une motivation purement égoïste en somme, bien loin du comportement exemplaire, de petit con altruiste, qu'il s'acharne à afficher.

C'est tordu, il en convient, seulement quand il a retrouvé ses esprits, plutôt que de se sentir coupable, il a été submergé par une pure bouffée de satisfaction. Elle est enfin à lui, et à personne d'autre, sa femme, sa moitié, son amante. La seule faiblesse dans son plan, avouer leur union à sa tigresse. Rien que d'y penser, il sent un nœud coulant se refermer autour de sa gorge. Elle va le tuer.

Tendu, il rejoint la fenêtre, avant de jeter un coup d'œil anxieux à sa belle, toujours aussi immobile. Cette vision, plus que tout autre, apaise ses inquiétudes, et le conforte dans ses convictions. Il arrivera à la persuader qu'il a fait le bon choix, c'est une évidence. Malgré tout, il n'est clairement pas disposé à discuter de sa décision avec sa sœur. Aussi, il s'entend rajouter avec une nonchalance feinte.

— Ce n'est rien qu'un bout de papier, Britt, tu sais bien que ça ne représente pas grand-chose pour moi.

C'est faux, archi-faux même. Ce n'est pas pour rien qu'à trente-quatre ans, il ne s'est jamais marié. Peut-être en fait-il un peu trop, mais il faut couper court à cette conversation le plus rapidement possible, avant que sa sœur ne le perce vraiment à jour.

Tandis qu'il essaye de se dépatouiller de la panade dans laquelle il s'est lui-même enlisé, Meg écoute la conversation de plus en plus perplexe. De quoi et de qui pouvaient-ils bien parler ? Sans le vouloir, elle calque son humeur sur celle de son compagnon, dont l'anxiété inonde déjà la pièce. Elle tente de lier les informations qu'il lâche au compte-goutte. Il a fait ce qu'il faut, a-t-il dit, pour ne pas laisser la personne dans une situation complexe, suppose-t-elle. Mais quel rapport cela peut-il avoir avec un morceau de papier ?

À l'instar du jeune homme, Meg sent l'angoisse lui nouer la gorge, avec cette sensation dérangeante de péril imminent. Malgré tout, elle ne bouge pas d'un pouce, retenant son souffle, en attendant plus d'informations. Le silence de la pièce s'alourdit encore, quand des cris colériques, incompréhensibles retentissent à l'autre bout du combiné.

— *Qu'est-ce qui t'est passé par la tête, je ne te comprends plus. As-tu au moins protégé tes intérêts ? Ton restaurant ? Le legs de papa ? Tu aurais pu simplement payer ses frais médicaux et ne pas t'enchaîner à elle.*

—Je préfère ne pas en parler.

— *Et si je veux que nous en discutions !*

— Tu m'agaces ! Cela ne te regarde pas !

Meghan n'est pas habituée à sentir son compagnon sur la défensive. En général, il est plutôt du genre convaincu et convaincant. Sûr de lui, elle ne l'a jamais entendu élever la voix et encore moins contre une femme. Qui que soit cette greluche, elle a le don de le mettre sur le gril.

— *Mais mince à la fin, bien sûr que cela me regarde ! Je suis ta sœur ! Si cela ne suffit pas pour exiger des explications, je suis aussi ton avocate ! À ce titre, nous aurions dû en discuter, avant que tu ne prennes ce genre de décision totalement irréfléchie. Le mariage, c'est une affaire sérieuse, tu le sais aussi bien que moi !*

— Je me suis marié, point, il n'y a rien de plus à en dire...

Quoiiiiii ? manque de crier Meg en ouvrant les yeux d'un seul coup ! Mais qu'est-ce que c'est encore que cette histoire ?

Hébétée, elle braque son regard sur son amant qui a le regard vissé vers l'extérieur, la main libre agrippée au rebord de la fenêtre. Un courant glacé se déverse dans ses veines, tandis qu'elle a toutes les peines du monde, à ne pas se mettre à hurler, pour obtenir des explications. Logan marié ? Avec qui ? Pourquoi ?

Indifférent à ses inquiétudes, le cuisinier poursuit la conversation, sentant que sa sœur ne va pas tarder à perdre patience et déchaîner ses foudres sur lui.

— *Rassure-moi, même si tu ne l'as pas fait avec moi, tu as prévu un contrat prénuptial, avec l'un de mes confrères ?*

— Non !

Il refuse même d'envisager un contrat de mariage entre Meg et lui, et ce, même si elle avait été capable de le ratifier, ce qui n'aurait pas été possible dans le cas présent. Mais bien sûr, il ne risque pas d'avouer ce genre de détail à sa sœur. C'est bien trop pathétique d'en être réduit à cela, pour retenir la femme qu'il aime. En plus, sa sœur est déjà suffisamment en rogne contre lui, si cette information lui arrivait aux oreilles, elle ne se contenterait pas de lui transpercer les tympans à force de hurlements. Comme pour confirmer son intuition, Brittany reprend à la limite de l'hystérie.

— *Tu te moques de moi, c'est ça ? Tu as perdu la tête ! Je ne vois que ça ! Je te préviens,* poursuit-elle, reprenant ce ton de grande sœur moralisatrice qu'il déteste, *ne viens pas te plaindre ou me supplier de te sortir de la merde, tu t'y es mis tout seul, tu devras assumer !*

Logan retient une grimace. Pourquoi sa mère est-elle incapable de garder un secret. Cela aurait été tellement plus simple, qu'il aborde ce sujet délicat lors de leur rencontre avec

Meg. Si Britt s'énerve à ce point, c'est qu'elle a à cœur ses intérêts autant que ceux de sa famille, mais sa rouquine n'a rien de vénal et Britt ne mettra pas longtemps à s'en apercevoir.

Encore faudrait-il qu'il ait le courage de faire face aux conséquences de ses actes. En espérant cette fois ne pas avoir la sensation de trahir sa compagne.

Épuisé de tenter de justifier l'injustifiable, il met fin à l'échange en tentant de s'en sortir la tête haute. Quelle meilleure façon pour y parvenir que de lui livrer la stricte vérité ?

— Je n'aurais rien à assumer, c'est un choix mûrement réfléchi. Nous serions parvenus à cette conclusion, tôt ou tard. J'ai juste devancé l'appel. Et crois-moi sur parole, cela n'a rien à voir avec un quelconque sens du devoir.

Britt marque un temps d'arrêt, apparemment, surprise par les paroles de son frère, mais ne tarde pas à se reprendre et lance toujours avec colère, même si ses intonations ont pris un ton plus bas.

— *J'exige de la rencontrer !*

— Non, tu ne viens pas la voir ! Tu n'as pas non plus le droit d'exiger quoi que ce soit. Elle a suffisamment de choses en tête, sans que je lui impose, en plus, mes casseroles !

— *Mais enfin Loghaner Harper, troisième du nom, j'ai le droit de connaître la fille avec qui tu as décidé de t'enchaîner ?*

Logan ne peut retenir un sourire en entendant sa sœur l'appeler par son nom complet. La colère a disparu de sa voix. Apparemment, le fait qu'il veuille protéger sa compagne et qu'il lui tienne tête a suffisamment surpris sa sœur, pour désamorcer la situation.

— Le jour viendra, Britanny, mais pas encore. Elle a besoin de repos, de retrouver des forces et elle ne supporterait pas que vous la rencontriez, alors qu'elle n'est pas au mieux de sa forme.

Meg, les yeux toujours braqués sur son amant, sent la colère lui vriller l'estomac. Ces dernières paroles confirment ce qu'elle soupçonnait. Logan et cette Britanny sont en train de parler d'elle. Mais qu'est-ce que cette histoire de mariage ? Elle déglutit avec difficulté, tandis que les maux de tête, qui s'étaient mis en sourdine jusque-là, reprennent de plus belle.

— *C'est vraiment quelqu'un d'important ?*

— Oui, pour moi, elle l'est.

— *Tu es sûr de toi ?*

— Autant que l'on puisse l'être dans ce genre de circonstances.

Britt continue à poser quelques questions, plus pour se rassurer que pour jouer les inquisitrices. L'avocate est surprise par l'attitude de son frère, il a toujours été un homme à femmes et n'a jamais caché son côté Don Juan. Pourtant, à l'opposé de ce rôle qu'il aime surjouer, elle ne connaît personne de plus fiable et responsable. C'est d'ailleurs pour cette raison qu'elle a été surprise et en colère qu'il ait choisi de se marier avec une telle hâte. Cela ne lui ressemble pas. Du coup, elle ne peut s'empêcher d'émettre des réserves sur ce soudain emportement. Elle ne va rien lui dire, bien entendu, mais elle va faire quelques recherches dans le passé de cette femme. Qui sait ce qu'elle va trouver.

Même s'il est resté évasif, elle n'a pas besoin d'être cartomancienne pour deviner qu'il est accro. Et c'est loin de la rassurer. Un homme amoureux est un crétin aveugle qui pense plus avec sa hampe qu'avec son cerveau.

La seule chose rassurante, c'est qu'il n'a pas laissé son sens du devoir prendre le pas sur son cœur et malgré son inquiétude, elle s'en réjouit. Elle veut seulement qu'il soit heureux, rien d'autre. Maintenant, à elle de vérifier que la femme, sur qui il a jeté son dévolu, sera à la hauteur de l'amour de son frère.

Si Britanny s'est calmée, c'est loin d'être le cas de la rouquine, dont la colère ne fait qu'amplifier de seconde en seconde. Elle n'entend même plus les réponses de Logan, submergée par une vague de fureur. Elle ne s'interroge pas sur la façon dont il s'y est pris pour faire valider leurs noces, ni même sur les raisons qui l'ont poussé à l'épouser.

La seule chose qui l'obsède, c'est qu'il la prive de sa liberté. Il lui a retiré la possibilité de revenir en arrière. Il l'a dépossédée de son libre arbitre. Et elle ne peut pas laisser passer une telle chose. Elle se l'est promis. Personne ne dirigera jamais plus sa vie. Plus jamais, elle ne sera cette personne faible et manipulable qu'elle a été à une époque. Plus jamais, elle ne laissera quelqu'un prendre les décisions à sa place. Qu'elle aime ou non Logan n'entre plus en ligne de compte, la seule chose qui la guide est ce sentiment étouffant de ne pas avoir le choix.

Dans sa tête, les idées se mélangent à sa colère, amplifiées de façon déraisonnable par la douleur. Des flashbacks d'un passé pas si lointain, où elle était contrainte de subir les sévices vicieux, d'un patron pervers, fusionnent avec cette insupportable perte de contrôle et cette victimisation qui lui sont intolérables.

La pluie d'angoisse se déverse dans ses veines, outrepassant ses pensées, son amour, ravageant la moindre once de bon sens.

Son cœur bat si violemment qu'elle s'attend à ce qu'il traverse ses côtes à tout moment. Comme pour confirmer ses sensations, l'appareil de surveillance se met à biper dans tous les sens, attirant le regard angoissé de Logan, qui se tourne dans sa direction.

Quand leurs yeux se croisent, la douce assurance du jeune homme s'étiole en une seconde, pour être remplacée par une crainte sourde. Le regard dur et inflexible de la jeune femme n'y est certainement pas étranger. Pourtant, tandis que la rage de la rouquine devient presque palpable, le cuisinier conserve, non sans mal, une voix égale pour terminer l'échange avec sa sœur.

Sans quitter sa compagne des yeux, il prend congé sur un ton affectueux, ce qui a le don de décupler la fureur de cette dernière.

— Oui, toi aussi tu me manques. Je viens te voir bientôt, c'est promis.

— *N'attends pas l'année prochaine pour tenir ta promesse ! Je t'aime petit frère.*

Dans d'autres circonstances, il aurait probablement souri, mais là, face à la situation, il peine à avaler sa salive. Pourtant soucieux de ne pas inquiéter sa sœur, il maintient un ton égal, entre tendresse et respect.

Les pupilles de sa tigresse sont passées du noisette au noir d'encre et il profite de la fin de la conversation téléphonique, pour maîtriser les battements totalement anarchiques de son cœur.

— Je t'aime aussi. À bientôt Britt.

Quand il conclut et raccroche, un éclair indéfinissable traverse les yeux de la jeune femme. Il déglutit péniblement en tentant de se donner contenance.

Cela fait quinze jours qu'ils n'ont pas échangé un mot et il pressent qu'il aurait préféré que cela dure quelques heures encore. Qu'a-t-elle entendu de leur échange ? Il suppose qu'elle en a compris l'essentiel, s'il en croit le corps tendu et frémissant qu'elle lui oppose.

Un silence pesant envahit l'air de la chambre, rendant le jeune homme presque claustrophobe. Il cherche une approche, une façon de l'aborder, pour désamorcer la bombe qui est sur le point d'exploser. Mais bien entendu, rien ne lui vient, où sont donc passées sa belle assurance et son éloquence habituelle ? Probablement, enfermées à double tour avec son intelligence, dans les confins de son cerveau en déroute.

Un combat de coqs s'engage entre eux. Mais comme il est en tort, et qu'elle en a plus dans le pantalon, que la plupart des mecs qu'il connaît, c'est lui qui finit par détourner les yeux une demi-seconde. Comme si elle avait attendu ce signe de faiblesse pour lancer l'offensive, elle l'invective acerbe.

— Tu n'as pas quelque chose à me dire ?

Le regard troublé du jeune homme se retourne automatiquement vers elle et il tente d'afficher une assurance qu'il est bien loin d'éprouver. Il pourrait lui mentir, lui servir des platitudes convaincantes, en utilisant le chantage dont les deux amies étaient l'objet pour expliquer son choix. Pourtant, il a parfaitement conscience que ce ne serait qu'une excuse. Alors il bombe son torse, comme pour se rendre plus impressionnant, et réplique :

— Ça dépend, à quel sujet ?

— Tu le sais très bien !

Devant sa moue défiante, elle poursuit, sans jamais baisser les yeux. Elle a beau être immobile, dans son lit, elle domine largement l'échange.

— Tu veux une liste ? Tu vas l'avoir ! Cette Britt pour commencer, qui est-ce ? Qu'est-ce qu'elle te voulait ? C'est quoi cette histoire de mariage ? Avec qui t'es-tu marié ? Pourquoi ? Enfin, et c'est la question la plus importante, qu'est-ce que tu fiches encore ici ?

Si un léger sourire se dessine sur ses lèvres, en constatant qu'elle a placé Britanny, comme la priorité de ses inquiétudes, il disparaît lorsqu'elle lui jette, au visage, sa dernière question.

Le ton est donné, même s'il ne va pas pour autant se laisser entraîner sur cette voie, sans lutter.

— Pour ton information, Britt est ma grande sœur.

Une expression de soulagement traverse fugacement ses traits pour mourir presque aussitôt, laissant place au masque dur et distant dont elle a le secret.

— Elle voulait savoir pourquoi j'ai décidé de me marier, si précipitamment, sans avoir pris la peine de leur présenter celle que j'ai choisie.

— À vrai dire, je serais aussi très intéressée par ta réponse ! crache-t-elle avec défiance.

Pourtant il ne se laisse pas démonter devant son apparente hostilité, il croit en eux pour deux s'il le faut !

— Il est évident que si elle te connaissait, elle ne me poserait plus la question.

Il lui avoue implicitement que ce qu'elle a compris n'est que la stricte vérité. Elle est sa femme, il l'aime et ils en seraient arrivés, à un moment ou un autre, à une telle conclusion. S'il espérait, qu'en lui avouant cette évidence, elle allait s'adoucir, il est clair qu'il se berçait d'illusions.

Le visage de sa compagne, déjà glacial, devient abyssal. Ses prunelles reflètent fermeté et colère, ainsi que le fossé qu'elle s'acharne à creuser entre eux. Bien entendu, si on considère la façon, dont elle vient d'apprendre qu'il l'avait prise au piège, peut-on vraiment lui en vouloir ?

Logan déglutit, sans la lâcher des yeux, affichant cet air bravache et convaincu qu'il est loin d'éprouver. Il sait que l'échange va basculer dans la direction qu'il redoutait. Il aurait tellement aimé lui dire tout ce qu'il a sur le cœur, tout en sachant pertinemment, qu'elle est trop fière et trop têtue pour le laisser s'expliquer.

Elle reste silencieuse, attendant, certainement, qu'il continue à répondre à ses questions, mais il se tait. L'affrontement est presque plus assourdissant que s'ils se défiaient en hurlant. L'échange de regards se poursuit une éternité, laissant entrevoir au jeune homme à quel point il l'a blessée. Elle fait partie de ces personnes dont le mutisme est proportionnel à leur émotion. Enfin, jusqu'au moment où elle décide qu'elle doit le confronter. Elle veut qu'il comprenne son point de vue, qu'il admette sa folie et qu'il fasse machine arrière. Seulement, plutôt que de le lui dire clairement, elle est tellement en rogne qu'elle laisse transparaître l'étendue de sa frustration.

— Comment as-tu osé me faire un truc pareil, Logan ? Je veux que tu mettes fin à cette mascarade immédiatement !

Son intonation est sèche et directive, ne laissant aucune place au doute. Mais le jeune homme n'a absolument pas l'intention de céder, aussi répond-il avec la même inflexion.

— Non.

— Non ? interroge-t-elle, les yeux lançant désormais des éclairs.

— Tu m'as très bien comprise. Je-ne-mettrai-pas-fin-à-notre-mariage.

Il détache chaque mot avec intensité pour les affirmer haut et clair. Puis face au teint de plus en plus rouge de sa compagne, il tente une explication.

— Je sais que tu es en colère…

— En colère ? l'interrompt-elle, d'un ton tranchant, mais tu es bien loin de la vérité. Là, à cette seconde, si j'avais la possibilité de me lever, je te décrocherais une gifle monumentale, qui te dévisserait la tête. Je ne suis pas en colère, j'ai largement dépassé ce stade.

Malgré la réplique glaciale, Logan sent un sourire se dessiner sur ses lèvres. Il tente de le dissimuler, mais il n'échappe pas à sa compagne. Il ne cherche pas à attiser son agacement, mais ne peut s'empêcher de trouver le teint rosé, que leur échange a fait naître sur ses joues, sexy en diable. Plus que tout, il est heureux de la retrouver. Dans leur confrontation, il récupère la partie d'elle qui lui a tant manqué ces dernières semaines. Tout vaut mieux que son apathie qui peuplait leurs rapports ces derniers jours.

Les bips de l'appareil se remettent à sonner, rompant leur échange. Il culpabilise un peu de la mettre dans un tel état, surtout que les médecins lui ont demandé de la préserver des émotions fortes. Pourtant, il n'est plus question de reculer.

— Je conçois que tu sois en colère, mais je t'aime Meg…

Elle secoue la tête pour l'interrompre de nouveau.

— Non, Logan, celle que tu penses aimer n'existe plus. Tu n'as pas la moindre idée de celle que je suis aujourd'hui. Tu ne comprends rien de ce que je ressens, parce que si c'était le cas, tu ne m'imposerais pas ce genre de situation, et tu me laisserais tranquille.

Chaque parole atteint le jeune homme en pleine poitrine, et même s'il s'attendait, plus ou moins, à ce genre de réaction, l'entendre n'en reste pas moins violent. Les réflexions qu'elle lui jette à la figure sont douloureuses, parce qu'il a parfaitement conscience de leur véracité.

Lorsqu'elle poursuit, son expression fermée provoque un frisson glacé sur la peau du Logan. Il comprend d'instinct qu'elle a pris sa décision et qu'il n'a aucun moyen de la faire ployer. Il sait à quel point elle peut être rigide et bornée quand il s'agit de se protéger. Il lui a fallu deux ans, pour qu'elle accepte de le revoir, après la pire expérience de leur vie. Sauf que cette fois-ci, il ne la laissera pas s'enfuir, sans avoir l'assurance qu'elle ne lui échappera pas.

— En agissant comme un connard égocentrique, tu m'as privée de la plus élémentaire des libertés : le droit de choisir. Et ça, vois-tu, c'est la seule chose que je ne pourrai jamais te pardonner. Maintenant, je veux que tu sortes d'ici, avant que j'appelle la sécurité, pour te mettre dehors, manu militari. Je ne veux plus jamais te voir, Logan !

Elle pointe l'index de son bras valide, en direction de la sortie, pour appuyer ses paroles, retenant difficilement un rictus douloureux. Sa grimace, associée au bip strident de l'alarme qui retentit toujours, le décide à obtempérer. Ce qu'elle ignore en revanche, c'est qu'il ne va pas abandonner pour autant. Il va s'éloigner un peu, la laisser reprendre ses esprits, calmer sa colère et reviendra très bientôt sur le devant de la scène.

Dès le début de la conversation, il savait qu'elle se terminerait de cette façon, mais si par le passé, il a cédé à ses injonctions, cela n'arrivera plus désormais. Il a besoin d'elle, c'est un fait sur lequel il n'a aucun contrôle. Même si ce n'est pas réciproque, il saura lui prouver qu'il peut la soutenir d'une façon différente. Il ne se laissera plus jamais éconduire, quelles que soient les circonstances. Il est là, et même si c'est égoïste, il a bien l'intention d'y rester.

Convaincu que lui laisser de l'espace est la forme de liberté dont elle a besoin, il lui sourit avec une expression indulgente. Cette réponse, plus que tout autre, renforce la rage de la rouquine, même si elle a du mal à déterminer pourquoi.

Sans un mot, il s'avance vers la porte, d'un pas nonchalant, laissant planer que leur coup d'éclat n'a pas vraiment de prise sur lui. Son attitude la déroute, cependant elle s'efforce à ne rien laisser paraître. Pas besoin qu'il se doute à quel point ses sentiments se bousculent dans son esprit. Même si elle se raccroche au plus facile d'entre eux, la colère, elle a parfaitement conscience qu'il est loin d'être le seul et cela l'agace.

La solitude l'enveloppe. Seulement, pour la première fois, elle n'en ressent aucun soulagement, pire encore, elle en souffre. Le comble de l'horreur, elle n'arrive pas à déterminer lequel de ses sentiments prédomine. Pour une personne aussi déterminée qu'elle, rien n'est plus dérangeant. Elle est si déstabilisée qu'elle se retranche derrière sa fierté, parce qu'elle, au moins, ne la trahira jamais.

Quand il atteint la porte, elle ne peut retenir une énième attaque, comme pour se prouver qu'elle n'est pas vraiment affectée et lance.

— Tu auras affaire à mes avocats pour la procédure de divorce.

Il se tourne vers elle, lentement, et lui rétorque, avant de refermer la porte derrière lui, la laissant seule comme une imbécile :

— Je ne signerai aucun papier de divorce, sans que tu ne m'aies convaincu de la légitimité de ta démarche. Et tu sais, Meg, que je ne suis pas homme à renoncer aisément.

# Chapitre 3

## Meghan

*De nos jours*

— Je t'interdis de poser tes sales pattes sur moi ! grincé-je, en tentant de me stabiliser.

J'essaie de retrouver l'équilibre, avec toute la dignité que me laisse ma gaucherie. Il faut dire que se ridiculiser, alors que l'on veut, plus que tout, paraître indifférente et sûre de soi, ne joue pas à mon avantage. Et dire que j'étais la grâce incarnée ! Saleté d'accident.

Et si encore mon corps ne réagissait pas à sa proximité ! Mais je n'aurai pas cette chance ! En même temps, à quoi m'attendais-je exactement ? Pensais-je vraiment que le revoir me laisserait indifférente ? Ai-je vraiment cru que m'atteler à l'écarter de mes pensées, alors qu'il s'y infiltrait chaque jour un peu plus, allait miraculeusement m'immuniser ?

RI-DI-CU-LE !

Comble de malchance, pourquoi a-t-il fallu qu'il choisisse précisément ce jour, pour recroiser mon chemin ?

Et d'ailleurs, qu'est-ce qu'il fout là ?

Bien entendu, plutôt que de me laisser me dépatouiller avec ma faiblesse, il choisit de ne tenir aucun compte de mon injonction. Sans interrompre son geste, il m'attrape par les épaules, pour me redresser. Son mouvement est tellement rapide, que ma protestation s'éteint parce qu'il s'éloigne déjà. Il me sourit d'un air amusé, en feignant l'excuse.

— Le bébé tigre sort déjà ses griffes ? Tu es trop prévisible, ma chérie !

J'écume de colère, réalisant qu'il lui suffit d'une phrase pour mettre le feu aux poudres. Mais ce n'est pas seulement sa réplique qui fait monter ma tension, mais la réaction de mon corps face à son contact.

Connes d'hormones !

Conne d'abstinence forcée !

Je ferme le poing, parfaitement consciente que le frapper reviendrait à admettre à quel point il m'atteint. Je me mords l'intérieur de la joue, jusqu'à sentir le goût ferreux du sang, tout en le dévisageant avec tout le mépris que j'ai à disposition.

À cet instant, la colère qui me vrille le ventre est autant dirigée contre moi que contre lui.

Puis, quand je suis certaine d'avoir calmé le brasier que ses mains ont allumé sous ma peau, je me détourne pour attraper mes affaires.

Qu'il soit maudit, ce satané dieu grec !

Comprenant que je n'ai pas du tout l'intention de lui adresser un mot de plus, il m'arrache des mains la poignée de ma valise que je viens de récupérer.

Je lui jette un regard noir, qui le laisse totalement indifférent, et m'avance jusqu'à la porte, en le bousculant à nouveau au passage. Une fois encore, ce serait bien plus efficace si je ne devais pas récupérer ma béquille que j'ai posée à l'entrée de la chambre.

Je n'ai qu'une seule idée en tête, le laisser en plan et m'éloigner le plus loin possible. Si en prime, je pouvais lui claquer la porte au nez, ce serait jubilatoire ! Mais bien entendu, ce serait trop demander à ma connerie d'existence d'abonder un jour dans la bonne direction.

J'aboutis donc dans le couloir, le grand benêt collé à mes basques et avance d'un pas rageur et clopinant.

Arrivée à l'accueil, je me dirige vers la secrétaire pour qu'elle me donne mes ordonnances.

— Bonjour, dis-je, tendue par la présence de l'énergumène, qui s'est adapté à mon rythme, sans un mot de plus. Je viens chercher mes papiers de sortie, au nom de mademoiselle Blanc.

Une voix, derrière moi, me fait grincer des dents, en nous apostrophant, pour rectifier.

— Madame Harper, croasse-t-il en posant sa main sur mon épaule, avant de rajouter, avec un sourire éblouissant, destiné à la jeune employée, qui en perd tous ses moyens.

— Elle a encore du mal à s'y faire.

Je dégage mon épaule de sa poigne, en me détestant de ne pas parvenir à occulter la chaleur de sa paume.

Je ne réponds rien, mais adresse un sourire crispé à la jeune femme qui, incrédule, passe de lui à moi. Ne tenant pas particulièrement à me donner en spectacle, j'arrache un peu violemment les documents qu'elle me tend, puis m'éloigne pour rejoindre la sortie. Je l'entends rajouter à mi-voix, à l'adresse de la secrétaire, probablement toujours bouche bée.

— Vous n'y êtes pour rien, rassurez-vous, elle a ses règles, ça la rend un peu irritable.

La pouffe se met à glousser, comme une dinde, en réponse, et j'ai envie de hurler de frustration. Je n'y crois pas, cet imbécile drague de façon éhontée, à mes dépens. Encore une dont il serait capable d'obtenir le téléphone, en deux œillades ! C'est navrant !

Même si je m'oblige à accélérer pour le distancer, il lui faut moins de dix secondes pour me rejoindre. Il ne dit rien, mais se rapproche suffisamment de moi, pour que je puisse sentir son odeur de cèdre et de musc, si singulière, m'encercler de toutes parts.

Bordel ! Pourquoi faut-il que tout en lui me grise ?

Je suis si dangereusement consciente de la moindre de ses respirations, que j'en viens à oublier les règles de base. On doit toujours regarder où l'on pose ses pieds. Aussi, à ma grande honte, je manque, une nouvelle fois, de trébucher en sortant du bâtiment. Heureusement, ma béquille me sauve de la catastrophe avant qu'il n'ait l'opportunité de me toucher de nouveau. Tout à la fois, indifférent et directif, il m'informe, en me désignant de la main le parking à deux pas.

— Ma voiture est ici !

Sans tenir compte de son injonction, je pars dans la direction opposée. En réponse, il lâche un « shit » qui me tire une moue satisfaite. Tu peux toujours courir pour que je monte avec toi ! pensé-je, mesquine.

— Tu vas continuer encore longtemps à jouer les clowns équilibristes muets, bébé ?

Je ne peux me retenir de lui jeter un regard noir, tout en aboyant, vexée qu'il ose se moquer de mon handicap :

— Un équilibriste ? Tu trouves ça drôle de me voir lutter pour rester debout ?

Il rit tout en secouant la tête les yeux aux ciel.

— Cela n'a rien à voir ! raille-t-il moqueur en désignant mon visage, d'un geste circulaire.

Je fronce les sourcils, exaspérée par ses puérilités incompréhensibles. Préférant m'éloigner avant de me servir de ma béquille pour le castrer, je tourne le dos et poursuis mon échappée. Il me rattrape en deux enjambées étouffant à grand peine ses derniers ricanements.

— Calme-toi ! Cela n'a rien à voir avec ta patte folle !

Je le fusille du regard et il lève les mains pour m'apaiser.

— Tu n'as colorié que l'une de tes paupières.

Je ferme les yeux un quart de seconde sentant le rouge me monter aux joues. Bordel ! Pourquoi faut-il qu'il me prenne systématiquement en défaut et que j'imagine toujours le pire quand ça le concerne. Je me remémore son arrivée, pour le moins chaotique. Il m'a prise au dépourvu et mon feu aux joues s'intensifie.

Plutôt que de répondre, et pressée de me détourner, je reprends ma progression. Il lâche un soupir exaspéré et me dépasse avant de rajouter :

— Où vas- tu ? Ma voiture est de l'autre côté.

Face à l'athlète, au corps massif d'ailier rapproche[1], je cabre les épaules pour me donner plus de contenance et l'affronte vaillamment, avec défiance.

— Si tu espères que je vais sagement te suivre, c'est que tu crois encore au Père Noël !

Pour accentuer mes propos, je croise les bras sur ma poitrine, le visage de marbre. Mon sang, ce traître, pulse atrocement dans les tempes.

— Comment comptes-tu rentrer ?

— Je leur ai demandé de commander un taxi, affirmé-je, sûre de moi.

— Ils l'ont annulé, contre-t-il avec aplomb.

— Mais de quel droit ! Bon sang !

— Je suis ton mari, réplique-t-il avec ce ton d'évidence qui me donne envie de lui tordre le cou.

— Mais tu es complètement dingue ! Tu n'es rien du tout ! Tu n'as aucun droit pour me dire ce que je dois faire !

Pas le moins du monde décontenancé, il me regarde avec le sourire.

— J'adore quand tu t'énerves, tu as ta petite veine sur le front qui se met à palpiter et de l'écume au coin de la bouche !

Connard ! Connard ! Connard ! Les insultes fusent dans ma tête, mais je suis tellement ébahie, que j'ouvre et ferme la bouche, façon poisson hors de son bocal. Je me détourne, ne pouvant retenir un geste anxieux, pour essuyer le coin de mes

---

[1] Joueurs de football américain grands, puissants et rapides (assimilables au joueur de troisième ligne au rugby)

lèvres. Geste qui ne lui échappe pas et qui le fait éclater de rire.

Résolue à couper court à la discussion, je repars d'un pas lourd et colérique pour le contourner. Il me laisse passer, mais, au dernier moment, me rattrape par le coude pour arrêter ma fuite.

— Tu vas où exactement ?

— Lâche-moi ! ragé-je entre les dents, alors que sa main propage une délicieuse chaleur sur ma peau glaciale. Quoi que tu en penses, cela ne te regarde pas !

— Tu as tout faux, bébé !

Si j'avais des mitrailleuses à la place des yeux, il serait déjà criblé de balles. Indifférent, il resserre sa prise et poursuit :

— Si tu crois que je vais te laisser partir, ou m'éconduire, tu te mets le doigt dans l'œil jusqu'au coude !

En pointant un doigt menaçant dans sa direction, je hurle en tentant vainement de me dégager !

— Je te déteste ! Je ne veux plus rien avoir affaire avec toi ! Et peu importe ce que disent les papiers, je ne suis pas ta femme et ne le serai jamais !

Une expression blessée marque ses traits, si furtivement que je me demande si je ne l'ai pas rêvée. Avant de reprendre cet air résolu, qu'il arbore, en général, quand rien n'est capable d'ébranler sa détermination.

Avant que j'aie compris ce qu'il m'arrive, il se baisse, m'attrape par l'arrière des genoux et me balance sans préambule sur son épaule. Choquée, il me faut bien deux secondes pour comprendre la situation et que je commence à me débattre.

— Lâche-moi ! m'époumoné-je, en tapant les poings dans son dos.

Bien entendu, même avec toute ma colère, cela a autant d'impact qu'une punaise sur une jambe de bois. Il fait trente centimètres de plus que moi, pour le double de mon poids, autant dire que je n'ai absolument aucune chance.

Il avance à grands pas vers sa voiture, me maintenant sur une épaule d'un seul bras tandis qu'il tient mes affaires de l'autre. J'ai beau m'égosiller à pleins poumons, il ne tient résolument aucun compte de mes hurlements. Je suis tellement en colère et j'essaie avec tant de véhémence de me libérer, que je finis par faire un faux mouvement et couiner de souffrance.

Des larmes de rage douloureuse emplissent ma vue et à cet instant, je serais prête à l'éviscérer sans préavis. Je continue à brailler, comme une possédée, jusqu'à ce qu'une centaine de mètres plus loin, il me repose au sol, sans pour autant me lâcher la taille. Sa façon de me manipuler n'a rien de doux ni de sensuel, il me traite comme une gamine récalcitrante face à un adulte autoritaire. Tout ce que j'exècre !

Lorsque j'affronte son regard, mon assurance vacille quelque peu, même si je me reprends presque aussitôt. Dans ses prunelles noir ébène, je m'attendais à voir son aplomb infaillible et cette arrogance hautaine qu'il sait si aisément laisser transparaître. Mais elles ne trahissent pas du tout ce genre de sentiment. Non ! Elles sont étincelantes de colère et ça me désarme complètement.

Pourquoi est-il en rage ? Il n'a aucun droit de l'être ! Bon sang ! Ce n'est pas lui qui est harcelé, acculé, marié sous la contrainte, poussé dans ses retranchements.

Je le repousse à deux mains, parce que même contre ma volonté, sa proximité remue le monstre de concupiscence qui me vrille le ventre. J'ai besoin d'espace pour parvenir à reprendre mon souffle. Huit mois que je ne l'ai pas vu, et la vague de sensations qu'il me fait éprouver n'a rien perdu de sa virulence. Je le déteste tellement ! Probablement autant que je l'aime, mais je m'arracherais la langue plutôt que de l'admettre.

Nous nous mesurons du regard. C'est à celui qui cédera le premier. Plus déterminé que jamais, il joint à son expression colérique les mots pour me pousser à bout.

— Toute la rage du monde ne vaut pas la peine que tu te fasses mal ! Si tu étais moins entêtée, tu comprendrais que je ne cherche qu'à t'aider !

— Tu veux m'aider maintenant ! craché-je méchante, alors débarrasse le plancher et laisse-moi en paix !

— Non, parce que, quoi que tu en dises, ce n'est pas ce que tu veux ni ce dont tu as besoin !

— Parce que maintenant tu sais mieux que moi ce qui m'est nécessaire ! répliqué-je, avec virulence.

— Évidemment que je le sais. Tu as besoin de retrouver tes marques, de te prouver que tu es capable d'atteindre les objectifs que tu t'es fixés. Je sais pertinemment que tu pourrais les atteindre seule, mais je veux aussi que tu comprennes que tu n'es pas obligée de tout surmonter sans soutien. Tu as d'autres options.

Il prend son ton le plus convaincant, le même qu'il a utilisé pour me persuader de retenter l'expérience, il y a quelques mois. Sauf que cette fois, je ne suis pas prête à lui céder.

— Pour que tu m'abandonnes comme tu l'as déjà fait !

Ma réplique est minable, j'en ai parfaitement conscience.

D'autant que j'ai été à l'origine de chacune de nos séparations.

Loin d'être désarçonné par mes attaques, il penche la tête comme s'il cherchait à déterminer ce que je lui cache.

— Je ne t'ai jamais abandonnée, et si tu l'as cru, c'est que tu préfères te complaire dans tes mensonges. Je t'ai juste laissé l'espace nécessaire, pour que tu te retrouves. Je sais que c'est ce dont tu avais besoin. Mais ne va pas croire que j'ignore ce que tu as vécu pendant ces longs mois, Meg. J'en sais même beaucoup plus que tu ne le penses.

— Où étais-tu alors que je devais faire face à la perte de ma meilleure amie ? Où étais-tu lorsque j'ai dû l'enterrer, avec son compagnon ? Qui, soit dit en passant, était censé être l'un de tes meilleurs potes. Qu'est-ce que tu faisais quand j'avais tellement mal, qu'à chaque respiration, j'avais envie de me balancer par la fenêtre, pour que cela s'arrête ?

Son front se plisse, mais je n'arrive pas à déterminer ses pensées.

— J'étais là où je me devais d'être, se contente-t-il de répondre et son visage se fige dans une expression glaciale, qui lui ressemble si peu.

Il relâche son étreinte, et recule d'un pas. Ce geste qui, deux minutes plus tôt, m'aurait parfaitement satisfaite, me laisse une sensation de malaise inexplicable. Un frisson me parcourt et je ressens son éloignement jusque dans mes os. Quand il reprend, le ton de sa voix s'est calqué sur son attitude.

— Je ne vais pas m'abaisser à te supplier, Meg. Soit, tu fais preuve d'intelligence et tu grimpes dans cette voiture, sans jouer les gosses capricieuses. Soit, je t'y fais monter de force. Tu n'as pas d'autre option.

Le regard, qu'il me jette, fait taire la vague de protestations que ses paroles font naître en moi. Je sais quand il est temps de se battre et quand les combats ne servent à rien.

Reculer d'un pas, concéder un point ne veut pas dire qu'il a gagné la bataille, juste que je préfère accorder mon énergie à des points plus importants. Forte de cette idée, je décide de le satisfaire, pour l'instant, tout au moins.

Rien n'est résolu, je ne veux pas dépendre de lui, je ne veux pas qu'il ait une place dans ma vie. Paradoxalement, je ne veux pas, non plus, qu'il disparaisse, même si je fais tout pour qu'il le fasse. Je n'aime pas qu'il ait cette emprise sur moi, mais je serais idiote de me voiler la face. Alors, sans me défaire de mon expression butée, je m'avance vers la porte avant de sa berline, en lui écrasant le pied au passage. Je m'assois sur le siège, en serrant les dents de douleur. Il me tend alors ma béquille avant de claquer violemment la porte.

Je l'entends glisser la valise dans le coffre et s'asseoir sur le siège conducteur, sans piper mot. La voiture démarre et je me cale au fond de mon siège. Après notre confrontation, je m'attendais à ce que l'ambiance dans l'habitacle soit pesante, mais ce n'est pas vraiment le cas. Logan allume l'autoradio en le connectant au Bluetooth de son portable. Il met en route sa playlist, étrangement similaire à la mienne. Les tubes rythmés s'enchaînent et allègent imperceptiblement mon humeur.

Je suis vaguement surprise que Logan prenne la direction de mon immeuble, sans la moindre question, ni la moindre hésitation. J'ignorais qu'il en connaissait l'adresse. Nous avons beau avoir partager de nombreux moments, il n'y a jamais mis les pieds. C'est mon espace, le seul endroit où je ne joue aucun rôle.

Comme s'il le savait, il n'a jamais cherché à l'envahir. Que va-t-il en être aujourd'hui ? Croit-il pouvoir saturer mon espace ?

Je ne mets pas très longtemps à obtenir une réponse. Moins d'une demi-heure plus tard, il se gare devant mon bâtiment. Cela fait un mois que je n'y ai pas mis les pieds, j'ai même failli le revendre quand je suis rentrée des États-Unis en fauteuil. Heureusement, je n'ai pas pu m'y résoudre, attendant de voir comment allait se passer la rééducation, avant de prendre une décision.

Rien que de me tenir devant l'édifice des années soixante, dressé dans toute sa magnificence, une bouffée de paix m'envahit. Pourtant, malgré cette vague de bien-être, je suis incapable de faire taire l'agitation dont mon chauffeur est seul responsable. Je lui jette un regard anxieux, mais lui garde résolument les yeux vissés sur la façade. Peu désireuse de relancer une dispute, alors que sa présence est déjà suffisamment déstabilisante, je me résous à avancer.

Je monte les quatre marches qui me séparent de l'immense porte en bois massif. Je compose le code sur le petit boîtier numérique, et pousse le battant dans un grincement coutumier. Je suis accueillie dans le hall par l'odeur douce et piquante du détergent citronné, que le vieux concierge utilise, sans restriction. Cette odeur, pourtant âpre, mais étrangement familière, m'aide à me relâcher, malgré la présence déroutante de Logan entre ces murs.

J'ai toujours cru que le voir ici déclencherait tous les signaux d'alarme dans ma tête, avec le panneau danger, s'illuminant comme un sapin de Noël. Je pensais avoir envie de tout rejeter en bloc, de lui demander de partir. Pourtant ce n'est pas du tout ce que j'éprouve. J'en suis même très loin.

J'aime étrangement le voir dans mon monde, même si cela me déroute. Cependant, je sais aussi que mes envies, mes sentiments et mes obsessions sont bien trop emmêlés pour parvenir à les comprendre avec clairvoyance. La seule chose, dont je suis certaine, c'est que j'ai beau le détester, avoir la rage contre son autoritarisme et ma privation de liberté, une part de moi le désire. Cette envie traîtresse est incapable de se satisfaire de son départ. Plus grave encore, notre séparation semble l'avoir rendue bien trop intelligible, et incapable à occulter.

Je peux bien me mentir à moi-même, si ça me chante, pourtant je suis contrainte d'admettre qu'il m'a terriblement manqué. Cette constatation est amère, parce qu'elle signe un besoin, que je m'étais toujours interdit jusque-là.

Mais devrais-je vraiment en être surprise ? Ce n'est pas nouveau, quand il entre dans l'équation, ma rationalité fout le camp, et je me prends à espérer un « peut-être ». Ma faiblesse est rageante, car elle m'ouvre les portes d'un « si » inaccessible. Je devrais pourtant le savoir depuis le temps : l'espoir est un poison vicieux qui attend la moindre faiblesse pour s'infiltrer partout. Je ne peux pas me le permettre et aujourd'hui, encore moins qu'hier.

Lorsque la porte de l'immeuble se referme derrière nous, mon corps se relâche. Ma posture fière s'affaisse un peu, ici, je suis sur mon terrain. Le lieu que j'ai choisi, dans lequel je m'épanouis, depuis le jour où je me suis émancipée, libérée de mes chaînes. C'est aussi là où je panse mes plaies, que j'exprime ma frustration à travers mon corps. C'est mon refuge.

Pour la première fois, je laisse quelqu'un pénétrer dans cet antre où même mes amies n'ont jamais eu leur place. Comme s'il avait senti mon malaise, il pose sa paume sur mon bras.

— Il y a un ascenseur ?

Je hausse un sourcil interrogateur, prise de court par sa question et réponds d'une voix un peu agressive.

— Non !

Il n'a pas l'air de se formaliser de mon ton et poursuit son interrogatoire d'un ton soucieux.

— Combien d'étages as-tu à grimper ?

— Pourquoi cette question ? Parce que j'espère pour toi que tu n'as pas l'intention de me faire subir à nouveau tes comportements ridicules d'homme des cavernes.

Il lève les yeux au ciel et esquisse un sourire en se remémorant, probablement, son coup d'éclat devant le centre de rééducation. Puis, son amusement s'efface en jetant un coup d'œil anxieux à ma jambe, me renvoyant, sans le dire, la situation à la figure. Mauvais calcul, Logan !

Le semblant de paix qui s'était installé s'envole instantanément, et je crache avec virulence.

— Je n'ai pas besoin d'un sauveur ! Si c'est la raison de ta présence, tu peux rebrousser chemin tout de suite.

— Qu'est-ce que tu peux être soupe au lait ! Je voulais juste savoir, si je pouvais te laisser, ou si tu voulais que je monte ta valise jusqu'à ton palier.

J'en déduis donc qu'il n'a pas l'intention de rester et j'en éprouve une étrange déception. Pour masquer ma réaction, je lui adresse un doigt d'honneur, mais il ne le remarque pas, trop concentré à détailler la baie vitrée, au fond du couloir, qui donne sur le patio.

Il faut dire que mon immeuble est une curiosité, même pour le centre de Marseille, qui est déjà une ville aussi hétéroclite qu'excentrique. Les propriétaires ont voulu créer un espace communautaire différent. Neuf appartements, agencés en U, autour d'une grande cour, façon Feng shui. Ils ont poussé le vice de la zen attitude en plantant deux oliviers qui nous servent désormais de parasols naturels.

Au centre, une petite fontaine, en circuit fermé, entourée de bandes de sable noir et blanc en alternance. Si l'on ajoute à cela des transats de pierre blanche, sur lesquels ils ont déposé des coussins épais, pour augmenter le confort, cela a tout du paradis sur terre.

Pourtant, la magie du lieu est ailleurs. Il a été créé pour et par des artistes. Ainsi, ils ont tout mis en œuvre pour que chacun puisse s'exprimer à travers son art. Dans cet esprit, au quatrième étage, l'architecte a conçu trois cent cinquante mètres carrés de liberté.

Il a fait aménager un immense jardin, très apprécié par les peintres et dessinateurs en tout genre. Mais pas seulement, le concepteur a prévu une pièce munie d'une chambre noire faisant office de studio photo. La salle suivante est aménagée en petit théâtre avec une vingtaine de sièges pour les représentations en petit comité. Mais l'espace qui m'intéresse vraiment est tout au fond de l'étage. Il s'ouvre sur une immense salle de danse. C'est le pied absolu ! Jamais, même avec mon salaire plutôt confortable, je n'aurais pu me payer le luxe d'avoir une telle pièce, juste pour mon plaisir. C'est mon petit miracle personnel, une vraie bouffée d'oxygène pour mon seul plaisir.

— Ne t'en fais pas, lui dis-je à voix feutrée, me sentant quelque peu coupable de lui prêter sans cesse les pires pensées. Je n'ai qu'une volée de marches pour rejoindre mon appartement, tu peux laisser la valise ici.

Il se tourne vers moi, le visage toujours indéchiffrable, cherchant certainement à évaluer ma sincérité. Ses yeux accrochent les miens et le silence s'installe. Je ne sais pas bien si une minute ou une heure s'est écoulée avant qu'il reprenne la parole, d'un ton légèrement radouci.

— Je suppose que tu as besoin de te reposer après une telle journée.

J'opine sans répondre, pas vraiment désireuse de m'étendre sur mon envie contraire.

— Et puis, il va te falloir un moment pour préparer tes affaires.

— Préparer mes affaires ? De quoi parles-tu ?

— C'est évident non ?

Je fronce le nez sentant le coup fourré arriver à la vitesse grand V.

— Pas pour moi !

— Tu prépares tes affaires pour rentrer avec moi, à New York.

Le choc doit se lire sur mon visage, mais je ne me laisse pas désarçonner pour autant, je réplique avec toute cette colère qui couve sans cesse entre nous.

— Mais il n'est absolument pas question que je te suive là-bas.

Il lève les yeux au ciel comme si je racontais la pire idiotie de tous les temps.

— Tu ne vas pas recommencer à faire l'enfant, râle-t-il d'un ton sévère.

— Faire l'enfant ! Tu te moques de moi, c'est ça ? Mais qu'est-ce que tu ne comprends pas dans l'idée que je n'ai aucune intention de partir aux États-Unis avec toi ?

Il me dévisage, visiblement de plus en plus agacé. Non, mais ! De quel droit peut-il être en colère, c'est le monde à l'envers ! Comme pour répondre à ma fureur, il assène avec impatience.

— Il n'est pas question que je vive plus longtemps loin de mon épouse.

Ma main me démange de lui envoyer une bonne droite. À la place, je lui hurle dessus.

— Va te faire voir ! Je ne suis pas ta femme et je ne le serai jamais !

— Il me semble que nous avons déjà eu cette conversation, il y a une heure ! Tu es mon épouse, que ça te plaise ou non ! et tu ne vivras pas à l'autre bout du monde !

Si la première fois, j'avais discerné une pointe de douleur à mon attaque, cette fois, il garde comme seule expression de la détermination sans la moindre once de doute. Partagée entre incrédulité et rage, je réplique avec virulence :

— Mais je ne veux pas être ton épouse, je ne veux rien avoir affaire avec toi ! Je te déteste, à cet instant, j'ai même envie de t'arracher la tête !

Dans ses yeux, une lueur s'allume quand il comprend qu'il n'obtiendra rien de moi ainsi. Je vois l'instant précis où il décide de me prendre à mon propre jeu. Je sais très exactement que, malgré mon aversion, je vais tomber dans le panneau, avant même qu'il n'ouvre la bouche. Putain ! Je le déteste !

— Tu as donc envie que cette mascarade cesse ?

— Ce simulacre de mariage ? Bien entendu, que je veux que ça cesse !

Menteuse ! Menteuse ! Menteuse ! me crie mon cœur totalement écrasé par le poids de ma conscience.

— Alors, tu vas devoir m'accompagner et me prouver que tu as raison de vouloir cette rupture. Je ne signerai les papiers qu'à cette condition.

Il se rapproche d'un pas, envahissant mon cercle personnel et sonde mes yeux d'un regard hypnotique. Dans un coin de ma tête, une voix me hurle que je devrais reculer, sauf qu'à cet instant, j'en suis parfaitement incapable. Ballottée entre le défi et l'envie, je campe sur mes positions, nous mettant à l'épreuve. Je retiens mon souffle sans vraiment m'en apercevoir.

— Prouve-moi que nous ne sommes pas faits pour être ensemble, que je ne te fais aucun effet, que tu n'as pas autant envie de moi, que moi de toi et je te laisserai partir.

Il se penche un peu plus, rapproche ses lèvres des miennes. Elles ne sont plus qu'à un souffle et je suis toujours statufiée ! Qu'il soit maudit !

À l'instant où son haleine est prête à se mélanger à la mienne, où il ne reste, entre nous, pas plus d'espace qu'une simple feuille, je ferme les yeux. Mon cœur bat la chamade et je m'imprègne de son odeur enivrante, finissant de faire disparaître le peu de bon sens qu'il me reste. Je meurs d'envie qu'il m'embrasse, je crève de sentir son corps épouser le mien, même rien qu'une seconde.

Comme s'il savait pertinemment l'impact qu'il a sur moi, il s'approche encore, effleure mes lèvres. Son haleine mentholée m'étreint tout entière et un frisson de plaisir me traverse. Puis, alors que comble contre ma volonté la minuscule distance restante, irrésistiblement attirée, il pose sa bouche sur la commissure de mes lèvres où il s'attarde plus longtemps que nécessaire. À ma plus grande honte, je ne peux retenir un gémissement de déception.

Une seconde plus tard, il se redresse, fait un pas en arrière, quand je rouvre les paupières.

— Mais je dois t'avouer que c'est mal parti, murmure-t-il d'une voix plus rauque que d'habitude.

Puis reprenant contenance, il rajoute, me ramenant tout à fait sur terre.

— Je passe te chercher vers onze heures demain. Au cas où tu aurais l'idée de me faire faux bond, pense à ta liberté, elle est à portée de main.

Sur ce, il tourne les talons, sans un mot de plus, me laissant liquéfiée et partagée une fois encore entre amour et haine.

# Chapitre 4

## Meghan

Il me faut deux bonnes minutes pour retrouver contenance, et sincèrement, j'ai juste envie de me donner des coups de pied aux fesses. Il m'a embarquée exactement où il le voulait. Comment ai-je pu oublier qu'il était loin d'être un novice dans l'art de la manipulation ? Je devrais pourtant le savoir ! Ce n'est pas comme si c'était une première. Je ne suis qu'une imbécile, doublée d'une naïve d'avoir pensé pouvoir lui tenir tête.

Il a toujours su faire de moi ce qu'il voulait, même si je m'en défends vertement. En réalité, il me connaît tellement bien, qu'il sait très exactement, ce qu'il doit faire pour me faire marcher.

Il appuie avec habileté sur la touche sensible, et je ne marche pas, je cours ! IDIOTE ! Il sait que ma liberté m'est vitale. J'en ai été privée trop souvent, pour ne pas en connaître le prix. Mais il a tort de me sous-estimer. Bien entendu, que je vais le suivre, ai-je vraiment une autre option ? Mais il peut toujours se fourrer le doigt dans l'œil, s'il pense me berner. Rira bien qui rira le dernier, quand je le laisserai en plan.

Je vais prendre la tangente, voilà ce qu'il va gagner à tenter de me contrôler. Celui qui me fera baisser les armes n'est pas encore né. Et même, si une fois encore, je lui concède cette bataille, il est loin d'avoir remporté la guerre. Le sourire aux joues, ravie du mauvais tour que je m'apprête à lui jouer, je mets en place les pièces de ma vengeance ! « Tel est pris qui croyait prendre », m'amusé-je en ramassant mes affaires.

Rassérénée, je tire ma valise jusqu'au pied de l'escalier. La suite risque d'être moins réjouissante, mais peu importe.

Gonflée à bloc, je monte les quinze marches qui me séparent du palier. Bien entendu cela serait moins pathétique si je ne le faisant pas en maudissant chacune d'entre elles en quatre langues. Ce n'est même pas douloureux, j'ai juste du mal à prendre un appui total sur ma hanche droite, aussi je monte en clopinant et ça m'énerve !

Arrivée en haut des marches, je suis en nage. Bon sang ! C'est insupportable ! J'ai mes deux jambes, pourquoi ne puis-je pas m'en servir correctement ? Cela ne peut pas durer ! Pas alors, que mon corps réclame de bouger, que mes muscles veulent danser et que ma tête a désespérément besoin de sa dose d'endorphines. Au comble de la frustration, j'ouvre la porte de mon appartement, regarde à peine la pièce minutieusement organisée et me précipite, d'un pas aussi déterminé que possible, vers la chambre. J'attrape un sarouel, une brassière et enfile le tout, aussi vite que me le permet mon corps courbatu. Je balance ma béquille contre le mur, il n'est plus question que je m'en serve.

— Si tu crois que je vais te laisser faire, ragé-je, en m'adressant à mon corps, comme s'il s'agissait d'une entité à part entière. Je suis plus forte que toi, plus déterminée aussi, et je vais te montrer de quel bois je me chauffe !

Moins d'une minute plus tard, je commence à gravir les trois étages qui me séparent de ma destination. La montée est fastidieuse, mais je me force à grimper sans penser à ma jambe à la con. Arrivée en haut, je suis tellement crispée que j'ai l'impression d'avoir escaladé l'Everest.

J'inspire profondément et dans une énième expiration, clos les paupières en m'accrochant à la représentation mentale que je me fais de la douleur : une grosse masse flasque et visqueuse, avec des tentacules qui s'infiltrent partout. Je me l'imagine s'accrochant à mes muscles, étirant mes tendons, grattant jusqu'à mes os. Quand je tiens l'image, je détache, une à une, les douloureuses ramifications. Je commence par la tête qui pulse au rythme des battements de mon cœur, puis descends dans ma nuque et délie chacune de mes articulations. Une vertèbre, puis une seconde. À mesure, la douleur perd de son intensité et reflue doucement. Quand je l'ai chassée du haut de mon corps, je descends jusqu'aux chevilles et remonte lentement.

Le travail est relativement aisé, parce que ce n'est pas la première fois que j'utilise cette technique. De longues heures étaient consacrées à ce genre d'exercices au centre, et je dois admettre qu'ils sont plutôt efficaces. Lorsque j'atteins ma hanche, les derniers vestiges du monstre titanesque s'intensifient comme s'il s'agissait d'un noyé qui tente, désespérément, de se raccrocher à son radeau pour ne pas sombrer.

Malgré sa puissance, je parviens, à la force du mental, à la faire refluer jusqu'à la rendre supportable, sans pour autant parvenir à la faire disparaître totalement. Quand je suis enfin capable de marcher, sans ployer sous le poids de l'effort, je rouvre les yeux et rejoins la salle de danse dans la pénombre.

Je ne me donne même pas la peine d'allumer la lumière, je ne cherche pas à me confronter à ma performance. Je suis là pour moi et uniquement pour ça. Je veux faire sortir et éloigner la bête qui brûle en moi. J'ai besoin de libérer cette énergie trop longtemps contenue. Je veux me décharger et je ne connais pas de meilleur moyen pour le faire que de danser. Laisser mon corps s'exprimer, prendre le relais et faire sortir tout le noir qu'il garde enfoui.

Bouger pour exorciser mes démons.

Bouger pour libérer mes peurs et mes angoisses.

Bouger pour me confronter à mes propres contradictions.

J'allume la chaîne-stéréo placée dans un coin de la pièce, la connecte en wifi et sélectionne LE titre.

Quand les premières notes de « Millions Eyes » de Loïc Nottet retentissent, mon esprit éclate en un millier de particules. Je m'assois au centre de la salle et le ballet commence. J'étire une à une mes articulations, si souvent sollicitées. Elles ne protestent pas vraiment, attendant avec fébrilité la suite du programme.

À mesure que les notes embrasent l'air, chacun de mes muscles se joint à la mélopée. Mon cou valse à l'instar de mes bras. Ils moulinent, s'arquent en se jouant des tensions. Chaque geste se calque sur la musique comme si j'étais elle. Les notes me parlent, m'enivrent, délivrent mon corps et mon esprit. Il ne faut pas longtemps pour que ma peau se couvre d'une fine couche de sueur, c'en est presque jouissif.

Je vis la mélodie, parce que nous ne faisons plus qu'un. Elle exprime, tout à la fois, la douleur vivace, l'émotion à fleur de peau, les sifflements brûlants de la souffrance qui vous vrillent le ventre. Chaque note devient mon oxygène. Je passe du ventre au dos, tout en sollicitant chaque ligament, des orteils à la nuque. Mon cœur tambourine, vibre au rythme entêtant de la mélodie, mes fringues me collent à la peau et j'imagine parfaitement les gouttes de sueur glisser entre mes seins. Mais tout ceci n'a aucune importance, parce que rien d'autre que la salle n'existe. Minuscule bulle de saveur m'englobant tout entière.

Malgré le bonheur simple de faire vivre mon âme aux vibratos des clefs de sol, je ne peux pas totalement occulter la réalité, parce que ma hanche se rappelle sans cesse à mon bon souvenir. Pourtant, je refuse de me laisser happer par la défaite. Ce ne sera pas encore une victoire éclatante du mental sur le physique, mais ce n'est pas ce que j'espérais. Mon seul but était de laisser parler mes émotions, de libérer ma souffrance, mes blessures. Puis d'abandonner derrière moi tout ce qui ne m'est pas indispensable et de me recentrer sur l'essentiel.

Si pour certains danser consiste à donner, pour moi c'est, avant tout, une introspection. Le ballet chasse mes démons et me donne ce contrôle dont j'ai tant besoin, une forme d'ascendant sur mon corps, assortie d'une domination de l'esprit. Chaque geste s'absout dans la douleur :

*Pam Pam*, une main levée au ciel, frôlant la perfection, et la fêlure du manque se dissipe.

*Pam Pam*, une traction cambrée et je maîtrise la douleur de l'absence.

*Pam Pam*, une roulade jambe tendue, et j'éloigne mon amour….

*Pam Pam*, retournée, aplatie, balancée, brisée et je me donne l'illusion d'être entière.

Chaque mouvement absorbe mes terreurs jusqu'à me purger du mal qui me ronge.

Je ne me fais aucune illusion, mes mouvements tiennent plus de l'assouplissement que d'une véritable performance scénique, mais peu importe. Je ne suis pas là pour cela. Je repousse mes limites, brisant encore et encore la carapace qui me protège, pour mieux la replacer ensuite. J'exulte, halète, m'effondre, recommence encore et encore jusqu'à ne plus sentir mon corps tel une masse informe, épuisée et brûlante.

J'ignore combien de fois la musique passe et repasse en boucle, mais lorsque je suis à bout de forces, j'avale une gorgée d'eau, à la fontaine, au fond de la pièce, avant de m'effondrer sur les tapis inconfortables, à proximité.

Je m'étire, pour détendre mes muscles fourbus, m'installe sur le dos et recommence mes techniques de relaxation, pour éloigner la douleur, sauf que cette fois, cela ne se passe pas tout à fait de la même façon…

# Chapitre 5

## Logan

Lorsque j'arrive devant le bâtiment, je ne prends pas la peine de sonner. La connaissant, elle serait bien capable de me laisser planter dehors, juste pour m'emmerder. Autant qu'être le propriétaire du bâtiment serve à quelque chose. Je frémis à l'idée qu'elle l'apprenne, même s'il n'y a aucune raison que ce soit le cas. Acheter le bâtiment a été un acte totalement compulsif, comme c'est souvent le cas quand il s'agit de ma tigresse. Je voulais qu'elle soit en sécurité et j'ai fait ce qu'il fallait pour que ce soit le cas.

J'ai acquis la totalité de l'immeuble, en prenant grand soin qu'elle l'ignore. Ensuite, quand elle a voulu devenir propriétaire, j'ai facilité l'accession à son désir de liberté. J'ai pris soin de préserver sa bulle d'indépendance, parce que je ne voulais pas qu'elle puisse m'accuser d'une quelconque ingérence. Bon d'accord, l'excuse est aussi ridicule que lorsque j'ai affirmé à ma famille que l'investissement dans l'immobilier est toujours rentabilisé. Comme si j'en savais quelque chose ! Ce n'est pas vraiment mon domaine d'action ! Le plus étrange, c'est que personne n'a eu l'air de s'en étonner.

Bien que j'ai facilité son accession à la propriété, je ne lui ai pas tout servi sur un plateau. Elle ne me l'aurait jamais pardonné. J'ai préféré œuvrer dans l'ombre. Il a été si aisé d'appuyer son dossier en offrant les garantis nécessaire pour qu'elle obtienne ce qui lui tenais tant à cœur. Mais mieux vaut rester discret sur le sujet, je doute qu'elle perçoive les choses de la même façon. Je finirai par le lui avouer. Seulement pour l'instant, il est question de l'apprivoiser, alors évitons de jeter de l'huile sur le feu.

Je grimpe la volée de marches, jusqu'à l'étage, sans pouvoir empêcher mes yeux de s'attarder, çà et là. Une chose est sûre, les photos sur lesquelles j'ai appuyé ma folie acheteuse étaient loin de rendre justice au lieu. Je ne suis pas du tout surpris qu'elle aime cet endroit. Les architectes qui ont rénové l'immeuble, dans les années quatre-vingt-dix, ont fait un sacré bon boulot.

Entre l'ambiance chaleureuse et la luminosité exceptionnelle, on est immédiatement plongé dans un univers à part. Ils ont su trouver le juste équilibre, entre les différentes influences, tout en ajoutant cette touche industrielle, qui donne un aspect « atelier d'artiste ». C'est assez intrigant et hypnotique.

Lorsque j'arrive enfin à son étage, l'examen détaillé de la cour en contrebas n'est pas parvenu à me faire relâcher la tension. J'ai besoin d'avoir l'esprit clair pour la convaincre de me suivre. J'ai eu beau faire preuve, devant elle d'une détermination infaillible, c'est loin d'être le cas.

Je veux qu'elle me suive de son plein gré, même si pour le faire, elle a besoin de se cacher derrière une excuse bidon. Je dois la convaincre : nous deux, c'est une évidence.

Elle me désire même si son esprit revêche affirme le contraire, son corps lui ne ment pas. Si hier encore je pouvais m'en contenter aujourd'hui ce n'est plus le cas ; je la veux tout entière sans mensonge, sans faux semblant.

Je n'ai pas non plus le luxe de rester en France trop longtemps, ma famille a besoin de moi. Je refuse de les laisser tomber, pas alors que les derniers mois ont été si difficiles pour chacun d'entre nous. Si elle était moins butée, je n'aurais pas été contraint de traverser la moitié du monde, juste pour venir la chercher. Il est temps qu'elle découvre qui je suis, et qu'elle plonge la tête la première dans mon univers. Je ne peux plus reculer désormais.

C'est elle, que j'ai choisie et personne d'autre, elle va devoir l'accepter et arrêter d'agir comme une gosse butée et irritable. J'aime son indépendance, mais pas quand elle m'oblige à vivre à cinq mille kilomètres, parce qu'elle est trop têtue pour admettre que nous avons besoin l'un de l'autre.

Si, pour obtenir sa collaboration, je dois la faire venir sous une fausse excuse, très bien ! Mais les choses sont très claires dans mon esprit, elle est et restera ma femme, quoiqu'il advienne.

Je tambourine à la porte, avec un peu plus de vigueur que nécessaire, mais n'obtiens aucune réponse. Je colle mon oreille contre le battant sans détecter la moindre activité. Le silence fait naitre une boule d'angoisse. Elle ne m'aurait pas fait un coup pareil quand même ?

Agacé, je recommence à frapper le battant de bois clair, avec rudesse. Elle est insupportable, bon sang ! Si elle croit que s'enfuir va résoudre la situation. Je me vois déjà arpenter les rues de Marseille, pour obtenir des réponses, ou engager un détective privé pour la retrouver, quand la voisine de palier, attirée par le vacarme, sort la tête par l'entrebâillement de sa porte.

— Ce n'est pas bientôt fini ce bordel ! Il y en a qui bossent ici ! Si vous continuez à vous défouler sur la porte, j'appelle les flics !

Je tourne la tête vers la jeune femme d'une trentaine d'années, les yeux pleins de sommeil, qui me regarde avec animosité.

— Je cherche votre voisine !

— J'avais compris, mais comme vous vous en êtes rendu compte, mademoiselle Blanc n'est pas là, alors arrêtez de foutre le bordel et laissez-moi dormir !

Je ne prends même pas la peine de la reprendre, sur le « madame », je me doute bien que Meg ne risque pas d'avoir crié sur les toits son état matrimonial et réplique, en prenant un ton désespéré.

— Je suis désolé de vous avoir réveillée, je suis tellement inquiet. Depuis son accident, elle n'est plus tout à fait elle-même et j'ai peur qu'il lui soit arrivé quelque chose.

Elle plisse les yeux d'un air suspicieux, cherchant apparemment à évaluer ma sincérité. Elle me scrute de bas en haut et de haut en bas, prenant un air de plus en plus revêche.

— Qu'est-ce que vous lui voulez à la danseuse ?

Je suppose que mon air surpris doit me faire passer pour un idiot, parce qu'elle précise.

— Il n'y a que des artistes ici. Elle, c'est la danseuse, dit-elle, en montrant l'appartement du doigt. Alors qu'est-ce que vous lui voulez ?

Je réfléchis à toute vitesse aux raisons à évoquer et choisis la vérité, en restant le plus vague possible.

— Nous avions rendez-vous.

— Elle vous a posé un lapin ?

Puis, elle marmonne, plus pour elle-même, que pour moi, en me jetant un regard appréciateur.

— Pourquoi c'est toujours les mêmes qui tirent le gros lot. Sans rire, moi je ne le laisserais pas dormir dans la baignoire !

Elle secoue la tête d'un air dépité et commence à reculer pour refermer la porte. Je me précipite, tout en gardant une distance acceptable pour ne pas l'effrayer.

— Vous ne savez pas où je pourrais la trouver ?

Elle arrête son geste, et accroche mon regard cherchant apparemment à évaluer la situation, avant de me répondre.

— La dernière fois où je l'ai entendue, elle montait les escaliers. J'ai travaillé tard et elle n'est pas redescendue.

Sans me laisser le temps de l'interroger plus avant, elle referme sa porte, me laissant comme un con sur le palier. Qu'est-ce qu'elle a bien pu aller faire là-haut ? J'écarte immédiatement la thèse de l'amant, sachant d'avance qu'elle tient trop à sa liberté, pour prendre le risque qu'un type envahisse son espace personnel.

Puis, alors que je réfléchis, toujours immobile, je me rappelle que l'agent qui a géré la vente avait évoqué l'aménagement du dernier étage, en « zone d'expression ». Il avait aussi parlé de la possibilité de transformer cet espace en nouveaux appartements, pour augmenter la rentabilité. J'avais éloigné cette option, souhaitant m'immiscer le moins possible, dans la vie de l'immeuble.

Intrigué, je décide de tenter ma chance là-haut. Je monte les escaliers, rejoignant le dernier étage, avec une certaine impatience.

Comme pour les paliers précédents, l'espace est divisé en trois-quarts de cercle, donnant sur une dizaine de pièces, le dernier quart restant s'ouvrant sur une terrasse, presque aussi impressionnante que le patio intérieur. Même sans appartenir au monde artistique, il est évident, en lisant les intitulés des pièces, que ce lieu est le paradis pour tous ceux qui voudraient laisser s'exprimer leur fibre créatrice.

Je passe de salle en salle en regardant les intitulés sur chacune d'entre elles : « Studio photo », « Théâtre »… pour arriver jusqu'à la dernière un peu excentrée : « Salle de danse ».

Un frisson étrange me parcourt sachant que je m'apprête une fois encore à outrepasser les limites, qu'elle a toujours fixées entre nous. Dire qu'elle est secrète est un doux euphémisme, même si je me targue de la connaître bien mieux que la plupart des gens, elle s'est toujours attelée à cloisonner son univers. Aussi étonnant que cela puisse paraître, j'ignorais que Meg était une passionnée de danse. Il est évident qu'elle a une grâce naturelle, et une démarche quasi-divine, mais elle ne m'a jamais parlé d'un quelconque amour des ballets.

Comment a-t-elle pu me cacher un tel pan de son existence, alors, qu'apparemment même, ses voisins sont au courant ? Je suis un peu agacé de reconnaître qu'il y a encore des tas de choses que j'ignore sur sa vie. Pour autant, à cet instant, je suis plus curieux qu'autre chose.

Sans prendre la peine de frapper, j'appuie sur la poignée et entrouvre la porte. Une musique étrangement torturée m'accueille, mais j'y prête à peine attention.

Curieux, mon regard survole la salle, m'attendant à voir bouger l'artiste au centre de la pièce. Or je ne suis accueilli que par une pièce silencieuse et plongée dans la pénombre.

J'ouvre la porte en grand, pour examiner l'espace avec plus d'attention, en laissant pénétrer un faisceau de lumière naturelle. C'est alors que je la vois. Couchée sur un tapis, dans un coin, elle est étendue, en chien de fusil, le dos tourné à la porte. Mon sang ne fait qu'un tour et je me précipite pour la rejoindre, soucieux qu'il lui soit arrivé quelque chose.

Lorsque j'arrive à sa hauteur, je m'agenouille près d'elle en me penchant pour voir si tout va bien. Je suspends mon geste en chemin, lorsque je constate, avec soulagement, qu'elle semble simplement endormie. La bouche légèrement entrouverte, elle ronfle doucement et je ne peux retenir un sourire.

Elle est tellement magnifique, quand elle laisse son air de grosse dure au placard. Ses traits délicats, rehaussés par des pommettes saillantes et ses lèvres pulpeuses me coupent toujours le souffle. Comment est-il possible qu'une femme, d'apparence si fragile, puisse faire preuve d'autant de force et de détermination qu'un camion entier de mercenaires. Quand l'envie de la toucher devient trop pressante, je me dis qu'il est temps de me reprendre, ce n'est pas le moment de gâcher mes efforts héroïques de la veille.

Je me lève et recule d'un pas, histoire de ne pas mettre ma détermination à trop rude épreuve. Son odeur de freesia et de caramel, étant ce qu'elle est, il n'est pas question que je me risque à l'approcher de trop près.

Lorsque j'ai retrouvé une distance respectable, je ne résiste pas longtemps à lancer les hostilités. De toute façon, elle est toujours d'une humeur exécrable le matin, autant se mettre dans le bain de suite. J'attrape mon portable pour vérifier l'heure. Neuf heures trente, j'avoue que j'étais trop impatient de la revoir, pour attendre l'heure convenue. En plus, je ne voulais pas lui laisser trop de temps pour réfléchir et prendre le risque qu'elle se carapate.

Je fais défiler la playlist, pour tomber sur un titre que ma plus jeune sœur Dorothée adore. Il devrait la réveiller tout en « finesse », pensé-je en riant sous cape.

Je règle le volume au maximum avant d'appuyer sur lecture. Je savoure d'avance son sursaut de surprise quand elle entendra *Hallelujah* dans sa version Hard Rock interprétée par Lordi.

Il suffit de quatre secondes, et de la cacophonie décalée du groupe plutôt doué pour réveiller les morts, pour que la belle rouquine se retourne, aux aguets, l'air parfaitement alerte. Quand elle m'aperçoit un sourire radieux plaqué aux lèvres, ses yeux lancent des éclairs.

— Salopard ! crache-t-elle, vénéneuse.

J'adore vraiment la mettre en colère.

— Bonjour bébé, souris-je avec satisfaction.

Les éclairs redoublent et j'ai envie de rire, même si mon sourire s'atténue, en la voyant grimacer, lorsqu'elle tente de se lever.

— En général, dormir sur un lit est beaucoup plus confortable, grimacé-je, en me retenant d'avancer pour l'aider.

— En général, réplique-t-elle sans attendre, je n'ai pas un tordu qui vient me casser les oreilles, dès le réveil, avec une version remixée, d'un grand n'importe quoi.

Elle choisit, bien entendu, de n'aborder que ce qui l'arrange, mais je n'en attendais pas moins d'elle. Quand elle est suffisamment stable sur ses jambes, elle me contourne et s'avance vers la sortie, en ramassant, au passage, la serviette posée sur une barre, près de l'entrée. Elle boite plus que la veille, mais je suppose que le fait qu'elle n'ait pas sa béquille ne doit pas lui simplifier la tâche. Pourtant même si ça m'agace qu'elle ne prenne pas mieux soin d'elle, je me garde bien d'aborder le sujet.

Comme la veille, madame choisit de faire l'autruche et préfère m'ignorer, mais pas question de la laisser faire.

— Donc, nous voilà retournés à la maternelle, tu préfères que je tire sur tes nattes imaginaires, pour attirer ton attention ou choisissons-nous d'agir en adultes ?

Sans se retourner, elle continue sa progression dans le couloir, en secouant la tête.

— Et c'est moi qui agis comme une enfant, bon sang, mais quel crétin ! grommèle-t-elle, en marchant avec raideur.

— Alors ?

— Je ne peux pas te répondre ! Là, j'ai besoin d'un café de toute urgence, puis j'irai prendre une douche, parce que j'ai l'impression de sentir la vieille chaussette moisie. On en reparle, quand j'aurai repris forme humaine !

Je me retiens de ricaner et avance à pas traînants, jusqu'à la porte de son appartement. En descendant les marches du deuxième étage, j'aperçois sa voisine qui nous regarde.

Ayant déjà mesuré l'addiction de la voisine pour les commérages, je lui adresse un signe de main, accompagné d'un immense sourire. En réponse, elle se cache précipitamment derrière le rideau, comme si cela allait changer quelque chose !

Meg, qui semble toujours parfaitement indifférente, descend les marches avec précautions. Quand elle arrive à la porte, elle accélère, probablement pour me fermer la porte au nez. Mais là encore, je la prends de cours en posant ma paume sur le battant avant qu'elle ne le referme.

— La politesse voudrait que tu m'invites à entrer !

Plutôt que de me répondre, elle lève un sourcil agacé, en y associant un regard, qui signifie « Vas-tu sincèrement t'engager sur ce terrain ? »

— Alors ? insisté-je.

— Très bien, tu veux jouer, on va jouer. La courtoisie est la dernière de mes préoccupations, pour t'inviter à entrer, il faudrait encore, que je souhaite que tu mettes les pieds dans mon appartement. Ce qui, au cas où tu ne l'aurais pas compris, n'est pas du tout mon intention. Ensuite, que les choses soient claires. À cet instant, j'ai envie de t'arracher la langue et de t'émasculer, alors, soit tu lâches cette porte, soit je mets ma menace à exécution.

Je lève les mains en l'air en signe de paix tandis qu'elle me dévisage avec suspicion. Elle est trop maligne pour ne pas comprendre que j'ai capitulé trop vite.

Je lui adresse un sourire confiant avant de reprendre d'un ton calme, mais bien trop haut pour être discret.

— Bon comme tu veux. Je ne veux pas te déranger, j'ai rencontré ta voisine, elle a l'air charmante, nul doute qu'elle sera ravie de me tenir compagnie, pour l'heure à venir.

Les yeux étrécis, elle me regarde, avec une certaine inquiétude, même si je dois l'avouer, elle le masque très bien.

— Je suis certaine qu'elle sera ravie d'apprendre que tu laisses ton mari à la porte.

Au mot « mari », son regard devient incandescent, je peux sentir le fusil à pompe, qu'elle est en train de charger.

À ce moment précis, comme si j'avais un ange qui s'arrange pour que les événements s'enchaînent à la perfection, la voix curieuse, de ladite commère, nous interrompons :

— Il y a un souci ? Vous voulez que j'appelle les flics ?

Meg, déjà dans l'appartement, ferme les yeux un instant, je sais qu'elle déteste qu'on envahisse son espace, mais elle haït encore plus que quelqu'un interfère dans ses affaires.

Elle prend un sourire, le plus factice qu'elle ait en stock, et se penche, en m'attrapant, sans ménagement, par le bras.

— Non ! Non ! Ne vous inquiétez pas, c'est juste que cet imbécile est un peu simple d'esprit, il n'a pas compris que nous étions censés nous retrouver seulement dans deux heures. Merci de votre gentillesse, bonne journée !

Sur ces mots, elle m'attire à l'intérieur, puis ferme la porte, avec exaspération. Sans un regard de plus, sans même me proposer d'avancer, elle entre dans la première pièce, et claque la porte derrière elle, prenant soin, cette fois, de verrouiller la serrure.

Je m'en veux un peu de l'avoir obligée à m'ouvrir son antre, mais si elle n'en avait pas fait un secret d'État, je n'aurais pas eu autant envie d'y entrer. Le plus drôle, c'est qu'hier, alors que j'étais prêt à l'embrasser, je suis certain qu'elle n'aurait certainement pas rechigné à m'ouvrir les portes. Aujourd'hui, il n'est plus question que je la laisse prendre les rênes. Elle ne l'a déjà que trop fait.

J'ai été patient, je n'ai rien exigé de plus que ce qu'elle était prête à me donner. Maintenant, ça a assez duré. Je veux qu'elle soit à mes côtés. J'ai besoin de partager un quotidien avec elle, de découvrir ce qu'elle me cache encore. Je la veux tout entière, sans hésitation et sans la moindre concession. Je lui ai laissé trop souvent le dernier mot, en oubliant mes propres besoins, mais tout cela est terminé. Aujourd'hui, je suis prêt et j'irais jusqu'au bout.

Malgré mes résolutions, j'ai la sensation de franchir un interdit et m'introduire dans l'enceinte d'un lieu saint. J'avance à pas prudents, dépassant le petit hall d'entrée. Le sol est toujours jonché des valises qu'elle a abandonnées en arrivant la veille. En dessous s'étend un tapis à longs poils, étonnamment chaleureux.

Habituellement, je ne suis pas vraiment du genre attentif, mais là, c'est différent. En cinq ans, c'est la première fois qu'elle accepte de me laisser entrer et je compte bien découvrir son univers dans le moindre détail. Je m'avance donc, d'un pas curieux, délaissant la console d'entrée, en bois blanc verni, pour entrer dans la pièce principale. J'ai le souffle coupé, je ne m'attendais pas à ça, vraiment pas en fait.

Meghan est du genre organisée, ordonnée à la limite de l'obsession. Aussi je m'attendais à ce que son appart ressemble à cet aspect de sa personnalité. Pourtant je découvre un autre pan de son tempérament complexe. La pièce, pourtant de taille plus que convenable, entre quarante et cinquante mètres carrés, est agencée de telle façon qu'on s'y sente à l'abri. C'est chaleureux avec des tons doux et calmes.

Çà et là, sur les murs, sont disposées avec un goût sûr des photos de danse en noir et blanc. Tout semble être aménagé autour du thème central du bien-être et du cocooning. Même le plaid en simili fourrure grise, disposé artistiquement, sur le grand canapé blanc, me donne envie de m'installer, avec un bon bouquin.

Si j'avais vu la scène sur papier glacé, dans un magazine, j'aurais sûrement secoué la tête, en me demandant si ce genre de maison pouvait exister. J'ai ma réponse, ce décor existe dans le monde surprotégé de ma tigresse. L'espace révèle son besoin de paix et de sécurité bien mieux que ne le feraient de longs discours. Un nouvel élan protecteur me prend par surprise. Je voudrais être celui qui réussit à préserver cette part de rêve qu'elle garde secrètement enfoui en elle.

Longtemps, je reste prostré, scrutant avec intérêt, tout ce qu'elle a intégré dans son univers. Tout est si hétéroclite et pourtant si harmonieux. C'est un amas d'éléments aussi contradictoires que précieux à l'image de sa propriétaire.

Quand je me décide enfin à avancer, c'est pour observer de plus près une photo qui m'intrigue. Elle m'attire plus que les autres. La jeune femme, de dos, effectue un grand écart parfait, en suspension sur la pointe de son pied droit. Sa grâce est à couper le souffle. Elle n'a pas besoin d'être en mouvement, pour que l'on devine l'élégance de ses gestes. Tout en elle respire la perfection. Un corps gracile, des épaules et une taille en parfaite symétrie, des jambes fines et élancées. Même son maintien est parfait. C'est comme si un fil invisible la maintenait par le sommet de la tête.

C'est une photo de ma rouquine dans toute sa magnificence. Je ne peux en douter. Pas avec cette attirance presque magnétique qui me prend aux tripes. S'il persisté le moindre doute la petite tache de naissance en forme de larme derrière le coude gauche l'aurait dissipé.

Dire qu'elle est sublime est déjà une offense, parce qu'elle est bien au-delà. Je reste sans voix, en la voyant ainsi. C'est une nouvelle pièce du puzzle qui se met en place dans ma tête, entre la Meg que je pensais connaître et celle qu'elle est véritablement.

Une nouvelle fois, je me demande pourquoi m'avoir caché cette facette de son histoire. Je suis presque ému en caressant doucement la photo, à travers le cadre de bois sombre, si bien que je sursaute, comme pris en faute, quand elle marmonne avec raideur.

— Je préférerais que tu n'y touches pas, c'est la seule photo qu'il me reste de l'école de danse.

Je me tourne d'un bloc, alors qu'elle regarde encore la photo, et détourne les yeux la seconde suivante, en prenant grand soin de m'éviter.

— Tu es superbe, j'ignorais que tu étais une ballerine, pourquoi ne jamais m'en avoir parlé ?

Elle réplique, avec un peu trop de virulence, pour que ce soit totalement honnête.

— Cela ne te regarde pas !

— C'est faux et tu le sais aussi bien que moi !

— C'est du passé, se contente-t-elle de répliquer en rejoignant la cafetière avec raideur.

Le silence, qu'aucun de nous ne semble prêt à rompre, s'installe. Elle prépare une tasse, ajoute une demi-cuillère de sirop d'érable et une touche de lait, puis la pose sur le comptoir. Je ne dis rien et attrape la tasse, parce que je sais qu'elle m'est destinée. Je suis touché qu'elle n'ait pas oublié comment j'aime boire mon café latté. Pour elle, il ne peut se boire que noir, sans sucre et sans lait. C'est étonnant que je connaisse des détails aussi insignifiants, alors que j'ignore tant de choses sur sa vie.

Elle avale sa tasse, en soupirant d'aise et s'en ressert une deuxième. Quand elle a ingurgité suffisamment de carburant, elle relève les yeux vers moi, avec une détermination inquiétante.

— Pourquoi tiens-tu à ce que je t'accompagne ?

— Parce que ta place est à mes côtés.

Elle secoue la tête en soufflant exagérément. Pour elle, il s'agit surement d'une montagne de niaiseries, alors que je me contente de dire la vérité.

— Je ne suis pas faite pour être en cage, Logan. Ceux qui s'y sont risqués l'ont payé avant que je brise mes chaînes.

— Je sais, et au contraire de ce que tu as l'air de croire, je ne cherche pas à te priver de liberté, mais plutôt à ce que tu me laisses veiller sur toi, pendant que tu t'épanouis.

— C'est pour cette raison que tu m'as épousée sans mon consentement ?

— Non, ça, c'est juste parce que j'avais peur de te perdre

vraiment cette fois.

Elle penche la tête, apparemment surprise de mon honnêteté, et que j'admette, si aisément, avoir eu peur qu'elle ne m'abandonne. Elle semble réfléchir quelques secondes, comme pour évaluer quelle suite elle doit donner à mes paroles. Puis une lueur malicieuse, qui me fait redouter son dernier coup de poker, illumine ses grands yeux noisette aux reflets d'or.

— Très bien, je vais te suivre, mais à une condition, on joue selon mes règles !

# Chapitre 6

## Flashback

*Cinq ans plus tôt*

Cela fait plus d'une heure qu'elle fait le poireau devant l'entrée du dernier bar à la mode. Comme si elle n'avait pas mieux à faire que de perdre son temps avec un auteur, au talent discutable, incapable de faire une apparition en public, sans bégayer, ou se ridiculiser. Elle regarde sa montre de façon compulsive, regrettant de ne pas avoir pris une veste plus épaisse. Entre ses talons aiguille, ses fins bas et sa jupe minimaliste, elle est gelée jusqu'aux os. Elle sort son téléphone et recompose le numéro de ce crétin, avec un agacement visible. Elle n'a qu'une envie, lui faire passer l'envie de lui poser un lapin !

Comme les dix fois précédentes, l'appel passe directement sur la messagerie. Exaspérée, elle lui laisse un message incendiaire et décide que ce cirque a assez duré. D'un pas décidé, elle s'éloigne de l'entrée en faisant très attention de ne pas s'étaler sur le sol détrempé.

Bon sang, si ce n'est pas une honte de gâcher une si jolie tenue pour un clown incapable de voir son intérêt même si on le lui fixait devant le nez. Non mais quel con !

Elle est d'autant plus agacée qu'elle comptait sur cette distraction, pour faire taire ses états d'âme, qui lui collent à la peau, depuis la mort de Jack. Mais, comme toujours, sa chance est restée comme le trèfle à quatre feuilles au fond du jardin de la voisine.

À situation merdique, allons jusqu'au bout ! Elle a certainement attrapé froid et elle meure de faim. Bon sang de bois ! Il a des jours comme ça où on ferait mieux de rester au lit.

Si elle était moins idiote, pense-t-elle avec amertume, elle aurait pris le temps d'avaler un truc avant de partir. À part ses quatre cafés du matin et une banane à midi prise sur le pouce, entre deux rendez-vous, elle n'a absolument rien dans l'estomac. Ce qui est déjà plutôt maigre d'habitude, alors avec trois heures intensives de danse…

Épuisée, en colère, elle suit son impulsion et plutôt que de héler un taxi, comme elle s'apprêtait à le faire, elle entre dans le premier restaurant qu'elle trouve.

Il est vide.

Un restaurant vide un samedi soir ? C'est plutôt inquiétant. Pourtant le décor assez simple, avec d'immenses panoramas de paysages sur papier glacé, lui plaît instantanément. Elle scrute l'espace avec intérêt, quelques secondes, secoue la tête de dépit et s'apprête à ressortir, quand un dieu grec sort de l'arrière-salle. Il ne la voit pas tout de suite, le visage tourné vers un troisième protagoniste, qu'elle n'avait même pas remarqué.

Elle est comme hypnotisée par les gestes directifs du jeune

Apollon. Incapable de bouger, elle le regarde, se demandant ce qui peut bien l'attirer, si intensément, chez cet illustre inconnu. Elle n'est pas vraiment du genre à s'extasier devant le corps, même bien fait, d'un bel homme. Habituellement, c'est plutôt elle qui attire les regards et non l'inverse. Alors pourquoi en est-il autrement avec lui ?

Le regard de la jeune femme suit les courbes de son corps, partiellement dissimulées, sous sa tenue de chef. Une chose est certaine, entre ses épaules larges et sa fesse ferme à souhait, il n'y a rien à jeter.

Elle le mate sans vergogne, jusqu'à ce qu'elle réalise que le silence a pris la place de l'échange animé. Elle lève les yeux vers son visage, pour constater, avec une certaine gêne, qu'il la fixe de la même façon. Il l'évalue, non sans une pointe de concupiscence, alors qu'elle se souvient tout à coup de sa dégaine plus que négligée.

À sa grande honte, elle se sent rougir jusqu'aux oreilles, et se force à se détacher, non sans difficulté du regard intense de l'inconnu. Elle reporte son attention, fugacement, sur le troisième protagoniste. Ce dernier, qui semble un peu plus jeune, la regarde avec attention, même s'il ne semble lui trouver qu'un intérêt limité.

Sans l'emprise des yeux électrisants du jeune chef, elle reprend un peu ses esprits et mesure l'incongruité de la situation. Légèrement mal à l'aise, elle se tourne pour échapper au feu que les iris du jeune homme continuent de faire courir sur sa peau. Elle a à peine amorcer un geste, que la voix amusée du baryton s'élève à nouveau.

— Moi qui pensais que mon « dessert » était enfin arrivé !

Elle se tourne lentement, pour le regarder avec dédain, outrée qu'il ait pu la prendre pour une simple stripteaseuse ou pire encore. Parce que c'est bien de cela qu'il s'agit, la charge charnelle de ses paroles ne lui ayant clairement pas échappé.

Logan parfaitement conscient, qu'il s'y est pris de la pire des façons, retient un sourire, quand la jeune femme lui lance un regard meurtrier.

En la voyant s'enfuir, il n'avait rien trouvé de plus spirituel pour la retenir. Non, mais quel idiot ! s'agace-t-il intérieurement, où a bien pu passer son sens de la répartie. Elle a bien trop de classe pour appartenir aux filles de l'ombre. Même mouillée de la tête aux pieds, elle a ce port de tête et cette prestance réservées à l'élite. Sa chevelure rousse est ramenée en chignon sophistiqué sur le haut de sa tête. La seule pensée cohérente qu'il semble réussir à formuler, c'est qu'il serait curieux de voir à quoi elle ressemble, les cheveux ébouriffés par une baise débridée.

Quand ses lèvres pleines s'étirent, en un sourire carnassier, il sait que la réplique va le remettre à sa place.

— Il est vrai qu'avec votre allure de pervers, vous devez en être réduit à ce genre d'exercice, pour avoir une femme dans votre lit.

Plutôt que de se vexer, il éclate de rire, parce qu'il a mérité bien pire, avec ses insinuations ridicules. Elle le regarde, comme s'il avait perdu l'esprit, mais esquisse un sourire. Une nouvelle fois leurs yeux comme aimantés s'accrochent l'un à l'autre.

C'est le raclement de gorge gêné de Fitzgerald qui les ramène à la situation.

— Je vais te laisser, puisqu'il semble que notre soirée n'est plus d'actualité, sourit-il, ravi.

Le plus jeune frère de Logan avait autant envie de passer la soirée, à se faire remonter les bretelles, que d'aller se pendre par les pieds au-dessus de l'East River.

— Tu ne t'en tireras pas si facilement jeune homme, râle Logan sans, pour autant, ébaucher le moindre geste pour le retenir.

Le plus jeune fait un geste signifiant « parle toujours, tu m'intéresses » et se précipite vers la sortie.

Le tintement de la clochette fait à peine sourciller les deux jeunes gens, qui se jaugent encore, parfaitement incapables d'agir différemment.

À présent seuls, à cinq pas de distance, ils s'observent, avec cette attraction indéfinissable qui lie les amants naturels. L'espace entre eux se charge d'électricité. Elle laisse dans son sillage des cœurs palpitants et une envie incontrôlable de se rapprocher. Logan parfaitement conscient de son attirance, décide de rompre le silence, en prononçant une banalité.

— Vous avez l'air gelée.

— Dans la mesure où, je tremble comme une feuille et que je ressemble à un rat mouillé, ça semble plutôt évident.

— Un magnifique rat mouillé alors !

Elle grimace.

— C'est censé être un compliment ? Parce que si vous voulez flatter une femme, vous vous y prenez comme un manche.

Il sourit en répondant, pince sans rire.

— Oui, mais j'ai quand même ajouté « magnifique ».

— Je vous l'accorde, pourtant ça fonctionne aussi bien que si je vous traitais de splendide crétin.

— Vous me trouvez splendide ?

Elle lève les yeux au ciel pour s'empêcher de rire.

— Je parle de façon hypothétique et le mot-clef de la phrase est crétin.

— Et moi je choisis de m'attarder sur l'adjectif, le nom étant déjà un fait avéré. Et puis, de vous à moi, je sais reconnaître mes erreurs, vous êtes trop piquante et avez l'esprit bien trop affuté pour une simple stripteaseuse.

— Pourquoi ? Selon vous, parce qu'elles dansent, et offrent leur corps à l'industrie du sexe, elles n'ont rien dans le ciboulot ?

— Je n'ai pas dit cela, mais je pense qu'il y a d'autres façons de s'en sortir.

— Vous m'excuserez si je pense, au contraire, qu'elles ont tout compris. Elles vendent leur corps, parce qu'il y a des idiots, dans votre genre, qui pensent avec leur queue, plutôt que leur tête. Elles seraient idiotes de ne pas saisir cette opportunité pour se faire du fric sur votre dos.

Il grimace.

— Je ne suis pas ce genre de type.

Elle hausse un sourcil railleur, l'air de dire « vous m'en direz tant » qui fait naître en lui un besoin irrépressible de lui prouver qu'elle a tort. Il ne sait pas pourquoi, mais il déteste l'idée qu'elle puisse le voir comme un de ces types, réduisant les femmes à un morceau de chair, dans lequel il est simple et agréable de se glisser.

Bien entendu, ce serait idiot de se mentir, il adore les femmes.

Il est d'ailleurs loin d'être le dernier à en profiter, pour autant, il est toujours très clair. Il n'est disponible que pour des aventures sans lendemain. Il leur offre une nuit de sexe déchaînée, sans attache et sans attente. Aussi simple qu'un bonjour. Et pour être honnête, il aimerait grandement, faire taire cette petite impertinente, en occupant sa bouche à une activité encore plus distrayante que leur joute verbale.

Elle le jauge et décide de lui offrir une porte de sortie, préférant, rapidement, mettre au clair la situation et en conserver les rênes.

— Alors quel genre de gars êtes-vous ?

— Celui qui propose un repas goûteux et un coin chaud, à une jeune femme, qui a l'air d'en avoir besoin, après une soirée chaotique.

— Vous êtes en train de m'inviter à dîner ?

— Exactement, et je suis certain que vous allez accepter.

Elle reprend son air hautain et inaccessible tout en secouant la tête avec véhémence.

— Dans vos rêves peut-être, mais la réalité est tout autre.

— Même si je m'excuse et que j'admets m'être conduit comme un goujat ?

— Vous êtes spécialisé en lapalissades ! Vous êtes un goujat, c'est un fait déjà avéré, dit-elle, en reprenant mot pour mot son expression.

Sa lèvre supérieure ébauche un air amusé, sans qu'il paraisse, le moins du monde, décontenancé.

— Laissez-moi la chance de vous prouver le contraire.

Elle essaie de masquer l'envie irrépressible qu'elle a

d'accepter. Elle ne le connaît pas, mais sent d'instinct qu'il est dangereux. Cependant, parce qu'elle est très douée pour faire l'autruche, qu'elle est affreusement curieuse et qu'elle n'a aucune raison valable de refuser, elle hésite.

Elle finit par se décider et laisse parler son esprit de conservation avant tout.

— Une autre fois peut-être…

Sans lui laisser plus de temps pour la convaincre, elle tourne les talons et rejoint la rue, où elle est accueillie par un vent glacial, qui vient tout juste de se lever. Elle frissonne, referme les pans de son trench, tout en s'avançant vers un taxi. Tant pis pour le repas, elle doit bien avoir de quoi grignoter dans ses placards.

Elle n'a pas le temps de faire plus de trois pas, qu'une main ferme se pose sur son épaule, l'obligeant à s'immobiliser.

— Donnez-moi au moins votre nom, sinon comment tiendrez-vous votre promesse ?

— Ma promesse ?

— Celle de partager un repas avec moi.

— À part que je souffre subitement d'une amnésie post-traumatique suite à notre rencontre, je n'ai jamais promis une telle chose !

— Ce n'est qu'un détail de sémantique. De toute façon, sachez que je ne vous laisserai pas partir avant d'obtenir gain de cause.

— Je pourrais vous mentir !

— Vous ne le ferez pas, je le saurais !

— Je vous trouve bien présomptueux !

— Peut-être, peut-être pas, à vous de voir….

Imaginer qu'il soit effectivement capable de distinguer qui

elle est, et ce qu'elle cache, l'effraie autant que cela l'intrigue. Alors contre toute attente, alors qu'elle est résolue à ne rien lui dire, les mots s'échappent, sans qu'elle parvienne à les retenir.

— Meghan Blanc.

— Logan Harper, enchanté de faire votre connaissance, belle Meghan.

Il attrape sa main avec assurance, et un nouveau frisson la parcourt, mais cette fois il ne doit rien au vent qui redouble d'intensité. Elle préfère ne pas chercher à interpréter les réactions viscérales de son corps et accuse mentalement la paume bouillante du jeune chef de la réchauffer de l'intérieur. Soucieuse de garder le contrôle, elle s'éloigne d'un pas.

Loin d'être perturbé par la distance qu'elle instaure, il rajoute en plongeant, une nouvelle fois, son regard dans le sien.

— Nous nous reverrons donc bientôt, Tigresse.

Elle sourit, amusée par ce surnom, bien plus vrai que nature.

— Peut-être, peut-être pas, dit-elle en reprenant une nouvelle fois ses paroles, mais soyez certain que si nous nous recroisons, nous jouerons selon mes règles !

# Chapitre 7

## Meghan

*De nos jours*

Logan a toujours été trop confiant, c'est un réel défaut surtout, lorsque l'on a affaire à une maîtresse dans l'art du jeu et de la manipulation. Il est peut-être doué dans ce domaine, mais entre ma mère et ce monstre de Julius, j'ai été à bonne école. Mon dieu grec n'a aucune idée ce qui l'attend et j'en jubile d'avance.

Il pense probablement que je vais le suivre, sans discuter. Il faut dire que je l'ai joué plutôt finement en acceptant de l'accompagner, sans la moindre argumentation. Il s'est convaincu qu'il m'avait simplement fait entendre raison et cela l'a mis dans un état proche de l'euphorie. Il n'a même pas l'air de soupçonner que la victoire était bien trop facile et qu'il y a anguille sous roche. Douce naïveté ! Je vais me faire un plaisir de le faire redescendre de son petit nuage !

Comme monsieur est satisfait de sa victoire, il a décidé de ne pas en rajouter et de respecter mon mutisme. En deux heures, je n'ai pas prononcé la moindre parole et il continue, obstinément, à respecter « mon rythme ». Je suppose qu'il voit là une façon de me récompenser d'être une bonne fille domestique ! Un petit sucre de félicitation ! Qu'il aille au diable, ce crétin manipulateur ! Il réalisera en temps voulu qu'il n'est pas celui qui parviendra à me mettre en cage.

Autant d'heures de silence, avec son sourire de satisfaction accroché à ses lèvres, me donnent juste envie de lui en faire baver un peu plus. D'ailleurs, je lui réserve un chien de ma chienne à notre arrivée aux USA.

S'il soupçonnait ce qui se trame, aucun doute que son air réjoui se fanerait bien vite. Mais il n'a pas besoin de connaître les détails. Laissons-le croire ce qui l'arrange. Bien entendu, recouvrer ma liberté et mettre fin à notre simulacre d'union restent en haut de la liste de mes priorités, mais c'est loin d'être mon seul objectif. J'ai une vengeance à mettre en œuvre pour enfin me libérer totalement de mes chaînes. S'il y a un « ensuite », je laisserai mon passé derrière moi et peut-être pourrai-je regarder l'avenir.

Mais pour l'instant, ce n'est pas à l'ordre du jour. La seule perceptive qui compte s'articule autour de Julius Mc Lewis. J'ai une revanche à prendre sur lui et je ferai tout mon possible pour parvenir à mes fins. Tout se paye dans la vie, il ne fera pas exception à cette règle. S'il pensait passer à travers les mailles du filet, c'est qu'il a largement sous-estimé ma détermination. Il pense, probablement, avoir remporté la partie, et m'avoir mise définitivement hors-jeu en me rayant du tableau. Mais, il ne peut pas être plus loin de la réalité.

Je veux être là pour assister à sa déchéance, et je donnerais cher pour en être à l'origine. Parce que, soyons clairs, je ne vais pas là-bas pour faire quelques vagues, dans sa petite existence de suprématie absolue. Non ! Moi, je veux déchaîner sur lui un vrai tsunami. Même si, pour l'instant, je suis à peine capable de faire onduler son calme olympien.

Ce voyage tourne autour de ce projet pharaonique : le faire tomber. J'ai parfaitement conscience que je n'ai aucune chance avec une attaque frontale. En revanche, j'ai appris à la dure que pour briser un monstre, on effrite les fondations. Voilà le principal intérêt de mon voyage, approfondir mes recherches et amasser un max d'infos même si je n'ai aucune idée de la façon de m'y prendre.

Lorsque j'ai débuté ces recherches de France, je me suis heurtée à des murs en béton armé. Aussi j'ose espérer qu'il me sera bien plus aisé d'obtenir des réponses sur place, plutôt qu'à l'autre bout du monde. Pour l'instant je ne dispose que d'un point de départ : quelques clichés désuets et des présomptions sans preuves de Jadde. C'est maigre et difficilement exploitables en l'état.

J'ai eu beau tourner et retourner ces éléments en tous sens, ils ne suffisent pas à faire avancer ma quête. Je veux respecter les dernières volontés de Jadde et garder le secret, mais seule je n'arriverai à rien et j'ai besoin d'un coup de pouce. Seulement, il y a peu de personnes capables de m'aider et, encore moins, en qui j'ai suffisamment confiance pour le leur demander.

Une chose est certaine, moins de personnes seront impliquées, moins il y a de risque que l'information ne filtre et arrive aux oreilles de Julius. S'il réalise trop tôt qu'il est sur la sellette, il n'aura aucune difficulté à noyer le poisson, mais ne pourra rien faire s'il se retrouve face à un véritable ouragan.

Tant pis si cela me complique les choses, je n'ébruiterai pas les infos dont je dispose à Logan. Pas question qu'il se retrouve en ligne de mire par ma faute. J'ai beau ne pas vouloir lui laisser une place dans ma vie, il n'en reste pas moins la personne la plus importante à mes yeux.

Pour les mêmes raisons, j'ai tenu à distance toutes les personnes qui me sont chères, en commençant par Sofia et Eddy. Mon amie a pourtant essayé, de toutes ses forces, de me retenir, mais il est essentiel qu'elle reste en dehors de ça.

J'ai dû utiliser la mort de Jadde, comme excuse, pour l'éloigner, lui affirmant que la voir était devenu trop difficile. J'ai cru mourir en l'entendant pleurer au bout du fil. Je lui ai certifié qu'à chacune de ses visites, la douleur se ravivait et qu'elle devenait insupportable. Le pire, c'est que je n'ai eu qu'à énoncer la stricte vérité, la voir me brisait, parce qu'elle me rappelait tout ce que nous avions et que nous avons perdu par ma faute.

Je me suis abstenue de lui dire que sans ma vendetta, j'aurais accepté cette douleur. Je sais qu'elle a besoin de moi et ça aurait primé sur tout le reste. Sauf que j'ai dû faire un choix entre la protéger et la soutenir. Dans ce contexte, qu'aurais-je pu faire d'autre que l'abandonner ? Malgré tout, l'avoir fait souffrir restera un acte que je ne me pardonnerai jamais.

Aujourd'hui, malgré les deux mois qui se sont écoulés, depuis notre dernier échange, je ne parviens toujours pas à faire taire le manque. L'absence de mes amies, ma seule famille, me transperce l'âme un peu plus chaque jour.

Mais, j'ai fait ce que j'avais à faire.

Elle n'est pas seule. Elle a Eddy et ils ont une vie à construire. Venger la mort de Jadde ne doit pas en faire partie. C'est une tâche qui m'incombe à moi et à moi seule.

Ma rêveuse ne souhaitait pas que je m'engage dans cette guérilla, mais m'a donné les armes pour que je sois en mesure de me protéger. Ce qu'elle ignorait, c'est que Julius n'était pas à son coup d'essai et que j'ai, moi-même, des comptes à régler avec ce salopard.

Je repasse en long, en large et en travers, l'ébauche de plan que j'ai élaboré ces six derniers mois. Épuisée, la tête appuyée sur le hublot, doucement bercée par le léger tangage de l'appareil, je ne sens pas le sommeil gagner la partie.

Plusieurs heures plus tard, un message du commandant de bord me sort de ma torpeur. Il annonce que nous allons atterrir, très prochainement sur le tarmac de JFK- Kennedy Airport.

Hébétée, je regarde le soleil du matin se lever doucement. Machinalement, je jette un coup d'œil à mon voisin. Ce dernier parfaitement alerte affiche toujours son expression satisfaite. Il doit sentir mon regard parce qu'il se tourne dans ma direction et m'adresse un sourire chargé de tendresse, qui me fait l'effet d'une porte qui me claque à la figure. Son plaisir évident de m'avoir simplement à ses côtés brise une barrière dans mon esprit.

Il y a quelques heures encore cette proximité et cette intimité m'auraient mise dans une colère noire, mais à cet instant je ne sens qu'une vague d'émotions, à laquelle je n'étais pas du tout préparée. Elle s'abat sur moi avec la force d'un blizzard.

J'ignore pour quelle raison les émotions que j'ai toujours

gardées à distance choisissent ce moment précis pour me tomber dessus. Les images d'une vie à deux, du bonheur à portée de main défilent dans mon esprit. C'est un film parfait où pour la première fois de ma vie, je suis telle que j'en rêve, sans artifice et sans dissimulation. Puis ces ébauches de futur s'éloignent avant d'exploser comme des ballons de baudruche.

Les rêves deviennent inaccessibles et chacun d'eux m'atteint en plein cœur. Voir s'éloigner ces espoirs, que je n'aurais jamais dû m'autoriser à avoir, transforme le futur en un amoncellement de regrets. Ils s'accumulent et pèsent une tonne sur mes épaules. À mesure que les vagues déferlent, les parois de l'appareil se resserrent autour de moi, à l'instar de la boule qui obstrue ma trachée. J'étouffe, perdant peu à peu la bataille contre moi-même.

Mes pensées suivent leur propre logique, passant d'adieux déchirants aux chagrins étouffants, des flashs d'un futur sans lumière, sans lui.

Des larmes venues du plus profond de mes entrailles se mettent à me brûler les yeux et je lutte de toutes mes forces pour les retenir.

Le manque me submerge, la tristesse me vrille le ventre, les douleurs me frappent de toutes parts. Même la solitude, pourtant vieille compagne familière, me fait tout à coup affreusement peur.

Consciente du regard de Logan sur moi, qui a probablement senti le changement d'atmosphère, je mets toute mon énergie pour contenir la tension, qui hurle en moi.

J'ouvre les yeux, dans un effort désespéré pour dissiper le malaise, gardant obstinément mon regard rivé vers l'extérieur.

D'habitude, ce sont des émotions faciles à éloigner. Pourtant cette fois c'est différent, le souffle court, la tension grimpe en flèche. La sensation d'étau m'enserre la poitrine et je peine de plus en plus à reprendre mon souffle. Je ne vais tout de même pas faire une attaque de panique, en plein milieu de cette foule d'inconnus ?

Je suis sur la corde raide, le cœur à vif, je me retranche en moi-même, pour chercher l'élan de confiance qui me fait tant défaut. Je prends la bonne décision, m'éloigner est la seule option. Alors, pourquoi à chaque fois que j'essaie de m'en convaincre la sensation d'étouffer s'accentue encore ?

La situation déjà complexe bascule quand il pose sa main sur la mienne, agrippée à l'accoudoir. La vague de panique que je peinais déjà à contenir explose et je n'ai d'autre choix que de me soustraire à son soutien, parce que je suis incapable d'en supporter plus. Je me répète comme un mantra auquel me raccrocher, « Je ne suis pas faible, je n'ai besoin de personne ».

De plus en plus consciente que la situation échappe à mon contrôle, je suis terrifiée, à l'idée qu'il me devine au bord du précipice. Aussi, je fais la seule chose envisageable dans ce genre de situation, je me lève, tentant vainement, de ne pas le faire de façon précipitée, pour rejoindre les toilettes. Les émotions sont là, prêtes à s'exprimer, à me submerger et je ne suis pas armée pour ce genre de démonstration.

Quand j'entre dans le petit espace, mon regard est happé par l'image que le miroir me renvoie. Ce reflet m'effraie terriblement.

Il y a encore quelques mois, jamais je ne serais sortie dans la rue, sans mon armure de grand couturier. Il est tellement plus simple de masquer, qui l'on est vraiment, derrière des artifices. Le plus amusant, c'est que les gens se laissent prendre aux faux-semblants, trop préoccupés à maintenir leur propre masque en place, pour tenter de voir l'autre tel qui est.

Pour leur défense, il faut admettre que j'ai toujours été très agile, pour dissimuler mes blessures, sous un sourire confiant. Il était si simple de se cacher derrière une dose de mascara, de se camoufler sous une couche de rouge à lèvres. J'avais même maîtrisé l'art de masquer mes dégoûts sous une couche de fond de teint hors de prix. Lorsque, malgré tout, la pression devenait trop intense, je la faisais redescendre à coup de shoots d'endorphines. Contrôler, laisser l'illusion, se jouer des apparences, tout ceci était devenu un art, que je maîtrisais à la perfection.

Alors pourquoi aujourd'hui en suis-je à ce point incapable ? Pour parvenir à mes fins, je vais devoir faire preuve de finesse, de prudence. Il me faudra masquer mes émotions, cacher mes envies, et surtout avancer sans un regard en arrière.

Alors pourquoi cela me semble-t-il, tout à coup, si vain ? Je ne parviens même plus à me jouer la comédie à moi-même. Qu'est-ce qui a changé ? Peut-être qu'entre cet accident, le retour de Logan dans ma vie, la perte de tous mes repères et ce voyage, auquel je ne m'étais pas encore préparée, j'ai épuisé mes réserves de mensonges.

*J'ai peur* à l'idée que pour la première fois de ma vie, on me voit telle que je suis vraiment, fissurée, à nu, et sans protection.

*J'ai peur* de ne pouvoir mener à bien la mission que je me suis fixée. Elle est mon objectif, le but ultime de ma vie, celle qui m'a aidée à trouver la force de remarcher.

*J'ai peur* de ne pas être capable de protéger Logan de m'aimer. Je suis terrifiée de ne pas parvenir à le maintenir à distance, et de l'entraîner dans ma chute. Je suis toxique, ceux qui m'aiment et m'approchent meurent. C'est ma réalité.

Aussi paradoxale que cela puisse paraître, la pire de toutes *mes peurs* est de le perdre lui, parce que je n'y survivrais pas. Je suis prête à tout pour le protéger, y compris de moi.

Malgré le nœud qui resserre encore ma gorge, je m'oblige à m'affronter du regard. J'ai un mal fou à faire face à ce visage ravagé par les peurs et toutes les faiblesses qu'il est incapable de masquer. Anxieusement, je passe les doigts sur mon reflet, comme pour tenter de me réapproprier celle que j'étais.

Pourquoi maintenant ? Ce n'est pas le moment de m'effondrer, qu'est-ce qui se passe dans ma tête, pour que je sois à ce point incapable de maîtriser mes larmes, qui dégoulinent sur mes joues ? Ce n'est pas moi !

Un jour, la psychologue, du centre de rééducation, m'a affirmé que s'avouer ses peurs, c'était faire preuve de bien plus de force que de les enfouir, alors pourquoi ne me suis-je jamais sentie aussi vulnérable ?

Incapable de supporter une seconde de plus ce reflet de moi que j'exècre, je me concentre sur la boule d'angoisse et comme pour la douleur, je l'oblige à refluer. Je n'ai aucune notion du temps que me prend l'exercice, mais j'ai presque totalement repris pied, quand un coup frappé à la porte me tire de mon état méditatif.

— Meg, tout va bien ?

La voix feutrée de Logan me prend de court. Il ne manquait plus que lui pour parfaire le tableau misérable.

— Oui.

Je me racle la gorge en m'apercevant que ma voix est encore chargée de sanglots. Merde ! Je reprends avec plus d'assurance.

— Oui, oui, tout va très bien !

— Tu es sûre ? Tu n'avais pas l'air très bien en te levant tout à l'heure !

Bien entendu, il n'aurait pas pu, juste une fois, faire preuve d'un peu moins de perspicacité.

— C'est juste un truc de fille, je t'assure, tout va très bien.

J'ai utilisé le ton le plus convaincant qu'il me reste en magasin.

— Tu es certaine ?

Il ne va pas lâcher l'affaire facilement, parce qu'il a l'air inquiet. Je réfléchis à toute vitesse à ma réponse. La meilleure stratégie de défense restant l'attaque, je décide de mettre le mordant nécessaire pour couper court à l'échange.

— Je te dis que ça va, on ne va pas épiloguer pendant deux heures. J'ai mes règles d'accord, tu l'as dit toi-même hier ! Je suis susceptible dans ces moment-là, on ne va pas en faire un fromage !

Il grogne derrière la porte et je croise les doigts pour que ça le dissuade d'insister. Contre toute attente, il cède même si je ne suis pas certaine de l'avoir convaincu.

— Ne tarde pas trop, on va bientôt atterrir, tu devrais venir t'installer, réplique-t-il sur un ton apaisant.

— D'accord, j'arrive dans cinq minutes, va t'asseoir, je te rejoins.

J'essaie d'entendre s'il est vraiment parti, mais je ne pourrai en être certaine qu'en sortant. Or, pour l'instant, il n'en est absolument pas question.

Même si mon souffle, si erratique quelques minutes plus tôt, s'est apaisé et que les larmes se sont taries, il reste pas mal de stigmates de mon élan de faiblesse.

Avant toute chose comme pour me redonner la motivation et l'énergie nécessaire pour affronter la suite, j'adresse à mon image un ultime sermon.

— Ma vieille, fini tes conneries. Tu n'es ni faible ni froussarde. Alors tu te prends par la main et tu le protèges du mieux que tu peux ! C'est la bonne décision, alors fais face !

Un peu rassérénée par mon leitmotiv, je prends un peu d'eau dans mes paumes pour me rafraîchir le visage. Je m'essuie ensuite effaçant les vestiges de traînées salées de mes joues.

Quand j'ai repris forme humaine, je me pince les joues pour leur redonner un peu de couleur et m'avance à proximité de mon fauteuil.

J'ai remplacé mon expression torturée par le masque d'indifférence, que j'affiche en toute situation. Pourtant, je sais que mes yeux me trahissent, alors je fais ce que j'ai toujours fait, je fuis.

Attendant la dernière seconde pour me rasseoir, je concentre toutes mon attention sur le petit moniteur pour suivre l'atterrissage.

Logan m'observe, je sens son regard brûlant sur ma peau, son inquiétude, mais cette fois, il a l'intelligence de se taire et de ne pas esquisser le moindre geste dans ma direction.

Dès que l'avion s'immobilise et que l'on nous donne l'autorisation de sortir, je ramasse mes affaires et me lève. Si mon compagnon de voyage est surpris, il n'en laisse rien paraître. Nous rejoignons rapidement le terminal, et passons sans encombre les différents postes de sécurité. Pendant tout le périple, je ne le regarde pas afin d'être certaine qu'il ne devine pas mes états d'âme. Peu à peu, les restes de la crise disparaissent et je me convaincs que ce n'était rien de plus qu'un accès d'épuisement.

Je prête à peine attention à la foule amassée autour de nous, tandis que je m'avance vers le tapis roulant pour récupérer ma valise. Quand nous rejoignons enfin la dernière étape du processus d'entrée sur le sol américain, j'aperçois, de l'autre côté, mon escorte. Je détourne vivement les yeux pour ne pas alerter mon compagnon de route.

Lorsque l'idée m'est venue, quand j'étais encore en France, je l'ai trouvée excellente, maintenant, je n'en suis plus tout à fait aussi certaine.

Nous avançons encore et je finis par croiser le regard pétillant d'un de mes plus vieux amis. Du haut de son mètre quatre-vingts, il me sourit et jette des regards insistants sur l'homme qui me suit de près. Dans ses yeux, je lis l'amusement et le plaisir qu'il va prendre à me mettre en boîte.

Nous avons beau nous adorer, je crois que c'est définitivement notre mode de fonctionnement.

Il s'avance dans ma direction, en m'interpellant de la pire des manières, passant outre le regard courroucé des autres passagers.

— Ma « Fouine » préférée.

Il enserre ma taille, me soulève et me fait tourner avant de m'embrasser à pleine bouche.

Connard ! Quel idiot en voulant faire du zèle, il va nous attirer des emmerdes plus grosses que lui ?

D'ailleurs, à peine m'a-t-il reposée qu'un coup de poing bien senti atterrit sur sa mâchoire. Mon ami recule d'un pas sous l'impact. Il masse sa mâchoire en grimaçant, mais sans vraiment se départir de son sourire goguenard. Je regarde la scène, les yeux écarquillés, terrifiée à l'idée que ces deux imbéciles transforment la mauvaise blague en pugilat. Au lieu de ça, mon ami salue mon compagnon avec une expression respectueuse, avant de foncer direct dans les cages.

— Tu as une sacrée droite, mon gars ! Je suppose que tu es le mari à fuir ?

Je lève les yeux au ciel, parce que j'aurais mille fois préféré une autre entrée en matière.

À mon côté, Logan nous dévisage abasourdi.

Même si ça semble improbable, il se pourrait que j'aie abordé la question de ce mariage forcé, avec mon vieil ami.

Logan toujours pas remis de sa surprise, a la bouche grande ouverte aussi convainquant qu'un poisson frit.

J'ai envie de lui hurler dessus. Je ne vois pas pourquoi il a l'air si sidéré, jusqu'à preuve du contraire, il ne vient pas de me pousser un troisième œil.

Il n'y a rien d'étonnant à ce que j'en parle, si ? Et puis il fallait bien que je justifie, auprès de mon ami, la nécessité de son intervention.

Soucieuse de faire taire le silence incrédule et chargé d'interrogations, j'entreprends de faire les présentations.

— Mon crétin d'ami Timothée Anderson, mon compagnon… de voyage, Logan Harper, dis-je, en les montrant tour à tour.

Bien entendu, la réponse ne se fait pas attendre et, comme par hasard, ils s'accordent d'entrée sur le même morceau.

— Compagnon de voyage, tempête l'un, alors que l'autre éclate de rire, puis enchaîne :

— « Époux » tu veux dire. Si je ne m'abuse, il existe une bonne dizaine de synonymes du mot conjoint, mais je doute que compagnon… de voyage en fasse partie.

Je tire la langue à Tim, sous le regard de Logan qui se prépare à dégainer.

— Et toi ! En sombre crétin ! Plutôt que de soutenir une amie en détresse, tu l'enfonces à la première occasion.

— En détresse ? Toi ? Je dirais plutôt que tu es sous haute escorte ! s'amuse-t-il, en reluquant sans la moindre honte mon dieu grec.

Ce dernier ne semblant pas le remarquer a toujours les yeux braqués dans ma direction, attendant que je me décide à fournir mon lot d'explications.

— Bon sang ! Comment ai-je pu croire que ce serait une bonne idée, marmonné-je pour moi-même.

Avec son humour à deux sous, Tim toujours aux aguets, s'empresse de répondre, mettant bien entendu le feu aux poudres.

— C'est très simple, tu voulais avoir la possibilité de jouer un tour pendable à ce beau jeune homme, sous prétexte qu'il t'a ôté ta précieuse liberté. Et comme je ne suis jamais contre une bonne embrouille, tu as appelé Tim en super sauveur.

Je n'arrive pas à retenir un éclat de rire que je m'empresse de dissimuler sous ma paume, tandis que Logan, lui, furieux au possible, me fusille des yeux.

— Je suppose que tu trouves ça drôle ? crache avec virulence mon compagnon. Tu crois vraiment que je vais te laisser partir avec ce type, que je ne connais ni d'Ève ni d'Adam et que comme un gentil mari, je vais me plier à tes caprices !

Piquée au vif, je contre-attaque sur le même ton, en le fusillant des yeux :

— Mais jusqu'à preuve du contraire, tu n'as pas ton mot à dire dans ce domaine. Je vais et je viens à ma guise. Je te rappelle que je t'ai accompagné contrainte et forcée dans le seul but que tu signes ces satanés papiers ! Je n'ai jamais eu l'intention de te suivre comme un foutu toutou. Ce n'est pas parce que tu as tiré des plans sur la comète que je suis obligée de m'y conformer.

Le regard blessé qu'il me lance fait renaître, dans ma poitrine, un sentiment de malaise, mais même, si je baisse l'intensité de mes accusations, je ne cesse pas, pour autant, de lui livrer le fond de ma pensée.

— Maintenant, ce type, que tu viens si aisément de critiquer, est l'un de mes meilleurs amis. Aussi, je te prierais de garder ton opinion désagréable pour toi, et de te montrer un peu plus fair-play. Il a la gentillesse de m'offrir le gîte et le couvert, le temps que je règle mes affaires ici, alors garde ça en tête, avant de le condamner.

Le regard glacial qu'il m'adresse en réponse suinte de colère, pourtant quand il répond, sa voix a retrouvé son calme. Il affiche même son demi-sourire qui me fait craindre le pire.

— Tu sembles un peu vite oublier que c'est à toi de me prouver que nous ne sommes pas faits pour être ensemble, Meg. Signer les papiers n'est pas un dû. Je ne vais pas me plier à ta volonté, juste parce que tu me le demandes.

Pour moi, c'est déjà une victoire que de prendre mes distances et une fois encore nous ne sommes pas du tout d'accord sur la situation.

— Tu vois bien, ça ne pourra jamais fonctionner ! Nous sommes incapables de nous entendre ! avancé-je avec une intonation victorieuse.

Il me regarde, sans paraître le moins du monde perturbé et reporte son attention sur Tim, pour la première fois, depuis qu'il lui a collé son poing dans la figure.

Je vois l'instant précis, où il réalise que mon ami est bien plus attiré par lui, que par moi. Il faut dire que cet idiot arbore un air concupiscent complètement ridicule, qui n'aide en rien, à rendre la situation crédible.

L'air colérique de Logan fond comme neige au soleil, laissant dans son sillage une expression presque amusée.

Puis, alors que je sens le vent tourner en ma défaveur, mon compagnon me sourit, jusqu'aux oreilles, et lâche avec ironie.

— En fait, bébé, tu as eu une idée extraordinaire. Même si j'aurais préféré t'avoir à la maison, cela va me permettre de nous redécouvrir en douceur. Il me sera bien plus drôle de dompter ma tigresse, si elle a du temps pour s'y préparer.

Il tend ensuite une main vers mon ami et rajoute.

— Sans rancune pour le coup de poing, vous l'avez embrassée, je ne pouvais pas laisser passer ça. Merci de l'accepter sous votre toit, je vous en serai éternellement reconnaissant. Quand vous n'en pourrez plus de supporter ses âneries, n'hésitez pas à m'avertir.

Sur ces paroles, qui me mettent évidemment en rage, il sort son portefeuille, tire une carte de visite et la lui tend. Comment ose-t-il m'infantiliser de la sorte et parler de moi, comme si je n'étais pas là !

Totalement indifférents à ma colère, ils échangent un regard lourd de sens.

La seconde suivante, sans que je comprenne ce qui m'arrive, Logan m'attire contre lui. Abasourdie, je reste les bras ballants, alors qu'il intensifie sa prise. Il glisse son nez dans mes cheveux et inspire profondément. Il passe sa main sur ma nuque et la bascule doucement en arrière avant d'accrocher mes iris aux siennes. À cet instant, je suis totalement sous son contrôle, hypnotisée par la détermination de ses iris. Il regarde mes lèvres sur lesquelles je passe machinalement ma langue. Ses yeux s'embrasent et mon ventre fait de même.

Il pourrait aisément profiter de ma léthargie pour m'embrasser et marquer son territoire comme un mal alpha. Je ne suis même pas certaine que j'aurais la présence d'esprit de le repousser, ni même d'en avoir l'envie. Mais au lieu de cela, il pose ses lèvres sur ma joue, s'y attarde un peu plus longtemps que nécessaire, m'enivrant de son aura. Impossible de réfléchir lorsque se rend ainsi maître de mes sens. Profitant, une seconde fois, de mon inertie, il me relâche et s'éloigne d'un pas. Ensuite, sans se départir de son sourire, il attrape sa valise et ajoute :

— Je passe te récupérer à dix-neuf heures, bébé, essaie de ne pas me faire attendre.

Puis en s'adressant à Tim, il poursuit.

— Je compte sur vous pour me communiquer votre adresse !

Il lui adresse un clin d'œil, comme si tout à coup, ils étaient devenus les meilleurs potes du monde et tourne les talons en s'éloignant vers la sortie.

Bon sang ! Ça ne devait absolument pas se passer de cette façon ! Je le regarde partir, hallucinée par son aplomb et le cœur toujours au bord des lèvres. Quand je me tourne vers mon ami, espérant trouver un peu de soutien, ce dernier en traître parfait, enfonce le clou en murmurant.

— Je crois bien que cette fois, tu en as trouvé un à ta juste mesure, ma petite « fouine ».

Tout part à vau-l'eau ! Si même mon plus fidèle soutien rentre dans le camp ennemi ! Comment suis-je censée trouver l'énergie pour lui résister et le garder à distance ?

# Chapitre 8

## Logan

Quand je pose les valises à l'entrée de mon duplex, je me demande encore si je viens de faire preuve d'une incroyable bêtise ou, au contraire, d'une intuition salvatrice. Quand j'ai vu ce type prendre ma tigresse dans ses bras, comme s'il était en terrain conquis, j'ai vu rouge. Je n'ai réfléchi qu'après lui avoir envoyé un uppercut dans la tronche.

Il a eu au moins le cran de ne pas moufter. Je dois même admettre qu'il a fait preuve de bien plus de sang-froid que moi. À sa place, je n'aurais pas manqué de répliquer, ce qui, j'en suis certain, nous aurait valu une intervention musclée des forces de l'ordre qui ne nous quittaient pas des yeux. Heureusement, il a été bien plus subtil que moi et a su par de simples paroles désamorcer la bombe qu'il avait lui-même dégoupillée.

Quant à cette petite « garce », elle m'a bien eu, même si jamais je ne le lui avouerai. Pourtant j'aurais dû le savoir, elle a accepté trop facilement de me suivre. À aucun moment, je n'ai soupçonné qu'elle avait eu le temps d'organiser sa fuite. J'étais tellement concentré, sur la résolution d'un de mes problèmes majeurs, à savoir son éloignement, que je me suis laissé duper comme un bleu. Le seul point positif, c'est que sa petite crise de libéralisme aura au moins le mérite de la faire entrer dans mon quotidien plus en douceur. Enfin, j'essaie de me convaincre. Il y a encore tant de choses qu'elle ignore de moi, tant d'aspects de ma vie qu'elle croit connaître, mais pour lesquels elle est complètement à côté de la plaque.

J'en suis là de mes remarques, quand l'alarme sur mon téléphone retentit. Il est quatorze heures et je devrais déjà être chez ma mère. Mince ! J'ai intérêt à me secouer si je veux passer voir Fitzgerald, à la sortie de la fac, avant qu'il ne parte en vadrouille.

Il a encore fait des siennes en mon absence. Cet idiot n'a rien trouvé de mieux que de baiser sa copine, dans les douches de la fraternité, ce qui n'aurait pas vraiment été un problème, si elle n'était pas tout juste majeure et que le doyen effectuait une petite visite surprise dans les locaux. Totalement inconscient des risques qu'il encourt, il a été convoqué dans le bureau du vieux croulant, qui a parlé de porter plainte pour attentat à la pudeur. Je devrais le laisser faire, histoire que ce crétin réalise un peu la portée de ses actes. Mais bien entendu, je vais encore tenter de le sortir de la panade dans laquelle il s'est enlisé, parce que je ne conçois pas de le laisser tomber.

En attendant, vu le peu de temps dont je dispose si je veux mettre en place ce que j'ai en tête, défaire mes valises devra attendre mon retour. Je récupère mes papiers, mes clefs, troque ma veste contre mon cuir, et sors de l'appartement au pas de course.

Plus à l'aise ainsi, je redescends les six étages du bâtiment, un peu anxieux. La maison familiale n'est qu'à deux pâtés de maisons, aussi je laisse mon tacot au garage et parcours les quelques deux mètres à pied.

À cette heure, les rues sont encombrées, tout comme le trottoir, mais je slalome rapidement entre les passants. Ce n'est pas comme si c'était une première !

Malgré ma marche rapide, je prends le temps de sourire à la fleuriste du coin, et au vieil Ernest qui tient la petite supérette juste à côté. Il faut dire que j'ai toujours vécu ici. Je connais chaque habitant et chaque recoin du quartier. Ce qui pourrait paraître étrange dans un New York, mais je n'ai jamais su ignorer les gens et faire comme s'ils n'existaient pas.

Arrivé au centre de Greenwich Village, le quartier huppé et résidentiel de Manhattan, je rejoins un des chemins de traverse et passe devant les immeubles snobinards au possible.

Je me souviens, quand j'étais gosse, les rues fourmillaient d'animation. Souvent, ma mère nous laissait nous amuser au Hudson River Park, où il n'était pas rare de croiser les joueurs d'échecs faisant la pige aux peintres et aux artistes de rue.

Aujourd'hui, même s'il reste quelques indécrottables, la plupart des nantis ont perdu leur place aux profit des rapaces de l'immobilier. Rien d'étonnant, quand on voit la flambée des prix sur la zone, on comprend vite pourquoi la plupart des saltimbanques n'ont pas eu les moyens de rester.

Je m'ébroue mentalement, pour chasser les images d'un passé pas si lointain, où mes amis et ma prochaine conquête étaient mes seules préoccupations. Je ne regrette pas mes choix, mais le poids des responsabilités n'est pas facile à porter. En même temps, à quoi me servirait de m'encombrer avec des « si et des peut-être

», ma vie est telle qu'elle doit être, voilà tout.

Quand j'arrive devant l'immeuble particulier de mes parents, j'ai un pincement au cœur. Personne n'a pris la peine d'ouvrir les volets des deux étages supérieurs. Je n'ai même pas besoin d'entrer pour savoir que c'est un des mauvais jours. Merde ! Je savais que trois jours d'absence, c'était déjà deux de trop.

Je longe la rampe pour atteindre le palier. Comme toujours, je sors mon trousseau de clefs de ma poche, plutôt que de sonner. À cette heure, Dorothée doit se reposer. Reste à savoir où est ma mère.

J'entre dans le vestibule, où rien n'a changé depuis la mort de mon père. Parfois, j'ai l'impression qu'en mourant, il a emporté avec lui l'âme de la maison. Comme à chaque fois, je suis accueilli par un silence angoissant. Comment vais-je la trouver aujourd'hui ?

Je passe de pièce en pièce, ne découvrant rien d'inhabituel. Quand j'entrouvre la dernière salle de l'étage, le petit salon, des gémissements étouffés me parviennent et mon cœur s'accélère.

L'espace est plongé dans la demi-pénombre et il me faut quelques secondes pour m'adapter à la faible luminosité. Je survole le lieu du regard pour la découvrir, au sol, devant le canapé. Je me précipite pour la rejoindre, inquiet et tendu, comme chaque fois que je la retrouve ainsi prostrée.

— Bon sang, maman ! Qu'est-ce qui t'est arrivé ?

— Ça va, mon chéri, ça va, ne t'inquiète pas, murmure-t-elle.

Ne pas m'inquiéter, la bonne blague, comme si je pouvais faire autrement, en la voyant dans cet état.

J'évalue la situation, anxieux.

— Tu as mal quelque part ?

Elle secoue la tête, m'affirmant que non, mais dès que je la soulève, elle est incapable de retenir un gémissement.

— Bon sang de bois, maman, mais que s'est-il passé ? Où est Gwenn ?

Elle me jette un regard peu amène, à l'évocation de la dame de compagnie que j'ai engagée, il y a quelques semaines.

— Je l'ai mise à la porte, cette vieille bique ne veut pas me laisser m'occuper de ta sœur.

Je me crispe sans le vouloir, elle le remarque et me lance un regard cinglant. Avant qu'elle ne me pose la question, je prends la défense de la jeune femme.

— Tu as besoin de repos, maman.

— Je suis peut-être malade, mais je suis encore en vie et ta sœur a besoin de sa mère.

Je me retiens de lui répondre que ma petite sœur a surtout besoin ne pas la voir dans cet état, mais bien entendu je m'abstiens, mieux vaut ne pas en rajouter. Ce n'est pas comme si nous n'avions pas eu cette discussion, au moins deux cents fois, rien que cette année.

Avec mille précautions, je réinstalle ma mère sur son fauteuil et tente à nouveau de faire le point sur la situation.

Plus les mois passent, et plus le contexte devient problématique. Ma mère ne parvient pas à accepter son état et comme toujours, surestime ses forces.

— Tu as mal ?

D'un signe de main, elle tente d'éloigner mes inquiétudes, mais se garde bien de me regarder dans les yeux.

— Maman, bon sang, comment puis-je t'aider si tu ne me parles pas ?

Elle souffle de lassitude, et ses épaules s'affaissent de défaite.

— Je suis désolée, mon chéri, de te causer autant de tracas.

— Ne dis pas de bêtises, tu sais bien à quel point c'est important pour moi de vous savoir en sécurité. Alors, maman, dis-moi si tu t'es fait mal ?

— Je me suis éraflée la jambe en tombant, et j'ai mal à l'épaule, murmure-t-elle d'une toute petite voix, en détournant la tête une nouvelle fois.

Je n'ose imaginer à quel point ce doit être difficile, pour elle, de dépendre de moi, alors j'essaie, autant que possible, de lui faciliter la vie.

Je m'éloigne une minute, jusqu'à la salle de bain pour prendre de quoi résoudre les petits tracas, dont elle m'a parlé.

Quand je la rejoins, elle n'a pas bougé d'un pouce, et ses yeux si rieurs d'habitude, sont un peu trop brillants. Il faut que je m'arrange pour détourner son attention de ses sombres pensées. La meilleure façon que je connaisse, pour la distraire : alimenter son besoin de nous savoir heureux. Alors je lance en essayant de mettre le plus de joie possible dans mes paroles.

— J'ai réussi à la convaincre de m'accompagner.

Elle tourne la tête dans ma direction, et un lent sourire se dessine sur ses jolies lèvres. Pas besoin de lui expliquer de qui je parle. Elle connaît parfaitement ma situation, dans les moindres détails même. Enfin, tout ce que j'étais en mesure de partager avec elle, en tout cas.

— Comment va-t-elle ?

— Elle a retrouvé sa langue, et son esprit « machiavel » donc je suppose qu'on peut dire qu'elle va plutôt bien.

Je lui souris en repensant au dernier tour qu'elle m'a joué, et secoue la tête, encore amusé. Comme si cela allait suffire pour me faire renoncer.

— Raconte-moi, répond-elle avec un timbre plus assuré.

Tout en soignant l'égratignure au mollet, j'en profite pour masser les muscles douloureux de ses jambes. Puis, de la même façon, je m'attaque à ses bras, en l'obligeant à faire travailler ses muscles ankylosés. Quand, je sens le muscle tétanisé se relâcher, je passe au suivant. La voyant grimacer plus que d'habitude lorsque je masse ses avant-bras, je l'interroge.

— Quand Gwenn t'a-t-elle donné le dernier comprimé de morphine ?

— Au petit déjeuner !

Je fronce les sourcils, elle aurait dû avoir une nouvelle dose, il y a deux heures.

— Quand l'as-tu congédiée ?

Elle hausse les épaules avant de répondre.

— Je ne l'ai pas vraiment mise à la porte, je lui ai seulement demandé d'aller faire un tour, et de me laisser en paix, jusqu'à ce que tu arrives.

— Pourquoi ne pas avoir attendu pour te lever, dans ce cas ?

— J'étais mal installée, grimace-t-elle, gênée. J'ai pensé que si je me mettais assez près du canapé, je pourrais y basculer, sans trop de difficultés, mais, apparemment, j'ai encore présumé de mes forces.

Je n'ai pas le cœur à lui jeter la pierre, même si nous savons, tous les deux, que la situation va de mal en pis, depuis sa précédente chute. Elle lui a valu deux mois d'hospitalisation et malgré cela, elle ne récupérera probablement jamais son niveau d'autonomie antérieur. Alors, plutôt que de l'accabler, je préfère l'encourager.

— Tu as eu raison, c'est très inconfortable de rester assis sur ces fauteuils, mais peut-être devrions-nous chercher une solution, pour te permettre de passer de l'un à l'autre sans prendre de risques inutiles. Je vais en parler avec le kiné, si tu es d'accord ?

Elle opine, même si elle pince les lèvres d'agacement.

La maladie gagnant du terrain à chaque crise, elle est parfaitement consciente que, d'ici peu, cela ne sera plus suffisant, mais en attendant, cela devrait lui faciliter la vie.

Je n'en finis pas de me confronter à l'ironie de la vie. D'un côté, elle nous prend, de l'autre elle nous donne, en nous laissant parfois dans un équilibre précaire. Il y a quatre ans, nous étions une famille, on ne peut plus normale. Bien entendu, Dorothée était la même, mais nous étions habitués à organiser notre famille, pour qu'elle ne ressente jamais son état, comme une limite. Tout était organisé pour elle et personne n'y trouvait à redire.

Nous étions heureux et rien ne semblait pouvoir nous atteindre. Malheureusement, il a suffi d'une journée pour que tout bascule. Mon père, si solide, s'est plaint d'aigreurs d'estomac, une broutille en somme. Je me suis même moqué de lui, le provoquant un peu, parce qu'il se faisait, sans cesse, du souci pour tout et n'importe quoi. Deux heures plus tard, ma mère me téléphonait, en larmes, après avoir retrouvé mon père à terre, sans connaissance, mort en quelques minutes d'un infarctus massif.

Si seulement j'avais su…

Peut-être aurait-il pu être sauvé, ou peut-être pas, dans tous les cas, je m'en veux toujours de ne pas l'avoir obligé à consulter. Cependant, et même s'il m'a fallu longtemps pour l'admettre, les regrets ne servent qu'à raviver les douleurs mal cicatrisées. Et honnêtement, j'en ai bien assez avec le présent sans avoir en plus à m'encombrer d'un passé, auquel de toute façon, je ne peux rien changer.

Peu de temps après, alors que nous avions encore du mal à assumer le départ de mon père, la vie nous a remis à l'épreuve, avec la maladie de maman. Le diagnostic posé a été et est toujours, comme une épée de Damoclès, au-dessus de notre tête. Nous savons tous comment les choses vont finir, alors nous avons resserré les rangs et affrontons la suite avec le plus d'énergie possible.

Alors, sachant contre quoi je lutte au quotidien, le combat et les réticences de Meg ne me font pas peur, ils m'amusent presque. Je ne minimise pas son besoin de liberté, probablement car je le comprends mieux que personne, ayant fait le choix de m'en délester. Je ne me sens, pour autant, pas tronqué ou spolié de m'être enchainé. Être libre se passe dans l'esprit, je ne me sens pas prisonnier de mes responsabilités car j'aime les miens et je veux les aider. Maintenant, c'est à Meghan de le comprendre, et ça, c'est une autre histoire.

Accroupi devant ma mère, nous continuons notre

conversation, pendant près d'une heure. Entre-temps, Gwenn a refait son apparition. Elle m'adresse un éblouissant sourire, qui perd un peu de son éclat, en croisant le regard de ma mère. La jeune femme fait apparemment de son mieux pour ne pas tenir rancune à sa patiente, de ses coups d'éclat et de ses reproches incessants.

D'un signe de tête, je demande à la soignante de me retrouver dans la cuisine, pour lui parler de la chute. Je lui raconte en détails la scène, tout en m'assurant qu'elle ne la laisse plus seule aussi longtemps. Elle opine, acceptant le reproche qui n'en est pas vraiment un, puisque je sais à quel point ma mère peut être pénible, quand elle a décidé de nous mener la vie dure.

Avant de partir rejoindre mon frère, je monte au deuxième étage, pour trouver ma sœur assise sur le lit, en train de s'amuser avec son petit train.

— Salut, ma jolie princesse !

Elle lève la tête, croise mon regard et bondit du lit pour me sauter dans les bras.

— Loan, papillonne-t-elle en me serrant dans ses bras. Tu es enté. Ze suis contente[2].

Elle sautille sur place, comme le ferait une petite fille de trois ans, sauf qu'elle en a 17. Je réponds à son enthousiasme, avec affection, en la serrant dans mes bras.

— Alors ma princesse, comment vas-tu ?

Elle part dans l'énoncé de ses dernières aventures et se perd dans un verbiage, pas toujours très compréhensible. Je l'écoute

―――――――――――――――

[2] Tu es rentré. Je suis contente.

avec attention et me délecte de son sourire heureux, comme une source inépuisable de bonne humeur.

Au bout d'un moment, alors que je vais devoir mettre fin à ses démonstrations d'affection, elle me surprend :

— Maman, elle a bobo.

— Pourquoi tu dis ça, Dorothée ?

— Elle peure[3].

Un peu mal à l'aise, je lui demande quand même :

— Quand est-ce que tu l'as vue pleurer ma princesse ?

Elle prend un air grave, qui lui correspond si peu, et répond :

— Toujou', je vais au dodo et elle peure. Elle est tiste. Elle souis plus.[4]

J'opine en l'embrassant sur le front, pour lui masquer ma détresse. L'avantage de son immaturité, c'est qu'elle est aussi versatile que le serait une très jeune enfant. C'est aussi vrai pour toute émotion négative qui s'efface avec autant de simplicité que le permettrait un bisou magique sur une plaie. Afin de détourner son attention, j'ai une méthode infaillible.

— Tu sais quoi, ma princesse ?

Elle relève la tête qu'elle avait glissée dans mon cou.

— J'avais oublié, mais je crois bien que je t'ai rapporté un petit quelque chose de mon voyage.

Son regard noir s'illumine et les larmes, qui avaient envahi ses jolis yeux, se dispersent.

---

[3] pleure
[4] Toujours, je vais au dodo et elle pleure. Elle est triste et elle ne sourit plus.

Je sors mon portefeuille et attrape la carte postale que j'ai pris le temps d'acheter à Marseille. Elle regarde la photo d'un chat, déguisé en danseuse étoile, comme s'il s'agissait du plus précieux des cadeaux et sourit jusqu'aux oreilles. Elle me serre à nouveau dans ses bras et saute sur place pour marquer sa gratitude.

La seconde suivante, elle dévale les escaliers pour rejoindre notre mère, dans le salon, et lui montrer la nouvelle pièce maîtresse de sa collection de petits chatons.

Je secoue la tête en me disant que je rêverais que tous les problèmes se résolvent avec autant d'aisance.

Je jette un coup d'œil à ma montre et descends l'escalier pour prendre congé de ma famille. J'avertis Gwenn que je ne repasserai pas avant le lendemain, tout en commandant un taxi, pour rejoindre l'université.

Une demi-heure plus tard, je campe devant l'entrée principale de l'université, avec la ferme intention d'en découdre avec mon jeune et inconscient de petit frère qui pense plus avec sa queue que sa tête.

# Chapitre 9

## Meghan

Il nous faut près d'une demi-heure pour rejoindre la voiture de Tim garée sur l'un des immenses parkings du JFK Kennedy Airport. La progression se fait en silence, probablement parce que mon ami a compris que je suis un peu trop remuée pour parler.

Quand il juge que mon mutisme a assez duré, il lance une boutade, pour me secouer un peu :

— Tu n'as pas choisi le plus moche !

Je lui jette un regard imitant à la perfection le choc.

Il rigole, en rajoutant, d'un air rêveur.

— Il a une de ces paires de fesses, bordel, il me ferait presque baver d'envie. Et ses mains, je l'imagine bien me filer une bonne fessée.

Je mets la main sur les oreilles, pour lui montrer que je ne veux pas en entendre plus…mais bon sang, maintenant j'ai les images dans la tête. Le voyant pouffer, je grimace avant de rajouter en masquant difficilement mon amusement.

— Tente ta chance, on ne sait jamais, mais je dois t'avertir qu'en plus d'être un tyran hautement dictatorial, il aime batifoler à droite et à gauche. Si tu rajoutes son sens plus que discutable de l'engagement et du dévouement, ça en fait un excellent coup d'un soir, mais construire une vie avec lui…

Une étincelle traverse ses yeux et je ne saurais définir son émotion. Elle disparaît aussi vite qu'elle est apparue, avant de me contrer à sa façon.

— En même temps, s'il baise de la même façon qu'il réagit avec passion et impétuosité, je ne doute pas une seconde qu'il vaille le détour.

Pour donner plus de poids à ses paroles, il passe, en grimaçant, son pouce et son index, sur son menton où un beau stigmate de leur confrontation est apparu. Je hausse les épaules et m'empresse de changer de sujet.

— Désolée pour son coup d'éclat !

— Pas de souci, je l'ai cherché. D'ailleurs, je dois admettre que tu embrasses plutôt bien, même pour une fille.

— Imbécile !

— Tu vois, tu ne sais pas apprécier les compliments quand on t'en fait !

Pour toute réponse, je lui tire la langue, en bonne gosse immature et nous éclatons de rire, heureux de nous retrouver.

Il me demande de lui raconter ce qu'il ignore des derniers événements et je lui rapporte ce que je juge judicieux. Ce que j'aime avec Tim, c'est sa capacité à ne jamais aller au-delà de ce que je suis prête à donner. Il sait que je ne lui dis pas tout, cependant il choisit de me laisser l'espace nécessaire, pour que je ne me sente pas acculée.

Nous discutons le temps du trajet, jusqu'au petit appartement, qu'il a conservé dans le quartier de Brooklyn.

Ici, d'une visite à l'autre, je suis toujours surprise de voir à quelle vitesse la ville évolue. La première fois que je suis passée à son appartement, une dizaine d'années plus tôt, des zones entières étaient laissées à l'abandon. Des entrepôts décrépis servaient de squat à tous les malfrats de la ville. Aujourd'hui, chacun d'eux a été réhabilité et transformé en habitations haut de gamme, pour tous les New-Yorkais en mal d'espace. Bien entendu, le charme désuet du quartier populaire s'éteint peu à peu, mais il laisse place à plus de petits bijoux, comme l'appart dans lequel je m'apprête à m'installer.

Mon ami ouvre la porte en grand, avant de jouer les galants et de me laisser passer en premier.

Lorsque j'entre, je tombe nez à nez avec son petit ami, qui regarde ma moue surprise, avec un amusement manifeste.

— Mick !

Cette fois, c'est moi qui me jette dans ses bras, enchantée de retrouver le journaliste que je n'ai pas vu depuis des mois.

— Salut la Fouine, ronronne-t-il en me serrant contre son torse, pour ensuite me faire décoller et tourner sur nous-mêmes. Heureux de te voir sale gosse ! Comment tu vas ? Tu as fait bon voyage ?

J'opine avec un sourire radieux qu'il me renvoie. Puis sans développer plus avant, il s'adresse à son compagnon et lui demande :

— Alors qu'est-ce que tu as récolté avec tes conneries ?

Je les regarde en passant de l'un à l'autre, incrédule.

— Tu me dois cent dollars ! se pavane Tim.

Le second, sans tenir compte de ma perplexité, sort son portefeuille et tend ladite somme à son petit ami, sans plus de commentaires.

Agacée de ne rien comprendre à leur échange, je place les doigts entre mes lèvres, pour émettre un sifflement strident à faire exploser les verres en cristal. Ils se couvrent les oreilles, en braquant leurs yeux dans ma direction.

— Mais tu es dingue, braillent-ils à l'unisson.

— Vous m'expliquez, parce que j'ai juste l'impression que vous vous amusez à mes dépens.

Ils échangent un regard et Tim hausse les épaules avec un air signifiant « Vas-y toi ! C'est tes conneries ! Assume ! »

Mick, ayant au moins la décence de paraître un peu gêné, bredouille :

— C'est juste un pari stupide !

Je hausse un sourcil, en moulinant de la main droite, pour l'encourager à poursuivre.

— J'ai parié que ton type beuglerait un bon coup, mais n'oserait pas coller un pain à Tim si l'on faisait un peu monter les enchères.

— Pourquoi miser sur un truc aussi ridicule ?

— Parce que je n'étais pas certain que ton « mari » te mérite ! répond-il sans se démonter. Et comme Tim est plutôt du genre impressionnant, j'ai pensé qu'il allait agir comme une lopette.

Je hausse un sourcil, amusée qu'il choisisse ce genre de qualificatif.

— Et maintenant, tu es convaincu ? répliqué-je quelque peu

indignée par leur comportement néanderthalien.

— Il a marqué des points, c'est indéniable, répond Tim à sa place, avec un enthousiasme et un regard concupiscent qui n'échappe à personne.

Le grand frère de Sofia plisse les yeux, en jetant des éclairs, prêt à en découdre. L'air, dans la pièce, change et je sens l'incident diplomatique se profiler. Alors, pour alléger l'ambiance, devenue électrique, entre les deux amants, je détourne leur attention. Je tends ma main vers Tim, apparemment ravie de mettre de l'huile sur le feu et d'attiser la jalousie de Mick.

— Ma part !

Il me regarde comme s'il venait subitement de me pousser une corne au milieu du front.

— Ma part, répété-je en ajoutant le sourire aux lèvres. Dans la mesure où tu te fais du fric sur mon dos, je mérite un dédommagement. Cinquante pour cent, cela me paraît équitable.

— Tu es folle ou quoi ! J'ai parié, j'ai gagné, rien de plus ! Si tu insistes, je te file dix pour cent !

— Soixante !

— Tu crois à la vierge en couleur ou quoi ! Vingt, pas plus.

J'affiche la moue du gros matou qui va gober la souris.

— Soixante-dix !

— Merde, pourquoi pas toute la mise, aussi !

— C'est une idée !

— Vingt-cinq et un café, c'est mon dernier prix !

— C'est un plaisir de faire affaire avec toi !

Avec l'expression d'un chat qui vient de gober la dernière

souris, je lui tends la paume, pour obtenir mon dû. Il attrape ma main et m'attire dans ses bras, puis agite son poing fermé, dans mes cheveux, comme un père le ferait pour faire râler son gosse. Nous éclatons de rire et la pression disparaît aussi vite qu'elle est apparue.

Quelques secondes plus tard, alors que j'ai enfin récolté ma mise, je le vois prendre son téléphone. Je ne comprends pas tout de suite ce qui se passe, mais lorsqu'il sort un petit bout de carton, toute la scène de l'aéroport me saute à la figure.

— Tu ne vas pas faire ça ?

Il relève lentement le regard et son excitation évidente répond à ma question. Puis pour enfoncer le clou, il articule en silence, les yeux brillants d'humour.

—Tel est pris qui croyait prendre !

Bon sang ! Je le hais ! Et je suis vraiment dans la panade !!

# Chapitre 10

## Logan

Quand je me plante devant la sortie de la faculté, où ce petit crétin de Fitzgerald prépare un master en sécurité informatique, je m'installe de telle façon qu'il ne puisse pas m'éviter. Parfaitement inconscient de ce qui l'attend, je le vois approcher, en compagnie de ladite petite amie, la main autour de sa taille, tandis qu'il trifouille de l'autre main sur une tablette numérique.

Apparemment, il ne l'écoute que d'une oreille, tandis qu'il résout un quelconque problème informatique, le front plissé de concentration. Je vois l'instant précis où la jeune femme, Shéra - si ma mémoire est bonne -, me voit et comprend ce qui va se passer. Elle se fige, ce qui a au moins le mérite de ramener mon frère à la réalité.

Je m'avance dans leur direction d'un pas conquérant et croise le regard surpris de mon frère. Sa copine, mal à l'aise, me regarde avancer, en passant anxieusement d'un pied sur l'autre. Lorsque je suis à portée de voix, elle bredouille.

— Bonjour monsieur Harper.

Pour toute réponse, je lui adresse un vague signe de tête, lui faisant comprendre que je ne suis pas d'humeur à badiner et qu'elle ferait mieux de prendre ses jambes à son cou.

En réponse, je la vois hésiter et finalement se décide à rester, quand mon frère resserre sa prise sur sa taille. S'il croit que ça va m'empêcher de lui botter le cul, c'est qu'il n'a pas bien saisi la gravité de la situation.

— Bonjour Fitz ! lâché-je, d'une voix glaciale pour engager la conversation.

— Logan, se contente-t-il de répondre sur un ton de défi.

D'accord, il veut la jouer comme ça. On va rigoler !

— J'ai reçu un appel très désagréable du doyen de l'université avant-hier. Tu peux m'expliquer ?

Il marmonne, plus pour lui-même que pour moi.

— Il n'a pas perdu de temps ce vieux con !

Puis il relève la tête, pour me faire face.

— Qu'est-ce que tu veux que je te dise, on a joué et on s'est fait choper, ce n'est pas non plus la fin du monde.

Je ricane ironique.

— Oui, c'est sûr, de ton point de vue ce n'est rien. Sauf que, vois-tu, cette fois tu es allé trop loin et ce vieux con, comme tu aimes le nommer, menace de porter plainte pour attentat à la pudeur. Ce qui signifie pour toi l'apparition, sur ton casier, de l'appellation « délinquant sexuel. »

Ses yeux droits et fiers commencent à vaciller et j'entraperçois un début de panique.

— Pour compléter le tableau, il menace de t'exclure de l'établissement. Donc, non seulement, tu risques de te retrouver sans diplôme, mais avec un casier, pas question de rentrer dans la moindre instance gouvernementale. Donc tes projets de bosser pour le FBI, tu pourras toujours te les mettre où je pense.

Il déglutit avec difficulté, n'ayant apparemment pas réalisé à quel point il avait déconné.

— Je... je pensais qu'il faisait des menaces en l'air.

— Imbécile, il t'a surpris les fesses à l'air dans une position plus que compromettante avec une nana à peine majeure. À ton avis ? Il plaisante ! Grandis un peu, bordel, tu n'as plus dix ans, il serait peut-être temps que tu comprennes que les actes ont des conséquences.

— Ce n'est pas non plus la fin du monde, j'ai baisé ma copine dans les douches, on ne va pas en prison pour ça, quand même !

Je secoue la tête, exaspéré.

— Il n'est pas le seul responsable, murmure une petite voix.

Je reporte mon attention sur la jeune femme qui, rouge comme une pivoine, essaie d'affronter vaillamment mon regard furieux.

— Il n'est peut-être pas seul, mais votre situation n'est pas forcément meilleure, jeune fille. Vous avez la chance qu'il s'agisse de votre première infraction ? Ce qui n'est, malheureusement, pas le cas de ce jeune idiot.

Ce dernier, apparemment de plus en plus mal à l'aise, bafouille en réponse.

— Je n'étais pas responsable.

— « Ce n'est pas moi, j'ai rien fait » mimé-je, exaspéré. Tu as bientôt fini de jouer les innocents aux mains pleines ? Je te jure, il y a des fois où j'ai l'impression d'avoir affaire à un gosse de trois ans. Il ne te manque plus qu'à tirer la langue, à faire un gros caprice et on aura un tableau parfait.

— Désolé de ne pas me conformer à tes exigences, cher grand frère ! crache-t-il, vexé.

— Arrête tes conneries, je ne parle pas d'exigences, là, mais de bon sens. La première fois, tu t'es fait prendre pour avoir piraté le serveur de l'établissement. Je sais que tu l'as fait pour réparer une injustice qui ne te concernait même pas directement. Je reconnais volontiers que le professeur de technologie appliquée était vraiment un sale type et un raciste de première, mais tu t'étais déjà mis dans une situation délicate. Et maintenant ça ! Comment suis-je censé t'aider et être crédible, quand tu tournes en ridicule l'administration, qui t'a déjà dans le collimateur ?

Il regarde, gêné, à droite puis à gauche, si nous n'avons pas de spectateur de son passage à savon. Mais je le soupçonne plus de vouloir éviter mon regard, que d'être réellement inquiet de se donner en spectacle. À la différence de mon idiot de petit frère, je n'ai pas du tout l'intention de donner du grain à moudre aux ragots, aussi j'ai volontairement rejoint le couple, un peu en retrait, histoire de ne pas aggraver la situation.

C'est la jeune fille qui me surprend à nouveau en demandant.

— Que peut-on faire pour lui éviter le pire ?

— Voilà enfin la bonne question ! Bon sang, il y en a au moins un des deux qui réfléchit.

Mon frère me fusille du regard, avant de recevoir un coup dans les côtes, de la petite blonde qui lui murmure :

— Arrête de faire l'idiot, il est venu là pour t'aider, accepte et écoute ce qu'il a à te dire !

Je lui souris en réponse, même si je sais pertinemment que cela ressemble plus à un rictus peu amène. Il plonge les yeux dans les siens, cherchant des réponses ou un soutien. Elle lui sourit, j'ai un pincement au cœur en observant leur conversation silencieuse.

Mon frère finit par me faire face, en prenant un air contrit et attentif.

— Tu vas vraiment nous aider ?

Je lève les yeux au ciel, agacé.

— T'ai-je déjà laissé tomber, triple buse ! Bien entendu que je vais t'aider, mais Fitz, il faut que tu grandisses et que tu réfléchisses aux conséquences de tes actes. Je ne pourrai pas toujours réparer tes conneries. Et là, tu vas quand même devoir accepter la « punition ».

Il grimace, mais acquiesce de mauvaise grâce.

— Qu'est-ce que nous pouvons faire ?

— Nous avons rendez-vous dans le bureau du doyen, demain à la première heure. Tu vas te présenter avec des fringues un peu plus adéquates, parce que je doute que le style surfeur californien débraillé soit au goût de notre cher doyen. Tu vas m'écouter très attentivement, tenter de sauver tes fesses et accepter le fruit de la négociation. Il est entendu que cet été, tu devras bosser à l'œil, au resto, pour financer d'éventuels dommages et intérêts que ce vautour ne va pas manquer de nous demander.

Il s'apprête de nouveau à protester et se ravise quand sa petite amie, décidément pleine d'intelligence, se racle la gorge pour attirer son attention.

— Vous pouvez aussi compter sur ma présence, ce serait injuste qu'il soit le seul à assumer la situation.

Jugeant que c'est acceptable, j'opine, avant de regarder mon frère, qui lève sa main libre, pour signer son acceptation.

Puis à la surprise générale, il murmure, en me regardant avec reconnaissance.

— Merci Logan.

Ma colère fond devant la première véritable réaction saine depuis plusieurs mois.

— De rien, Fitz, la famille est faite pour ça !

Je lui adresse un sourire auquel il répond presque sans se forcer. "Presque" étant, bien entendu, le mot-clef de la phrase. Quand, quelques minutes plus tard, je m'éloigne, je me sens enfin prêt pour affronter la soirée, qui, à mon avis, va être tout aussi chaotique.

Ma rouquine n'a pas la moindre idée de ce que je lui réserve, et j'adore cette idée !

# Chapitre 11

## Meghan

Fébrile, assise sur le canapé, je regarde l'heure à la pendule de l'entrée. Je suis pathétique. Il est à peine dix-huit heures et je suis déjà prête. Je suis à peu près certaine que c'est la première fois de ma vie que j'accorde autant d'attention à mon maquillage et à mon choix de tenue. Le plus pathétique, malgré un choix quelque peu limité, j'ai hésité près d'une heure avant d'opter pour un pantalon cintré crème et un chemisier de soie noire asymétrique. RI-DI-CU-LE !

Le comble de l'absurde reste l'énergie déployée pour que mon excitation ne paraisse pas trop visible aux yeux de mes logeurs. À la seconde où ils ont franchi le seuil de l'appartement pour rejoindre une quelconque soirée mondaine, je me suis précipitée dans la salle de bains. Je suis presque sûre qu'ils n'ont pas été dupes, mais savoir qu'ils ne m'ont pas surprise en flagrant délit de coquetterie, me redonne un semblant de contrôle sur la situation.

J'ai tenté de justifier mon attitude par de multiples excuses : ma patte folle, ma hanche douloureuse et autre connerie du genre. Pourtant, je ne suis pas dupe, tout ceci n'est qu'un leurre qui ne me convainc pas moi-même.

En vérité, j'ai eu beau me dire que c'est une mauvaise idée, que j'ai mieux à faire de mon temps, je ne peux pas occulter l'excitation qui me chatouille le ventre, à l'idée de la soirée.

En plus et c'est une source supplémentaire d'impatience, j'ai bien vu le manège de mon « compagnon de voyage ». Il a fait très attention de ne pas outrepasser les limites de l'amitié améliorée, en m'embrassant la joue, ou la commissure des lèvres, sans jamais me donner plus. Ce qui me laisse ridiculement frustrée, même si je me couperais la langue plutôt que l'admettre.

Je sais très bien que je n'ai aucune raison de me sentir lésée, c'est moi qui suis responsable de notre éloignement, puisque j'ai clairement déclaré que je ne voulais pas de lui dans ma vie. Alors, pourquoi est-ce que je ressens notre manque de contacts, comme autant de revendications, qui exacerbent mon besoin de lui ?

Et maintenant, alors que je devrais être concentrée sur mon objectif premier, me voilà comme une sombre idiote, devant le miroir de la chambre d'amis, à remettre, pour la troisième fois, une couche de rouge à lèvres.

— Tu vas regretter de te jouer de moi ! affirmé-je à mon image, comme si je m'adressais à mon dieu grec, si tu penses que je ne vois pas ton manège ! Tu vas t'en mordre les doigts, on peut être deux à ce jeu-là.

Quand, à dix-neuf heures précises, la sonnerie de l'interphone retentit, le nœud se resserre dans mon estomac. Je lutte contre moi-même pour ne pas rejoindre l'appareil, d'un pas précipité. Tous les muscles de mon corps sont au garde-à-vous, dans l'attente de le voir. Même ma jambe, habituellement si douloureuse, semble s'être un peu calmée, laissant tout le loisir à mon excitation de prendre le dessus. J'ai honte de moi-même.

Je clopine jusqu'à l'interphone, hésitant jusqu'à la dernière seconde à répondre, tout en sachant que je suis incapable de résister.

Je prends une grande inspiration et appuie, avec détermination, sur le premier voyant.

— Oui ?

— Madame Harper ?

Je grince des dents en réponse et réplique :

— Mademoiselle Blanc !

J'entends le sourire dans la voix de l'interlocuteur, quand il me répond :

— La voiture est avancée, je vous attends devant l'entrée, madame Harper.

Je ferme les yeux pour ne pas m'énerver contre ce pauvre bougre à la solde de mon « compagnon de voyage » et ne prends même pas la peine de répondre. Je me demande vaguement pourquoi Logan n'est pas passé lui-même me récupérer et repousse une pointe de déception horripilante. Quand j'ai repris le contrôle de mes émotions, je me raisonne en maugréant que cela me laissera plus de temps pour me préparer mentalement à notre confrontation. Je ne dois pas perdre de vue mon objectif : le convaincre de me libérer. J'attrape mon sac, enfile mes ballerines, regrettant déjà mes talons aiguille qui auraient parfait mon armure.

Peu désireuse d'arriver en bas des marches, couverte de sueur, je décide de prendre l'ascenseur. À mon arrivée, j'inspire profondément, avant d'ouvrir la lourde porte d'entrée, qui me protège du reste du monde.

Quand je passe l'entrée, je suis accueillie par un homme de haute stature, de type afro-américain, avec un sourire avenant. Sans la moindre hésitation, il prend le relais pour maintenir le montant de l'imposante porte et me laisser passer.

— Madame Harper, heureux de faire votre connaissance. Je m'appelle Geoffrey, monsieur Logan m'a demandé de passer vous chercher pour vous conduire à lui.

Je retiens de justesse une nouvelle grimace en entendant mon nom d'emprunt et me tourne dans sa direction, tout en avançant d'un pas boitillant.

Son visage souriant révèle de petites rides d'expression, au coin des yeux, comme c'est souvent le cas pour un homme entre deux âges. Ses tempes grisonnantes lui donnent un air mature et protecteur, étrangement réconfortant. J'ai plutôt tendance à me montrer méfiante, pourtant il attire ma sympathie, quasi instantanément.

Il faut dire qu'en plus de son visage avenant, sa proximité m'aide à me détendre. Loin des abords froids et distants que l'on pourrait s'attendre à trouver chez un chauffeur, il m'offre, sans cérémonie, une poignée de main ferme et amicale.

— Je suis enchantée aussi. Où allons-nous ?

Son sourire s'agrandit comme il s'attendait à ce que je pose la question.

— J'ai pour consigne, je cite « de vous faire mijoter », ne m'en veuillez pas, mais je dois m'y conformer.

Logan n'est même pas là, il me tape déjà sur le système et

j'éprouve, presque immédiatement, l'envie de l'envoyer sur les roses.

— Avez-vous d'autres consignes du genre ?

— En fait oui, si vous tentez de vous enfuir, ou de résister, je dois vous faire grimper dans la voiture de gré ou de force, mais je suis convaincu que nous n'aurons pas à en arriver à une telle extrémité.

J'ai envie d'éclater de rire, Logan est complètement dingue, je n'en reviens pas qu'il ait donné ce genre de consignes à son chauffeur.

Comme il attend toujours mon aval, je souris et opine, lui confirmant, sans le dire, que nous n'en arriverons évidemment pas là. Je n'ai pas vraiment envie de me faire remarquer de cette façon, dans les rues encore grouillantes du quartier, dans lequel je vais vivre quelque temps.

Nous descendons les trois marches du perron et rejoignons la berline. Il me devance pour ouvrir la porte arrière. Sans en tenir compte, je m'avance vers l'avant du véhicule et ouvre la portière passagère. Il ne semble pas s'en offusquer et attend que je me sois installée, pour refermer les portes. Ensuite, d'un pas calme et mesuré, il contourne le véhicule et vient s'installer à mes côtés.

Il ne demande aucune explication, quant à ma démarche plutôt cavalière, et je lui en suis reconnaissante. J'ai beau remonter en voiture sans difficulté, m'installer sur la banquette arrière fait toujours naître en moi un malaise que j'ai du mal à dissiper. Aussi, j'évite aussi souvent que possible de m'y confronter.

Sans que je ne m'en rende compte, la voiture démarre et s'insère dans la circulation, toujours dense. Surprise du peu de bruit, produit par le démarrage, je ne peux m'empêcher de lui demander.

— C'est une voiture électrique ?

Il opine apparemment surpris par ma question.

— Monsieur Logan a demandé à faire remplacer chacune des voitures du parc automobile par des véhicules plus propres.

Ne tenant pas montrer à quel point cette information me surprend, je tente d'en savoir un peu plus ledit parc.

— Et cela représente beaucoup de véhicules ?

Il me jette un coup d'œil furtif, avant de me répondre avec une certaine prudence.

— Environ cent cinquante.

— Pardon ! Cent cinquante, répété-je, incapable d'intégrer l'information. Mais que fait-il d'autant de voitures ?

— Je pense qu'il vaudrait mieux que vous posiez ces questions à monsieur Logan, ce n'est pas à moi d'aborder ce genre de sujet.

Je me retiens de l'interroger plus avant, le sentant tout à coup sur la défensive. Ne tenant pas le mettre mal à l'aise, je choisis de changer de sujet.

— Cela fait longtemps que vous connaissez Logan ?

— Je travaille pour la famille Harper depuis une vingtaine d'années, me répond-il, sans chercher à me donner plus de détails.

Je pose deux autres questions, auxquelles il me répond par des locutions du même genre, ne me permettant pas d'engager la conversation. Comprenant vite que mes questions le gênent plus qu'autre chose et qu'il ne m'en révèlera pas plus, je choisis de me taire. J'attends donc en silence de rejoindre notre destination inconnue. Si le calme ne me dérange pas, il exacerbe ma curiosité et ma frustration. Pourquoi tant de mystères autour de la vie de Logan, et bon sang, cent cinquante voitures, c'est énorme. Qu'est-ce qu'il fait avec autant de véhicules alors qu'il gère un restaurant ?

Les kilomètres défilent et lorsque nous sortons de l'agglomération de New York, en direction de l'ouest, je ne peux retenir une nouvelle question, qui me brûle les lèvres.

— C'est encore loin ?

Pour toute réponse, il me sourit, alimentant un peu plus le mystère.

— Il tenait à vous faire plaisir, alors il n'a pas ménagé sa peine.

Une fois de plus, il se tait et le silence reprend ses droits.

Une demi-heure plus tard, alors qu'autour de nous les lumières de la ville se font plus rares, Geoffrey s'engage sur un petit chemin de terre. Autour, la végétation est dense et, avec la lumière couchante, je ne vois pas grand-chose. Dix minutes plus tard, nous arrivons devant un immense portail en fer forgé. Si je laissais courir mon imagination, il ressemblerait presque aux portails des films d'épouvantes, avec la maison hantée et les esprits vengeurs. Je souris de ma propre bêtise, quand l'allée s'illumine, lorsque nous nous engageons sur la propriété.

La végétation toujours luxuriante s'ouvre sur une demeure plutôt impressionnante. Les questions et les inquiétudes se multiplient dans ma tête. Que faisons-nous ici ? À qui appartient cette propriété ? Pourquoi tous ces mystères ?

Alors que je m'attends à ce que nous nous arrêtions devant la demeure largement éclairée, nous la contournons et poursuivons notre chemin sur un bon kilomètre.

Dans un silence presque surréaliste, mon chauffeur s'arrête au milieu de nulle part et éteint le moteur. Il sort du véhicule et s'avance pour m'ouvrir la porte.

Abasourdie par la situation et soudain un peu inquiète, je le regarde faire sans comprendre. La porte s'ouvre et il me tend la main pour sortir. Je m'exécute plus par automatisme que par réelle conviction.

Moins d'une seconde plus tard, Logan, que je n'avais pas vu arriver, m'enlace la taille, par derrière. Je sursaute, légèrement surprise, avant d'avancer d'un pas pour mettre un peu de distance entre nous. Ce simple effleurement accélère mon rythme cardiaque et je suis traversée d'un frisson. Je me retourne lentement, hyper consciente de sa soudaine proximité.

Je suis accueillie pour un sourire éblouissant qui manque me faire défaillir.

— Bonjour Meg, content de te voir ! Tu es superbe !

Je remercie mille fois le manque de lumière dissimulant un peu mes joues rosies par le compliment. C'est nouveau ça. Bordel, reprends-toi Meghan, arrête de jouer les jeunes premières.

Pour retrouver contenance, je ramène la conversation sur un terrain moins glissant.

— Que fait-on ici ?

Il se moque ouvertement de ma tentative, et choisit de l'ignorer.

— Merci, Geoffrey, elle n'a pas été trop récalcitrante ?

— Non, honnêtement elle est de charmante compagnie.

Les deux hommes échangent un regard de connivence, qui m'agace, parce qu'une nouvelle fois, ils agissent comme si j'étais un animal de compagnie ou une sale gosse.

Si j'écoutais mon instinct, je retournerais dans la voiture et les contraindrais à me ramener à la maison. Seulement, ce serait lui donner raison, et bien entendu, il n'en est pas question. Aussi je serre les dents et attends qu'il se décide à me donner une explication.

Je suis certaine qu'il sent mon agacement, parce que ses yeux déjà rieurs se plissent un peu plus. Évidemment, j'enrage davantage. Avant que notre confrontation visuelle se transforme en bombe sans détonateur, il me tend la main pour que je l'accompagne. Je plisse les yeux, colérique et, faisant fi de sa paume, je m'avance dans la pénombre du début de soirée.

Je l'imagine monter les yeux au ciel, mais en fais totalement abstraction.

— Meg ! Où vas-tu ?

Je me tourne, prête à piquer une colère, quand de son bras, il m'indique la direction opposée. Je masque assez mal mon dépit et rebrousse chemin, la tête haute. Même à mes yeux mon comportement me paraît ridicule. Pourtant il est tellement insupportable avec son assurance tranquille et sa satisfaction évidente que j'ai du mal à me contrôler.

Alors que nous nous éloignons de la voiture, j'entends Geoffrey nous souhaiter une bonne soirée, mais je suis déjà trop en colère, pour lui répondre.

Lorsque nous atteignons un bandeau d'arbres, il vient se mettre à ma hauteur. Son attitude protectrice et inquiète ne m'échappe pas, aussi, comme je refuse de passer pour une femme en détresse, je redouble de prudence pour avancer. Heureusement, c'est la pleine lune et la végétation est suffisamment espacée, pour que les rayons guident mes pas.

Au bout de cinq minutes, nous arrivons devant un dôme végétal. Seul le reflet des immenses baies vitrées indique qu'il s'agit probablement d'une habitation. Il contourne la butée et ouvre une porte, que je n'avais pas remarquée. C'est assez incroyable de constater à quel point, les architectes ont mis un point d'honneur à fondre la maison dans la végétation.

Il entre et m'encourage à le suivre. Je m'exécute pour me retrouver bouche bée devant le spectacle qui s'étale devant moi.

# Chapitre 12

## Flashback

*Cinq ans plus tôt*

Logan attend devant la porte de la chambre d'hôtel, dans laquelle Meghan a élu domicile, pendant la durée de leur séjour aux États-Unis. Il lui a fallu faire preuve d'une patience et d'une persévérance sans précédent, pour que la belle rouquine, rencontrée cinq semaines plus tôt, accepte enfin de lui accorder un rendez-vous.

Il contient son excitation avec difficulté, tant il a ramé pour obtenir ses faveurs. Franchement, c'était même une grande première dans ce domaine.

Il a vite compris qu'avec elle, il ne pourrait pas user de ses méthodes de drague habituelle. Elle n'est pas du genre à être impressionnée par les cadeaux somptueux ou le faste et les faux-semblants. Elle a même plutôt tendance à les fuir comme la peste.

Quand il a compris qu'elle ne se laisserait pas berner par les apparences, il a joué la dernière carte qui lui restait : la sincérité. Il lui a livré celui, qui se cache derrière le masque de la vie de riche patron et héritier d'un empire en plein essor. Il n'a pas cherché à atténuer ses défauts ni à enjoliver la réalité, il lui a juste offert ce qu'il ne donne qu'à sa famille, le vrai Logan.

Aussi quand elle a fini par accepter, il s'est senti comme le roi du monde.

Aujourd'hui, alors que le jour J est enfin arrivé, il se prend à imaginer qu'il pourra, peut-être, obtenir un peu plus que ce qu'admet la moralité, au premier rendez-vous. Il redresse les épaules, chargé de cette confiance virile qu'il arbore en tout temps, vérifie son haleine et frappe avec détermination.

Le silence qui lui répond, fait légèrement vaciller sa confiance et monter une boule d'inquiétude de son estomac à sa gorge. Bon sang, elle ne lui aurait quand même pas posé un lapin !

De l'autre côté de la porte, alors que la deuxième salve de coups retentit, la jeune femme hésite. A-t-elle raison d'accepter de voir cet homme qui, de toute évidence, ne lui apportera que des ennuis ? Elle pourrait ne pas répondre et le laisser penser qu'elle s'est jouée de lui. Pourtant le connaissant, un peu mieux maintenant, elle n'est pas certaine qu'il renoncera pour autant. Et puis, il lui suffit de s'en tenir à ses résolutions et tout se passera bien.

Légèrement tremblante, elle pose son front sur la porte, et essaie de calmer les battements affolés de son cœur. Elle inspire plusieurs fois, toujours indécise. A-t-elle raison de transformer leur rendez-vous romantique, en partie de jambes en l'air débridée ?

Elle hésite, pourtant cette idée lui semblait carrément brillante quand il lui a présenté la rencontre, comme le début de quelque chose. Maintenant, elle n'en est plus aussi convaincue. Elle a beau se répéter depuis des heures qu'elle ne va rien faire de plus, que laisser libre cours à leurs besoins primaires, elle a du mal à s'en persuader. Elle tente de ramener leur attirance à une simple passade et se répète, une fois de plus, que lorsque leurs corps auront obtenu satisfaction, ils passeront simplement à autre chose.

Cette explication l'aurait parfaitement satisfaite s'il s'agissait de quelqu'un d'autre. Seulement, elle a beau être la reine des autruches, et se voiler régulièrement la face, elle ne peut pas nier, qu'il a quelque chose de spécial. Si ce n'était qu'une simple histoire d'attraction physique, il serait très simple d'y remédier. Seulement, elle sait aussi que ce qu'elle éprouve va plus loin, trop loin, et elle l'a su dès leur première rencontre.

Seulement voilà, savoir qu'il représente un danger potentiel n'a pas suffi pour garder ses distances. À force d'attention et de tendresse, il a brisé ses résolutions. Il faut dire qu'entre leurs échanges acerbes et leur jeu du chat et de la souris, elle ne s'était pas autant amusée, depuis bien longtemps. Quand un matin, il est arrivé avec un énorme bouquet de croissants, entouré de pains de sucre, juste pour la faire rire, elle a été incapable de résister et a fini par accepter de passer la soirée avec lui.

Elle repousse ses doutes dans le fond de son esprit, ce qui est fait ne peut être changé. Pas moyen de revenir en arrière maintenant. Comme pour confirmer ses pensées, une troisième série de coups fait vibrer la porte et elle décide que ça a assez duré. Elle prend une profonde inspiration et jette un coup d'œil distrait à son image, en replaçant avec attention, son masque d'assurance.

Elle va s'en tenir à son idée et ramener leurs rapports sur un terrain maîtrisable, en l'empêchant d'étaler son baratin. Quand il est à proximité, elle est bien trop vulnérable, pour prendre le risque de se laisser séduire. Elle va mener l'assaut pour museler cette attirance. Elle est persuadée que si elle donne un os à ronger, à sa bête concupiscente, elle la laissera en paix. Quand elle aura maîtrisé cet aspect de leurs rapports, elle pourra contrôler le cours de ses pensées et prendre du recul.

Elle se répète immanquablement ces explications, jusqu'à ce qu'elle ouvre la porte et croise les yeux noirs du dieu grec. À cet instant précis, tout ce qui n'est pas eux disparaît. Les doutes, les limites, les interdictions se disloquent, ébranlant jusqu'aux remparts qu'elle s'évertue toujours à ériger, entre elle et le reste de l'univers.

Le regard fasciné qu'il lui jette renforce un peu plus cette impression d'apesanteur qu'elle ne ressent qu'avec lui.

Logan quant à lui n'en croit pas ses yeux. Il lui faut même quelques secondes, pour s'assurer qu'il n'est pas en train d'halluciner. Bordel ! La nana la plus canon qu'il n'ait jamais vue s'offre à son regard, sans la moindre inhibition. Sa bouche s'assèche instantanément et il ne peut s'empêcher de faire courir des yeux envieux sur son merveilleux corps.

Il faut dire qu'elle a sorti l'artillerie lourde. Vêtue d'une nuisette de tulle noir, aussi vaporeuse que transparente, qui ne cache pas grand-chose, elle l'observe avec une forme d'assurance tranquille, comme si elle savait pertinemment l'effet qu'elle produit. Il la contemple avec gourmandise et se lèche les lèvres.

De son côté, la jeune femme ressent sur la moindre parcelle de sa peau, les langues de feu, que les œillades insistantes de Logan laissent dans leur sillage. Cette réaction loin de l'intimider, ravive l'envie, qui couvait déjà en elle, et finit d'apaiser ses doutes. Maintenant, elle en est certaine, elle doit étouffer cette attraction, dans l'œuf. Autant s'y mettre de suite. Elle attrape le bras du dieu grec et l'attire dans son entrée, faisant claquer la porte derrière eux, la seconde suivante.

Aussitôt isolés, elle le repousse contre le montant de bois blanc, qui les protège du monde extérieur et prend les choses en main. D'un geste assuré, tout en maintenant leur lien visuel, elle fait coulisser sa cravate, sans pour autant la détacher. Elle regarde sa pomme d'Adam bouger plus vite que d'habitude, et en éprouve une satisfaction toute féminine. Puis, lentement, sans avoir prononcé le moindre mot, elle défait, un à un, les boutons de sa chemise. Il la regarde à mi-chemin entre la stupéfaction et la surexcitation.

Chaque fois que les doigts graciles de Meg effleurent la peau de Logan, son cerveau surchauffe et il a l'impression qu'il va entrer en combustion.

Lorsqu'elle a fini de la détacher, elle pose ses paumes sur son torse et son cœur s'affole. Elle tire sur sa cravate pour l'obliger à se pencher. Elle rompt leur échange de regards bouillants, pour lui murmurer à l'oreille, des mots qu'elle a toujours rêvé de prononcer.

— Maintenant, je vais te baiser langoureusement et sans retenue, et, quand j'aurai terminé, je recommencerai, jusqu'à ce que je sois rassasiée. Je suppose que tu n'y vois pas d'objection ?

Son souffle chaud propage des frissons, dans tout son corps, et il a des difficultés à avaler sa salive. Bien sûr que non, il n'a aucune objection, il serait même prêt à se mettre à genoux pour la supplier de le faire.

Jamais une femme ne lui a fait un tel effet. Bien entendu, certaines ont tenté de le dominer, mais il ne les a laissé faire que pour leur donner l'illusion qu'elles dirigeaient. Là, les choses sont bien différentes. Il n'a d'ailleurs pas amorcé le moindre geste. Elle veut tenir les rênes et il la laisse faire, parce qu'il sent que cela lui est nécessaire.

Il se délecte du moindre geste et, lorsqu'elle griffe son torse velu, il en perd le souffle. Bon sang ! Elle va le tuer d'excitation et, le pire, c'est qu'il mourra heureux !

Avant de relâcher la prise sur sa cravate, elle passe sa langue audacieuse sur le lobe de son oreille et se met à le mordiller, comme s'il s'agissait de la plus succulente des friandises. Il ne peut s'empêcher de l'imaginer faire la même chose, sur son membre, qui palpite déjà comme un dingue.

Elle laisse courir ses lèvres sur son cou et descend doucement jusqu'à la base de sa clavicule. C'est léger, aussi subreptice que l'effleurement des ailes d'un colibri. Il est incapable de retenir un gémissement quand, de sa main libre, elle se met à agacer ses tétons. Ça n'a rien de doux cette fois, c'est même un peu brutal, mais elle arrive à trouver le juste équilibre, entre douceur et possessivité.

On pourrait croire qu'un grand gaillard de presque deux mètres dominerait aisément une petite midinette d'un mètre soixante-dix qui ne pèse pas plus de la moitié de son poids, sauf qu'à cet instant, elle le tient totalement sous son emprise.

Il n'en peut plus de ne pas la toucher, il tente de poser ses mains sur son dos, pour la rapprocher de lui. Il veut sentir sa poitrine s'écraser sur son torse et son corps épouser le sien. Sauf qu'elle le repousse et s'éloigne d'un pas, quand il essaie.

— Non, non, non, susurre-t-elle, si tu veux du sexe, ce sera à mes conditions, à mon rythme, pour mon plaisir. Si tu me touches sans que je te l'aie demandé, je mettrai fin à notre accord.

Son expression, aussi féroce que défensive, le dissuade d'insister et il a bien trop envie de se glisser en elle pour prendre le risque qu'elle le mette dehors. Il succomberait de frustration, c'est certain. Alors, il laisse mollement retomber ses bras le long de son corps et attend qu'elle reprenne ses tortures, qui ne le satisferont pleinement, que lorsqu'il aura coulissé dans sa douce chaleur.

Décidée à garder le contrôle du jeu, autant que de ses émotions, elle attrape sans ménagement, la cravate de son amant et le conduit jusqu'au canapé, au centre de la suite. Là, elle le repousse, pour l'obliger à s'asseoir. Il s'exécute en la dévorant du regard. Elle a le corps idéal pour le combler, toute en courbes et en formes gracieuses. Elle est sa représentation de « la perfection ».

Sa chevelure lâchée retombe jusqu'au milieu de son dos. Elle ondule légèrement et quand elle bouge, leur parfum subtil de freesia et de caramel finit de dissoudre la moindre pensée cohérente. Quand elle ressort ses griffes, elle produit l'effet d'une tigresse prête à tomber sur sa proie. Sauf qu'en l'occurrence, la proie c'est lui et ça le tuerait s'il en était autrement.

Elle s'éloigne à nouveau, laissant une distance qu'il trouve insupportable, enfin jusqu'à ce qu'il comprenne ce qu'elle a derrière la tête. Elle se met à onduler lentement, devant lui, et toute son attention se concentre sur le balancement sensuel de ses hanches.

Chaque geste, gorgé d'érotisme, incendie son corps d'homme, exposant à la vue de la jeune femme, la réaction viscérale qu'elle provoque. Son sexe, à l'agonie, est bien trop à l'étroit dans le pantalon cintré, qu'il a choisi pour être à son avantage. La moindre parcelle de sa peau s'embrase, alors qu'elle remue suivant une musique, qu'elle est la seule à entendre.

Il sait, ayant déjà eu l'occasion de fréquenter des clubs de striptease, que la danse peut être sensuelle. Mais ce qu'elle lui offre là va bien au-delà. Il n'est pas question de chorégraphie, mais d'une forme de communion entre elle et la musique. Il ne l'entend pas, mais la ressent, à travers tous ses gestes. Il est subjugué.

Étrangement, elle a beau être à distance, il a l'impression de la sentir autour de lui. Elle l'habite, le possède, sans même le toucher. Ses déhanchements deviennent presque mystiques et son corps réagit, comme si elle se frottait contre son sexe, désormais dur comme la pierre. S'il a déjà été aussi excité, il l'a oublié. À vrai dire, à cet instant, il n'est même pas certain de se souvenir de son nom.

Puis, quand elle juge qu'elle s'est suffisamment offerte en spectacle, elle passe sa nuisette par-dessus sa tête, avec une grâce savamment étudiée. Elle libère ainsi sa poitrine et dévoile ses seins fermes et ronds. Il donnerait n'importe quoi pour les goûter, s'imprégner de sa saveur qu'il imagine aussi sauvage et indomptable qu'elle.

C'est à ce moment-là, qu'il réalise qu'ils sont à moitié nus, mais qu'elle ne l'a toujours pas embrassé. D'habitude, ça ne le dérangerait pas vraiment. Pour baiser, ce n'est pas vraiment nécessaire, même si, la plupart du temps, ce geste intime accompagne l'acte, assez naturellement.

Il s'interroge sur cette distance qu'elle veut instaurer entre eux, mais perd très vite le fil de ses pensées quand elle s'agenouille entre ses jambes. Elle ne perd pas de temps en effleurements superflus. Elle le veut et elle le prend. Il ne lui faut que quelques secondes pour détacher sa ceinture et les trois boutons tendus, par la pression de sa queue. Elle palpite douloureusement, au rythme effréné de son pouls chaotique.
Comme si son sexe avait trouvé sa maîtresse, il la salue d'un mouvement vertical, comme pour la supplier de le soulager.

Meghan, malgré son corps en feu, veut poursuivre son jeu. Elle est curieuse de connaître enfin son goût. Habituellement, elle n'est pas vraiment fan des fellations. Elle voit ça comme un mal nécessaire, pour offrir à son partenaire, le plaisir qu'il est en droit d'attendre. Mais là, c'est différent, elle s'est interdit de l'embrasser, mais elle meurt d'envie de le savourer, de découvrir avec ses sens, son parfum d'homme. Elle glisse sa langue à la base de son sexe et remonte lentement. L'une de ses mains maintient l'objet de toutes ses attentions, tandis que la seconde caresse tendrement ses testicules. Elle renouvelle son geste, tirant des gémissements, de plus en plus rauques, de son cobaye.

Elle ne le quitte pas des yeux, se délectant de la moindre de ses réactions. Elle le voit lutter en serrant les poings pour s'empêcher de la toucher et elle lui en est reconnaissante. Dominer et diriger lui donnent une impression de puissance, qui ne rend que plus grande, son envie de lui.

La tension s'épanouit dans son ventre et irradie, lentement chacune de ses terminaisons nerveuses. Comme si le moindre muscle s'était insidieusement branché sur les réactions de son compagnon. Elle lâche son sexe, tout en continuant à le cajoler, et glisse sa main entre ses jambes. Elle a beau vouloir le mettre au centre de l'action, la tension entre ses cuisses, devient si tangible, qu'elle n'a pas d'autre choix que de l'accompagner. Alors qu'elle le prend tout entier dans sa bouche, elle glisse deux doigts en elle, caressant à chaque passage son clitoris déjà bouillant.

Très vite, leurs geignements se multiplient, même si les siens sont étouffés par le sexe, luisant de salive, qu'elle déguste sans retenue.

Quand elle sent leurs sexes proches de la délivrance, elle doit rassembler ce qui lui reste de contrôle pour s'arrêter. Elle se lève, fait glisser son string, le long de ses jambes, avant d'attraper le préservatif, qu'elle a laissé à proximité. Elle déchire l'étui avec les dents et d'un geste sûr, fait glisser la protection jusqu'à sa base. La seconde suivante, elle s'agenouille au-dessus de lui et sans lui laisser le temps de réagir emboîte leurs moiteurs.

C'est comme, si d'un coup, le monde s'illuminait de l'intérieur. Le blanc devient plus blanc, le noir plus profond. Chaque chose reprend la place qu'elle n'aurait jamais dû quitter. Une boule de feu explose dans son ventre, alors qu'elle remonte pour mieux redescendre. Elle saisit les mains de Logan, pour les placer sur ses fesses, tandis qu'elle poursuit sa danse des sens.

Enfin, autorisé à la toucher, il abuse et adore la moindre parcelle de sa peau, à sa portée. La sentant concentrée sur leur union, il répond à son besoin impérieux de la goûter et de poser ses lèvres partout sur elle. Il goûte, suce, mordille tandis qu'elle répond en accélérant leur rythme. Mais ce n'est pas encore assez, il la veut. Celle qui se cache derrière le masque de dominatrice, il ne se contentera pas de moins.

Elle semble sentir qu'il a besoin d'encore plus, parce qu'elle se penche, susurrant à son oreille.

— Tu en veux plus ?

Perdu dans les déferlantes sensations, il est incapable d'articuler le moindre mot. Lui d'habitude si loquace, est égaré, submergé, hypnotisé par tout ce qu'elle est et représente.

Il hoche vigoureusement la tête, ce qui la fait sourire. Elle embrasse doucement ses joues, ses yeux, tout en accélérant ses mouvements circulaires du bassin.

Ce qu'elle n'avait pas anticipé en revanche, c'est le besoin presque viscéral qu'elle ressentirait en approchant ses lèvres des siennes. À l'instant, où elle se laisse aller à les effleurer, une barrière s'écroule et les masques tombent. Il empoigne ses cheveux, pour la rapprocher, et prend le contrôle de leur baiser en franchissant la barrière de ses lèvres.

Si leurs langues se font d'abord hésitantes, la retenue ne dure que le temps d'un battement de cils. Débridant leur corps comme leur esprit, elle le laisse prendre possession d'elle, comme personne n'en a été capable jusque-là.

Ils se goûtent, se dégustent, se chamaillent, pour aller toujours plus loin. Lui en elle, elle en lui, jusqu'à l'instant fatidique où le monde n'existe plus et la jouissance ravage tout sur son passage, les laissant hébétés, vidés… et terrifiés.

# Chapitre 13

## Meghan

*De nos jours*

J'aurais pu m'imaginer beaucoup de choses, mais certainement pas un truc de ce genre. Autour de moi, des centaines de bougies illuminent la pièce en contrebas. Pourtant, ce n'est pas cela qui retient mon attention, mais les dizaines de bouquets de viennoiseries installés, tout autour de la pièce. Face à ce spectacle hallucinant, je dois ressembler à une carpe, tout juste sortie de l'eau, ouvrant et fermant la bouche, à la recherche d'une parole intelligente. Incrédule et stupéfaite, je tourne la tête de gauche à droite, avant de sentir une crise de fou rire me prendre, totalement au dépourvu. Mon Dieu ! Il est complètement timbré !

Qu'il se soit souvenu de ce minuscule détail de notre histoire, parmi les millions de choses, que nous avons déjà partagées, m'attendrit au-delà des mots. Ma colère, pourtant si vive la minute précédente, s'effrite, remplacée par une hilarité presque douloureuse. Je ris tellement, que je me tiens le ventre, pliée en deux, incapable de me maîtriser.

— Tu t'en es souvenu, constaté-je, quand je parviens à me contenir suffisamment pour me faire comprendre.

Il m'adresse un demi-sourire plein de satisfaction, et réplique :

— Comment pourrais-je oublier ? Et puis, comment aurais-je pu négliger la première de toutes les règles ?

Je fronce les sourcils d'incompréhension.

— Pour conquérir le cœur d'une femme, il faut d'abord s'adresser à son premier travers, le tien c'est la gourmandise.

S'il comptait marquer des points, son honnêteté a plutôt tendance à me ramener à la situation, et finit d'éteindre les derniers vestiges d'amusement. Préférant changer de sujet et masquer ma contrariété, face à ses idées préconçues, je contre-attaque en désignant la pièce, d'un geste circulaire :

— Qu'est-ce que tu vas faire de tout ça ? Tu ne comptes quand même pas que je les mange ?

Ses yeux rieurs pétillent d'humour, apparemment pas le moins du monde perturbé par ma réaction. Il hausse les épaules, avant d'ajouter avec plus de sérieux.

— Geoffrey doit les livrer à deux refuges de sans-abris, demain matin.

Je cache ma surprise derrière un acquiescement, me détourne pour attraper l'un d'entre eux. Je ne peux m'empêcher de m'extasier devant l'attention qu'il a portée, à chaque détail.

Outre les croissants, piqués un à un, sur des tiges en bois, il a pris le temps d'ajouter de la pâte à sucre verte, en guise de feuillages. Pour amener une pointe de couleur, il a rajouté, dans chaque gerbe, une ou deux roses rouges comestibles, le tout protégé par un papier transparent pour compléter l'effet. C'est juste magnifique. Je tire sur l'extrémité d'un des croissants de lune et la mets à la bouche. C'est encore meilleur que dans mes souvenirs.

Cela fait une éternité que je n'en avais pas mangé. Et je gémis de plaisir, avant de me tourner vers mon compagnon, qui me regarde avec intensité.

Ses yeux, d'un marron très foncé, sont presque noirs, et la lueur joyeuse s'est dissipée au profit d'une profondeur que je connais bien. Mon corps, ce traître, à l'image des chiens de Pavlov[5] réagit au quart de tour. Tandis qu'il lève sa main et se rapproche de mon visage, mon cœur manque un battement et ma bouche s'assèche. Quand son index effleure le coin de mes lèvres, ma respiration se coupe et une décharge électrique me traverse, tout entière, me laissant pantelante.

Le contact est furtif et sa main s'éloigne, avant même que j'aie le temps de protester. Malheureusement pour moi, c'est largement suffisant pour me mettre en transe. Je me maudis d'être incapable de réfréner mon attirance.

Bon sang ! Comment mon corps peut-il être si réactif à ses gestes, alors que mon cerveau me hurle de fuir ?

Je déglutis et me mords la lèvre, par réflexe, avant qu'il m'explique d'un ton plus rauque que d'ordinaire.

— Tu avais une petite miette !

---

[5] Chercheur russe spécialisé dans les réponses conditionnées

191

Je m'empourpre, parce qu'il n'a rien manqué de ma réaction et détourne la tête, gênée. Pourquoi suis-je incapable de rester indifférente ? Parviendrais-je, un jour, à ne plus réagir face à ses prunelles brunes insondables.

Refusant que je me sente mal à l'aise, il m'invite à le suivre dans les escaliers. Si j'étais stupéfaite en arrivant, je suis loin d'être au bout de mes surprises. L'entrée est conçue comme une immense mezzanine au sol de verre. Comme il n'y a que le pourtour de la pièce illuminé, je n'avais pas remarqué l'originalité située, juste en dessous.

À l'image du dôme de verdure, l'ensemble du complexe a une forme arrondie. L'espace, aussi épuré en angles qu'en mobilier, offre aux occupants un maximum de liberté. Même les commodes sont encastrées dans les murs, façon bunker.

Mon compagnon, parfaitement à son aise, a profité de l'espace central pour improviser un pique-nique amélioré. Le camp de fortune compte deux transats, une petite table basse, un panier de pique-nique et aussi étrange que cela puisse paraître, cet aménagement semble se fondre dans le décor.

Figée sur la dernière marche, je le regarde s'avancer et s'installer sur l'un des fauteuils. Puis, dans un geste, qui se veut rassurant, il me tend la main, pour m'encourager à le rejoindre.

Dans mon esprit agité, les questions fusent. Pourquoi prend-il la peine d'organiser ce genre de choses ? Qu'attend-il exactement de moi ? Pense-t-il que ma volonté est si faible, que quelques bouquets et un peu d'attention briseront mes résolutions ?

Consciente de son regard, je descends l'ultime escalier avec réticence, et plutôt que de m'asseoir, je le regarde avec suspicion.

— Que fait-on ici, Logan ?

— Tu vois bien, on va s'installer, manger, discuter et passer un bon moment avec pour seule lumière, quelques bougies et une pluie d'étoiles.

Pour confirmer ses dires, il me désigne les baies vitrées, au-dessus de nos têtes qui nous servent une vue incroyable sur la voûte céleste. Je lève la tête, une seconde, subjuguée, avant de m'obliger à reporter mon attention sur « mon compagnon de voyage » qui ne me lâche pas des yeux.

— Qu'est-ce que tu cherches à obtenir, Logan ? Tu sais que cela ne me fera pas changer d'avis ?

— Nous n'en sommes pas là, Meg, toi et moi, nous avons tout fait à l'envers. Nous avons baisé avant même d'essayer de nous comprendre. Pendant longtemps, cet arrangement m'a satisfait, parce qu'il me donnait l'illusion de t'avoir. Aujourd'hui, je sais que ce n'était qu'un leurre. Tu t'es évertuée à utiliser le sexe, comme une diversion, pour ne pas me laisser t'approcher de trop près.

Je retiens une grimace de surprise, réalisant qu'il n'a probablement jamais été dupe de mes intentions. Comme pour le confirmer, il me lance avec conviction.

— Ne crois pas que je n'avais pas saisi ton manège ! Si je t'ai laissé faire, il n'en est plus question aujourd'hui. Trop de choses ont changé, je te l'ai déjà dit. Je ne me contenterai plus de nos séances de sexe. Une vraie relation ne se construit pas seulement sur une alchimie sexuelle, même si c'est le meilleur coup de tous les temps.

Il parle lentement, avec une intensité que je lui ai rarement connue, et je m'oblige à respirer avec calme, tandis que mon sang bat furieusement à mes tempes.

— Je ne t'ai pas menti en te disant que je ne te laisserai pas partir, sans me battre, Meg. Tu veux me tenir à distance, libre à toi, mais de mon côté, j'ai besoin que tu saches, qui je suis vraiment. Quand tu sauras qui se cache vraiment derrière les apparences, tu seras libre de me rejeter. Je t'aime beaucoup trop pour vivre dans le regret de ne pas avoir tout tenté pour te retenir. Selon moi, ça doit obligatoirement passer par le fait de te donner toutes les cartes, pour me comprendre.

Si j'étais gênée jusque-là, le trouble qui me prend au ventre est bien pire. Je déglutis avec difficulté et mon cœur, qui n'a pas cessé une seconde de battre la chamade, redouble de vigueur. Ses paroles m'effraient aussi sûrement que s'il pointait une arme sur ma tempe. J'ai du mal à comprendre que l'on puisse sciemment se mettre à nu, en offrant à l'autre les munitions pour nous blesser. En se livrant à moi, il prend le risque que je le rejette, que je le brise, comme je l'ai déjà fait si souvent. Pourquoi faire une chose pareille ? Surtout maintenant qu'il sait que je n'ai plus rien à offrir.

Je ne suis pas quelqu'un de bien, je vais lui faire du mal. Je dois me tenir à distance des personnes que j'aime, c'est la seule façon que j'ai de les protéger.

Il doit sentir mes hésitations, parce qu'il rajoute.

— Je t'en prie, Meg, profite du moment, arrête juste de réfléchir, accorde-moi au moins ça. Je ne te demande rien de plus.

Son regard pénétrant brille de sincérité et alors que tout en moi m'ordonne de fuir, de partir sans me retourner, je ne peux m'empêcher de plier devant sa supplique. Ce serait pourtant tellement simple de retourner à la voiture, de prendre mes distances et de dissoudre ce mariage, qui n'a même pas d'existence légale. Alors pourquoi en suis-je incapable ?

J'ai tort de céder, je le sais. Cela ne nous apportera rien de bon, mais je n'arrive pas à partir. Mon cœur paniqué, à la simple idée de ne plus jamais le revoir, est loin d'y être étranger.

Alors, avec hésitation, retenant à grand-peine de légers tremblements, je contourne le fauteuil et m'y installe. Bien entendu, comme pour lui rappeler que je consens à baisser ma garde juste pour la soirée, je prends la peine d'éloigner ma chaise de la sienne, sans me mettre hors de portée.

Il ne semble pas irrité par mon geste. Au contraire, la discrète tension sur son visage se dissipe. Conscient que je cherche à évaluer son état d'esprit, il me regarde bien en face, avant de me tendre un verre de vin. Il me laisse apprécier son soulagement évident, même s'il s'applique, visiblement, à modérer ses émotions. Le fait qu'il laisse tomber la façade devant moi m'atteint plus sûrement, qu'aucun mot n'aurait pu le faire. C'est comme s'il m'offrait ses émotions sur un plateau, comme autant de petits liens qui me relieraient à lui.

Pour me faciliter l'échange et ne pas me mettre, plus mal à l'aise que je ne le suis déjà, il feint de ne pas remarquer mon trouble, et poursuit l'installation du festin qu'il nous a préparé.

Malgré le silence devenu bien plus réconfortant que ses mots, il me faut plusieurs minutes, pour me maîtriser. Contrôle plus qu'illusoire, si j'en crois l'émotion étrange qui m'enserre la poitrine, en réalisant les efforts qu'il a déployés pour me faire plaisir. J'ai toujours pensé que les actes parlent bien plus que les mots. Face à son engagement, ses attentions, je ne peux continuer à me mentir sur ses sentiments.

Il m'aime et ça me brise le cœur. Ma conception de l'amour n'a malheureusement rien de fleur bleue. Pour moi, il s'agit d'un monstre d'égoïsme qui nous prive invariablement de notre liberté et nous fait souffrir jusqu'à ce que mort s'ensuive. J'ai perdu depuis longtemps mes illusions dans ce domaine. Je sais qu'il n'y aura pas d'autre issue.

Peu importe qu'il s'agisse de l'amour d'un enfant pour sa mère, de l'affection fraternelle ou d'amour au sens plus large, il se conjugue toujours avec la même constance. On donne, on donne encore, on donne toujours, tout en sachant que cela ne sera jamais suffisant pour le retenir et le satisfaire. Quand il nous a tout pris, qu'il ne nous reste plus rien, il nous quitte et nous brise. Voilà la vérité !

Alors, imaginer que je lui réserve ce sort est insupportable. J'ai envie de m'enfuir pour le préserver, tout en réalisant, avec horreur, que le mal est déjà fait. Si seulement j'avais réussi à lui résister, nous ne serions pas dans cette situation inextricable. Je ne l'aimerais pas à en crever, tout en sachant que je dois me tenir le plus loin possible de lui, parce qu'il mérite tellement mieux, que ce que je suis capable de lui offrir. Que pourrait-il faire d'un pantin cassé, rongé par la culpabilité, en croisade contre Lucifer et incapable de se pardonner les choix qui auraient pu sauver sa meilleure amie ?

Malheureusement, pour nous deux, Logan possède ce don exaspérant de faire fondre la glace qui entoure mon cœur. Sa force tranquille me fragilise, fissurant les murs que je m'évertue à ériger entre nous. En même temps, qui pourrait résister à ce concentré de perfection ? Pas moi, en tout cas, même si je m'en défends toujours avec conviction.

Je le regarde et la douleur dans ma poitrine se ravive. J'ai peur, j'ai mal. Je suis tellement fatiguée de lutter sans cesse contre nos sentiments. J'ai envie, besoin de me laisser porter juste un instant, me reposer avant de me lancer dans cette lutte acharnée, que je m'apprête à mener. Le calme et la paix avant la tempête que je vais déchaîner.

Je ferme les yeux, bercée par le calme ambiant. Je sirote mon troisième verre de blanc, qui accompagne si merveilleusement les gratins de Saint-Jacques aux poireaux, qui affolent mes sens depuis dix minutes.

Dans d'autres circonstances, avec d'autres personnes, j'aurais sans aucun doute vaincu la douce quiétude, pour conserver le contrôle. Alors qu'avec mon dieu grec, quoiqu'il arrive, je sais que je suis en sécurité. Aussi, je laisse la douce torpeur de l'alcool faire taire mon esprit en ébullition, qui me serine avec mes inquiétudes.

Les premiers effets du breuvage ne tardent pas à se faire sentir et la légère brume libère des paroles que je m'étais promis de ne pas prononcer.

— Tu sais que cette soirée ne va rien changer, Logan ?

Il tourne la tête dans ma direction, toutes lueurs de vulnérabilité envolées, et réplique avec cette pointe d'assurance déroutante.

— Si tu préfères te mentir et le croire, c'est ton choix, mais ne me demande pas de te suivre sur ce chemin-là.

Mes épaules s'affaissent de dépit, parce que je sais pertinemment qu'il a raison. Je me terre une fois de plus dans le silence, mais comme souvent, entre nous, il n'a rien d'inconfortable.

Nous profitons du moment, tout simplement, nous croisant du regard, quand j'ai assez de courage pour ne pas le détourner.

Quand enfin je pose ma cuillère, repue, je me laisse aller contre le dossier du transat, mes yeux accrochent la beauté du panorama et ne parviennent plus à la quitter. Il n'y a pas un bruit, pas un souffle. Longtemps nous restons immobiles, à proximité l'un de l'autre, nos respirations calées sur le même rythme, comme pour accompagner cet instant de paix.

Sans vraiment réfléchir, je finis par tendre mon bras vers lui. Comme s'il attendait mon geste depuis longtemps, il glisse ma main dans la sienne et nos doigts s'entrecroisent.

C'est un instant de perfection, comme on en rencontre rarement.

Un enchevêtrement parfait.

Une communion silencieuse.

Alors le temps d'un vol de lune, avec pour seul témoin la voûte céleste, je regarde l'avenir avec les yeux voilés du possible et de l'envie.

Bien plus tard, alors que la lune a presque trouvé refuge dans les premières lueurs de l'aube, Logan me raccompagne. J'ai bien vu qu'il laissait partir ma main à regret, quand j'ai demandé qu'il me ramène chez Tim et Mick. Depuis, le silence n'est troublé que par le faible ronronnement du moteur et les bruits de l'activité incessante de New York.

J'ai pourtant des milliers de choses à lui dire, comme de me laisser partir, par exemple. L'instant magique passé, les brumes d'alcool dissipées, je regrette déjà la douce quiétude de cette parenthèse, hors du temps. Mais je ne le lui dirai pas. À quoi servirait de parler, si cela doit, au final, le blesser un peu plus ? Je garde donc mes pensées pour moi, et la douleur sourde, dans ma poitrine, enfle une nouvelle fois.

Il se gare en bas de mon immeuble, sans arrêter le moteur. Peut-être, a-t-il enfin compris que rien ne servirait de lutter. Mon destin n'est pas d'être aimée. Je finirai seule, aigrie, entourée d'une horde de matous grincheux qui faute de fibre maternelle me dédaigneront eux aussi.

Il fait le tour du véhicule et vient m'ouvrir la portière. Je n'attends pas qu'il me tende la main pour descendre et lui fais face, avec toute la dignité que ma claudication m'autorise.

Incapable de le regarder dans les yeux, je baisse la tête et murmure d'une voix éraillée.

— Merci pour ce délicieux moment. J'ai entendu, Logan, j'ai vu tout ce que tu taisais. Je pense que tu as compris, à présent, qu'il vaut mieux que nous en restions là.

N'obtenant en réponse que du silence, je m'oblige à affronter son regard. Je m'attendais à voir une acceptation, ou en tout cas, un début de compréhension, or, je me heurte à une fureur rarement égalée.

# Chapitre 14

## Logan

Comment peut-elle, après une telle soirée, être toujours si obtuse ? Mon sang pulse dans mes veines, à une vitesse folle. Et je dois faire un effort colossal pour ne pas me mettre à hurler de frustration. Malgré tous mes efforts, le ton mordant de ma réponse est plus que révélateur.

— Je t'interdis de gâcher la soirée que nous venons de partager, parce que tu es morte de trouille à l'idée que j'ai raison.

Si elle avait montré une certaine réserve, avec une pointe de vulnérabilité, elle s'envole, à l'instant où j'ouvre la bouche. Tant mieux, ma tigresse est une battante et je préfère encore la voir crier, plutôt que de me confronter à la tristesse qui brillait dans ses iris, il y a encore quelques secondes.

— Moi ! Morte de trouille ! Mais c'est complètement dingue, que tu ne réalises pas à quel point tu es à côté de la plaque !

Elle a beau affirmer sa frustration, son corps la contredit avec vigueur.

— Mais bien sûr, c'est moi qui suis à côté de la plaque ! Arrête de te voiler la face ! Tu ne vois pas à quel point tout pourrait être simple entre nous ?

Je n'aurais pas obtenu meilleur résultat, avec un seau d'eau glacé sur la tête.

— Simple ? Mais dans quel monde tu vis, Logan ! Dans la vie, rien n'est jamais simple. Alors, tu vas m'écouter et entendre ce que j'ai à te dire ! Je. Ne. Suis. Pas. Faite. Pour. Toi.

Elle détache chaque mot, comme pour intensifier l'effet de ses paroles. Je serre les poings. Bon sang ! Si j'avais un sac de frappe, je l'aurais déjà défoncé. Comment peut-on être à la fois si intelligente et si idiote ?

Les dents serrées, je réplique cinglant :

— Tu ne dis que des conneries ! Comment peux-tu prétendre que nous ne sommes pas faits pour être ensemble, alors que même nos corps s'adaptent à la perfection. Pourquoi ne veux-tu pas voir à quel point tu es importante pour moi ?

J'ai le temps d'apercevoir, avant qu'elle ne détourne de nouveau les yeux, un savant mélange entre la tristesse et le regret. La tête basse, elle prend une inspiration, plus profonde que les autres, avant de relever la tête avec une détermination farouche. M'affrontant sans ciller, au point de douter d'avoir aperçu la peine faire briller ses pupilles noisette, elle me lance à la figure, les paroles que je redoute le plus.

— Je ne veux pas être avec toi, je ne t'aime pas, Logan !

Elle m'aurait envoyé un uppercut que je n'en serais pas moins sonné. Pourtant, je ne me laisse pas le temps d'assimiler ses paroles, les repoussant le plus loin possible dans mon esprit et me raccroche à mes certitudes avec l'ardeur du désespoir.

Vaillamment, je lui fais face, la colère comme seul rempart, tandis que face à moi, ses yeux étrécis me mettent au défi de la contredire. Le feu brûlant qui envahit mes veines, prend le contrôle de mes actes et contrecarrant ses prédictions, je laisse parler mon cœur, pour la confronter à ma réalité.

D'un geste vif, presque brutal, je la plaque contre mon torse et prend possession de ses lèvres. Ça n'a rien de doux, rien de romantique. Ma bouche la dévore littéralement, si elle tente de lutter, je ne le remarque pas, trop emporté par notre contact. Ma langue la possède, la domine. C'est une lutte de contrôle bien vaine, mais je refuse qu'elle me fasse croire, que nos sentiments n'existent que dans ma tête.

Son corps épouse le mien à la perfection, quand elle me mord la lèvre jusqu'au sang, pour ensuite passer sa langue pour calmer le feu, je lâche un grognement guttural de pure satisfaction. Elle s'alanguit un peu plus dans mes bras et je pourrais faire d'elle ce que je veux.

Rassemblant ce qui me reste de contrôle, alors que tout en moi hurle de la coller contre le mur et de prendre ce qui est à moi, je la repousse. Ses yeux sont le reflet exact de mon propre désir et de cette excitation brûlante qui existe entre nous.

Quand elle me voit m'éloigner d'un pas de plus, cette attraction démesurée semble légèrement s'estomper, même si nous peinons, visiblement à reprendre notre souffle. Je lui crache, à la figure, ce que je pense de ses mensonges.

— Maintenant, ose me dire que tu ne ressens rien ?

Sans lui laisser le temps de répondre, je redescends à la volée, les quatre marches qui mènent jusqu'au trottoir. D'un geste rageur, j'ouvre la portière de la voiture et m'assois, non sans lui jeter un coup d'œil assassin. Avant de repartir, j'ouvre la vitre et cingle l'air d'un dernier défi.

— Je passe te chercher vendredi à midi. Ma mère veut connaître mon épouse et je refuse de la décevoir, ne te défile pas Meg parce que je viendrai te chercher ! Crois-moi, ce n'est pas qu'une menace en l'air.

Sur ce, je déboite de ma place de parking, jetant à peine un regard dans mon rétroviseur et m'éloigne, tremblant de frustration et grisé par cette montagne d'émotions qu'elle est la seule à faire naître dans ma poitrine.

# Chapitre 15

## Meghan

Je regrette à mon réveil de ne pas pouvoir remplacer mon sang, toujours échauffé, par une cargaison de pur arabica. Mon Dieu ! De ma vie, je n'ai jamais passé une « nuit » aussi horrible. J'ai dû me réveiller une bonne dizaine de fois, en sueur, la main dans ma culotte, le corps bouillant d'émotions contradictoires. La bête de concupiscence n'a eu de cesse de se passer et repasser notre baiser passionné. Je n'ai même pas été capable de lui résister une demi-seconde. Je suis pitoyable. Il est le maître de mon corps, depuis bien plus longtemps que je ne l'admettrai jamais.

Son excitation, contre mon ventre, m'a donné des sueurs froides. Bon sang ! Comment puis-je faire face, quand mon cœur et mon corps se liguent contre mon esprit. C'est une guerre sans fin qui va finir par me tuer.

J'avance dans la cuisine d'un pas incertain, tandis que l'odeur délicieuse, de mon or liquide, chante une symphonie hypnotisant mon esprit embrouillé. Il doit bien exister une façon de se le passer en perfusion ?

Après trois tasses pleines, je m'oblige à me secouer. Bon sang, je n'ai plus l'âge pour ce genre de soirée sur le fil du rasoir. Je croise mon image sur le frigo et jette la tête en arrière dépitée. Je me frotte les paupières et remercie Tim et Mick d'avoir eu la bonne idée de me laisser émerger en paix. Il ne manquerait plus que l'on me croise dans cet état !

En même temps, à une heure de l'après-midi, j'ai peu de chance de croiser Tim qui doit être parti bosser. Mick, par contre, est en vacances. Il aurait parfaitement pu faire le pied de grue et m'attendre. Je lui suis infiniment reconnaissante de m'avoir laissée flemmarder en paix, après mon retour au petit jour.

D'un pas aussi traînant que boitillant, je rejoins la salle de bain, où je m'enferme une heure durant… Ravalement de façade oblige !

Ayant enfin repris forme humaine, j'attrape mon téléphone tout en m'habillant. J'ai longtemps réfléchi à mes différentes options, pour en venir à la conclusion qu'une seule personne est en capacité de m'aider. Seulement, tout a un prix, et je ne suis pas certaine qu'il accepte de m'aider, surtout après tout ce que nous avons traversé.

Avec une certaine anxiété, j'écris un message et l'efface. Je ne suis pas vraiment à l'aise, avec l'idée de demander de l'aide. Aussi, je dois m'y reprendre à cinq fois, avant de trouver des mots acceptables.

J'appuie sur « envoi » avec fébrilité. Je ne sais même pas s'il va accepter de me répondre et, encore moins, s'il est à New York, en ce moment. J'ai à peine fait deux pas, en direction du placard, pour sortir de quoi grignoter, que la sonnerie personnalisée de Neil Young –Philadelphia résonne dans le petit appartement.

En tremblant, j'attrape le combiné et fais glisser la petite icône verte vers la droite pour répondre.

— Meg ?

— Bonjour Alek !

Entendre sa voix, c'est comme déguster une cuillère de miel, quand on est malade, doux et apaisant. On sait que ça ne guérira pas le mal, mais ça nous aidera à coup sûr quand même.

— Je suis, … je suis heureux de t'entendre !

Mon cœur se réchauffe.

— Moi aussi, Alek !

Chaque parole est suivie d'un silence aussi gêné que révélateur. Ça a beau faire longtemps, dans mon esprit, notre histoire c'était hier.

— Tu… je voudrais te voir, murmuré-je en cachant mal la tension qui traverse ma voix.

J'ignore comment interpréter son silence.

— Tu m'en veux toujours, tenté-je incertaine.

— Non, oui, enfin peut-être, répond-il avec hésitation. J'ai eu envie de t'appeler des centaines de fois. Et je n'ai jamais réussi à m'y résoudre.

Ma poitrine se contracte, revivant notre histoire, comme un film, en accéléré qui s'est terminé par un crash retentissant.

— C'est plutôt à moi de te dire ça, non ?

— Tu en as eu envie ?

— Oui, plus souvent qu'à mon tour, mais je t'avais fait suffisamment de mal, sans besoin d'en rajouter.

— Tu n'es pas responsable de ce qui s'est passé.

— Tu as tort, je ne l'ai jamais voulu, mais…

— Je sais, Meg, je sais…

Préférant éviter de me perdre dans un passé encore douloureusement présent, je choisis d'aller droit au but.

— J'ai besoin de ton aide !

S'il y a une seule chose, qui est une constante dans ma vie, c'est que cette phrase, plus que tout autre, n'a rien de banal dans ma bouche. Alek ne le sait que trop bien.

— Très bien. Rendez-vous, dans une heure, à notre coin habituel ?

— J'y serai ! Un silence me répond, mais aucun de nous deux ne raccroche.

— Merci, Alek, d'accepter de me voir !

— Je suis heureux que tu m'aies appelé, à tout à l'heure.

Le nœud dans ma gorge se resserre.

La Valse va commencer.

# Chapitre 16

## Flashback

*Huit ans plus tôt*

— Tu crois que ton père va m'apprécier ? demande Meghan en arrangeant pour la dixième fois sa robe qu'elle trouve maintenant affreusement courte. Tu aurais dû me prévenir que tu voulais me le présenter, ce n'est pas comme si c'était le premier paysan du coin !

Plutôt que de la rassurer, Alek éclate de rire, et lui passe une mèche, de ses boucles auburn, derrière l'oreille.

— Tu es parfaite, ma chérie. Reste toi-même et tout se passera bien.

Meg est loin d'en être persuadée. Elle n'est qu'une petite éditrice, française de surcroît, ce qui, dans ce milieu n'est pas forcément pour la servir. L'industrie du livre, en France, n'en est qu'à ses balbutiements, alors que certains auteurs américains sont traités comme des rocks stars. Alors, être présenté à son beau-père n'est déjà pas simple, mais ce dernier est l'un des plus gros bonnets en communication au monde, c'est carrément la catastrophe assurée.

Alek sentant l'angoisse de sa magnifique compagne, lui sourit avec indulgence, avant de l'embrasser tendrement. Il est tellement heureux de présenter la jeune femme à son père. C'est une grande première, encore plus remarquable puisqu'elle est à l'initiative de son patriarche.

Pour une fois, il n'a pas à rougir de son choix et ne doute pas un seul instant que sa compagne saura charmer l'opinion, si intransigeante de Julius McLewis. À aucun moment, il ne redoute que les origines modestes de la jeune femme puissent être un frein. Son père a beau être un vrai dictateur, il respectera Meghan parce qu'elle est la perfection incarnée.

Quand le majordome ouvre la porte, Alek entre en toute confiance, en tenant la main de sa compagne, la tête haute. À l'instar de son compagnon, Meg essaie d'afficher une expression d'assurance, qu'elle est loin de ressentir. Son ventre est de plus en plus noué, à mesure qu'elle découvre l'étendue du gouffre social, qui se dresse entre Alek et elle.

Si le jeune galeriste n'en a cure, il lui faut moins de trois secondes, pour réaliser que ça n'est absolument pas le cas de son père. Il la regarde d'un air suffisamment méprisant pour qu'elle se sente minuscule. Pourtant, elle s'oblige à ne pas se laisser rabaisser en gardant les épaules et la tête bien droite durant la torture de ce repas cérémonieux.

Alek sent bien que les choses ne se passent pas aussi bien qu'il l'avait espéré, mais chaque fois qu'il regarde sa compagne, elle lui adresse un sourire rassurant. Un peu avant la fin du repas son père, avec son autoritarisme habituel, lui demande d'aller chercher dans son bureau, ses cigares, importés directement de Havane. Le jeune homme n'est pas dupe et a parfaitement compris que son père veut s'adresser à sa compagne, seul à seule.

Il interroge cette dernière du regard. Une nouvelle fois, elle le tranquillise et il accepte à contrecœur de se retirer. Pendant qu'il rejoint le bureau, à l'autre bout de la maison, Meg doit affronter le regard perçant de JML.

Ceux qui prétendent qu'il est intimidant sont bien loin du compte. Ce type est le mal personnifié, ses yeux transpirent le vice, la perfidie et la manipulation. Elle n'a pas besoin de sentir le froid glacial qui la traverse, de part en part, quand il se lève, pour venir se poster derrière elle, pour en être convaincue.

L'instinct de préservation de la rouquine lui hurle de fuir, mais sa fierté, déjà malmenée par les critiques à peine voilées de son hôte, lui intime de ne surtout pas baisser sa garde. Alors, repoussant ses épaules en arrière, elle prend une grande inspiration et fait face.

Julius est une nouvelle fois atterré par les choix douteux de son fils. Ce crétin n'a rien trouvé de mieux que de ramener une moins que rien à sa table. Heureusement, il a du goût, elle n'est pas désagréable à regarder. Son petit corps tout en finesse lui a fait de l'œil, tout le repas. Il a fait des recherches sur cette petite gourde.

Elle est parfaitement insignifiante à part, peut-être, son talent naturel pour la danse, qu'elle n'a pas été fichue d'exploiter jusqu'au bout. Elle bosse pour une petite boîte d'édition, dont il est actionnaire. Bien entendu, elle ne le sait pas encore, mais ne va pas tarder à comprendre que tout se paye. La seule raison pour laquelle il a voulu la rencontrer est ailleurs, mais pour l'instant ce n'est pas le centre de ses préoccupations. Il aura en temps utile ce qu'il désire. Patience, reste le maître mot.

Quand il arrive à sa hauteur, il voit l'inquiétude qu'elle tente de masquer. Il doit au moins lui reconnaître qu'elle fait preuve d'un certain cran. Beaucoup d'autres seraient déjà en train de trembler de la tête aux pieds. Il pose ses deux mains sur ses épaules, d'un geste paternaliste. Elle retient son souffle. Parfait ! Quand elle se relâche, à la recherche d'une goulée d'air, il se penche près de son oreille.

— Tu vas m'écouter très attentivement, petite garce. Tu n'es pas assez bien pour mon fils et tu ne le seras jamais. C'est une simple vérité. Si tu pensais pouvoir profiter de son manque de discernement, sache que tu te trompes. Tu es toujours dans le tableau, parce que j'ai des projets pour toi. Tu sauras très bientôt lesquels. En attendant, profite de ce que tu as, car ça ne va pas durer.

Sur ses paroles glaçantes, il se redresse et regagne sa chaise, d'un pas tranquille. Elle le regarde terrifiée et impuissante. Il a été odieux, mais ne lui a véritablement rien dit. Pourtant elle sait qu'il a déjà dix coups d'avance sur elle, et qu'elle n'est qu'un pion sur l'échiquier de cet homme avide de pouvoir.

Les deux adversaires se regardent en chiens de faïence. Elle ne baisse pas les yeux, même si elle meurt d'envie de s'enfuir en hurlant, de cette saleté de baraque. Quelque chose dans sa voix a tué en elle, la moindre idée de rébellion. Elle connaît ce genre de personne, elle a été élevée par l'une d'elles. Quoi qu'elle fasse, elle est prise au piège, elle le sait. Pourtant, elle tente de ne pas s'effondrer devant la menace évidente. Il serait bien trop satisfait de la voir trembler.

Dans un silence à couper au couteau, elle peine à respirer, attendant impatiemment le retour d'Alek, totalement inconscient de l'affreuse scène qui vient de se jouer.

***

Moins d'une semaine plus tard, elle est convoquée dans le bureau de son patron. Elle ne sait pas trop ce qui l'attend. Ses résultats sont corrects voire bons. Elle rend les corrections des manuscrits dans les temps et plusieurs auteurs réclament de ne travailler qu'avec elle. Elle est à la hauteur, elle en est certaine et doit avouer qu'elle ne comprend pas vraiment cette injonction.

Elle traverse le couloir plutôt austère et son ventre se noue. Depuis quatre ans qu'elle travaille dans cette boîte, elle n'a jamais rencontré le big boss. Elle n'était pas vraiment pressée que ça arrive. Le nœud dans la gorge se resserre quand elle passe le dernier petit vestibule.

Arrivée à proximité du bureau, une secrétaire, au visage fermé, la fait patienter sur les sièges dans le couloir.

Elle a l'impression d'être au lycée, devant le bureau du principal. Elle frotte ses paumes moites sur son pantalon de tailleur. Heureusement qu'elle a choisi une couleur sombre aujourd'hui. Les minutes s'égrènent et la tension s'accentue dans sa poitrine. Elle ne comprend pas bien pourquoi elle est si inquiète, il n'y a aucune raison… Elle s'oblige à immobiliser ses mains tremblantes et essaie d'arrêter de se dandiner sur la chaise plutôt inconfortable.

Dix minutes plus tard, la tempête de ses émotions ne s'est toujours pas apaisée, mais elle commence à éprouver, en plus, un certain agacement. Elle a un rendez-vous dans une demi-heure et elle déteste être en retard.

Quand la porte du bureau s'ouvre enfin, un homme bedonnant, de stature plutôt massive, lui fait signe de s'avancer. Il lui serre la main d'une poigne moite et flasque ce qui le rend immédiatement antipathique. Pourtant, elle affiche un sourire avenant, même si un désagréable frisson lui parcourt la nuque.

— Mademoiselle Blanc, la salue-t-il dès qu'ils se sont installés sur leur chaise respective.

Entre eux, un bureau massif lui fait l'effet d'un radeau pour un naufragé : indispensable et salvateur. Ses yeux de fouine l'observent et elle doit faire appel à tout son sang-froid, pour ne pas remuer, mal à l'aise.

— Monsieur Blackdowen... Puis-je savoir pourquoi je suis convoquée ?

L'homme, toujours en train de la dévisager, s'appuie sur le dossier de son fauteuil, et pose ses paluches velues, sur son ventre, en croisant et décroisant les pouces, d'un geste inconscient.

— J'ai entendu parler de votre travail avec beaucoup de considération.

Étrangement, même si c'est plutôt un compliment, la jeune femme n'en ressent aucune satisfaction.

— C'est gentil, se risque-t-elle à répondre. J'essaie de faire mon travail du mieux possible, comme la plupart de mes collègues.

Il sourit, en hochant la tête, pour donner son assentiment.

— Certes, certes ! réplique-t-il avec un ton doucereux. Pourtant, c'est bien de vous que j'ai eu les meilleurs retours.

Ne sachant pas vraiment quoi répondre, elle sourit même si elle n'est pas certaine que ce soit une bonne chose.

— Comme nous sommes très satisfaits de votre travail, j'ai une mission spéciale à vous confier. Bien entendu, je compte sur votre coopération, pour me donner entière satisfaction.

Meghan un peu surprise, opine et attend qu'il se décide à poursuivre.

— L'un de nos plus gros investisseurs donne une soirée samedi soir. De nombreux auteurs que nous convoitons seront présents. Je ne peux malheureusement pas m'y rendre. Aussi, nous avons jugé que vous étiez la meilleure candidate, pour représenter notre maison d'édition.

— Je … je ne sais pas quoi dire, murmure-t-elle, peu habituée à ce genre de mise en avant.

Malgré sa gêne, elle ne peut s'empêcher de lui demander,

— Pourquoi moi ?

Elle a beau être flattée qu'il ait pensé à elle, elle n'en reste pas moins perplexe.

— Vous avez toutes les qualités requises pour ce genre d'exercice, minaude-t-il, avec un sourire encourageant. Vous êtes talentueuse, travailleuse et vous avez du style. Vous avez aussi un œil avisé. De plus, et ce n'est pas négligeable, vous présentez bien et nous avons besoin d'une image jeune et dynamique.

Son discours, pourtant élogieux, sonne étrangement faux, mais Meg tient beaucoup trop à son job, pour risquer de le mettre en colère. Elle a bossé dur pour obtenir ce poste, elle n'a pas l'intention de laisser ses inquiétudes lui gâcher cette opportunité. Après tout s'ils ont décidé de la mettre en avant. Ils doivent savoir ce qu'ils font ! Elle ne risque pas grand-chose, se convainc-t-elle. Rassérénée, elle se redresse dans le fauteuil et cherche un moyen d'apaiser sa tension, qui ne cesse de grimper.

— Puis-je venir accompagnée ?

Le Big boss prend un air désolé, et explique :

— Malheureusement c'est impossible, la soirée n'est ouverte qu'aux professionnels de l'édition et aux auteurs. Comme c'est une demande un peu inhabituelle, un chauffeur passera vous prendre, vers dix-neuf heures. La soirée se déroulera au Montgomery Palace, aussi pensez à adapter votre tenue à une soirée habillée. Nous mettons beaucoup d'espoir en vous ! Ne nous décevez pas !

Bizarrement, énoncé ainsi cela sonne comme une menace. Elle acquiesce malgré l'angoisse sourde, qui ne lui laisse plus une seconde de répit.

Revenant en pensée à des notions plus terre-à-terre, afin de détourner son cerveau de son angoisse, elle se demande ce qu'elle va bien pouvoir porter. Elle ne connaît pas le Montgomery. Elle en a évidemment entendu parler comme le plus fastueux palace parisien, mais n'a aucune idée des standards de prêt-à-porter pour ne pas y faire tache.

Son patron, indifférent à ses états d'âme, la congédie rapidement, en la remerciant d'avoir accepté de prendre part à l'événement. Elle se garde bien de lui répliquer qu'on ne lui a pas vraiment laissé l'opportunité de refuser.

***

Le samedi soir, elle sort donc de son appartement sur son trente-et-un, comme l'a fortement suggéré son patron. Après de longues délibérations, elle a fini par opter, sur les conseils d'Alek, pour une robe de cocktail vert d'eau, qui met en valeur sa peau diaphane et ses cheveux flamboyants.

Habituée à dompter sa crinière de feu, elle a choisi de la domestiquer avec en chignon sophistiqué. Sans fausse modestie, elle n'est pas peu fière du résultat.

Son chauffeur vient de sonner et elle descend, avec précautions, les trois étages qui la séparent de la sortie. Avec ses idiots de talons, elle aurait mille fois préféré prendre l'ascenseur, mais comme toujours il est en panne.

Arrivée dans le hall, elle s'agace d'avoir déjà pris un coup de chaud. Elle jette un coup d'œil à son miroir de poche pour évaluer les dégâts et d'un geste sûr, efface les traces brillantes de transpiration. Dans un souci de coquetterie, elle repasse un dernier coup de rouge à lèvres et sort dans la rue, en redressant les épaules.

Un chauffeur, entre deux âges, lui indique le véhicule d'un geste de main, sans lui adresser le moindre mot. Cela n'améliore pas vraiment son état de stress avancé, pourtant elle sait qu'elle donne parfaitement l'illusion d'une assurance et d'une prestance parfaites.

En haussant les épaules, elle rejoint la portière qu'il vient de lui ouvrir. À l'instant, où elle entre dans la voiture, un courant d'air glacial la fait frissonner. Elle resserre le châle sur ses épaules, et se cale au fond du fauteuil.

L'intérieur du véhicule est aussi austère que le conducteur de la limousine, à tel point qu'elle n'ose rien toucher. Heureusement pour elle, le trajet ne dure qu'une petite demi-heure. Elle sent la voiture s'immobiliser et quelques secondes plus tard, la portière s'ouvre, devant l'un des plus luxueux hôtels de Paris.

Elle prend une grande inspiration et se lève avec tout le maintien, que ses années de danse lui ont permis d'acquérir. À l'entrée, un majordome l'attend. Sans autre forme de cérémonie, il lui demande de le suivre.

Bien qu'étonnée par ce comité d'accueil, elle obtempère, sans attendre. Bizarrement, à mesure que l'on s'éloigne du hall, son cœur, comme l'ensemble de ses muscles, semble se tendre bien plus que la situation ne l'exige. Mettant cela sur le compte de la nervosité, elle se concentre sur son rythme cardiaque, tentant vainement de le calquer sur ses pas ralentis.

Au bout de cinq minutes, alors que le majordome n'a toujours pas décroché un mot et qu'ils empruntent l'ascenseur, elle se décide à l'interroger pour obtenir plus de précisions.

— Où allons-nous ? Je suis attendue à la soirée d'accueil des nouveaux auteurs.

Il lui jette un coup d'œil agacé et répond :

— Monsieur m'a demandé de vous conduire jusqu'à la salle rouge.

Pas vraiment éclairée par la réponse, elle tente une nouvelle approche.

— Monsieur qui ?

Il la regarde, comme si elle était la dernière des idiotes, puis accélère le pas tandis qu'il s'avance déjà dans l'une des ailes de l'établissement.

Deux couloirs plus tard, le type, toujours aussi charmant que des épinards dans une glace au chocolat, la fait pénétrer dans une grande pièce isolée. Surprise, elle regarde son compagnon de fortune qui est déjà en train de refermer la porte.

Elle reste là, figée, tandis qu'une sueur froide lui traverse l'échine. Bon sang, mais que fait-elle ici ? Elle s'avance, saisit la poignée et tente d'ouvrir pour s'apercevoir avec effroi que ce vil personnage a fermé à clef derrière lui.

De plus en plus anxieuse, elle se retourne pour observer la pièce à la recherche d'une idée pour se sortir de ce guêpier. C'est un espace décoré de façon un peu désuète, où le moindre objet fait étalage d'une certaine noblesse. Mais tout est trop ostentatoire. Elle déteste ce genre d'étalage. Elle ne peut s'empêcher de tout détailler d'un œil critique. Le grand canapé pourrait accueillir un régiment. La table en merisier plutôt impressionnante assortie de douze chaises donne des allures austères à l'espace. Elle se dit qu'elle détesterait vivre dans un tel lieu.

Comme elle aperçoit une autre ouverture à l'autre bout de la pièce, elle traverse le salon presque en courant. Évidemment, elle espère que cette issue lui permettra de fuir cette situation qui tient de l'irréel.

Elle baisse le pommeau de porte et n'a pas le temps de s'étonner que la serrure soit ouverte, qu'elle tombe nez à nez avec un regard aussi acéré qu'une pluie d'aiguilles.

Surprise, elle recule de deux pas qui se transforment rapidement en quatre enjambées, lorsqu'elle prend toute la mesure de la situation.

Elle est seule, enfermée dans un salon à un étage, où elle n'a pas croisé âme qui vive, sans moyen de s'enfuir, face à l'incarnation de ce que l'humanité a fait de pire.

— Mademoiselle Blanc, crache-t-il d'un ton doucereux.

Sans se donner la peine de le saluer, elle répond en continuant à reculer.

— Qu'est-ce que vous me voulez, monsieur McLewis ?

— N'est-ce pas évident ?

— Non, ça ne l'est pas ! Qu'est-ce que je fais ici ?

— Vous êtes donc encore plus stupide que je ne le supposais. Vous êtes ici parce que je l'ai décidé. Je contrôle, je planifie et je choisis le moment idéal, pour placer mes pièces maîtresses.

— Qu'est-ce que vous racontez ?

Pendant qu'elle essaye de conserver ses distances, et recule inlassablement, il continue à divaguer, sans la quitter des yeux.

Il avance patiemment, comme un fauve, prêt à saisir sa proie à la gorge.

— Le moment est venu de régler l'addition !

Elle n'a pas la moindre idée de ce dont il parle, mais ses regards, eux, sont d'une éloquence terrifiante. Effrayée, elle tente de le faire parler, histoire de gagner un peu de temps, même si elle ne sait pas vraiment à quoi cela pourrait lui servir.

Elle n'est pas dans un foutu film, où le héros vient tirer la belle de son mauvais pas. Au vu de la situation, et malgré ce qu'il pense, elle n'est pas assez stupide pour ne pas imaginer ce qui va suivre.

— Qu'est-ce que vous racontez ?

Pour toute réponse, il ricane d'un air mauvais et se rapproche encore un peu plus. La rouquine tente de garder le plus d'espace possible entre eux, mais il a clairement une autre idée en tête.

Le parfum capiteux de JML envahit l'espace qui les sépare, et lui fait monter la bile aux lèvres. Elle a beau avoir réussi à interposer le canapé entre eux, elle a parfaitement conscience qu'il ne lui faudrait pas plus de quelques secondes pour la maîtriser.

Comme s'il s'abreuvait de sa terreur et qu'il éprouvait un plaisir pervers à faire durer sa traque, il se lance dans une diatribe, qui fait froid dans le dos.

— J'avais d'abord pensé te mettre hors-jeu, tout simplement. Mais j'ai réalisé ce serait dommage de ne pas profiter de la marchandise.

Meghan, terrifiée, observe Julius qui se rapproche à chaque pas. Elle sait qu'elle ne doit pas le quitter des yeux, mais sent le dernier mur approcher derrière elle comme une cage en train de se refermer.

— Au moins, poursuit-il, j'ai le temps pour vous sauter !

Julius est passé maître dans l'art de la traque. Il aime voir la terreur dans les yeux de ses victimes. Il est très doué pour les amener, très exactement, où il veut. S'il prend la peine de les traquer, c'est qu'il a pris soin de les neutraliser avant. Il les tient. Inutile de prendre des risques, il tisse sa toile et quand il a cerné la faiblesse, il attaque.

Là, il maîtrise parfaitement la situation, elle n'a aucun autre choix que de lui céder, et quand elle l'aura fait, il aura une carte supplémentaire dans son jeu.

Elle recule et se cogne à l'angle de la table, elle grimace et, par réflexe le perd des yeux, une demi-seconde, pour regarder ce qu'elle vient de heurter. À l'image d'un rapace, il ne lui faut pas plus de temps, pour fondre sur la belle rouquine.

Il l'attrape par la taille, et l'enserre entre ses bras. Elle se débat, mais ses longues heures d'entraînement au corps-à-corps l'aident à la maîtriser, sans la moindre difficulté. En moins de trente secondes, il l'a collée à plat ventre, contre la table. Cette petite gourde se débat toujours, le supplie d'arrêter, mais il est bien trop excité par ce combat rapproché, pour céder à ses suppliques ridicules.

Il va la baiser, comme un vrai type doit le faire. Il lève sa robe, libérant ses fesses moulées dans de la lingerie fine.

D'un geste impatient, il arrache son tanga de dentelle, il lui assène une fessée, juste suffisante pour la faire gémir. Il aime entendre ses proies geindre. Il renouvelle l'opération sur l'autre fesse, et elle crie plus fort. Il se penche au-dessus d'elle, et lui glisse à l'oreille, pour renforcer sa domination.

— Tu peux hurler, petite, l'étage est à moi. Crie, j'aime ça !

Sur ce, il lui mord l'oreille, en veillant à ne laisser aucune marque. Il renouvelle ses claques, obtenant de plus en plus de cris, et il jubile. Quand il commence à être lassé de la frapper, il l'oblige à écarter les jambes, d'un coup de genou.

Immobilisée, totalement à la merci de son bourreau, elle n'a pas d'autre choix que d'obtempérer. Elle pleure, parce qu'elle s'est débattue de toutes ses forces, mais n'a pas réussi à se libérer. Elle est à moitié nue, exposée à la vue de son sadique de beau-père, complètement à sa merci.

Alors qu'elle pensait que la situation ne pouvait pas être pire, elle entend la braguette de ce dernier s'ouvrir. Un courant d'air glacial brûle ses veines. Elle tente à nouveau de se libérer, suppliant, menaçant, se débattant tour à tour, jusqu'à ce qu'il la pénètre d'un coup de boutoir.

Elle ferme les yeux, et comme elle le faisait quand elle était enfant, compte les secondes qui la séparent de sa délivrance.

Une… deux… trois.

Elle sent son sexe la déchirer de l'intérieur, jusqu'à l'âme.

Quatre, cinq, six.

Il la pénètre plus fort, elle gémit de douleur, le sentant jusque dans son ventre. La bile aux lèvres, elle voudrait mourir et l'emporter avec elle jusqu'en enfer.

Sept, huit, neuf.

Il accélère, son haleine fétide lui léchant l'oreille.

Ses fesses la brûlent, c'est atroce, mais rien n'est pire que ce salopard qui glisse la main sous elle, pour aller à la recherche de son clitoris et commence à le masser vigoureusement. Elle a beau lutter de toutes ses forces, son corps passé en mode survie répond à ses sollicitations.

Dix, onze, douze.

Il ralentit, pour être bien certain qu'elle va le suivre. Il glisse ses mains sur son corps et elle se sent sale et souillée.

— Tu aimes ça, petite salope, tu adores te faire baiser par un vrai mec.

Elle a envie de vomir. Cet homme est un monstre. Elle voudrait qu'il crève. Pourtant, son corps, qu'elle a toujours fait ployer à sa volonté, la trahit, en faisant gonfler la boule de tension dans son ventre. Elle est horrifiée de constater que, malgré la situation, ce connard connaît suffisamment le corps des femmes, pour l'obliger à suivre sa volonté.

Treize, quatorze, quinze.

Elle lutte toujours et malgré sa position, son traître de corps, elle se débat encore et il ricane. Il ricane si fort que le moindre des sons se répercute en elle comme autant de blessures, qui s'ajoutent à son enfer.

Seize, dix-sept, dix-huit, dix-neuf.

Il l'aplatit sous son poids et elle le sent s'infiltrer partout. La haine est le seul rempart auquel, elle peut encore se raccrocher. La boule de plaisir pervers est sur le point d'exploser contre sa volonté. Elle jette ses dernières forces dans la bataille, mais quand le monstre glisse ses doigts dans son anus tout en pinçant son clitoris, le plaisir vient sans qu'elle ne puisse rien y faire.

Vingt, c'est l'explosion ! La libération. Mais surtout la honte, que son corps ait pu accorder à ce monstre ce qu'il voulait. Comment peut-on prendre du plaisir dans un viol ? Elle a l'impression d'être souillée, dépravée, avilie.

Dès qu'il s'éloigne, elle s'effondre sur le sol comme une serpillère. Elle se met en position fœtale, essayant par tous les moyens de disparaître. Elle ne veut pas le regarder, elle n'a qu'une envie, rejoindre la douche pour expier son crime. Elle allumera l'eau bouillante à fond, frottera chaque centimètre de sa peau jusqu'à effacer la moindre trace de ce pervers.

Mais elle n'a même pas cette porte de sortie. Il revient deux minutes plus tard, et lui balance une serviette et un gant. Puis, alors qu'elle pense que son humiliation ne peut être pire, il s'explique.

— Au cas, où tu penserais déjà à une plainte ou autre connerie du genre, je vais t'expliquer comment les choses vont se passer. Toute la scène a été filmée. La moindre seconde, y compris ton explosion de plaisir. Comment crois-tu que les gens percevront la scène ? Comme deux amants ou un viol ? De plus, ton boulot et ta carrière dépendent de mon bon vouloir. Alors, soit, tu la fermes et tu subis, jusqu'à ce que je me lasse, soit je brise tout ce que tu as construit, y compris tes amies.

Prostrée, terrifiée, elle l'écoute, sentant les larmes inonder ses joues. Elle se sent acculée, perdue et esseulée. De quelle option dispose-t-elle ? Qui la croira ? Elle n'est qu'une petite éditrice, face à un géant richissime. Que peut-elle faire ? Les questions se précipitent dans son esprit et à mesure, qu'elle réalise la gravité de la situation, elle perd l'espoir.

Comme pour l'achever, il ajoute d'un ton mielleux :

— Si tu penses trouver du soutien auprès de mon fils, sache que je n'hésiterai pas à le briser aussi. Cette chiffe molle n'a jamais été à la hauteur de mes espérances, trop sentimental, crache-t-il avec dédain. Maintenant, petite pute, tu vas te laver, te rhabiller et te rendre présentable, tu as un boulot à faire et des auteurs à recevoir. Robert viendra te chercher dans un quart d'heure, sois prête, je déteste attendre.

Sur ces paroles réfrigérantes, il quitte la pièce sans un regard en arrière.

# Chapitre 17

## Meghan

*De nos jours*

Alors que le taxi roule vers notre point de rendez-vous, un malaise insidieux me gagne. Mettre en place ma vengeance, c'est remuer toutes ces saletés, qui m'ont brisée autrefois. J'ai surmonté ces épreuves, même si ma lâcheté, de l'époque, me fait toujours horreur.

Revoir Alek est comme prendre ses faiblesses en pleine face et je ne suis pas tout à fait certaine d'être prête pour l'affronter.

La voiture s'arrête devant le Moka-Cof, un petit café que nous fréquentions souvent, quand nous venions aux États-Unis. Malgré les années, la devanture n'a pas vraiment changé. L'enseigne parait un peu plus décrépite et un des néons clignote par intermittence, mais le lieu dégage toujours cette atmosphère sécurisante que j'aime tant à l'époque. J'ouvre la porte et le tintement de la cloche m'accueille, me replongeant des années plus tôt.

Je déglutis, en fermant les yeux, pour contenir le trop-plein d'émotions. Je prends une grande bouffée d'air, chargé des arômes agréables de torréfaction et café fraîchement moulu.

Quand je rouvre les yeux, je parcours du regard le petit café. Le vieil Hermy a disparu et, derrière le bar, une femme, d'une cinquantaine d'années se démène pour faire fonctionner l'énorme percolateur. La serveuse, une petite jeunette, passe de table en table, avec un sourire engageant, mais on ne peut plus factice.

N'apercevant pas Alek, je m'avance vers la table la plus en retrait. Pour ce que j'ai à lui dire, un peu d'intimité ne sera pas du luxe.

Je suis contente d'arriver la première. Je n'ai pas besoin qu'il voie à quel point je reste marquée par l'accident. Sa pitié ne m'a jamais intéressée. C'est d'ailleurs probablement la raison qui m'a retenue de le contacter plus tôt.

À peine suis-je installée que la sonnette retentit de nouveau. Un doux frisson me parcourt la nuque et je n'ai pas besoin de me retourner pour savoir qu'il vient d'arriver. Je garde, obstinément, les yeux braqués sur le mur d'en face, pour lui laisser l'opportunité de repartir. Je ne lui en voudrais pas vraiment. Après ce que je lui ai fait traverser, comment pourrais-je lui en vouloir.

Pourtant, moins d'une minute plus tard, il s'installe sur la banquette. Depuis longtemps, je ne suis plus impressionnable, et rares sont ceux qui me mettent vraiment mal à l'aise. Pourtant, comme chaque fois, quand mon regard croise le bleu-gris translucide d'Alek, un frisson me secoue tout entière. Il m'observe avec cette tendresse affectueuse qui nous a toujours liés l'un à l'autre. Je n'aurais presque rien à faire pour me laisser emporter par notre affection réciproque.

Nous nous observons en silence, cherchant à apprivoiser nos souvenirs et nos sentiments.

La jeune serveuse s'interpose, pour nous demander ce que nous voulons boire, nous commandons chacun à notre tour, sans lui accorder la moindre attention. Le silence s'étire jusqu'à ce qu'elle ait posé nos boissons et qu'elle se soit éloignée à nouveau.

Quand il le rompt, sa voix grave est chargée d'émotions :

— Tu as l'air en forme, murmure-t-il en me prenant la main.

Je quitte son visage pour observer nos doigts qui s'entremêlent, sans la moindre hésitation. Je finis par lui répondre, avec plus d'assurance que je n'en éprouve vraiment.

— Je vais mieux !

J'ignore pourquoi je suis si chamboulée par son geste de tendresse. Pour autant, je ne peux pas me mentir, le naturel avec lequel nous retrouvons nos habitudes m'atteint beaucoup plus que cela ne le devrait. Je dois avouer que je suis étonnée que cette complicité ait survécu à tout ce que nous avons traversé.

Il suit mon regard et un timide sourire se dessine sur ses lèvres. Il hésite à la retirer en chuchotant presque gêné.

— La force de l'habitude, je suppose !

Je réponds à son sourire.

— Une douce habitude, Alek !

Nous nous sourions comme deux idiots, j'aime cet homme et je l'aimerai toujours, je pense. Qu'il ait pu me pardonner, tout ce qui s'est passé, me surprend toujours. Huit ans c'est long et si court à la fois, surtout, quand celle que l'on aime, vous trahit de la pire des façons, et qu'elle fait exploser tout ce en quoi l'on croyait. Pense-t-il à la même chose que moi ? Se taire laisse parfois trop de temps pour les souvenirs, aussi je romps le silence par une simple vérité.

— Ça me fait plaisir de te revoir !

— Moi aussi, Meg, moi aussi. Tu es toujours aussi magnifique !

Il tend un bras dans ma direction et repousse une mèche qui tombe devant mes yeux. Il la replace derrière mon oreille et caresse affectueusement ma joue au passage. Ces gestes et sa douceur m'atteignent aussi sûrement qu'un de ses baisers.

Il me regarde et je vois dans ses yeux qu'il éprouve la même nostalgie et se bat contre les mêmes démons. S'il n'avait pas été le fils de ce monstre, si je n'avais pas traîné plus de casseroles qu'un vendeur de vaisselle peut-être aurions-nous eu une chance… ou pas. Qui peut vraiment le savoir ?

— Tu m'as manqué, chuchote-t-il en laissant retomber la main sur la table.

J'opine sans répondre. À quoi cela servirait-il de mettre des mots sur d'anciens sentiments à part nous blesser tous deux un peu plus ? Comme si mon absence d'assentiment le ramenait à l'instant présent, il lance avec un peu plus d'assurance.

— Je suppose que ce n'est pas pour me parler du bon vieux temps que tu m'as fait venir ici.

Ce changement abrupt de rythme me fait sourire. Son franc-parler et sa perspicacité m'ont toujours séduite et cette fois ne fait pas exception.

— J'ai besoin de ton aide !

Il fronce les sourcils, étonné d'entendre à nouveau cette demande dans ma bouche.

— Si je peux t'aider, tu sais que je ferais tout mon possible.

Je lève la main, avant qu'il en dise plus et ajoute :

— Ça concerne ton père !

Aussitôt, le masque aimable et doux quitte son visage et il retire sa main de la mienne, prenant visiblement de la distance. Comment pourrais-je lui en vouloir ? Sans tenir compte de sa réaction, je poursuis avec détermination, même si je dois avouer que son attitude me laisse peu de chance.

— Je veux qu'il paye, Alek. J'ai besoin qu'il soit condamné pour toutes les horreurs qu'il nous a fait subir.

Il secoue la tête en signe de dénégation, pas parce qu'il n'est pas d'accord, mais plutôt, parce qu'il ne veut pas y être mêlé.

— Qu'attends tu de moi ? Je n'ai que très rarement de contact avec lui, Meg. Nous nous croisons uniquement quand j'y suis contraint. Je ne vois pas en quoi je pourrais t'aider !

Le ton ferme et dur de sa voix me fait mal. J'espérais secrètement que la haine qu'il éprouve pour son géniteur m'assurerait son soutien.

— Tu as accès à sa maison, à son bureau ? Je pensais…

Il me coupe dans mon élan et se penche en avant, pour me parler doucement, sans que personne autour de nous ne puisse entendre.

— Reste le plus loin possible de lui, Meg, il est fou, n'a aucune limite. Je ne veux pas qu'il t'arrive plus de mal qu'il ne t'en a déjà fait.

Son regard brille de cette sincérité qui m'a toujours émue, mais me livre aussi la peur qu'il ne peut pas me dissimuler.

— Tu as besoin de vengeance, je peux le comprendre, mais il est vraiment dangereux. Il a cet étrange pouvoir de saisir les faiblesses des uns et des autres pour les exploiter à son avantage. J'en arrive à croire qu'il nous fait sans cesse surveiller. Nous ne jouons pas dans la même catégorie. Laisse tomber, ma chérie ! Il n'hésitera pas à te réduire au silence ! Ta mort ne résoudra rien !

Ses paroles ne laissent aucun doute sur l'issue du combat. Même si je le savais déjà, ses paroles me blessent. Ne peut-il pas comprendre que je n'aurai pas de vie tant que Julius n'aura pas payé pour ses crimes.

Comme pour répondre à ma question, il murmure.

— Je suis vraiment désolé, Meg, mais tu devrais essayer de faire comme moi et tourner la page.

Il lève une nouvelle fois la main pour caresser ma joue, puis se lève. Il sort son portefeuille, laisse un billet, pour régler nos consommations alors qu'il n'a même pas touché à la sienne.

Je pose ma main sur son bras, dans le vain espoir de le retenir tandis que mon cœur pulse douloureusement dans ma poitrine. Il plonge une fois encore son regard dans le mien. Mon désir, qu'il reste, n'a rien à voir avec les sentiments que nous éprouvons toujours l'un pour l'autre. Là, je lui demande de trahir son sang et de renier celui qui l'a élevé. C'est un sacrifice énorme, pour ce fils, qui même s'il le veut de toutes ses forces, n'est jamais parvenu à haïr ce monstrueux personnage.

Je pourrais le retenir, nous en avons conscience tous les deux. Seulement si je le fais, je vais devoir jouer sur la corde sensible, et alors, c'est Logan que je trahirais. Les images de la veille me reviennent en mémoire, même si je fais un effort colossal pour les repousser.

Alek interprète mon silence comme une forme d'assentiment. Avec douceur, il se penche vers moi et pose ses lèvres sur les miennes. C'est un contact doux, familier, qui réveille des souvenirs heureux. Paradoxalement, il me renvoie aussi une montagne de douleur et de ressentiment qui me confirme la réponse que je connaissais déjà. Je ne peux pas !

Il doit le sentir parce qu'il se détache et pose son front sur le mien, tout en murmurant tout bas :

— Prends soin de toi, Meg, je t'aime et t'aimerai toujours, même si je sais que ça ne suffit pas !

Sans attendre ma réponse, il s'éloigne, me jette un dernier coup d'œil, par-dessus l'épaule, et ressort du petit bistrot. Je pose mes doigts sur mes lèvres, comme pour le retenir quelques secondes encore.

L'échange a duré moins de cinq minutes, mais il me faudra plusieurs heures, pour me remettre du goût amer, qu'il me laisse en bouche.

La réalité me frappe une nouvelle fois. Je suis seule. L'immensité de ce qui m'attend m'apparaît plus écrasante encore. Pourtant, je ne lui en veux pas, lutter contre son père est mon combat, pas le sien. Il est en paix avec ses démons, pas moi.

Seulement, je pensais avoir une carte à jouer avec son aide, maintenant je dois reconsidérer les choses, sous une approche différente. Qui va pouvoir m'aider à le faire tomber ?

# Chapitre 18

## Logan

Voilà trois jours que je ne l'ai pas vue. Elle m'a affreusement manqué. Cela fait des mois que je n'avais pas passé autant de temps sans avoir la moindre nouvelle. Bien entendu, la plupart du temps, c'était à son insu, mais je savais comment elle allait et cela me calmait un peu. Le personnel soignant a été mon complice bienveillant et chaque jour, il m'aidait à conserver ce lien, même si elle n'en savait rien.

À l'hôpital, alors qu'elle avait fait le nécessaire pour m'interdire l'accès à sa chambre après notre altercation maritale, j'ai pu suivre ses progrès, ses difficultés, au coup par coup. À chaque nouveau combat, j'étais près elle, même si elle l'ignorait. Quand elle est repartie en France, c'est Sofia qui a relayé les infos. J'ai d'ailleurs dû parlementer ferme pour avoir gain de cause. Elle a fini par céder même si c'était clairement à contrecœur.

Je regrette, une fois de plus, de ne pas avoir pu être près d'elle. Ce n'est pas l'envie qui me manquait. Mais ma mère a été hospitalisée, pour une nouvelle crise. La sclérose en plaques gagnait du terrain après sa chute. Je me devais d'être là.

Comment aurais-je pu l'abandonner ?

Sans compter que j'ai dû prendre soin de ma sœur, incapable de se suffire à elle-même.

Je sais que Meghan a pensé que je l'avais délaissée, et jusque-là, je ne l'ai pas contredite. Je suppose que c'était plus aisé que de répondre aux questions qui allaient immanquablement se poser. Seulement, toute cette comédie a assez duré. Il faut que l'on avance. Cela est impossible si elle continue à croire qu'à la moindre difficulté, je m'enfuis et qu'elle ne peut pas compter sur moi.

Il faut dire que jusqu'à présent on ne peut pas dire que je lui ai donné des raisons de penser le contraire. C'est pour cela que j'ai décidé d'accepter l'invitation de ma mère. Ce n'est pas la première fois qu'elle me demande de l'amener. Pourtant, je n'ai jamais eu le courage de partager avec elle ce pan de mon existence.

J'ai repoussé encore et encore la rencontre, parce que je suis mort de trouille.

J'ai peur de sa réaction quand elle va réaliser tout ce que je lui ai dissimulé. Comment va-t-elle réagir confrontée à mon milieu social, ma richesse, la renommée de ma famille ? Autant d'éléments qui ne vont pas manquer de la repousser.

Je suis terrifié que mes mensonges, même par omission, soient la goutte d'eau qui l'éloigne définitivement de moi.

Je ne veux pas la perdre. Comment je survivrais si malgré tous mes efforts, elle me quittait. Si l'homme dissimulé derrière la façade n'était pas suffisant pour la retenir. J'en mourrait à coup sûr.

Et pire que tout, je me sais incapable de vivre sans elle. Même si elle me demande sans cesse de me battre, de me renouveler pour la séduire, elle est mon Graal, ma terre promise. Celle sans qui chaque combat est vain. Ma lumière, mon soleil de feu.

Si j'avais été moins con, tout aurait été si différent... Je lui aurais ouvert mon monde cinq ans plus tôt et cette rencontre serait déjà loin derrière nous.

Malheureusement, je n'ai été qu'un gros lâche, un satané pétochard, terrifié à l'idée d'affronter ma bombe au sang chaud. Elle a tellement de raisons de m'en vouloir ! Quand j'y pense avec le recul des années et de l'expérience, j'ai honte de moi. Comment ai-je pu la contraindre à avorter. Comment puis-je encore me regarder dans la glace !

À l'époque, je n'ai pensé qu'au poids des nouvelles responsabilités qui venaient de me tomber dessus. Ma mère, ma sœur, mon frère. Cela faisait tellement à assumer en si peu de temps. La grossesse de Meghan était l'élément de trop. Le poids supplémentaire que je me pensais incapable d'assumer.

Cela ne m'empêche pas d'imaginer une petite poupée ou un bonhomme aux cheveux flamboyants et à la langue bien pendue. Chaque fois que je m'amuse avec ma sœur, coincée éternellement à ses trois ans, j'ai la conviction que cet enfant aurait eu sa place, mais je ne lui ai laissé aucune chance.

Je pourrais m'inventer mille excuses pour justifier l'injustifiable, pour tenter de me dédouaner. Seulement la vérité c'est que je pensais et je le crois toujours que nous n'étions pas prêts. Cela n'excuse pas ma trahison. Mais tous les « j'aurais dû » et « j'aurais pu » ne changeront rien.

J'ai agi comme un con égoïste qui ne pensait qu'à lui. J'ai regretté mon attitude et je la regrette encore, mais cela ne rendra pas la vie à notre enfant pour autant.

Après ça, plus rien n'était pareil. Mon amour lui faisait mal. Me voir lui rappeler ce que je l'avais obligée à faire. Être ensemble nous déchirait un peu plus chaque jour. Malgré ma tendresse, mon dévouement, mon affection et cette alchimie explosive qui brûle depuis toujours entre nous, je l'ai vue s'éloigner.

Quand elle m'a quitté à l'époque, j'étais déjà perclus de remords, alors je l'ai laissée partir parce que je n'avais aucun argument pour la retenir. Me souvenir de cette époque réveille la tension sourde dans ma poitrine, parce que tout aurait pu si facilement être évité. Je m'oblige à éloigner la vague de regrets qui m'assaille, et respire profondément.

Juste avant de sonner à la porte de son immeuble, mon cœur se met à battre plus vite. Elle va prendre une vraie baffe en rencontrant ma famille donc elle ignore tout. Ma mère, ma sœur, leur vie, leur maladie. Le seul qu'elle ait croisé c'est Fitz le soir de notre rencontre. Il était un grand ado idiot et mal dans sa peau qui faisait conneries sur conneries. Il a fui comme s'il avait la police aux fesses dès qu'il l'a aperçue, trop ravi d'échapper à une énième engueulade. Je ne suis même pas certain qu'ils aient échangé le moindre mot.

Mes doutes refont surface. Ai-je raison de la plonger directement dans le grand bain ? J'avais pourtant juré d'y aller en douceur. Seulement après son énième rejet mardi soir, j'étais tellement en colère, que mes bonnes résolutions se sont envolées en fumée.

Dans ma tête, le pour et le contre s'affrontent dans un combat digne « du choc des titans ». Ai-je raison, ai-je tort ? Suis-je en train de jouer un coup de poker et de faire tapis avec une main affreuse.

Si seulement elle était moins obtuse et moins déterminée à me tenir à distance, peut-être parviendrais-je à percer ses secrets qui hantent si souvent son regard.

J'aurais tant aimer ne rien précipiter. Nous aurions pris le temps de nous réapprivoiser. C'était sans compter sur la propension de Meg qui aime tout compliquer. Avec elle rien n'est jamais simple ou acquis. Tout est une question de force de volonté.

Aujourd'hui face à mon monde, je suis incapable de prédire quel sera sa réaction.

Pour le savoir, je n'ai pas d'autres options que de tenter le tout pour le tout.

Si seulement...

Un raclement de gorge me fait tourner la tête, me sortant de questionnements sans fin.

— Vous attendez quoi pour sonner ? demande une femme replète, qui me regarde d'un air perplexe.

— Je... Excusez-moi, je vous empêche d'entrer peut-être ?

— Vous n'avez pas la tête d'un représentant ni d'un facteur, qu'est-ce que vous faites, devant la porte, depuis dix minutes ?

Je me racle la gorge, encore troublé par mes pensées. Bien que cela ne la regarde pas, je décide de lui répondre, histoire qu'elle n'appelle pas les flics.

— Je viens chercher mon épouse qui est chez des amis.

— Ha ! Dispute d'amoureux ? C'est difficile ! Je me disais bien aussi qu'une jolie fille comme ça n'avait rien à faire chez le couple d'homos ! C'est bien la jolie rousse ?

Je dois paraître un peu choqué, parce qu'elle s'explique.

— Je vis ici depuis vingt-cinq ans. Autant dire que je connais tout le monde. Ce n'est pas parce qu'ils ont fait des travaux et réhabilité les lieux que je n'ai pas gardé un œil sur mes voisins. Tim et Mick sont sympas, ils disent toujours bonjour et des fois, ils me rapportent le pain, enfin quand ils sont ici. J'ai croisé la petite rouquine quand elle sortait mercredi. Elle était toute belle. Et puis, il y a madame Edouin, qui a un problème avec son chat…

Elle continue à bavasser, me racontant les péripéties des uns et des autres. Je n'interromps son monologue que par des « mmmh et zh », ce qui semble la ravir. Si j'avais la moindre curiosité sur les activités de ses voisins, il me suffirait de le lui demander. Elle doit passer son temps à les guetter. Au bout de dix minutes, elle s'interrompt, en me voyant jeter un coup d'œil anxieux à ma montre.

— Je suis désolée, je ne suis qu'une vieille bique, je parle, je parle, je suis une vraie pipelette. Je vais rentrer, je commence à avoir froid. Vous voulez un conseil ?

Un peu étonné par ce changement de sujet, j'opine, pas vraiment convaincu.

— Vous ne devriez pas laisser votre femme vivre avec deux autres hommes. Je sais qu'ils aiment les hommes, mais on ne sait jamais, elle est tellement jolie qu'ils pourraient bien virer leur cuti.

Je grimace, me souvenant avec un peu trop de précisions de la scène de l'aéroport. Que l'un d'entre eux s'avise de la retoucher et je lui ferais passer l'envie de recommencer !

Je lui donne raison d'un signe de tête et la suis tandis qu'elle rejoint son appartement. Grâce à ses indiscrétions, je sais même à quel étage il me faut me rendre. Je prends congé en la remerciant gentiment et rejoins le second.

Quand je sonne à la porte, il est à peine onze heures trente. Elle ne s'attend pas à me voir arriver si tôt, et ouvre la porte sans se méfier. Quand mon regard tombe sur ses jambes et ses pieds nus, le corps moulé dans une robe-pull, large, bleu roi, la serviette nouée autour de la tête, j'en perds le souffle.

— Tu es déjà là, se contente-t-elle de dire, alors que je suis incapable de détacher mes yeux de son corps magnifique.

— Je… Tu me manquais.

Elle lève les yeux au ciel, semblant dire « mais bien sûr, comme si j'allais te croire », puis elle recule d'un pas, pour me laisser entrer en m'indiquant de la main le salon.

Je m'avance, jetant des regards anxieux, à droite et à gauche, m'attendant à voir surgir son gorille, à chaque instant. Au lieu de quoi, je trouve le salon vide.

Je me tourne, la pensant derrière moi, mais je croise son regard perplexe, tandis qu'elle n'a fait que refermer la porte.

Avant que j'aie pu dire quoi que ce soit, elle me lance :

— Assieds-toi, j'en ai pour un quart d'heure. Tu as de quoi boire au frigo, de la bière ou un panaché. Je me dépêche !

Puis, en s'appliquant à limiter sa claudication, elle rejoint la salle de bain, à proximité.

N'ayant pas du tout l'intention de rester comme un idiot à l'attendre à distance, je m'avance jusqu'à la porte qu'elle a refermée. Je frappe juste pour l'agacer et parle assez fort pour qu'elle m'entende.

— Tu m'as vraiment manqué, bébé !

— Pfff… Arrête de m'appeler comme ça bon sang ! Et puis ne dis pas de conneries, on ne s'est pas vus depuis deux jours, Logan. Tu as passé huit mois sans la moindre nouvelle, alors tu m'excuseras si j'ai un peu de mal à te prendre au sérieux.

— C'était trois jours affreusement longs, précisé-je, peu désireux de lui révéler mes bassesses. Qu'as-tu fait de beau pendant ces longues journées ?

Alors que j'attends qu'elle me marmonne d'aller me faire voir, elle ouvre la porte pour me regarder en face et me jette au visage, avec une lueur perverse.

— J'ai embrassé mon ex, et tu sais quoi ? J'ai adoré ça !

Mon visage doit la satisfaire, puisqu'elle se met à sourire, apparemment satisfaite et repousse le battant. Or, il n'est absolument pas question que nous en restions là.

— Tu as fait quoi ???

— Je viens de te le dire, j'ai EM-BRAS-SÉ mon ex !

Mon côté homme des cavernes n'a qu'une envie : l'emporter sur mon épaule, la jeter sur son lit et la marquer pour lui prouver qu'elle est à MOI. Mais j'ai décidé de ne plus agir comme le dernier des salauds et éviter que mon deuxième cerveau (celui qui est en dessous de la ceinture) ne dirige notre relation.

Et puis, il ne faut pas qu'elle s'imagine que je ne vois pas clair dans son jeu. Outre me faire sortir de mes gonds, elle cherche une porte de sortie, pour éviter la rencontre à venir. Pas de chance, ma tigresse, je te connais trop bien, pour me laisser avoir.

Je fais un pas dans sa direction alors qu'elle tente à nouveau de me refermer la porte sur le nez. Je la bloque du pied et je l'attrape par la taille, avant qu'elle ait le temps de deviner mes projets. Dans un même geste, je la soulève et avance, jusqu'à la coller contre le mur. Surprise, ses yeux se colorent d'une lueur indéfinissable. Maintenant que son visage est à ma hauteur et qu'elle est coincée contre moi, je la dévisage, avec un sourire narquois.

— Alors, comme ça, ma petite épouse a décidé de tester d'autres lèvres que les miennes ?

Visiblement surprise et un peu inquiète, elle acquiesce sans grande conviction, ne sachant pas à quoi s'attendre. Je m'amuse à faire durer le silence. C'est un juste retour des choses ! Taquineries contre taquineries !

Ce qu'elle a oublié dans sa provocation, c'est que bien que je la considère comme mienne depuis toujours, j'ai accepté il y a longtemps, qu'elle se soit perdue dans d'autres lits. Je ne dis pas que cela m'enchante, mais, quand je la tiens dans mes bras, elle ne pense à personne d'autre. Quand nos corps sont liés, je suis le seul qui peut lui fait perdre la tête et lâcher prise. Ce n'est pas une question de possession, mais une notion de cœur. Le sien m'appartient et c'est la seule vérité qui compte.

Plutôt que de revendiquer ce qui est à moi, je pose mes lèvres sur son nez, puis sur ses yeux, ses joues, ses oreilles, le long de son cou. Au fur et à mesure, son rythme cardiaque s'accélère et sa jugulaire se met à palpiter sous mes doigts. Son souffle se fait plus rapide à l'instar du mien. Quand j'ai couvert de mes baisers la moindre parcelle accessible, à l'exception de sa bouche, je plonge mon regard dans ses iris noisette.

— Et lui, bébé ! Il te fait haleter de cette façon ? Il te couvre de baisers, juste pour te montrer qu'il t'aime telle que tu es, avec tes obsessions de contrôle, ton besoin de tout maîtriser et ce désir impérieux de garder tes distances ? Parce que moi, je t'accepte ainsi, aujourd'hui et pour toujours, simplement parce que c'est toi.

Je dépose un dernier baiser au coin de ses lèvres, avant de la reposer et de m'éloigner d'un pas. Bien sûr, cela me demande un effort colossal, mais je ne me lancerais pas dans un combat de coqs avec un fantôme. Son ex appartient au passé quoi qu'elle en dise, et il y restera parce que la place est prise et que je n'ai pas du tout l'intention de partir.

— Maintenant, si cela t'amuse de me voir jouer les hommes de Cro-Magnon, présente-le-moi que nous réglions notre différend entre quatre yeux.

Elle me regarde bouche bée et j'éprouve une satisfaction presque animale de lui avoir cloué le bec.

Je retourne au salon tendu de l'avoir sentie si proche, de l'avoir tenue dans mes bras et d'avoir senti son corps sexy lutter contre le mien. Mais le pire reste son parfum qui, comme une satanée sucrerie, devient irremplaçable et addictif, dès lors que l'on y goûte. Je suis tellement atteint, que je dois me réciter la recette d'une coupelle de chocolat, mousse au caramel croquant, en long, en large et en travers, pour pouvoir arrêter de me réajuster. Satanée odeur !

Comme promis, moins de quinze minutes plus tard, elle est prête et enfile ses ballerines sur un collant couleur chair. Il devrait y avoir une loi qui interdit à une femme d'être aussi sexy. Son large pull tombe jusqu'au milieu des cuisses et je jure que si l'enjeu n'était pas si important, je l'empêcherais de sortir pour lui montrer à quel point elle est belle. Au lieu de quoi, après avoir laissé naviguer mon regard sur son corps, et récolté une moue agacée, je l'interroge :

— On peut décoller ?

— Tu es certain que c'est nécessaire ?

Son visage est distant, soucieux et je ressens son angoisse jusque dans mes tripes, même si j'ai du mal à en percevoir toutes les raisons.

— Ça l'est Meg, j'aurais dû te les présenter, il y a longtemps déjà !

— Je ne suis pas certaine que ce soit une bonne idée Logan.

Encore cette incertitude qui lui donne des airs vulnérables. Je mets mes doutes au placard et je n'hésite pas à répondre. À quoi bon se cacher derrière un air neutre, si je veux qu'elle en perçoive l'importance.

— Et moi, je suis certain du contraire. J'ai besoin que mes deux mondes se rencontrent, c'est important pour moi. Je ne te demande rien de plus que de rester toi-même. S'il te plaît, finis-je par ajouter, sur le ton de la supplique.

Ses traits s'adoucissent un peu et elle acquiesce sans vraiment se détendre. Nous sortons de l'appartement qu'elle ferme derrière nous, pendant que j'appelle l'ascenseur. Il ne faut pas longtemps pour que la porte s'ouvre et je glisse une main possessive, dans le bas de ses reins. Sentir ses courbes sous mes doigts, a toujours le même effet sur mon corps, mais, pour une fois, j'en fais totalement abstraction. Peu importe que je souffre toute la journée, elle va entrer dans mon monde et je suis mort de trouille.

Le trajet se passe dans un silence tendu, chacun perdu dans ses propres pensées. Lorsque je gare la voiture devant le garage, l'expression de panique de Meg pourrait presque passer pour comique.

— C'est… c'est chez toi ?

Je secoue la tête pour la contredire.

— C'est la maison de mes parents !

— Ils louent un appartement ici, tente-t-elle pour se rassurer.

Si je ne sentais pas son angoisse presque palpable, ses questions paraîtraient presque risibles. Quelle femme panique à l'idée que la famille de son mari est riche ? Meg apparemment, mais le pourquoi reste une énigme.

— Non, Meg, c'est leur maison, pas de location.

— Mais on est en plein centre de Greenwich Village, le quartier le plus riche de Manhattan !

Je retiens un sourire en voyant ses yeux écarquillés, passer de moi à la maison, de la maison à moi.

— Mais ils sont riches ?

— Oui, ils ont plus d'argent qu'ils ne pourront en dépenser dans toute une vie !

— Je… pourquoi ne m'as-tu rien dit ? Oh mon Dieu ! Mais qu'est-ce que je fais ici ! Bon sang ! Tu as encore réussi à m'amadouer avec tes conneries de déclarations ! Quelle idiote !

— Tu veux bien te calmer, lui dis-je, d'un ton apaisant, retenant à grand-peine un éclat de rire.

Elle doit quand même l'entendre dans ma voix, parce qu'elle se tourne complètement dans ma direction et m'accuse d'un air sévère.

— Me calmer ! Mais tu te fous de moi ! Je découvre, après cinq ans, que mon mari m'a caché qu'il a été élevé avec une cuillère d'argent dans la bouche et tu voudrais que je me calme ! Je ne suis qu'une fille d'ouvrier, bon sang. Je n'ai rien à voir avec ce monde !

Plutôt que la réconforter, mon sourire s'agrandit et ses yeux se transforment en des fusils prêts à tirer.

— Tu trouves ça drôle ?

— Ton mari, réponds-je heureux.

Elle fronce les sourcils, ne comprenant visiblement pas ce que j'essaie de lui dire.

— C'est la première fois que tu m'appelles ainsi. « Ton mari », j'avoue que ça me plaît bien !

Elle lève les yeux au ciel, d'un air exaspéré.

— Tu n'es qu'un crétin !

— Un crétin peut-être, mais un crétin heureux, madame mon épouse !

Ce qui, bien entendu, me vaudrait un coup de fusil à pompe dans les fesses si elle était armée. Toujours euphorique, j'ai du mal à me défaire de mon sourire idiot. Seulement, c'est loin d'être un sentiment partagé. Elle passe la main dans ses cheveux, avec une expression de plus en plus paniquée, à mesure que les secondes passent et finit par marmonner, plus pour elle que pour moi :

— Pourquoi n'ai-je pas suivi ma première idée ? Dans quoi me suis-je encore embarquée ?

Un peu agacé qu'elle ne me suive pas sur le terrain plus léger, je rétorque comme une évidence.

— Qu'est-ce que tu racontes, Meg, tu es là où tu dois être, avec moi tout simplement !

Elle secoue la tête sans me regarder et répond avec amertume.

— Non ! Non ! Non ! Tu te trompes. On ne doit pas être ensemble, tu dois rester loin de moi. Si seulement tu n'étais pas… Tu appuies toujours où il faut pour me faire changer d'avis, c'est insupportable. Je ne suis pas…

La panique et l'angoisse sont perceptibles dans sa voix et ses gestes s'accordent à ses sentiments, elle se met à trembler, comme une feuille, et je peux sentir sa peur saturant l'air. J'ai l'impression qu'il faut qu'elle parle, alors je rebondis sur sa phrase inachevée.

— Tu n'as pas quoi, Meg ?

Elle se tourne une nouvelle fois dans ma direction, je la vois pour la première fois, telle qu'elle est, sous sa carapace : vulnérable.

— Je ne suis pas bonne, je suis nocive, Logan, il faut rester loin de moi, sinon je vais te blesser, comme je l'ai fait avec les autres. Je ne peux pas, Logan, pas avec toi. Je…

Elle ouvre la porte et se précipite vers l'extérieur. Toute envie de rire m'ayant déserté, je sors de la voiture et la rattrape par le bras.

— Tu…. Quoi, Meg ? Vas-y parle ! Je veux savoir ce que tu as en tête, qu'est-ce qui te fait croire que tu es mauvaise, nocive, ou je ne sais quoi d'autre ?

— NON ! hurle-t-elle, en tentant de me faire lâcher prise. Laisse-moi partir, je dois… je dois… Laisse-moi partir.

Ce qu'elle n'a apparemment pas compris, c'est que ce n'est absolument pas dans mes projets. Déterminé, je la retourne pour voir son visage et la maintiens contre moi.

Elle se débat comme une acharnée, tentant à tout prix de se libérer. Je m'évertue à la calmer, tout en cherchant à comprendre son expression. Que se passe-t-il dans son esprit ?

Alors que nous luttons toujours, je vois dévaler la première larme qui me transperce la poitrine.

Meg baisse rarement sa garde, ne laissant rien paraître de ses failles. La meilleure preuve c'est qu'en cinq ans, malgré tout ce que nous avons traversé, elle n'a pleuré qu'une seule fois. Une larme unique, qu'elle s'est empressée d'effacer quand le gynécologue l'a ramenée du bloc, après l'avortement.

Alors, la voir perdre son contrôle déclenche en moi une avalanche de signaux de détresse. Les alarmes « danger » se multiplient et je commence à me dire que la situation va dégénérer. Elle paraît si fragile, perdue entre mes bras, que je ferais n'importe quoi pour la protéger. Seulement, ce n'est pas ce qu'elle attend de moi. Je dois lutter à tout prix contre mon instinct et comprendre ce qui a déclenché une telle réaction.

Elle continue de se débattre, frappant, encore et encore, mon torse, les poings fermés. Elle ne cherche pas vraiment à me faire mal. J'ai plus l'impression qu'elle tente de reprendre le contrôle ou de lâcher prise pour éloigner ce qu'elle retient, depuis trop longtemps. Quelle qu'en soit la raison, elle a besoin de le dire, elle doit parler, c'est la seule façon de se libérer de ce qui la ronge.

— Parle-moi, Meg, pourquoi tu paniques à l'idée de rencontrer ma famille, tu ne risques rien ici. Je suis là, je te protégerai quoi qu'il arrive.

— Tu ne peux pas me protéger, personne ne le peut. Il me tuera quand il apprendra.

— Mais de qui parles-tu ? Tu es en sécurité avec moi, personne ne te fera de mal !

Loin de la calmer, mes paroles semblent aggraver la situation, ses coups redoublent et elle devient presque hystérique, criant, jurant, se débattant pour m'échapper.

Quand épuisée, à bout de force, elle finit par se laisser tomber dans mes bras, je l'entends chuchoter tout contre mon torse :

— Je ne veux pas que tu sois mêlé à tout ça ! Laisse-moi partir, Logan, je t'en supplie !

— Je ne peux pas faire ce que tu me demandes, Meg, je ne veux plus vivre loin de toi !

— Mais tu ne comprends pas, il te fera payer ton soutien. Il n'hésitera pas à s'en prendre aux tiens pour te faire ployer. Il est fou, Logan, complètement dingue.

Je passe la main sous son menton, pour l'obliger à me faire face. Ses joues sont rougies par l'effort, marquées d'une traînée de mascara. Ses yeux, si vifs, ont perdu leur éclat et la peur a remplacé le défi. Nous nous observons, cherchant à deviner ce qui se cache dans les non-dits.

— Je pense qu'il vaut mieux que nous rentrions à la maison. Je vais prévenir ma mère que nous reportons le dîner à ce soir.

Elle m'observe surprise, ne s'attendant visiblement pas à cette réplique.

— Je ne cherche pas à te faire peur, mais si tu ne me parles pas, tu ne sauras jamais si je suis en mesure de t'aider. Arrête de vouloir protéger tout le monde et d'imaginer ce qui est le mieux pour nous. Si tu as un tant soit peu de respect pour moi, laisse-moi simplement décider.

Ses grands yeux de biche se troublent et je pose ma paume juste sous son oreille, pour rapprocher son visage. Nos fronts se collent et mon pouce caresse sa joue, effaçant les larmes qui s'échappent de nouveau.

— On ne peut pas continuer ainsi. Toi, qui tires dans un sens, et moi dans un autre, on se fait du mal pour rien. Je ne vais pas partir, mon cœur. Je suis, là, avec toi et je n'ai pas l'intention d'en partir.

# Chapitre 19

## Meghan

Nous restons ainsi au milieu de la rue, nous donnant en spectacle, ce qui, dans d'autres circonstances, m'aurait probablement horrifiée. Mais, pour une fois, je m'en contrefous. Soudain, un jeune homme qui me semble vaguement familier, tout juste sorti de l'adolescence, nous interrompt sans ménagement.

— Bon sang ! Quand je pense que tu me fais la morale ! Il y a des chambres pour ça ! glousse le gamin plein d'entrain.

Logan toujours immobile, son visage collé au mien, prend visiblement une grande inspiration, pour ne pas perdre son calme, avant de se retourner et de répliquer.

— Je suppose que tu trouves ça drôle ! Tu devrais, peut-être, prendre les choses un peu plus au sérieux, Fitz ! Je n'ai pas baisé ma copine aux yeux et à la barbe du doyen !

Malgré les circonstances et la situation tendue, je trouve étrangement drôle de tomber sur une scène si banale. Je me mords la lèvre pour ne pas rire, parce que je trouve plutôt mal venu que ce soit Logan qui fasse ce genre de remarque. Le moins que l'on puisse dire, il n'est pas le dernier en matière de lieux incongrus.

Le jeune homme fait la moue et baisse la tête. Aussitôt, je n'ai qu'une envie, prendre sa défense.

— Tu as…

Je suis interrompue par un regard glacial qui m'intime de me taire, ce que j'aurais, probablement, fait si le jeune Fitz, en entendant ma voix, n'avait pas relevé les yeux pleins d'espoir.

— Tout le monde fait des erreurs, pondéré-je en grimaçant.

Ce n'est pas exactement ce que je voulais dire, mais je ne vois pas vraiment l'intérêt de mettre de l'huile sur le feu.

— Tu vois ! assène le jeune homme, même ta copine me donne raison !

— Ma femme, réplique automatiquement Logan, et ce n'est pas du tout ce que j'ai entendu ! Maintenant, je voudrais savoir ce que tu fiches ici ?

Il sourit jusqu'aux oreilles et rétorque :

— Maman demande si vous en avez encore pour longtemps. On aime bien les films façon « les feux de l'amour », mais on a la dalle.

Logan me jette un coup d'œil, avant de commencer à répondre :

— En fait, nous n'allons pas…

— Tarder à vous rejoindre, complété-je à sa place.

Logan me regarde surpris, et je hausse les épaules en réponse. Je ne sais pas trop pourquoi je l'ai interrompu. Il y a encore cinq minutes, entrer dans cette maison me terrifiait plus que de rôtir en enfer.

Pourtant, en voyant le regard joueur et un tantinet moqueur de Fitz, une partie de mes angoisses s'est envolée. Je mentirais si je prétendais que ma décision est totalement innocente. Il n'est pas prévu, dans mes projets futurs, de mettre Logan dans la confidence. J'ai déjà suffisamment honte de m'être laissé aller, devant lui.

La terreur m'a saisie par surprise et même si je la maîtrise mieux, elle n'a pas totalement reflué. Je ne sais toujours pas ce qui m'a fait perdre les pédales. C'est comme si d'un coup, en sentant la pression du moment m'écraser de tout son poids, j'avais l'impression d'étouffer. La panique en a profité pour s'infiltrer partout, annihilant la moindre barrière. Je ne voulais plus qu'une seule chose, m'éloigner le plus possible, sans jamais me retourner.

Est-ce lié au contexte qui m'a replongé, la tête la première, sous la coupe de Lucifer ? Les circonstances sont pourtant bien différentes. Certes, je vais rencontrer la famille de mon compagnon, mais ça ne se terminera pas, par des mois de calvaire et de servitude. Jamais je ne replongerai dans ce genre d'enfer, plutôt crever.

Maintenant, je me dis que tout vaut mieux que fournir des explications à Logan. Alors, s'il faut rencontrer sa famille richissime pour pouvoir m'en sortir, autant m'y jeter la tête la première et couper court à son inquisition.

Fitz nous regarde apparemment amusé, passant de l'un à l'autre, pour tenter de comprendre ce que nous ne disons pas.

— Tu es sûre ? se contente de me demander Logan. J'opine, affichant un air résolu. Il plisse les yeux, cherchant à comprendre ce que je cache. Puis il se tourne vers son frère.

— Nous arrivons, laisse-moi deux minutes, Fitzgerald !

Ce dernier affiche une moue entendue, l'air de lui dire, « pense qu'il y a des voisins ».

Son frère lève les yeux au ciel, suggérant fortement sans le formuler, un « imbécile » bien senti.

Le gosse se retire, en m'envoyant un regard de soutien, qu'il ne prend même pas la peine de dissimuler. J'en ressens un étrange picotement au cœur.

Quand Fitz est hors de portée de voix, Logan, qui s'était légèrement éloigné, se rapproche et se penche pour me murmurer à l'oreille.

— Ne crois pas que tu vas t'en sortir si facilement, mais merci pour ma famille, c'est important pour moi.

Il recule, plonge son regard dans le mien et en déposant un baiser léger sur ma joue, m'attrape par la main, pour me guider vers la maison.

Je le suis, sans piper mot, sentant ma détermination apparente fondre comme neige au soleil.

Si j'étais du genre à m'extasier devant le luxe, il est évident que je ne resterais pas indifférente au tableau qui se dessine doucement devant moi. La maison ressemble plus à un hôtel particulier qu'à une vraie demeure, avec une immense véranda vitrée qui accueille les visiteurs dès leur entrée. Mais, à vrai dire, je remarque à peine la luxuriante roseraie. La seule chose qui retient mon attention, c'est la rampe d'accès pour fauteuil qui fait face aux escaliers habituels.

C'est un détail que les bipèdes ne remarquent pas, mais moi qui ai dû vivre en fauteuil des mois durant, je ne vois que ça. Je jette un coup d'œil à Logan qui observe ma réaction, dissimulant mal une certaine anxiété.

L'idée me traverse brièvement qu'il a peut-être fait installer la rampe, ne sachant pas vraiment si je reviendrais sur mes deux jambes, mais je la repousse aussitôt. Il n'avait aucun moyen de savoir que j'allais accepter de revenir et puis il n'est pas fou au point de se lancer dans ce genre d'aménagement, dans la maison de ses parents, juste pour moi. Je me fustige de faire preuve d'un tel égocentrisme, et sentant Logan impatient d'avancer, je le suis sans plus y réfléchir.

Quand la porte s'ouvre, un ouragan de cheveux blonds saute littéralement au cou de mon compagnon en criant à tue-tête.

— Loan ! Loan ! Tu vins maner avé nous !!![6]

Il me lâche la main pour serrer la jeune femme dans ses bras. Je regarde la scène complètement abasourdie. Il lui caresse les cheveux avec affection.

— Ma princesse ! Heureux de te voir aussi !

La jeune fille babille de nouveau et fait de grands gestes, lui racontant les mille et une découvertes qu'elle a faites depuis son départ. Avec ses petits troubles de langage, j'avoue que je ne comprends pas tout, mais elle déploie une telle énergie qu'on ne peut qu'être conquis, avant même de lui être présenté.

---

[6] Logan ! Logan ! Tu viens manger avec nous ?

Logan me cherche des yeux et m'adresse un sourire contrit, bien inutile. Il fait descendre la jeune femme qui avait enroulé ses jambes autour de sa taille et se tourne dans ma direction, pour me présenter.

En me montrant de la main, il s'adresse d'une voix chantante à la jeune fille, plus âgée que je ne m'y attendais.

— Dorothée, je voudrais te présenter ta nouvelle sœur, Meghan !

— Meg, voici Dorothée, notre petite tornade !

Il lui adresse un sourire affectueux en l'encourageant à me regarder, ce que la jeune femme fait sans vraiment se faire prier. Elle m'observe une seconde, cherchant à me jauger. Derrière ses grands yeux noirs, si similaires à ceux de son frère, je décèle une bonté et une douceur qui me la rendent immédiatement sympathique. Elle m'observe avec insistance, avant de se tourner vers son frère et lui demande.

— Elle aime les Machalos[7] ?

— Tu devrais le lui demander.

Elle acquiesce concentrée et se tourne vers moi.

— Tu aimes les Machalos ?

Même si la prononciation n'est pas très claire, l'énorme paquet de guimauves posé sur la console d'accueil est un assez bon indicateur.

— Qui n'aime pas ? Il n'y a rien de meilleur, surtout grillés au feu de bois, c'est un délice !

---

[7] Chamallow : sucrerie très appréciée des enfants.

Elle semble satisfaite de ma réponse et se rapproche de moi. Elle attrape une mèche de mes cheveux entre ses doigts et les laisse tomber avec un air très concentré.

— T'as une dôle de coueur toi [8]!

Je lui souris et réplique.

— C'est parce que, quand j'étais petite, ma mère a mis ma tête dans un pot de peinture orange.

Elle ouvre grand la bouche, sidérée, et je me retiens d'éclater de rire, même si je n'ai jamais été aussi près de la vérité.

— Ben mince aors! Moi je suis tomé sur la tête et je granis pus[9], me dit-elle, en réponse en me montrant son crâne.

Je jette un regard interrogateur à Logan dont les yeux jusque-là rieurs sont empreints de tristesse.

— Alors, nous sommes pareilles, décrété-je avec un enthousiasme surjoué.

Elle fait une moue surprise et plisse le nez, ce qui lui donne de faux airs de lutin.

— Nous avons toutes les deux des soucis avec notre tête !

Elle acquiesce, ravie, et m'attrape le bras pour m'attirer à sa suite. Je la suis sans protester, boitillant légèrement.

— T'as fait quoi à ta jampe[10]? me demande-t-elle, en adaptant son pas au mien.

Je grimace, parce que ce n'est pas vraiment un sujet que j'ai envie de développer.

---

[8] Tu as une drôle de couleur toi !
[9] Et bien mince alors ! Moi je suis tombée sur la tête et je ne grandis plus
[10] Tu as fait quoi à ta jambe ?

— Un accident, me contenté-je de répondre.

Elle sourit apparemment satisfaite et m'emmène dans le salon pour me montrer ses poupées.

À mesure que je l'écoute parler, la gêne de compréhension des premières minutes disparaît et me voilà embarquée dans son monde imaginaire. Il est difficile de ne pas céder devant tant d'enthousiasme et de spontanéité.

Je passe une bonne demi-heure, assise par terre, à jouer le rôle qu'elle m'a attribué. De temps en temps, je laisse traîner le regard par-dessus mon épaule pour voir Logan qui ne me quitte pas des yeux. La douce chaleur apaisante de l'enfance m'enveloppe le temps de cette petite parenthèse dans l'univers enchanté de la belle Dorothée.

Parfois, les actes les plus simples ont bien plus de résonnance que de long discours. C'est ainsi que cette jeune femme de dix-sept ans m'intègre à son univers aussi simplement que si j'avais toujours fait partie du tableau.

Plus tard, une personne que je ne reconnais pas vient nous avertir que le déjeuner est servi. Je n'ai pas la moindre idée de l'heure, mais mon estomac qui lâche un grognement digne d'un ours affamé a l'air plutôt satisfait de l'annonce.

Dorothée me sourit et se lève en me tendant la main.

— Eh dis ! te mets à toté de moi ?

Avant que je n'aie pu répondre, Logan intervient.

— Une prochaine fois, princesse, maman aimerait un peu discuter avec Meg. Tu la lui prêtes ?

Il le lui dit sur le ton railleur, comme si je n'étais qu'une poupée qu'on peut passer de bras en bras. Je me mords la lèvre pour ne pas l'envoyer sur les roses. Dorothée boude, mais finit par obtempérer. Elle part en courant, la bonne humeur retrouvée, inconsciente que l'ambiance vient d'un seul coup de s'alourdir.

— Tu es prête ? me demande-t-il, en me voyant hésiter.

Je secoue la tête, incapable d'avancer. Il se rapproche, jusqu'à ce que je puisse sentir sa fragrance si particulière. Il murmure suffisamment bas pour que personne d'autre n'entende.

— Tout va bien se passer, elle va t'adorer, Meg.

# Chapitre 20

## Logan

Quand nous arrivons enfin au salon, maman, Dorothée et Fitz discutent avec animation. Dorothée, égale à elle-même, explique, avec ses mots d'enfant qu'elle est très impressionnée par les cheveux de feu de l'amoureuse de Logan. Je ris sous cape, en sentant Meg se crisper à mes côtés. Ma sœur voit les choses sans perfidie, en toute simplicité. Elle a compris, sans que nous ayons besoin de le lui expliquer, les rapports des différents protagonistes.

Elle raconte l'histoire de la peinture et, bien entendu, demande si elle pourra faire la même chose avec ses poupées. Ma mère étouffe un rire en entendant l'histoire, pas le moins du monde, perturbée par ses âneries. Dorothée n'a jamais été farouche, pourtant je suis surpris de la rapidité avec laquelle elle a intégré Meghan dans son monde.

Pour elle comme pour moi, c'est une évidence. La vraie question est : quand cela deviendra-t-il une évidence pour ma tigresse ?

Quand nous avançons, tous les regards se braquent dans notre direction. Ma mère m'observe puis reporte son attention sur ma compagne.

Comme toujours, maman a pris place d'un côté de la table. La place du patriarche reste vacante. Personne n'aurait même l'idée de s'y installer. À sa droite, l'infirmière qui prend part à tous les repas pour pallier à un éventuel coup de fatigue tandis qu'à sa gauche, Dorothée s'agite dans tous les sens.

En face, Fitz adresse un sourire de cent mille mégawatts à Meg, qui fait face à l'examen, avec autant d'assurance que possible.

La seule dont le négativisme est presque palpable est bien entendu ma chère grande sœur Britanny. Cette dernière en bonne ainée observe la scène, les bras croisés avec cet air buté qu'elle arbore quand elle veut dégommer un obstacle.

Je me place volontairement entre les deux femmes, pour lancer un avertissement clair et sans équivoque à ma peste de grande sœur. Comme toujours, elle ne rigole pas avec son rôle de protectrice. Or, Meg ne l'entend pas de cette oreille. Elle ne s'est jamais cachée devant personne et ce n'est pas aujourd'hui qu'elle va commencer. Elle reprend sa place de premier plan en me poussant au passage et défie ma sœur du regard.

Ma mère nous observe avec amusement et rompt le silence, pour couper court à notre bataille silencieuse.

— Mes enfants, lance-t-elle, à notre adresse, je suis heureuse que vous vous joigniez à nous.

— Maman, la salué-je, en faisant le tour pour aller l'embrasser.

Meg me suit et ne marque pas le moindre temps d'arrêt en s'avançant pour tendre la main à ma mère.

— Madame Harper !

Ma mère secoue la tête en répliquant :

— Tsss pas de ça, je m'appelle Katarina et tout le monde me nomme Kat, sinon j'ai l'impression d'être une vieille peau !

Maman lui fait signe d'approcher. Meg s'exécute et atterrit dans les bras fluets de ma mère, qui la serre avec chaleur.

— Bienvenue ma chérie, lui dit-elle, je suis heureuse de mettre enfin un visage sur un prénom. J'ai entendu parler de vous depuis si longtemps que j'ai déjà l'impression de vous connaitre.

Mes joues se mettent à brûler. Il n'y a vraiment qu'une mère pour nous mettre une honte pareille. Mon frère, qui ne manque rien de la conversation, rigole ouvertement. Quel idiot ! Meg, loin de savourer mon malaise, rend l'étreinte à Katarina, raide comme la justice.

— Merci de m'accueillir chez vous mada… Katarina, se reprend-elle avec difficulté.

Meg ne détourne pas les yeux. Elle est gênée par cette démonstration d'affection, c'est évident. Pourtant elle garde ses yeux fixés sur ma mère assise sur son fauteuil roulant, sans l'ombre d'un jugement. Elle ne paraît même pas surprise de la voir ainsi.

J'avoue que j'ai été un sombre connard sur ce coup-là, je voulais la voir agir avec ma famille, sans artifices et une fois encore sa réaction dépasse mes espoirs.

— Installez-vous les enfants, nous demande ma mère en faisant signe à Rachel, pour qu'elle apporte le premier plat.

J'ignore si Meg l'a remarqué, mais ma mère l'a naturellement incluse dans le lot. Elle lui plaît et je me détends instantanément. Le contraire n'aurait rien changé, mais je dois avouer que, pour ma tranquillité d'esprit, c'est quand même beaucoup plus apaisant de ne pas avoir à la convaincre.

Nous nous exécutons et la conversation animée reprend de plus belle. Dorothée est un moteur, elle parle sans cesse, attire les sourires et anime comme toujours le repas. Une demi-heure plus tard, Rachel vient chercher notre petite dernière pour le rendez-vous avec le kiné. Peu importe le jour de la semaine, ça ne change rien pour ma sœur, elle a deux heures de rééducation par jour, qu'il pleuve, qu'il vente ou qu'il neige. Elle a besoin d'être stimulée quotidiennement et nous y veillons tous avec attention. Quand ils ont diagnostiqué sa maladie, qu'elle apparente à un coup sur la tête, elle n'était pas censée parler ni marcher. Mais à force de volonté, elle a une vie propre et c'est le plus important.

Dorothée regarde notre mère d'un air suppliant, préférant mille fois rester avec nous. Elle ne rencontre que des regards déterminés. Elle se lève, en faisant une moue contrariée, et rejoint le professionnel dans l'entrée.

Dès l'instant où elle sort, une chape de plomb s'abat sur la pièce et le silence s'installe. Meg gigote sur sa chaise, un peu mal à l'aise, parfaitement consciente que les vraies présentations commencent maintenant.

Comme de bien entendu, c'est Britt qui lance les hostilités.

— Alors après le fils McLewis, vous vous attaquez aux Harper, vous ne visez que les grosses pointures.

Ma voisine se fige. Je me tourne dans sa direction, tandis qu'elle pâlit à vue d'œil. Elle pose sa fourchette, en douceur, et plonge son regard dans celui de ma sœur. Plutôt que de lui répondre, elle déglutit avec difficulté, et la pièce se charge d'électricité. L'assemblée retient son souffle et je ne sais pas quoi faire. Si j'interviens pour la défendre, sachant parfaitement qu'elle a fréquenté ce type pendant un certain temps, Meg va m'en vouloir.

Si je me tais, je donne raison à ma sœur qui ne va pas hésiter à la pousser dans ses retranchements. C'est un vrai pitbull quand elle s'y met.

Sa relation passée avec McLewis est un sujet sensible. Je l'ai toujours su. Chaque fois que le sujet des ex est venu sur le tapis, elle s'est refermée comme une huître et, cette fois ne semble pas vouloir faire exception. De ce fait, quand, calme et glaciale, Meg reprend la parole, non sans m'avoir jeté un coup d'œil au préalable, je reste scotché sur ma chaise.

— Évidemment, pourquoi viser le menu fretin ? balance-t-elle avec sarcasme. Je ne joue les prostituées que pour les gros bonnets.

Son ton réfrigérant me sidère et elle pose ses mains tremblantes de colère sur ses jambes, pour masquer à quel point la remarque de ma sœur l'a blessée. Quand elle poursuit, je peux sentir la douleur dans chacun de ses mots.

— C'est ce que vous pensez ? Que je cours après Logan pour son argent ? Que je suis une pute de luxe, prête à se laisser entretenir ?

Ma sœur loin de se laisser attendrir répond :

— Admettez que cela y ressemble, vous n'avez pas de job, pas de fortune personnelle, vous vivez à ses crochets. Et mon idiot de frère, plutôt que de voir les choses telles qu'elles sont, parcourt la moitié du monde pour venir vous chercher. Il s'enquiert chaque jour de votre état de santé et vous mange dans la main, le tout en vivant comme un moine dans un monastère.

Outré, je suis incapable de rester plus longtemps à la table de cette idiote qui croit tout savoir. Je me lève, pose ma serviette à côté de l'assiette et sans tenir compte du regard de Meg, inquiet et suppliant, je rétorque avec virulence.

— En quoi ça te regarde ! Bon sang, Britanny, tu ne sais rien de notre vie. Ce que tes recherches, plus que douteuses, ont juste prouvé, c'est que tu es bien meilleure avocate que détective.

Je lui adresse un doigt accusateur et sa surprise est bien plus révélatrice que de longs discours. Elle ne s'attendait visiblement pas à ce que je me sente insulté et que je prenne la défense de ma moitié. Seulement, je n'en ai pas fini et, quand je poursuis, mon ton implacable n'échappe à personne.

— Pour ton information, et c'est la dernière fois que la question est abordée, Meg vient de découvrir mon statut social. Elle ne vit pas chez moi, même si j'ai insisté pour qu'elle le fasse. Il ne me viendrait même pas à l'esprit de lui jeter mon argent en pleine figure, au risque de la faire fuir. Alors, non Brittany ! Meg n'est définitivement pas une croqueuse de diamants. Ce n'est pas parce que tu ne tombes que sur des sales types qui n'en veulent qu'à ton fric, que la compagne que j'ai choisi leur ressemble.

Ma sœur me regarde, stupéfaite et blessée. Grand bien lui fasse, il n'est pas question que je la laisse insulter ma femme sans réagir.

À ma grande surprise, Meg pose une main apaisante sur mon bras et je tourne mon visage dans sa direction. Elle est surprise et touchée que j'ai pris sa défense et me demande en silence de ne pas en dire plus. Notre échange silencieux dure suffisamment longtemps, pour que mon frère se racle la gorge pour nous interrompre. Je lui jette un regard agacé, trop en colère, pour faire preuve de patience.

Meg se lève à son tour, faisant face à sa détractrice :

— Je n'en veux pas à son argent, c'est même le cadet de mes soucis. Libre à vous de penser ce que vous voulez. Cela fait bien longtemps que l'opinion des gens me laisse indifférente, par contre, arrêtez de prendre votre frère pour un imbécile. Il est bien plus perspicace que la plupart des gens, vous comprise apparemment.

Elle se tourne vers ma mère qui a les larmes aux yeux, en voyant ses enfants se disputer de la sorte.

— Je vous remercie pour votre invitation, madame Harper, je pense qu'il est temps pour moi de vous laisser en famille.

Elle baisse la tête de déception et se retourne pour s'enfuir, avant que ma mère nous prenne tous de court.

— Il n'en est pas question ma chérie ! Vous avez votre place à cette table, au même titre que mes enfants. Vous êtes la bienvenue chez moi, et ce sera toujours le cas. Asseyez-vous s'il vous plaît. Quant à toi Britt, tu leur dois des excuses. Je sais que tu as toujours à cœur de nous protéger, mais il te faut aussi apprendre à lâcher prise et faire confiance à ton frère. Il aime Meghan depuis plus de cinq ans. La première fois que tu la rencontres, tu lui tombes dessus parce que tes craintes dépassent ton bon sens. Je pensais t'avoir inculqué un peu plus de tolérance. Ne condamne pas sans connaître, juste parce que tu as peur.

Ma mère n'est pas du genre à élever la voix. Elle parle posément, sans jamais se départir de son autorité naturelle. Ma sœur du genre impulsif nous regarde avec colère. Une fois encore, c'est Meg qui nous étonne et contourne la table avant de boiter jusqu'à ma sœur.

Elle lui fait signe de se lever. Ma sœur s'exécute. Deux des femmes que j'aime le plus au monde s'affrontent, mais pas avec les mêmes armes. Britt, toujours en colère, ne comprend pas comment sa famille a pu prendre le parti d'une illustre inconnue. De son côté, Meg, au visage toujours impénétrable, la jauge un temps infini.

— J'aurais fait comme vous, finit-elle par affirmer à ma sœur. Si j'avais eu la chance d'avoir un frère ou une sœur, j'aurais aussi pris soin des miens. Alors même si votre méthode d'inquisition est discutable, je comprends.

Elles s'observent encore en silence et la colère se mue en respect. Par ce simple geste de pardon et de considération, la crise passe et Meg est admise au sein de mon monde.

# Chapitre 21

## Meghan

Par chance, le reste du repas est bien plus calme. Heureusement d'ailleurs, je n'aurais pas supporté une nouvelle crise de ce genre. Quand Logan a pris ma défense, ce que personne n'avait jamais fait aussi ouvertement jusque-là, allant jusqu'à faire rempart entre sa famille et moi, j'ai réalisé que je m'étais trompée.

C'est un peu comme si, d'un seul coup, je voyais apparaître des nuances alors que je vivais depuis toujours dans un univers noir et blanc. Il a choisi sciemment de s'opposer à sa famille pour laquelle il semble avoir une affection infinie, juste pour me protéger. Me protéger ! Moi la fille sans importance, orpheline, qui préfère se détourner ou abandonner à la moindre difficulté. Là, il a fait front, au risque de se mettre les siens à dos. Il m'a choisie, moi.

Cela doit paraître idiot, mais c'est la première fois que cela arrive. Du plus loin que je me souvienne, je n'ai toujours été que le deuxième choix. La roue de secours. Celle qui n'était pas suffisante pour retenir, ou donner envie qu'on se batte pour elle. Ma mère, mon père, Alek, Jadde, Sofia, toutes ces personnes qui ont compté dans mon monde, mais qui, à un moment ou un autre, ont préféré m'abandonner, plutôt que de lutter pour moi.

Pourtant Logan m'a choisie. Il a fait front, et s'est opposé aux siens, pour moi. Alors, même si j'ai été blessée par les insultes à peine voilées de sa sœur, je n'ai pas pu le laisser sacrifier son monde pour me protéger, je n'en vaux pas la peine. J'ai choisi de laisser ma fierté de côté, d'abandonner ce dernier rempart, pour faire un pas vers elle.

De toute façon, il n'était pas question que je sois un obstacle entre eux, aussi j'ai fait ce qu'il fallait. En même temps, l'effort n'était pas si énorme, je me suis juste contentée de lui dire la vérité. Je comprends son attaque, même si cela a été à mes dépens. J'ai juste pris une baffe en entendant, si ouvertement, le nom de McLewis associé au mien, me renvoyant des années plus tôt, dans la situation inextricable de l'époque.

Maintenant, nous sommes dans la voiture qui est censée me ramener à l'appartement de Tim et Mick, seulement ce n'est pas la direction empruntée. Pourtant, je ne dis rien. J'attends de voir ce qu'il a à l'esprit. Ma hanche me met à la torture, s'accordant à merveille avec mon esprit embrouillé. Je ne sais plus où j'en suis. Tout s'est encore compliqué.

D'un côté, il y a ma vengeance. Elle est mon objectif, la raison pour laquelle je me suis battue, de toutes mes forces pour me relever. Je veux faire payer Julius et je suis prête à tout pour ça.

Mais de l'autre, il y a l'esquisse d'un avenir, ce n'est qu'un simple patron grossier, on pourrait presque parler de gabarit plutôt que de réel dessin. Mais il est là, et plus les traits s'affirment, plus le croquis prend vie et plus j'ai envie d'y croire.

Je ne sais pas vraiment à quel moment j'ai commencé à entendre le chant des sirènes, mais aujourd'hui je suis incapable de l'ignorer. Logan est là me regardant avec cet air féroce qui défie le monde de tenter de nous séparer et je ne peux plus me contenter de le tenir à distance. Je n'y arrive plus. À vrai dire, je ne suis même pas certaine d'y être arrivée un jour.

Je détourne le visage de son expression concentrée, pour regarder le paysage citadin qui défile. J'ignore où nous allons, mais ça m'est égal. J'ai juste envie de me fondre dans ses bras, pour oublier le choix que je n'ai pas vraiment envie de faire. Si seulement je pouvais tout mener de front, le protéger, tout en restant près de lui. Malheureusement, c'est une simple utopie.

Le trajet est très court, avant que Logan ne s'engage dans le garage d'un immeuble plutôt luxueux.

— Où sommes-nous ? demandé-je, plus pour la forme.

Il doit être d'accord avec l'idée que c'est une question stupide, parce qu'il ne me répond pas, se contente de quitter son siège et fait le tour, pour me tendre la main, au sortir du véhicule.

Je le suis, découvrant les sous-sols d'un immeuble ultra sécurisé. Outre l'entrée s'ouvrant avec un digicode, deux personnes sont là pour nous accueillir quand nous passons les portiques de sécurité.

— Monsieur et madame Harper, salue respectueusement le plus gaillard des deux.

Je me crispe, mais personne ne semble s'en formaliser, choisissant plutôt de m'ignorer superbement.

— Lionel ! répond mon compagnon. Comment va votre épouse ? Les jumeaux sont nés ?

L'homme sourit jusqu'aux oreilles,

— Elle va bien, elle se compare à un cachalot prêt à échouer, mais elle n'a jamais été aussi belle.

Logan opine avec la même pointe d'amusement.

— Nous rejoignons mon appartement, reprend-il, je souhaite ne pas être dérangé, vous pouvez vous en occuper ?

Le grand gaillard qui a repris des allures de porte de prison, acquiesce et reprend son poste, en communiquant à voix basse dans une oreillette, que je viens juste de remarquer.

Logan, qui me tient toujours la main m'entraîne à sa suite, vers l'ascenseur de service, délaissant les deux armoires à glace.

Quand les portes se referment, il se tourne dans ma direction et m'observe avec une intensité dérangeante.

— Il faut qu'on parle !

Je hausse les épaules pour lui montrer mon assentiment avec une certaine défaite. Je savais que ce moment viendrait. Il était plus que prévisible qu'il n'allait pas laisser passer ma crise de panique, sans chercher une explication.

Pourtant il me surprend en ajoutant.

— Je crois que tu as raison !

Je fronce les sourcils en signe d'incompréhension. J'ai beaucoup d'avis tranchés, même si je réalise, de plus en plus souvent, qu'ils sont dictés par les mauvais sentiments.

Il n'en dit pas plus et attend que l'ascenseur s'ouvre sur un penthouse aux proportions gigantesques. Rien que la pièce principale est plus grande que la salle de danse et mon appartement réunis.

J'observe l'espace avec un mélange de surprise et d'incompréhension.

— Tu vis avec une équipe de foot américain pour avoir besoin d'autant de place ?

— Sois un peu sérieuse, j'aime l'espace et j'ai les moyens d'obtenir ce que je veux, alors pourquoi m'en priver.

— Peut-être parce que c'est ridicule de vivre seul dans un appartement pareil. En plus, désolée de te le dire, mais il ne te ressemble vraiment pas.

— Pourquoi ?

— Il n'a pas d'âme. Tu es une belle personne, mais quand on entre ici, on ne ressent que de l'austérité et de la distance.

Il hausse un sourcil, et jette un coup d'œil à l'ensemble avec un regard critique.

— Je l'ai acheté l'année dernière et je n'ai rien fait depuis. Je dors ici, mais il ne me sert qu'à ça. À la base, je pensais que ça serait un point de chute sympa pour nous, mais sans toi, je n'ai pas eu le goût de lui donner une âme.

Il a pensé à nous en l'achetant ! Mon Dieu ! Comment je vais survivre après cet échange ? La douleur dans ma poitrine se réveille, me rappelant comme si c'était nécessaire, à quel point il est exceptionnel. Il serait presque parfait, s'il n'était pas si exagérément romantique.

Ne souhaitant pas m'attarder sur le sujet, je lui demande.

— Pourquoi de telles mesures de sécurité ?

— Par simple précaution, Dorothée et Britt ont eu une mauvaise expérience en la matière, il y a quelques années, depuis toute la famille est soumise à un régime de protection rapprochée.

— Pourtant tu es seul ?

— Le talent d'un bon garde du corps, c'est d'être là sans être vu et les miens sont très doués pour ça. Ils se fondent dans le décor.

J'avance dans l'appartement me demandant qui de nous deux va se lancer le premier. Apparemment c'est lui, enfin presque.

— Tu veux boire quelque chose, Meg, une aspirine peut-être? m'interroge-t-il en désignant ma jambe d'un geste du menton.

Comme toujours, rien ne lui échappe.

— Non, ce n'est pas nécessaire, j'ai avalé un comprimé de paracétamol tout à l'heure, ça va passer.

Ce n'est pas vrai, mais il n'a pas besoin de le savoir.

— Assieds-toi, me demande-t-il avec une certaine douceur.

Je m'exécute en prenant place sur l'immense canapé blanc qui trône devant la cheminée.

— Je tenais à m'excuser pour le comportement irrespectueux de ma sœur. Je sais que tu détestes parler de cette période de ta vie. J'ignore pourquoi, mais j'ai l'intuition que ta réaction, en arrivant chez mes parents, n'y est pas étrangère. Mais avant d'aborder ce sujet, j'aimerais te présenter mes excuses pour autre chose.

— De quoi parles-tu, Logan ? Ta sœur, c'est réglé, n'en parlons plus, je n'ai pas menti quand j'ai dit comprendre sa démarche et je ne nierai pas non plus qu'elle m'ait blessée, mais je refuse d'épiloguer sur le sujet. Je ne me mettrai pas entre toi et ta famille, jamais.

Il me regarde avec cette intensité de plus en plus dérangeante. Je devine sa reconnaissance.

— Ce n'est pas uniquement pour cela que je voulais m'excuser. Bon sang que c'est difficile ! marmonne-t-il pour lui-même.

Apparemment en difficulté, il passe ses deux mains dans les cheveux, la tête penchée en avant et les coudes sur les genoux.

— J'ai eu tort, je n'aurais jamais dû t'obliger à m'épouser contre ton gré.

Le choc est tel que j'en ai le souffle coupé. Je m'attendais à tout sauf à ça.

— Qu'est-ce que tu veux dire, demandé-je, sentant un élan de panique me prendre aux tripes.

J'ai conscience que c'est ridicule, je prévoyais de le quitter il n'y a pas cinq minutes, pourtant l'entendre dire que notre union est une erreur me fait l'effet d'un coup de poing en plein plexus solaire.

Il doit s'apercevoir de ma panique et tente de s'expliquer.

— Je n'ai pas le droit de t'attacher à moi de cette façon. Je t'ai observée avec ma famille. Tu donnes sans compter, sans réfléchir. C'est ainsi que je voudrais te voir avec moi. Et j'ai réalisé que je n'obtiendrais jamais cette attitude, si je te retenais contre ta volonté.

— Qu'est-ce que ça veut dire exactement ?

— Je vais signer les papiers du divorce, Meg, je vais te rendre ta précieuse liberté.

Le soulagement tant attendu n'est malheureusement pas au rendez-vous et l'ébauche du « peut-être » s'effondre comme un château de cartes.

J'opine sans rien dire. Mes yeux, ces traîtres, se remplissent de larmes et je sens la première descendre pitoyablement sur ma joue. Pour une fois, je n'essaie même pas de les retenir.

— Tu vas renoncer, juste comme ça, chuchoté-je dans un souffle.

Il relève le visage en entendant mes mots.

— Ce n'est pas ce que tu voulais ? Depuis des mois, tu me réclames la liberté et maintenant que je te la donne, tu pleures. Que suis-je censé faire pour te satisfaire ? Dis-le-moi ! Parce que là, franchement je ne te comprends plus.

Je secoue la tête, sans savoir quoi répondre.

— Merde à la fin ! Te laisser partir est le pire des sacrifices, Meg. Accepter de prendre le risque que tu me quittes, sans n'avoir aucun moyen de te retenir, est tellement difficile que je préférerais mille fois une épilation intégrale.

J'esquisse un sourire à travers les larmes. Cet imbécile a le don de glisser des boutades, même dans les pires moments.

— Ne crois-tu pas que je préférais t'attacher à une chaise et te garder avec moi de gré ou de force. Pourtant j'accepte le sacrifice si, et seulement si, tu es certaine que c'est ce dont tu as besoin.

Plutôt que de lui répondre et de lui mentir, je me lève et m'éloigne de quelques pas. Cette distance est un mal nécessaire pour ce qui va suivre. Je lui tourne le dos, incapable d'affronter son regard.

— Je demanderai à mes avocats de te faire parvenir les papiers du divorce, Logan.

Je fais un pas pour rejoindre l'ascenseur, autant mettre fin à mes rêves le plus vite possible. Il ne manquerait plus que je me tourne en ridicule. Mais je n'ai pas plutôt murmuré le dernier mot, qu'un immense fracas me fait sursauter. Je me retourne pour voir la fureur de Logan se déverser sur tous les objets à sa portée : la table basse d'abord, puis la console à proximité. Il ravage tout, déversant sa douleur dans le moindre de ses gestes.

Devant une telle manifestation de violence, l'ancienne Meghan se serait terrée dans un coin ou enfuie en courant. Seulement, Logan ne me veut aucun mal, je suis en sécurité avec lui, même dans ce genre de situation. Je ne peux pas partir, pas maintenant, pas alors que sa douleur me brise de l'intérieur. Il ne mérite pas ce que je lui impose. Si je reste, je vais devoir parler. Il faut qu'il me libère, c'est la seule façon que j'ai de le protéger, mais à défaut de pouvoir le lui dire, je peux au moins lui offrir un semblant d'explication. Il faut qu'il comprenne qu'il n'est pas responsable.

Je l'aime bien plus que je n'ai jamais aimé personne. C'est pour cette raison qu'il doit être loin de moi. S'il est menacé, je serais capable de n'importe quoi pour le sortir d'affaire. J'irais jusqu'à tuer, si ça devait lui sauver la vie.

Mais aujourd'hui, la question est ailleurs. Je ne peux pas partir sans me livrer un peu, au moins pour qu'il comprenne.

Je reviens sur mes pas, et alors qu'il continue à saccager les meubles allant jusqu'à retourner les chaises, je lui entoure la taille et pose mon visage entre ses omoplates.

— Calme-toi mon cœur !

Il tombe à genoux, anéanti et je le suis. Ma hanche me fait grimacer de douleur, mais ça n'a pas vraiment d'importance.

— Tu n'es responsable de rien, Logan, je t'aime tellement mon cœur. Seulement, parfois, l'amour ne suffit pas.

Il se tourne légèrement et m'attire dans ses bras. Le visage dans mon cou, il me serre contre lui jusqu'à me couper le souffle.

— Ce sont des conneries tout ça, murmure-t-il dans mon cou. Si c'était vrai, tu te battrais pour nous, pourtant tu choisis de renoncer.

Son souffle est toujours court et son corps transpire de fureur, pourtant il est la douceur même quand il serre contre lui.

— Tu te trompes, je choisis de te protéger.

— De me protéger de quoi, Meg ? Parce que là, tu vois, j'ai plutôt la sensation que c'est toi que tu barricades.

Ne m'entendant pas répondre, il recule pour me regarder dans les yeux. J'imagine parfaitement ce qu'il voit : de la peur brute et sans fard. J'essaie de me relever le cœur battant la chamade, mais il me retient m'obligeant à affronter son regard blessé.

— Je dois me tenir loin de toi, c'est vital, Logan !

— Mais pourquoi ? De quoi as-tu peur à la fin ?

— Je ne suis pas bonne, Logan, j'attire le mauvais œil sur les gens que j'aime, il faut te tenir le plus loin de moi possible.

— Tu dis n'importe quoi ! Qui a pu te mettre ce genre d'idiotie à l'esprit ? Tu es mon soleil, Meg, pas une putain d'ombre menaçante. Cette conversation est complètement surréaliste.

Je secoue la tête, doutant d'être capable d'ouvrir la boîte de Pandore. Me voyant choisir une fois encore le silence, il se met à crier en m'offrant une vue douloureuse sur son désespoir.

— PARLE-MOI ! Bon sang ! Explique-moi ce qui te fait penser que tu me mets en danger.

Notre proximité, l'épuisement de me battre sans cesse contre lui mine chaque seconde un peu plus ma détermination.

— C'est une longue histoire, murmuré-je en détournant le regard.

— Ça m'est bien égal ! Explique-moi pourquoi tu préfères me quitter, renoncer à nous, plutôt que d'affronter un futur ensemble ?

J'avale une goulée d'air tentant de trouver un nouveau souffle. Il ne me laissera pas partir sans un minimum d'explications, je le sais, mais j'ai du mal à lâcher.

Je plonge dans ses prunelles noires, m'accrochant à sa force pour parler de cette période, que personne ne connaît. Il est en colère, je peux le comprendre, mais juste derrière se cache sa détresse. C'est cette dernière qui libère les premiers mots.

— Mon père était quelqu'un de faible. À ma naissance, il a laissé ma mère mener la danse. Il était souvent absent. Je me souviens surtout des soirées à prier pour qu'il rentre sans jamais obtenir de réponse à mes supplices. C'est assez vague, il me reste juste l'impression de désespoir qui marquait chacun de ses départs. Très vite, j'ai compris qu'il ne ferait rien pour m'aider et j'ai inventé l'histoire de son départ à la naissance. C'était plus simple que de devoir expliquer son absence et sa passivité.

Je parle avec détachement, comme si cette histoire n'était pas vraiment la mienne.

— En réalité, il était là sans vraiment y être jusqu'à mes huit ans. J'ignore s'il savait ce que ma mère me faisait subir, mais il n'est jamais intervenu. Et puis, un jour, il a simplement disparu.

— Ta mère te faisait subir quoi ? m'interroge-t-il sentant probablement la tension dans ma voix.

Évoquer ma mère équivaut au grincement strident des ongles sur une plaque de verre. Elle a laissé dans son sillage un immense champ stérile, dont elle a adoré ravager le moindre centimètre.

Pour tenter d'endiguer la douleur que mon corps associe toujours à son souvenir, j'essaie de contrôler mes émotions en conservant un ton égal. Mais je suis certaine qu'il n'est pas dupe, parce que ma voix désincarnée masque mal la façade, qui se fissure un peu plus à chaque mot.

— En respect pour sa mémoire, je devrais t'en dresser un portrait élogieux, seulement la vérité c'est que je la détestais. Aux yeux du monde, elle offrait un masque de perfection. Dans l'intimité, elle dévoilait sa part sombre dont j'étais l'unique bénéficiaire. À ton avis, quelle est la meilleure façon de passer ses nerfs quand on ne veut pas laisser transparaître la moindre faille ? Trouver quelqu'un sur qui l'on peut se défouler, sans qu'il ait les moyens de se défendre.

Ses yeux s'agrandissent comme s'il pressentait les ramifications de mes révélations. Peu à peu, un voile de tristesse ternit ses yeux noirs.

Je crois que si je décelais la moindre trace de pitié dans son expression, je partirais sur-le-champ. Or, il affiche sans honte une compassion peinée et une écoute attentive. Je serre les dents avant de m'obliger à poursuivre.

— J'ai longtemps cherché à comprendre pourquoi elle passait ses frustrations sur moi. Aujourd'hui, je pense qu'elle était simplement mauvaise, et qu'elle voulait me faire payer ma naissance. Je te passerai les détails, ils n'ont que peu d'importance, la seule chose que je peux te dire, c'est qu'elle était particulièrement imaginative quand il s'agissait de me faire souffrir. Elle inventait mille et un prétextes pour me blâmer, la plupart imaginés pour satisfaire son esprit sadique. Malgré tout, elle était suffisamment intelligente pour ne jamais dépasser la limite de la blessure.

Je l'entends déglutir, tandis que je ferme les yeux, revivant les attaques, comme si c'était hier. Encore aujourd'hui, je frissonne, en repensant au froid cinglant du mois de décembre, dans une chambre sous les toits, sans isolation et sans chauffage. Elle ne me laissait pour seule protection qu'une vieille couverture élimée. Je me demande encore comment j'ai pu y survivre. Je ferme les poings pour contenir ma colère, comment une mère peut-elle faire vivre de telles choses à son enfant ?

— Le pire, c'est que j'ai longtemps cru que c'était ma faute, poursuis-je avec colère. Alors, je subissais en silence, tentant par tous les moyens de la satisfaire, mais ce n'était jamais suffisant. Elle avait des exigences et des attentes inaccessibles, c'était comme survivre à des sables mouvants, plus on se débat et plus vite on s'enfonce. Quand j'ai été en âge de comprendre que ce n'était pas normal, elle avait déjà ma vie sous contrôle. Ce n'est que bien plus tard qu'elle a dû lâcher un peu de lest, afin de maintenir les apparences et ne pas éveiller des soupçons. À contrecœur, elle m'offrait des plages de liberté avec mes amies. Mais bien entendu, tout avait un prix. À mon retour, elle m'accusait de tous les maux, pour mieux me torturer. Aujourd'hui, j'ai pleinement conscience que je ne dois ma survie qu'à son besoin de paraître. Les apparences contre la vie. Pathétique à souhait !

Mes mains tremblent et je les colle sur mes flancs pour tenter d'endiguer la panique, au souvenir de cette dernière soirée.

— J'aurais pu m'enfuir, mais je ne voulais pas laisser mes amies, les projets que j'étais en train de construire à cause d'elle. Cela aurait été la clef de sa victoire, elle aurait brisé mes rêves et je ne pouvais pas lui laisser ce pouvoir. Alors j'ai patienté, subissant ses brimades, sans jamais courber l'échine.

Dans mon esprit, le jour tant attendu de ma majorité, était synonyme de liberté. Je pouvais enfin prendre le large, sans un regard en arrière. Heureuse comme jamais, je suis passée chez elle pour récupérer mes affaires.

Elle m'attendait, comme si elle savait pertinemment ce que je prévoyais. Elle pensait une fois encore me faire plier, mais cette fois j'étais de taille à me défendre et nous avons eu une violente dispute. C'est la première fois que je m'opposais vraiment à elle. Ses coups ont fusé et je… je les lui ai… rendus.

Je crispe les paupières revivant, comme si c'était hier, les baffes, les cheveux arrachés et les empoignades qui avaient suivi. À présent, je murmure plus que je ne parle, les souvenirs affluant avec une clarté quasi irréelle.

— Elle n'était pas habituée à ma rébellion. La dispute montait crescendo. Il lui a fallu un moment pour comprendre que son temps de domination était terminé. J'ai croisé son regard plein de doute quand elle s'est aperçue qu'elle ne pourrait plus jamais m'imposer sa loi. Je ne me laisserais plus faire, j'étais libre, j'avais gagné. Ce que je n'avais pas prévu, c'est que dans mon sursaut de courage, je la bousculerais tellement fort, qu'elle en perdrait l'équilibre.

Ma voix n'est plus qu'un sanglot étouffé. Cette scène hante encore aujourd'hui mes nuits, et elle repasse en boucle dans ma tête depuis des années avec la précision d'un métronome à chaque fois que l'on me parle de ma mère.

— Je n'ai pas vu l'angle de la table basse derrière elle sur lequel elle est allée se fracasser le crâne. À la seconde où sa tête a heurté le mobilier, un bruit sinistre a retenti et j'ai su. Je venais de tuer ma mère. Je n'oublierai jamais le bruit d'une noix creuse qui explose et ses yeux figés dans cette expression de surprise mêlée de terreur.

Ce son terrible frappe encore et encore dans mon esprit comme pour m'infliger une punition divine à mes crimes.

— Encore aujourd'hui, je revois ses muscles se relâcher d'un seul coup, avant de finir sa chute comme une poupée de chiffon.

Il s'apprête à parler, mais je l'en empêche en posant mon doigt sur sa bouche. Je ne veux entendre ce qu'il a dire, pas encore, pas tant qu'il ne connaît pas la suite de l'histoire.

— Le pire, c'est que je suis restée là, à la regarder affalée sur le sol, morte, sans bouger d'un centimètre. Je regardais la tache de sang s'élargir sous sa tête, tacher le tapis, et imbiber les pieds du canapé sans rien faire. J'aurais pu appeler les secours, j'aurais dû le faire. Au lieu de quoi, je l'ai fixée, sans bouger, comme anesthésiée.

Ses yeux restent fixés sur moi et je ne vois que de la compassion dans son regard tendre. La colère me submerge et je lui jette à la figure l'affreuse vérité.

— Tu vois mon vrai visage ! Un monstre capable de tuer sa mère et de la regarder mourir sans lever le petit doigt. C'est avec ça que tu veux construire un avenir…

Les sanglots m'étranglent, tandis que la scène repasse en boucle dans ma tête. Je me souviens de mes muscles tétanisés. J'étais incapable de bouger, je ne pouvais pas, je ne voulais pas.

Tandis que les larmes m'étouffent, que je cherche un soupçon d'air pour calmer la douleur brûlante de ma poitrine, il me prend dans ses bras et me serre fort contre lui. Mes gémissements brisent le silence, libérant ces douleurs si longtemps retenues. Alors que je me torture encore et encore, avec ce film terrible qui ne cesse de me hanter, il pose ses doigts sous mon menton pour m'obliger à le regarder.

— Tu n'as fait que te défendre, m'affirme-t-il avec conviction. Ce n'était pas ta faute, ma chérie, tu n'as fait que te protéger !

Mais je le détrompe violemment.

— Non ! Non ! Non ! Tu te trompes, j'ai voulu qu'elle meure, je la détestais. J'ai rêvé mille fois qu'elle s'étouffe dans son sommeil. Je la haïssais, comme aucune enfant digne de ce nom ne devrait haïr ses parents. Je suis… mauvaise. Je l'ai TUÉE ! TUÉE ! Tu m'entends !

Il secoue la tête pour me contredire, mais je pose ma paume sur sa bouche, dans un geste désespéré, pour faire taire ses mensonges.

Je renifle sans la moindre élégance, oubliant toute retenue. Je finis par reprendre mon souffle, parce que l'histoire ne s'arrête pas vraiment là. Même si je devrais me taire, je suis incapable de ne pas lui ouvrir la porte pour la confidence suivante.

— Sans la mère de Jadde, l'histoire aurait pu très mal se terminer. Elle m'a aidée à sortir de là. Et pour la remercier, je l'ai trahie. La seule personne qui m'a tendu la main à l'époque, je l'ai trompée. Je mérite ce qui a suivi, je mérite même bien pire.

Il me reprend dans ses bras, alors mes larmes redoublent.

— Continue, Meg, vide ce que tu as sur le cœur, chuchote-t-il de nouveau.

J'essaie de me dégager, de reprendre de la distance, d'échapper à son inquisition, mais il resserre sa prise. Mon corps se met à trembler, incapable de faire face à l'horreur de mes actes.

— Parle-moi, Meg, parfois on fait des choix qu'on regrette ensuite. Cela ne changera pas le regard que j'ai sur toi.

Ses yeux brillent de sincérité, mais la mort de ma mère n'est rien au regard de la suite. Je me détourne une nouvelle fois, parce que je n'avais pas vraiment pensé en arriver à cette partie. En même temps, je sais que j'ai ouvert la voie. Peut-être est-il temps de parler, de libérer mon cœur du poids de ma traîtrise ? Même si, soyons réalistes, rien n'allégera jamais le fardeau de vivre avec la mort de sa meilleure amie sur la conscience.

# Chapitre 22

## Meghan

*Trois jours plus tard*

Je n'en reviens toujours pas de lui avoir tout dit. J'ai lâché les bombes, les unes après les autres, sentant l'homme que j'aime s'éloigner chaque fois un peu plus. Quand j'ai eu fini, il était incapable de me regarder dans les yeux. Je me suis levée, sans un mot, et il ne m'a pas retenue. La boucle est bouclée. Je l'ai perdu sous le poids de mes erreurs. Comment pourrais-je lui reprocher quoi que ce soit alors que tout est ma faute.

Je repasse pour la millième fois son expression indéchiffrable, cherchant un espoir où il n'y a que du vide. Le pire c'est que je ne peux même pas le blâmer d'avoir choisi de faire comme les autres et de m'abandonner. Je mérite chacune de mes douleurs, chaque silence.

Une fois de plus, le poids du passé m'écrase, mais pour l'instant, il faut me concentrer sur le présent. Je prépare la cuisine, dans l'appartement des garçons. Mick est dans le bureau, accroché au téléphone. J'attends qu'il termine pour lui demander de l'aide. Ce n'est pas vraiment dans mes habitudes de les solliciter, mais je viens de passer les trois derniers jours à chercher des réponses. En retour, je n'ai obtenu que du vent.

Le fait d'avoir changé de pays ne me simplifie pas autant les choses que je l'avais espéré. Je n'ai pas les bons contacts et même avec la meilleure volonté du monde, je n'avance pas. Il est temps d'admettre que, que malgré toute ma volonté, seule, je n'arriverai à rien.

La vraie question à présent est : à qui fais-je suffisamment confiance pour lui demander de l'aide ? La réponse est évidente à part Tim et Mick, personne. Pourtant, j'ai hésité toute une journée avant de me décider. Les mettre dans la confidence, c'est dangereux pour eux comme pour moi. Mais quelles sont mes autres options ?

De plus, Mick dispose d'un avantage non négligeable, il est journaliste. Sa spécialité c'est plutôt le domaine littéraire, mais c'est plus par obligation que par véritable vocation. Bien qu'il n'ait pas vraiment l'habitude de mener que grande enquête, il connait parfaitement la démarche journalistique. Il sait quoi chercher et comment entreprendre des recherches dont un citoyen n'aurait même pas idée.

Peut-être pourrait-il me donner des pistes d'investigations.

Pour la dixième fois de la journée, je m'interroge : Ai-je raison de les impliquer ? Devrais-je suivre les recommandations de Jadde et garder les preuves qu'elle m'a donné sous silence ?

Seulement par opposition la vengeance n'est-elle la seule vraie raison pour laquelle je tiens encore debout. Quand on a tout perdu, on se raccroche aux branches à notre porté.

Ne voyant se dessiner aucune vraie réponse, je décide qu'il est temps de faire preuve d'un peu de courage et d'affronter Mick. Il sera toujours libre de refuser. Je repasse mentalement la liste des numéros de la liste que m'a confiée Jadde et en sélectionne un, au hasard. Je les ai lus, et relus si souvent que les numéros sont comme gravés à l'encre rouge, dans mon esprit.

Mes tasses de café à la main, bien décidée à progresser dans mes investigations, j'avance vers la porte entrebâillée. Je la repousse pour trouver Mick le regard rivé à l'extérieur, répondant, avec une certaine désinvolture, à son interlocuteur.

Il doit se sentir observé parce qu'il se tourne dans ma direction et m'offre un sourire éblouissant, tandis qu'il met fin à l'appel. J'ai toujours pensé que son homosexualité était une vraie perte pour la gent féminine. Grand, au teint aussi hâlé que sa petite sœur, il arbore en permanence, ce sourire presque moqueur qui donne l'impression qu'il ne prend jamais rien au sérieux.

Je pourrais presque y croire, si je ne connaissais pas son histoire. Un coming out inutile, quand ton père hyper machiste à la limite de la misogynie te surprend en train d'embrasser le voisin. Bien évidemment, ce père si macho, attaché à sa « survirilité », n'a pas supporté d'avoir une « tapette » comme fils. Alors qu'il n'avait que seize ans, il l'a mis à la porte en l'obligeant à s'expatrier outre Atlantique, le plus loin possible de leur univers.

Sa mère n'a rien pu faire, même si elle a tenté de raisonner son mari, elle a dû se résoudre à laisser son fils partir et se débrouiller seul. Elle l'a aidé, autant que possible, tant financièrement que psychologiquement, mais la fêlure était telle qu'il a fini par couper les ponts. Aujourd'hui, quinze ans plus tard, il n'a toujours pas renoué les liens et en a pris son parti. Mais à l'époque, ce fut l'une des plus grandes injustices auxquelles j'ai assisté.

La rupture avait profondément marqué Sofia et, encore aujourd'hui, le lien entre le frère et la sœur, pourtant si complices, n'a jamais retrouvé son éclat. La meilleure preuve, c'est qu'ils ont à peine pris le temps de déjeuner ensemble lors du passage éclair de Sofia aux États-Unis, alors qu'ils ne s'étaient pas vus depuis trois ans.

Ce molosse au cœur tendre n'a pourtant rien à envier à son paternel. Il a réussi à s'en sortir, alors qu'il ne démarrait pas avec les meilleurs atouts. Pire encore, il cumulait les handicaps. Malgré tout, il n'a jamais baissé les bras. Aujourd'hui, c'est encore à cette ténacité que je veux faire appel. Je lui montre la tasse et son sourire s'agrandit.

— Ha ! Enfin une femme qui sait parler à mon cœur ! J'ai toujours su que j'aurais dû t'épouser !

J'éclate de rire.

— Je suis bien trop couillue pour toi mon ami !

Il m'accompagne dans mon hilarité.

— Je dois admettre que dans ce domaine, tu es plutôt bien pourvue, se marre-t-il sans la moindre gêne. Et puis, aujourd'hui, mon sort en est jeté ! Tu m'as mis dans les pattes de ce grand imbécile de Timothée Anderson et depuis j'ai du mal à regarder ailleurs.

— Petit joueur, le charrié-je avec un clin d'œil.

Il me fait signe de le rejoindre et nous nous asseyons sur le clic-clac, qui leur sert de lit d'appoint. Nous sirotons notre tasse en silence, tandis que je m'interroge sur la façon dont je vais aborder les choses. Il me surprend, en lançant la conversation.

— Comment vas-tu, ma petite fouine ?

Je hausse les sourcils, parce que je n'ai pas vraiment de réponse.

— Je n'ai pas revu ton beau spécimen depuis plusieurs jours. Tu as enfin obtenu gain de cause ?

— C'est compliqué, me contenté-je de répondre.

— L'amour ne l'est-il pas toujours ?

Une nouvelle fois, je ne sais pas trop quoi répondre, alors j'opte pour ma vérité.

— Je pense qu'il a enfin compris que je n'étais pas quelqu'un de bien pour lui.

Je me racle la gorge et détourne la tête pour masquer le nœud qui m'étouffe.

— Alors c'est un idiot ! se contente-t-il de répondre.

— Ou au contraire, il est suffisamment clairvoyant pour arrêter de nous torturer tous les deux.

Il grimace avec cet air qui m'affirme sans l'ombre d'un doute que je suis une crétine finie. Je laisse courir, n'ayant pas vraiment envie d'en débattre avec lui.

— Je voulais te demander un avis. Admettons que je veuille trouver la signification d'une série de chiffres. Quels moyens pourrais-je utiliser ?

— Tu demandes cela pour une raison précise ?

— C'est une simple hypothèse !

— Je suppose que cela dépend de la série de chiffres en question. Ce sont des codes, un numéro de téléphone, un compte bancaire… il existe mille et une possibilités. Et chacune d'entre elles nécessite des recherches spécifiques.

— J'ai cherché à quoi cela pourrait correspondre sur Internet, mais je me suis heurtée à des murs.

Je ne lui dis pas que j'ai même rejoint la bibliothèque et autres sources de renseignements pour obtenir toujours la même réponse. Rien. Absolument rien.

— Internet est un outil intéressant, mais il existe une multitude d'autres supports. Tu as un exemple en tête ?

J'opine et attrape le bloc-notes sur le bureau pour noter la succession de chiffres et de lettres qui m'apparaît aussi opaque qu'un amas de charbon.

Il les regarde en grimaçant.

— OK, je vais voir ce que je peux en tirer. Tu me fais cette demande pour une raison précise ?

— Si ça ne te dérange pas, je préférerais ne pas trop préciser les choses.

— D'accord ! Rien d'illégal ? Parce que si c'est le cas, je te préviens que je n'ai pas mis à jour mes cotisations chez mon avocat.

Sachant que l'avocat en question n'est autre que Tim, j'éclate de rire.

— Tu trouveras bien une façon de le payer. Je ne doute pas une seconde qu'il accepte les paiements en nature !

— Ne m'en parle pas, dans ce domaine monsieur n'a aucune limite.

Je pose la main sur mes oreilles mimant un choc.

— CHUUUUT ! Je ne veux pas en savoir plus. Mon imagination est déjà bien trop fertile dans ce domaine.

— Te connaissant, je n'en doute pas une seconde.

Il me sourit et ses yeux rieurs s'illuminent. D'un geste, il désigne le bout de papier qu'il tient dans la main.

— Je vais me renseigner, voir ce que je peux trouver à ce sujet.

Son sourire rieur s'atténue pour me demander avec une pointe d'inquiétude.

—Tu n'as pas d'ennuis au moins ?

Sa question, étrangement, me fait perdre le sourire.

— Non, affirmé-je un peu trop rapidement.

— Tu sais que si tu as besoin, nous sommes là ?

J'acquiesce, mais plus pour le rassurer que parce que j'ai l'intention de les solliciter. Je juge que les impliquer davantage serait les exposer au danger plus que de raison et ça, il n'en est pas question.

Plus tard dans la journée, Tim tente, à son tour, d'en apprendre plus sur la désertion de Logan. Bien entendu, il obtient à peu près la même réponse. En revanche, il n'aborde pas le sujet de ma demande de recherche, ce qui signifie que Mick ne lui en a pas parlé. C'est bien mieux ainsi.

Les jours se succèdent et rien n'évolue vraiment. Logan n'a pas donné signe de vie. Même si je m'y attendais, la douleur n'en est pas moins cuisante. Un soir de la semaine suivante, alors que je suis en pleine séance de musculation, dans une petite salle de sport à proximité de l'appartement des garçons, mon téléphone sonne.

Depuis que ma vie sociale est réduite à néant, c'est un événement suffisamment important, pour que j'interrompe mes « plié déployé ».

La hanche raide et douloureuse, je m'avance vers mon sac de l'autre côté de la pièce. Je ne prends même pas la peine de regarder le nom de mon interlocuteur, aussi j'ai du mal à cacher ma surprise, quand j'entends la voix douce et hésitante de Sofia.

— Meg ?

— Sofia ?

— J'avais… peur que tu ne décroches pas. Je ne veux pas te déranger, murmure-t-elle en masquant mal sa gêne.

Ne voulant pas en rajouter à la situation déjà embarrassée, j'essaie de prendre un ton léger.

— Tu as bien fait, Pickasièt, je suis contente de t'entendre !

— Je n'étais pas certaine que ce soit une bonne idée de t'appeler. Pourtant voilà trois mois que tu es partie et tu me manques chaque jour un peu plus.

L'émotion, dans sa voix, me fait monter les larmes aux yeux. Je tourne le dos au reste de la pièce, presque vide. Même, si elle m'a aussi affreusement manqué, je ne peux pas le lui dire. La situation est la même, qu'avant mon départ, même si désormais un océan nous sépare.

— Tu as bien fait, je ne vais pas pouvoir te parler longtemps. J'ai un rendez-vous dans quelques minutes.

Bien entendu, c'est archifaux, mais elle n'a pas besoin de le savoir.

— Ah d'accord, chuchote-t-elle avec maladresse, je ne vais pas t'ennuyer longtemps. Je... Nous allons avoir un bébé. Je tenais à ce que tu sois la première au courant.

Les trémolos de sa voix s'intensifient, et je ferme les yeux, en l'imaginant parfaitement partagée entre la joie pure et la solitude.

Jadde nous a été arrachée et c'est comme si nous avions été amputées d'une partie de nous. Le trio, sans ses trois membres, n'est plus vraiment équilibré. Pour compléter le tableau plutôt que de se serrer les coudes, je l'abandonne, à mon tour. Je ne me pardonnerai jamais de la laisser seule face au vide. Mon amie, ma sœur. Si seulement…

Je repousse une nouvelle fois les sentiments qui me brisent le cœur et essuie la larme qui roule sur ma joue. L'entendre c'est comme retirer le pansement d'une plaie suppurante. Tant que l'on ne la voit pas, elle nous fait souffrir, mais on essaie de se convaincre qu'elle n'est pas si grave. Seulement, quand on se retrouve face à la gangrène on se dit qu'il ne reste pour survivre que l'amputation.

— Je suis heureuse pour vous, Sof, vous le méritez tellement tous les deux !

Une seconde de silence me répond et j'enchaîne en lui disant la plus stricte des vérités.

— Je suis tellement désolée. Désolée de continuer sans toi, désolée de ne pas être là, de ne pas pouvoir te soutenir, t'aimer, et rester à tes côtés. Ça me fait trop mal, Sof. Je n'arrive pas à imaginer qu'elle ne soit plus là. Te voir, c'est me souvenir, et je ne peux pas. Si je le fais, je vais m'effondrer et elle ne l'aurait pas accepté.

Elle étouffe un sanglot et mon cœur saigne. Quand elle reprend, sa voix est teintée d'une pointe d'amertume.

— Parce que tu crois qu'elle aurait aimé que tu nous tournes le dos, que tu t'éloignes ! Que tu mettes la moitié du monde entre nous, juste parce que tu as tellement mal. Elle te manque, je le comprends, elle me manque aussi terriblement. Mais crois-tu que t'isoler résoudra quelque chose ? Eh bien, je vais te dire un truc ! Tu te plantes, Meg, la seule chose que tu parviens à faire, c'est te blesser plus durement encore. J'ai besoin de mon amie. J'ai besoin que TU sois là. Tu me manques autant qu'elle. Chaque jour, chaque minute, chaque seconde, j'en crève de ne plus vous avoir avec moi.

Sa voix hachée est une torture, mais elle continue accentuant, avec chaque mot, la douleur dans ma poitrine, au point de m'en étouffer.

— Tu sais ce que j'ai fait devant le test de grossesse. J'ai pris mon téléphone et je l'ai appelée pour nous mettre en vidéo-conférence à trois comme on le faisait toujours. Pour toute réponse, je n'ai obtenu qu'un affreux message qui m'a grillé les neurones « le numéro que vous demandez n'est pas attribué ». Saleté de message ! C'est là que tout m'est revenu, je suis tombée à genoux et j'ai pleuré pendant deux heures, juste parce que j'avais oublié. Une seconde de paix, pendant laquelle j'ai oublié l'affreuse réalité et j'ai cru pouvoir partager mon bonheur avec vous. À la place, j'ai récolté du vide et un sentiment de solitude écrasant.

Que lui répondre, chaque mot résonne en moi avec une exactitude offensante. Ils ont la rythmique parfaite d'un métronome et me blessent avec autant de précision.

— Vous me manquez tellement, tu n'étais même pas là pour mon mariage, Meg. Tu réalises que c'était censé être le plus beau jour de ma vie ? Et tu m'as abandonnée toi aussi. Je suis tellement en colère si tu savais.

Bien sûr, sa colère semble n'être qu'une goutte dans sa montagne de solitude.

— Je suis désolée !

— Ce n'est pas cela que j'attends de toi, Meg, je m'en contrefous que tu sois désolée, je ne veux pas de tes excuses. Moi, c'est de mon amie dont j'ai besoin et rien d'autre.

La main sur la bouche, je retiens le peu d'air qu'il me reste. Elle me manque tant. Je n'ai pas la force ni le courage de la repousser une fois de plus. Cela me fait trop souffrir d'être à l'origine du mal qui la ronge. Je voudrais tant la serrer dans mes bras et voir briller ses yeux pétillants de malice et de gourmandise.

Elles étaient ma seule vraie famille. Le poids de mes décisions m'accable plus que jamais et je pleure autant qu'elle. Quand je réponds, j'ai même du mal à reconnaître ma voix.

— Je ne peux rien te promettre, Sof, mais j'essaierai !

Je sais que je ne devrais pas m'engager sur cette voie-là, surtout sachant qu'il y a peu de chances que je survive à la confrontation qui m'attend. Malgré tout, j'ai envie d'apaiser sa douleur, c'est la seule façon pour lui permettre de trouver la paix.

— Fais plus qu'essayer, Meg. Le temps perdu ne se rattrape pas. La vie est bien trop courte pour se laisser happer par la douleur. J'ai besoin de mon amie et tu as besoin de moi.

Après un silence, elle rajoute en murmurant.

— Je t'aime, *mia sorella*[11] !

Sans attendre ma réponse, elle raccroche, me replongeant sans le savoir dans nos promesses enfantines. Décidément, mes amies ont le don de me replonger dans le passé.

Le téléphone éteint, je le laisse glisser jusqu'à mon cœur où je le serre de toutes mes forces. La douleur dans ma poitrine est plus vive que jamais. Si seulement je pouvais l'apaiser. Le dos toujours tourné au reste de la pièce, je ne peux ignorer les regards curieux des uns et des autres. Si je me laissais aller, je me plierais en deux pour tenter de canaliser ce flot d'émotions qui me submerge.

Je voudrais tellement que les choses soient différentes, mais rien n'a changé et rien ne changera. Je ne trouverai pas de rédemption, il n'y a pas de deuxième chance pour les gens comme moi.

J'éprouve tout à coup un besoin presque vital d'oublier de mettre à distance toutes ces souffrances qui me martèlent le corps et l'esprit. Je ne connais qu'un seul endroit où je pourrais me défouler : la salle de danse. Malheureusement pour moi, la pièce d'entraînement est déjà occupée par un cours de renforcement musculaire. Alors je remballe mes affaires, en tentant de contenir les larmes qui me brûlent déjà les paupières. Il ne me faut pas

---

[11] Ma sœur en italien

plus de dix minutes pour rejoindre l'appartement. J'ai à peine eu conscience du trajet. À chaque pas, contenir mes émotions devenait tellement difficile que je devais concentrer toute mon énergie pour ne pas éclater en sanglots.

Par moments, je voudrais juste disparaître, ne plus rien ressentir, faire taire cette culpabilité qui me ronge et me détruit. Lorsque j'arrive dans le hall de l'immeuble, les premières larmes débordent. Je monte aussi vite que possible avec ma patte folle, les étages pour rejoindre le loft. Je bénis le ciel qu'aucun des garçons ne soit encore rentré, ce qui est plutôt rare ces temps-ci et me précipite dans ma chambre.

J'ai bien vu leur manège, ils essayent de me distraire autant que possible et de m'occuper l'esprit. Seulement, ce n'est pas suffisant pour m'empêcher de penser.

Je me déshabille en quelques secondes et me jette littéralement sous la douche. Là à l'abri des regards en sécurité entre quatre murs, je laisse libre cours à ma peine, ma frustration et toutes ces pertes qui me semblent toujours plus écrasantes.

Quand j'ai évacué le trop-plein, je m'oblige à refaire surface et cherche une activité qui m'occupera les mains autant que l'esprit. En voyant, le pot de pâte à tartiner, une envie de pâtisserie me prend un peu par surprise. Le moins que l'on puisse dire c'est que me lancer dans la confection d'un gâteau n'a rien d'une activité coutumière, mais qui ne tente rien n'a rien. Ce n'est pas vraiment ma spécialité, mais je devrais quand même être capable de suivre une recette.

Je dégote sur le net les étapes de la confection d'un flan pâtissier, puisque c'est le dessert préféré de Tim. Une heure plus tard, j'observe ma préparation d'un air dubitatif. J'ai comme un doute sur l'aspect consommable de ma préparation !

Les jambes lourdes d'être restée en cuisine à piétiner et fatiguée de ma séance de sport, j'avale un comprimé de paracétamol, quand Tim arrive.

— Oh my God ! La fouine en cuisine ! Si on m'avait dit qu'un jour, je te verrais derrière des fourneaux, j'aurais probablement juré que c'était aussi improbable que Trump en leader de la Gay Pride.

— Espèce d'ingrat !

— Chieuse !

Je lui tire la langue, montrant autant de maturité qu'une gamine de deux ans.

— Moi qui pensais vous faire plaisir !

— Mais c'est le cas, je t'accorde même pour l'effort, le bénéfice du doute pour le goût.

Je grimace et rétorque :

— C'est vraiment trop aimable. Bon, tu goûtes ?

Il regarde ma préparation qui, je l'avoue, n'a pas tout à fait le rendu espéré, il m'observe dans l'espoir que j'avoue que c'est une mauvaise blague, ce qui me vexe un peu.

— Oh ! ça va ! Tu ne vas pas me dire qu'un grand gaillard comme toi a peur d'une simple expérience culinaire ?

Son regard suspicieux me fait grincer des dents. Il lève les yeux au ciel et plante sa cuillère dans le mélange.

— C'est censé avoir quel goût ? se risque-t-il en agitant le mélange d'un air inquiet.

— C'est un flan aux œufs !

— Ah, euh, tu sais que logiquement ça a plutôt un aspect gélatineux, pas caoutchouteux !

— Bon ! Tu as fini tes simagrées ! Tu vas le goûter à la fin ?

— Ça va ! Ça va ! Ne t'énerve pas !

Il glisse la bouchée entre ses lèvres. Il mâche, mâche et mâche encore, l'expression passant du doute à l'incrédulité, mais dans le sens le plus négatif du terme.

Voyant son teint virer à l'olivâtre, j'attrape une spatule et goûte à mon tour, pour me précipiter la seconde suivante au-dessus de l'évier.

— Bon sang, mais c'est infâme ! hurlé-je en recrachant le tout.

Mon compagnon, plus pondéré, continue à faire tourner la décoction dans sa bouche et se sert un grand verre d'eau pour la faire passer.

Il me regarde, masquant mal son envie de rire devant mon air dépité.

— Tu veux un conseil ? claironne-t-il.

Je lui lance une moue sarcastique, sachant pertinemment ce qui va suivre.

— Je crois que tu devrais te contenter de dîner au restaurant, mais si tu veux tuer quelqu'un, c'est une technique parfaite !

— Très drôle ! Je n'y suis pour rien si vos placards sont tellement en bordel, que le sucre et le sel sont difficilement identifiables.

— C'est pour cette raison qu'on goûte en général !

Je tire la langue et m'avance vers lui pour ramasser les quatre autres ramequins. Il m'intercepte au vol et en retire un du lot. Devant mon air interrogatif, il s'explique.

— J'ai dû goûter, il n'est pas question que Mick y échappe.

Puis il éclate de rire, en rangeant le tout au frigo, ce qui lui vaut une claque derrière la tête, vexée. Je n'ai pas fini d'en entendre parler !

Deux heures plus tard, après une expérience tout aussi mémorable avec le journaliste moqueur, nous atterrissons dans son bureau, pendant que Tim s'est retranché dans la salle de bain. Dès l'arrivée, dans la pièce l'ambiance légère s'évapore et les yeux noirs de Mick s'éclairent d'une lueur inquiète.

— Je voulais te parler seul à seule, parce que j'ai un début de piste, pour les infos que tu m'as demandées.

Je me rapproche, soudain très intéressée.

— Mais d'abord, je veux savoir où tu as eu ces numéros !

Je désapprouve vigoureusement.

— J'ai promis de garder le secret.

Il fronce les sourcils, anxieux.

— C'est du lourd, Meg, du très lourd, et franchement, à mon avis, reste le plus loin possible de cette histoire.

— C'est impossible, Mick, j'ai les deux pieds dedans !

— Je ne plaisante pas, Meg, tu vas te mettre à dos beaucoup de monde, avec ce genre d'infos et ces types n'hésiteront pas à recourir à des méthodes radicales pour te faire taire.

Il m'observe longuement, comme pour évaluer mon niveau de sincérité, puis finit par lâcher.

— Pour obtenir ces infos, j'ai dû pousser pas mal de portes, Meg, et graisser quelques mains. Ce que tu as entre les mains pourrait mettre en danger pas mal de monde. En toute honnêteté, ça s'apparente à de la dynamite.

— Ce n'est qu'une série de chiffres, en quoi cela peut être si explosif ?

— La façon dont j'ai obtenu tes réponses me vaudrait quelques problèmes. Mais tu as de la chance parce que pas mal de personnes me devaient quelques services. J'ai fait jouer mes relations et ce que j'ai récolté n'est vraiment pas fait pour me rassurer. Nous avons affaire à un très gros bonnet, Meg. Ça n'a rien à voir avec une petite arnaque c'est du très très lourd.

Mon cœur se met à battre plus fort, me demandant jusqu'à quel point ces éléments pourraient impliquer Julius.

— Ne me fais pas languir, Mick, qu'est-ce que tu as découvert ?

— Il a fallu un moment pour qu'on trouve à quoi correspondait la série. En fait, il s'agit d'une alternance entre les chiffres et des lettres masquées. Quand nous avons compris le système, il a été assez simple de remonter à la source. Ce sont des codes d'accès à un compte bancaire un peu spécial. En gros, il s'agit d'un carnet de bord. La personne à qui appartient le compte a répertorié la moindre transaction effectuée dans l'année 1980. Mais ce qui est vraiment intéressant, c'est qu'elle a listé, en même temps, les produits achetés, les sommes encaissées et les acheteurs.

J'essaie d'écouter la suite, mais mon attention tout entière est déjà en train de chercher comment exploiter ce qu'il a découvert. Je sens une bouffée d'excitation m'envahir et il ne faudrait pas grand-chose pour que je me lève en hurlant victoire. C'est Mick qui me ramène à la conversation en ajoutant avec plus de sérieux que je ne lui en ai jamais vu.

— Je ne suis pas en train de te parler de vulgaire trafic, non, là, ça va du trafic d'armes au transfert de pots de vin. Alors, crois-moi sur parole, Meg, c'est loin d'être une petite histoire. Si tu es impliquée d'une quelconque façon, je te conseille d'aller te terrer loin et d'oublier même que tu as accès à cette liste. C'est un détonateur ce truc et quand on va le dégoupiller, il y aura pas mal de têtes qui vont tomber.

S'il voulait me faire peur, il a réussi. Pourtant, sans le savoir, il a aussi renforcé ma détermination. Cette ordure est encore pire que je ne le pensais. Il est temps qu'il paie le prix de ses atrocités !

Aujourd'hui, c'est l'aube d'une nouvelle ère où la seule devise sera : « La vengeance est un plat qui se mange froid », parce que tout se paye dans ce bas monde.

C'est à ton tour, Julius McLewis, de passer à la caisse !

Le lendemain matin, je suis réveillée par la sonnerie d'un téléphone que je ne connais pas. C'est un bruit strident qui me vrille le cerveau. Il faut dire qu'après notre discussion, j'ai éprouvé le besoin irrépressible de lâcher prise une dernière fois. Aussi notre trio s'est lancé dans un marathon boulimique d'alcool. Plus de la moitié de leur réserve y est passée.

Alors, entre le tam-tam dans mes tempes, le hurlement du portable, le tout agrémenté des restes d'alcool, j'ai l'impression d'avoir un marteau piqueur greffé entre les tempes. Pour compléter le tableau déjà passablement désagréable, j'ai la bouche tellement pâteuse que j'ai l'impression d'avoir fait une pipe à une momie.

Je rampe tant bien que mal sur mon lit, la hanche douloureusement crispée, pour me lever. Je titube jusqu'au combiné, qui au bout de dix hurlements s'arrête pour reprendre la minute suivante. Bordel ! Mais qu'est-ce qu'il a à tourner dans tous les sens ce couloir ?

À bien y réfléchir, je ne suis pas certaine que ce soit le couloir qui tangue, mais j'ai trop de difficulté à rassembler mes idées pour en être certaine.

Lorsque j'arrive au salon, je décroche, l'esprit toujours embrumé. Il suffit d'un cri de douleur si affreusement déchirant qu'il me fait monter la bile aux lèvres pour faire disparaître les vestiges de ma cuite. La voix du supplicié est tellement déformée par la douleur qu'elle en est méconnaissable. Quand les hurlements cessent, mon cœur est au bord de l'implosion et je lutte pour maintenir le téléphone.

— Maintenant, petite salope, tu vas m'écouter ! Ton mec n'est qu'un avertissement, arrête de fouiller la merde ou la prochaine fois, c'est ta putain de gorge dont je m'occupe.

La seconde suivante, le téléphone s'écrase pitoyablement et je porte mes mains à mon cou, cherchant une bouffée d'air qui m'échappe. Je tombe à quatre pattes, incapable d'effacer de ma tête les hurlements de douleur.

— Oh mon Dieu, Logan, que t'ont-ils fait ?

# Chapitre 23

## Meghan

Paniquée, je cours jusqu'à la chambre à la recherche de mon portable où le numéro de Logan est préenregistré. Je pourrais faire une recherche sur Internet, mais je sais par expérience que son numéro de portable n'est répertorié nulle part. Maintenant que je connais sa famille, je comprends mieux pourquoi.

En attendant, je fouille fébrilement ma chambre pour trouver cet idiot d'appareil. Il me faut dix bonnes minutes pour mettre la main dessus. Les dix plus longues de ma vie. Je le retrouve coincé dans l'une de mes chaussures et je jure que si je n'étais pas si terrifiée je me collerais bien une bonne paire de baffes.

Comble de malchance, je découvre affligée qu'il est totalement déchargé. Merde ! Merde ! Merde !

Je jure que je n'avalerai plus une goutte d'alcool sans prendre mes précautions d'abord ! Il me faut donc une éternité de plus pour parvenir à le rallumer, pendant ce temps, j'enfile les premières fringues qui me tombent sous la main et maudissant ma hanche dans toutes les langues que je maîtrise. Le téléphone enfin allumé, je fais défiler mon répertoire à toute vitesse.

Pendant tout ce temps, mon cœur tambourine si violemment que je me retiens de presser les paumes contre ma poitrine pour tenter d'y apaiser le feu. La peur me noue le ventre. Obsédé par Logan, je ne pense qu'à le joindre. Pas une seconde je me demande pourquoi c'est lui que j'essaie d'appeler plutôt que les secours. Je dois lui parler, c'est vital. Je me raccroche à l'idée que ça ne peut pas être possible. Qu'il est en sécurité, qu'il m'a promis, qu'il est protégé.

Lorsque son numéro s'affiche enfin, je suis en apnée depuis si longtemps que j'étouffe. Je valide l'appel et chaque tonalité résonne comme un couperet.

Oh mon Dieu ! Faites qu'il aille bien !

Elles résonnent avec une lenteur accablante. Une fois, deux fois, trois fois, le répondeur se déclenche et je manque de dérailler.

« Bonjour, vous êtes bien sur le répondeur de Logan, il est probablement derrière ses casseroles, il vous rappellera dès que possible. Pensez à laisser un message ».

Je n'ai même pas le temps de m'agacer d'entendre une bonne femme sur le répondeur de mon mari que les mots sortent sans que je sois en mesure de les retenir.

— Logan ! Oh mon Dieu ! Je t'en prie, ce n'est pas possible, ils n'ont pas pu te faire ça ? Je vous en supplie, faites qu'il ne lui soit rien arrivé. Logan ! Je suis tellement désolée...

Un vent de panique ravage tout sur son passage et je m'imagine déjà courir à l'hôpital, pour le trouver couvert de bandage, roué de coups. Impossible de ne pas revoir le visage de l'homme que j'aime avec les yeux vides de ma mère. J'halète, submergée par la terreur.

—Non ! Non ! Non ! NONNNN ! hurlé-je de rage.

La douleur est si intense que j'en tombe à genoux.

— Rien de tout cela ne peut être possible ! Pas lui, je vous en prie ! Ne me le prenez pas aussi ! Laissez-le en paix, il n'a rien fait de mal à part m'aimer ! Je vous en supplie ! Pas lui !

Les phrases tournent en boucle dans ma tête tandis que mes idées fusent dans tous les sens. Il peut être n'importe où. Que faire ? Les flics ? Les pompiers. Je ne sais que faire ni à qui m'adresser. Tandis que la panique gagne du terrain chaque seconde, mon portable se met à vibrer. Je décroche sans même regarder le nom de l'interlocuteur.

— Meghan ? Ma chérie ? Bon sang qu'est-ce qui t'arrive, tu avais l'air complètement paniquée au téléphone.

La voix de Logan affolé transperce le brouillard de mes angoisses. C'est comme si d'un seul coup on me retirait le poids du monde des épaules.

Il va bien ! Il va bien !

— Je… j'ai cru…

Je suis incapable de poursuivre. L'émotion m'empêche de sortir un mot de plus. À la place du vide abyssal dans ma poitrine, un tsunami de soulagement déferle dans mes veines.

Il va bien ! Mon Dieu ! Il va bien !

Mon cœur frappe si fort qu'il me coupe le souffle. À cet instant, il n'existe rien d'autre que le bonheur de l'entendre, de savoir qu'il est en vie.

— Meg ?

Son angoisse est si palpable qu'elle me ramène instantanément sur terre. Je réalise alors qu'il ne peut rien savoir de la scène terrible qui vient de se jouer.

— Je vais bien. Je suis désolée, j'ai cru qu'on t'avait fait du mal. Bon sang, je n'ai jamais eu aussi peur de ma vie. J'ai cru qu'il t'était arrivé quelque chose.

— Pourquoi Meg, qu'est-ce qu'il s'est passé ?

Je ne réfléchis pas aux conséquences de mes paroles, je pense juste au soulagement de l'instant. Mon départ et notre séparation ne sont que des détails. Ils sont derrière moi. À cet instant, seul le fait qu'il soit en vie et en sécurité m'importe. Devant mon silence, il insiste et je cède une fois de plus. Je lui raconte le coup de téléphone, les cris atroces qui résonnent encore dans mes oreilles.

Plutôt que de se rependre en grand discours rassurant, sa réponse ne se fait pas attendre.

— Je suis là dans dix minutes.

Il raccroche et je reste comme une idiote, des larmes de soulagement plein les joues, assise sur le sol de ma chambre, les genoux ramenés contre ma poitrine.

Il pourrait s'être écoulé une seconde ou même un siècle, quand je suis sortie de ma catatonie par la sonnette de l'interphone. Persuadée qu'il est enfin là, je me précipite, vers la porte, faisant fi de mes douleurs. Je regarde la vidéo surveillance pour enclencher l'ouverture de la porte et ce que je vois me glace le sang.

# Chapitre 24

## Logan

Je cours vers la voiture. Heureusement pour moi, l'appartement de Tim et Mick n'est pas très loin du fournisseur avec qui j'étais en train de négocier. Son appel n'était pas vraiment prévu, mais il tombe à pic.

Quand je pense à notre échange la semaine dernière, à mon comportement, à sa fuite, j'ai envie de hurler de frustration. Comment ai-je pu passer à côté de ça !

Tant de choses s'expliquent maintenant, ses difficultés à s'engager, sa peur, son besoin de liberté. Moi, comme un idiot, j'ai préféré garder mes œillères et foncer tête baissée sans prendre le recul nécessaire pour voir la situation dans son ensemble. Je suis impardonnable. Le comble, plutôt que de m'en vouloir, elle s'accable et s'inquiète pour moi. C'est le monde à l'envers. Une nouvelle fois, je me fustige de l'avoir laissé partir, pourtant avais-je un autre choix ?

Si je l'avais retenue, elle aurait pensé que je minimisais son implication, que je ne prenais pas la mesure de la situation. J'aurais donné moins de valeur à sa douleur et ça, il n'en était pas question. Et puis, même si j'ai honte de l'avouer, j'ai été choqué et déchiré par son calvaire. À contrario, je n'ai jamais été autant ébloui par la force qu'elle a déployée pour survivre. Elle a fait face et repris sa vie en main malgré le supplice qu'elle a enduré. Je ne connais personne capable de remonter la pente comme elle l'a fait.

D''autres raisons m'ont encouragé à la laisser partir. Avant tout autre chose, je devais absolument prendre un peu de recul pour considérer la situation dans son ensemble. Pour cela j'avais besoin de savoir à qui nous allions nous opposer. Mais ce n'est pas le moment de m'en préoccuper, il y a plus important pour l'instant.

Faisant fi de la circulation un peu moins dense que dans le centre de Manhattan, je parcours les cinq kilomètres en un temps record. Je me gare n'importe comment, me foutant comme de l'an quarante de prendre une amende. Je cours jusqu'à la porte sécurisée et la trouve close. Je sonne, comme un damné, à l'interphone.

Une fois.

Deux fois.

Trois fois.

Sans jamais obtenir de réponse.

Une peur sourde me brûle à l'intérieur.

Que se passe-t-il ?

Mon portable se met à vibrer dans ma poche et je le saisis avec fébrilité pour découvrir un message de Meg : « *Pas pu t'attendre, une urgence, nous sommes en route pour l'hôpital Jefferson.* »

À l'hôpital ??? Mais bon sang, qu'est-ce qu'il se passe encore ?

Je survole littéralement la volée de marches et rejoins mon véhicule avant de me jeter au volant, la peur au ventre. J'essaie de me rassurer en me disant que si c'est elle qui avait un souci, il est peu probable qu'elle aurait pris le temps de me laisser un message, mais ça ne fonctionne pas vraiment.

Il a suffi de dix minuscules minutes, pour que notre vie prenne à nouveau des allures de dramaturges. Dans mon esprit, repasse en boucle notre échange précédent. À chaque passage, sa voix prend des intonations de plus en plus paniquées à l'instar de mon cœur qui bat à tout rompre. L'étau dans mon torse se resserre, me laissant à bout de souffle.

Je démarre en trombe, en faisant crisser les pneus, tandis que des odeurs de caoutchouc brûlé emplissent l'habitacle. Je conduis comme un fou, déboitant, me rabattant, sans tenir compte des autres conducteurs, ce qui me vaut un sacré lot de coups de Klaxons indignés. Je finis par légèrement ralentir, après avoir manqué renverser une petite dame. Il ne manquerait plus que j'écrase quelqu'un. Malgré tout, j'arrive en trombe devant l'hôpital. L'accès des urgences est encombré par trois ambulances. Aussi, je me gare dans le premier espace libre sans me préoccuper si j'y suis autorisé. Ma voiture atterrira à la fourrière, ce n'est qu'un détail.

Je bondis du siège, tel un diable sortant de sa boîte, pour courir jusqu'aux portes coulissantes. Je survole du regard l'accueil sans l'apercevoir. Une poignée de personnes fait la queue suspendue au bon vouloir de l'infirmière coordinatrice. Incapable de patienter sans savoir, je m'élance au pas de charge à travers la salle d'attente à la recherche d'un accès au salle de soin. C'est là que je la vois. Elle serre le grand type de l'aéroport dans les bras.

Je parcours des yeux le corps de Meghan à la recherche de la moindre blessure, avant d'être happé par le tee-shirt du type couvert de sang. Je l'observe avec plus d'attention, découvrant son expression accablée et son visage tuméfié.

Comme si elle sentait ma présence, elle se tourne dans ma direction. En m'apercevant, un éclair de soulagement passe furtivement sur son visage, avant d'être éradiqué par des ombres bien plus sombres. Les yeux pleins de larmes, elle me dévisage avec culpabilité, et son expression de sacrifiée me retourne l'estomac.

Je devine, sans un mot, ce qui vient d'arriver. En même temps, il ne faut pas être devin pour faire le lien avec ce qu'elle m'a raconté, une demi-heure plus tôt. L'un de ses amis a subi l'agression qui m'était destinée.

Impression confirmée par l'air de martyre torturé de Timothée. Ses mains pendent mollement le long de son corps et ses épaules s'affaissent encore lorsqu'il se laisse tomber sur la chaise, juste derrière lui. On a le sentiment que toute la douleur du monde se dessine sur ses traits tirés. D'un geste las et épuisé, il passe ses mains derrière sa nuque, pressant ses bras sur ses oreilles, comme pour faire disparaître les bruits ambiants.

Je fais un pas dans leur direction et c'est comme si c'était le signal qu'elle attendait, pour se précipiter dans mes bras. Je la rattrape et referme mes bras sur son corps menu. Sa poitrine contre mon torse tambourine si fort, que je peux sentir chaque battement de son cœur, à travers mon tee-shirt. Malgré les circonstances, je profite de cette étreinte. Cela fait une éternité que je ne l'avais pas serrée contre moi. Elle m'enlace, aussi fort que moi, adaptant notre accolade à la violence de nos angoisses.

— J'ai eu si peur, murmure-t-elle, en pleurant. Je me sens tellement égoïste d'être heureuse parce que ce n'est pas toi.

— Chut ma puce, calme-toi, l'apaisé-je, en lui frottant le dos.

— Je te l'avais dit qu'il ne fallait pas rester près de moi, tout est de ma faute. Je porte malheur, je suis mauvaise...

Elle débite ces paroles très vite, les sanglots redoublant, et c'est comme si elle me jetait un seau d'eau glacée dans la figure. Comment peut-elle encore croire à de telles inepties ? N'a-t-elle donc rien compris ? Agacé, les mots m'échappent, avec un peu plus de virulence que je ne l'avais prévu.

— Ça suffit ! Je ne veux plus jamais entendre ce genre de conneries dans ta bouche !

Surprise par ma virulence, elle se détache un peu pour croiser mon regard.

— Arrête de te sentir responsable de tous les maux de la terre, râlé-je, toujours aussi agacé qu'elle se laisse guider par son sens du devoir, plutôt que son bon sens. Explique-moi ce qui s'est passé ?

Elle renifle et efface les larmes sur ses joues du revers de la main, en tentant de se redonner contenance. Je vois bien que ma réplique l'a piquée au vif, mais il n'est pas question que je la laisse s'apitoyer sur son sort. Ça n'a jamais été elle. Meg est une femme forte, solide, capable de se relever, même du pire.

À cet instant, j'ai la conviction que c'est à cette part d'elle-même qu'elle doit faire appel, pas à ses doutes et ses peurs. J'ai confiance en elle, elle surmontera ça comme le reste. Elle a besoin de retrouver ses esprits, nous aurons tout le temps, ensuite, pour compatir.

— Ils ont tabassé Mick, et quoi que tu en penses c'est de ma faute !

Je lui adresse un regard colérique auquel elle choisit de ne pas répondre et s'explique :

— J'ai demandé à Mick de faire des recherches pour moi. J'ignore comment l'information a filtré, mais quelqu'un a appris qu'il cherchait des réponses. L'agression m'était destinée. Je dois laisser tomber, ou la prochaine fois, ce sera moi.

Le fait que le message lui était destiné, elle m'en a parlé au téléphone. Par contre, cette histoire d'informations me semble particulièrement intéressante.

— Quel genre de recherche, Meg ?

Elle secoue le visage de gauche à droite.

— Il n'est pas question que je t'en parle. Mes questions ont peut-être coûté la vie de mon ami. Je refuse de te mettre plus en danger que tu ne l'es déjà.

— Je suis de taille à me défendre !

— Mick aussi et ça ne l'empêche pas d'être dans un lit d'hôpital !

— Arrête de jouer les têtes de mule. Est-ce que cela a quelque chose à voir avec ce connard qui t'a fait du mal ?

Elle m'adresse un regard sombre, qui parle bien mieux que des mots.

— Qu'est-ce que tu me caches ? Bon sang, Meg, tu n'as toujours pas compris ? Quand vas-tu admettre que les secrets, les silences, les mensonges, même par omission, ne sont bons qu'à lui donner plus de pouvoir ? Tu n'as pas saisi qu'il vous tient par la peur ? Parle-moi, laisse-moi t'aider !

Elle secoue de nouveau la tête d'un air buté.

— Tu aurais fait quoi, si c'était moi qui étais dans ce lit ? Parce que moi, j'en ai déjà fait l'expérience. J'ai cru te perdre, Meg, je connais la sensation de froid glacial qui s'insinue dans les veines. L'impression étouffante qu'on nous comprime les poumons, tout en vous arrachant le cœur. Chaque seconde se transforme en heure, les heures en journée. Plus elles défilent, plus on étouffe. On sait avec certitude que notre vie va basculer, qu'on est en train de tout perdre. Et crois-moi sur parole, je ne souhaite ça à personne, pas même à mon pire ennemi. Je préférerais mille fois mourir, plutôt que d'être obligé de revivre ce genre de sensation.

Son expression vire en confusion en m'entendant décrire les heures d'enfer après son accident. Je ne lui en avais jamais ouvertement parlé, mais elle n'était pas la seule à souffrir. J'ai cru mourir mille fois pendant ses heures de bloc et plus encore, quand elle peinait à se réveiller de son coma. Il faut qu'elle comprenne que son raisonnement n'a pas de sens. Elle ne peut être tenue pour responsable des événements qui ne sont pas de son fait, même si elle semble le croire.

— Arrête de penser que les personnes qui tiennent à toi seront mieux loin de toi. Ce sont des conneries. Ce n'est pas toi qui l'as tabassé ! Ce n'est pas toi, non plus, qui as mis une bombe dans la voiture de Jadde ! Ce n'est pas toi qui as transformé ta mère en une tordue sadique. Alors, arrête de croire que tu es la cause de tout. Tu te donnes trop d'importance pour le coup.

Mes paroles se veulent choquantes et elles atteignent leur but. D'un ton radouci, en lui caressant la joue du pouce pour effacer les traînées salées sur ses joues, je continue espérant qu'elle comprenne enfin.

— Je t'aime Meg, malgré toi, malgré ton besoin de me tenir à distance, malgré ta lutte incessante pour garder le contrôle. Aimer, c'est accepter de se mettre en danger, tant que tu ne l'auras pas compris nous n'avancerons pas.

L'arrivée du médecin interrompt notre échange. Il interpelle Tim pour obtenir quelques informations. Nous nous approchons, pour entendre, mais le soignant repart aussi vite qu'il est arrivé.

— Que se passe-t-il ? demande Meg d'une voix affolée.

— Il voulait savoir s'il avait des croyances incompatibles avec une transfusion sanguine et s'il avait une carte de groupe. Mon Dieu, Meg ! Tout ce sang ! Il y en avait tellement !

Tim ferme les yeux, revivant certainement la scène dans son esprit et des larmes dévalent ses joues sans retenue. Meg le rejoint et le prend une nouvelle fois dans ses bras. Timothée se laisse faire, sans pour autant lui rendre son étreinte. Elle le réconforte comme elle peut, lui caressant le dos et lui murmurant des mots apaisants auxquels personne ne croit.

La voir si attentive, si à l'écoute me renvoie en pleine figure mon inutilité. C'est presque aussi insupportable que de la voir aux petits soins pour un autre, même si j'ai parfaitement conscience qu'il n'y a rien d'autre entre eux que de l'amitié. N'en pouvant plus de les regarder, je me lève cherchant à tout prix à m'occuper.

— Timothée, Meg, vous voulez boire quelque chose, un café ou n'importe quoi d'autre ?

Le fameux Tim soulève le visage et, pour la première fois, semble se rendre compte de ma présence. Il fait non de la tête, et replonge dans ses pensées. Elle ne prend même pas la peine de me répondre, mais peu importe, il faut que je sorte de là. Je quitte la pièce, me mettant en quête d'une machine à café ou d'un truc à grignoter.

Vingt minutes plus tard, je les rejoins les bras chargés. Je pose le plateau, avec des boissons et deux ou trois friandises, et m'assois à côté du grand gaillard, avec qui j'ai déjà joué du poing. Cette fois, même s'il a Meg dans ses bras, l'idée ne m'effleure même pas.

Je lui tends le sac avec le tee-shirt à manches longues que je lui ai trouvé. Ce n'est qu'un détail, mais je doute que Mick, que je ne connais pas encore, ait envie de voir son compagnon couvert de sang. Ledit tee-shirt est ridicule avec le logo « I love New York », mais c'est toujours mieux que celui qu'il a pour l'instant.

— J'ai pensé que vous ne voudriez pas quitter l'hôpital pour aller vous changer.

Il regarde le sac que je lui tends, et me remercie d'un signe de tête.

— Vous avez eu des nouvelles ?

— Non, se contente-t-il de murmurer en réponse.

Le silence retombe et ma peur enfle de façon exponentielle. Que puis-je faire à part attendre ?

Les minutes, puis les heures défilent, dans un silence pesant, seulement interrompu par les suppliques de Meg pour que Tim, comme elle l'appelle, avale quelque chose.

Lui se tait. N'en pouvant plus, je demande, un peu en désespoir de cause :

— Y a-t-il quelqu'un que vous voulez que je prévienne ?

Les deux amis se regardent et je sens que je viens de poser « la » question.

— Elle nous en voudra si on ne lui dit rien, se contente d'argumenter Meg, sans grande conviction toutefois.

— Elle ne l'a appelé qu'une fois, alors que vous avez passé une semaine ici.

En réponse, elle hausse les épaules.

— Elle reste ma meilleure amie.

Je comprends alors qu'elle parle de Sofia.

— Ce sera à Mick de décider, pas à moi. Ils lui ont tourné le dos quand il en avait le plus besoin, ils ont perdu le droit de faire le moindre reproche.

— Et si ?

Il la regarde, les yeux lançant des éclairs, et réplique avec virulence.

— Je t'interdis même d'y penser, d'accord ! Il est fort, il ne laissera pas tomber si facilement, même après un passage à tabac en règle. Le pire, c'est que je n'ai rien pu faire pour l'aider ! Putain, quand je suis arrivé, il était déjà au sol et les deux types s'acharnaient. J'en ai mis un à terre en le prenant par surprise, mais l'autre m'a collé une pêche qui m'a fait voir trente-six chandelles. Ça sert à quoi de faire un mètre quatre-vingt-dix si je ne suis même pas capable de me défendre.

La douleur et la culpabilité transparaissent dans chacun de ses mots.

— Votre intervention lui a probablement sauvé la vie, ne puis-je m'empêcher de lui opposer.

Son regard me dit que c'est loin d'être suffisant, d'autant qu'il n'est même pas certain que ce soit vrai. La question suivante, je me la pose depuis des heures, sans oser l'exprimer.

— Vous avez averti les flics ?

— Non et je doute que ce soit une bonne idée, réplique Tim en jetant un coup d'œil à ma compagne.

Elle baisse la tête, coupable, et je sens que je passe à côté d'une info importante.

— Laissez-moi au moins appeler Gérald, c'était le meilleur ami de Braden et j'ai totalement confiance en lui. C'est un gars bien.

Meg ne semble pas vraiment enthousiaste, mais finit par hausser les épaules. Tim opine en réponse.

Ayant enfin une tâche à accomplir, je sors de la pièce pour appeler ma vieille connaissance. Je fais défiler mon répertoire, pour tomber sur ce que je cherche : Johnson Gérald. Il décroche à la seconde sonnerie.

— Harper ? Pourquoi tu appelles ? Il y a un souci ?

Comme toujours direct et incisif !

— Oui. Meg, l'amie de Jadde, a des ennuis.

— Tu peux être un peu plus précis.

— Le type qu'elle soupçonne d'avoir causé l'explosion qui a coûté la vie de ton ami en a désormais après elle.

— Vous êtes où ?

— Au Jefferson Hospital.

— Elle va bien ?

— Elle oui, son ami un peu moins !

— Merde ! Je suis là dans une demi-heure. Ne la lâche pas d'une semelle, je sens qu'elle a des choses à me raconter. Si je peux coincer cette pourriture, je te jure que je ne vais pas me faire prier.

— À tout de suite.

Mais il a déjà raccroché.

Quand je rejoins la salle d'attente, je suis surpris de ne plus y trouver personne. Je m'avance vers l'accueil, où une infirmière discute avec un couple de retraités en faisant de grands gestes pour se faire comprendre.

Elle finit de leur donner des explications, puis se tourne vers moi.

— Deux de mes amis attendaient dans la salle d'attente, il y a quelques minutes. Je ne les vois plus.

— La famille de monsieur Julianny ?

J'opine sans certitude.

— Ils sont allés le voir.

— Il est sorti d'affaire ?

— Qui êtes-vous ?

— L'époux de la jeune femme.

— Vous lui demanderez de vous expliquer alors. Si vous n'êtes pas de la famille, je ne peux pas vous donner la moindre information, je suis désolée.

Je me retiens de râler, connaissant trop le système hospitalier, pour savoir que je n'aurai pas gain de cause.

— Puis-je les rejoindre ?

— Non, pas plus de deux personnes auprès du patient. Je vous conseille de vous asseoir dans la salle d'attente, ils ne devraient pas tarder.

En traînant les pieds, je m'exécute. La journée va être longue… Heureusement qu'aujourd'hui, c'est Britt qui a pris le relais auprès de ma mère et ma sœur.

# Chapitre 25

## Meghan

Le cœur au bord des lèvres, j'avance dans le couloir stérile. Rien que les odeurs me donnent la nausée. Il faut dire que je n'ai pas forcément un super souvenir de mon dernier passage dans les hostos de New York.

Mais aussi étrange que cela puisse paraître pour moi, c'est mille fois pire aujourd'hui. Au moins quand j'étais la victime, je pouvais me concentrer sur une activité précise : guérir et récupérer. Sauf que là, à part ronger mon frein et me biler, je ne peux rien faire d'autre. Si mes sentiments ressemblent, même de loin, à ceux que mes proches ont vécus lors de mon accident, je me demande comment ils sont parvenus à ne pas devenir complètement dingues.

Tim est tendu comme une arbalète prête à tirer. Il m'a expliqué qu'avant de perdre connaissance, Mick lui a parlé de ses recherches. Il lui a dit de me protéger et de ne jamais me laisser seule. Comme si me protéger alors que tout est ma faute était une priorité ! N'importe quoi !

Bien entendu, mon ami avocat respecte à la lettre la moindre de ses volontés ! Sans déconner, c'est le monde à l'envers. Pour l'instant ma sécurité n'a pas la moindre importance. Voilà pourquoi, alors que seule la famille est autorisée à rejoindre le service de soins intensifs, j'avance vers la chambre de mon ami, pour me confronter aux conséquences de mes actes.

Quand nous atteignons enfin sa chambre, la jeune infirmière qui nous servait de guide nous demande de ne pas rester plus de quinze minutes. Il est très faible, il a perdu beaucoup sang et malgré les transfusions, il est loin d'être au mieux de sa forme.

Nous acquiesçons et entrons dans la petite pièce.

Si la vision de Tim ensanglanté m'a profondément marquée, celle de Mick, le teint blanchâtre, ne s'effacera jamais de mon esprit. Et le voir ainsi étendu sur le lit, le visage d'un blanc laiteux, n'est pas vraiment fait pour me rassurer.

Malgré mes craintes, nous nous avançons vers le lit, mais je m'arrête à distance tandis que Tim s'avance vers son compagnon. L'avocat se penche sur son homme et avec précaution dépose un léger baiser sur ses lèvres. C'est doux, tendre, à l'opposé des rapports bestiaux que les crétins homophobes s'imaginent. Chaque geste exprime ce respect et cette adoration que seules des âmes sœurs peuvent s'offrir.

Les voir ainsi me réchauffe un peu le cœur, encore glacé d'angoisses. Je me dis que je n'aurais pas fait que des erreurs et que je suis heureuse d'avoir pu contribuer même un peu à leur histoire. Ils sont tellement en osmose que c'est toujours étonnamment intime de les observer ensemble.

En réponse à la douce attention, Mick ouvre les yeux et son expression douloureuse s'adoucit en voyant l'inquiétude sur les traits de son compagnon.

Mick, au prix d'un réel effort et en retenant à grand-peine une grimace, lève la main pour lui caresser la joue, effaçant la ride du lion, qui marque son front. Leur échange est si profond, que je fais un pas en arrière pour m'éclipser. Sauf qu'apparemment, mon ami n'entend pas les choses de cette oreille.

— La « fouine », tu ne bouges pas d'un centimètre, sinon je me lève de ce foutu lit pour te mettre une bonne fessée. J'ai des choses à te dire et je compte bien te faire entendre raison !

Il dit tout cela, sans même me jeter un coup d'œil, les yeux toujours plongés dans ceux de son amant. Évidemment, ce serait bien plus crédible s'il n'avait pas lâché ses injonctions en geignant. Je lève les yeux au ciel, pour masquer mon sourire, bien trop heureuse de l'entendre pour me formaliser de ses ordres.

— Vous avez besoin d'être seuls, réponds-je en sentant le rouge me monter aux joues.

— Nous aurons tout le temps de l'être, je n'ai l'intention d'aller nulle part dans les prochains jours, lâche-t-il en grimaçant. Par contre, toi, tu vas te secouer les puces et sortir de ce merdier.

— Je vais m'éloigner pour que vous n'ayez plus rien à craindre, dis-je sur un ton résolu.

— Et t'exposer, tu es dingue ou quoi ! Il n'en est pas question ! Pour autant, tu ne peux pas poursuivre ta quête en solo, c'est bien trop dangereux. Je sais que tu ne m'as pas tout dit et franchement je le respecte, mais il faut que tu arrêtes d'agir comme une idiote.

Tu as besoin d'aide, seule, tu cours à la catastrophe. Accepte les mains qu'on te tend, Meg.

— Pour mettre d'autres personnes que j'aime en danger ! Pas question !

Il me fait signe d'approcher, je m'exécute malgré ma colère grandissante, devinant à quel point bouger et parler lui demandent des efforts.

— Tu n'es pas responsable de ce qu'ils m'ont fait !

— Mais bien sûr ! rétorqué-je avec ironie. Si je ne t'avais rien dit, tu ne serais pas dans ce lit d'hôpital. C'est un fait ! Alors, épargne-moi les « ce n'est pas ta faute ! »

— Je te le répète tu n'y es pour rien ! C'est moi qui ai agi comme un crétin de bleu. Je n'ai pris aucune vraie précaution, en faisant mes recherches, ce qui était complètement idiot.

— Je ne peux qu'être d'accord, intervient Tim d'un ton accusateur.

Sans lui prêter la moindre attention, Mick poursuit son argumentation.

— Je suis le seul à blâmer. Je t'ai dit que c'était dangereux et comme un con, je n'ai pas pris les précautions qui s'imposaient. Mais maintenant, nous avons la preuve que j'avais raison ! C'est un vrai nid de vipères ! Alors ne joue pas les Avengers, tu n'as pas de super pouvoir. Te lancer à l'assaut de l'ordure derrière tout ça, c'est tout simplement du suicide, Meg, laisse-nous t'aider !

— Admettons que tu aies raison, et que je ne sois pas directement responsable, il n'est pas question que je risque de nouveau vos vies !

Il me jette le regard qui tue, celui qu'il me réservait quand j'étais gosse et jouais les emmerdeuses têtues.

— La « fouine » pour une fois dans ta vie arrête de jouer les têtes de mule. Bon sang ! Tu envenimes la situation avec tes silences et tes non-dits. Il faut que tu arrêtes de repousser tout le monde. Ça n'aide personne et ça permet à ces ordures de s'en sortir sans une égratignure. Laisse-moi t'aider, s'il te plaît. Et si tu ne veux pas que ce soit moi, laisse au moins ton mari le faire.

— Mon mari, la bonne blague ! craché-je sardonique. Il ne le sera bientôt plus. Il veut divorcer !

Les deux hommes me regardent d'un air atterré.

— Et ça t'étonne ? se moque Tim. Tu réclames à corps et à cris depuis des mois qu'il te rende ta fichue liberté. Il a fini par comprendre que ce n'est pas en te retenant de force qu'il va te garder et il lâche du lest. Plutôt que de t'en satisfaire, tu sembles surprise, voire déçue. Tu sais ce que tu veux au moins ?

Il y a quelques semaines c'était une évidence, aujourd'hui si je veux être honnête, j'avance un peu à l'aveuglette. Comme je ne sais pas vraiment quoi leur répondre, je préfère me taire. Bien entendu, ils prennent mon silence pour ce qu'il est, un aveu.

— Tu vas sortir tes jolies fesses de ma chambre et aller t'expliquer avec le beau gosse, me menace Tim. Profites-en pour le remercier pour le tee-shirt, je n'ai même pas eu la présence d'esprit de le faire.

Je cherche une excuse dans leur regard déterminé pour ne pas faire ce qu'il me demande. À la place, j'y trouve une profonde lassitude et une détermination sans faille.

— Très bien, susurré-je en me rapprochant pour embrasser Mick puis Tim. Je veux bien entendre ce qu'il a à me dire, mais je ne vous garantis pas de céder. Par contre, je vais m'atteler à me sortir de ce guêpier, si de votre côté, vous me promettez de vous faire oublier et de vous reposer en prenant soin l'un de l'autre.

— Marché conclu ! Mais Meg, laisse-lui une chance, c'est un mec bien, souligne Tim en soufflant près de mon oreille.

— Allez décampe la « fouine », avant que je te mette dehors, sourit Mick, en retenant un bâillement et une grimace de douleur.

Je regarde une dernière fois le frère de ma meilleure amie couché dans son lit d'hôpital. Il a le bras gauche dans le plâtre, le visage tuméfié, le corps couvert d'hématomes et des bandes qui masquent les entailles profondes sur son torse et sa cuisse. Un frisson me traverse en pensant à ce qui aurait pu arriver si nous ne l'avions pas embarqué dans la voiture avant que les secours arrivent.

Je le revois couché sur l'asphalte, ses plaies comprimées dans un bandage de fortune, le teint olivâtre, tandis que Tim prévient les secours de notre arrivée. Ma poitrine se comprime avec la même violence, même si à présent je sais qu'il est hors de danger.

J'ignore si je les reverrai, l'avenir se dessine avec trop d'incertitude pour en être certaine. Mais une chose est sûre, si McLewis pensait me faire peur, il sous-estime une nouvelle fois ma détermination. Je n'ai plus rien à voir avec la gosse terrorisée que j'étais quand je l'ai rencontré. L'intimidation ne fonctionnera pas cette fois et je compte bien lui faire payer au centuple toutes les horreurs qu'il m'a fait subir.

Je sors de la salle, en leur adressant un sourire affectueux et décide de partir, sans passer par la salle d'attente. J'ai besoin de faire le point dans mon esprit et la présence de Logan ne m'y aidera pas.

Ce que je n'avais pas prévu, c'est de tomber sur Logan, appuyé sur le mur de l'entrée, en train de discuter avec le très intimidant Gérald Johnson.

Quand mon compagnon croise mon regard, il m'adresse une moue perplexe et laisse sa phrase en suspens. Son interlocuteur se tourne et me dévisage. Ses yeux noirs d'ébène me transpercent, comme à chacune de nos rencontres. Son type hispanique et son corps athlétique renforcent le sentiment de danger imminent qu'il dégage.

— Tu ne comptais pas t'éclipser en douce ? me demande mon mari d'un air suspicieux.

J'exagère une expression choquée et réplique aussi sec pour mieux masquer ma culpabilité.

— Bien sûr que non, je te cherchais !

Aucun des deux n'est dupe et je me dis qu'il serait temps que j'apprenne à mentir correctement.

— Tu m'en diras tant, murmure-t-il d'un air blasé. Tu es insupportable. Où comptes-tu aller exactement ? Parce que, au cas où tu ne l'aurais pas encore compris, tu es dans un sacré merdier.

— Si tu restes avec moi, tu le seras tout autant !

— Peut-être, mais c'est mon choix. Et si pour une fois tu écoutais ce que les autres ont à dire et que tu laissais ta foutue fierté de côté ! Gérald veut que tu lui racontes toute l'histoire. Et j'avoue que j'apprécierais que tu combles les blancs. À commencer par : « Pourquoi s'en sont-ils pris à Michael Julianny ? »

Le gaillard brun à deux pas nous rejoint et attrape mon bras, sans le moindre ménagement.

— Allons discuter dans un endroit plus discret. Je doute que vous ayez vraiment envie de mettre toutes ces personnes en danger.

Je rougis parce qu'une fois encore, perdue dans nos joutes verbales, je n'ai pas fait cas de l'endroit où nous nous trouvions. Je reprends vite contenance et nous quittons le parking de l'hôpital dans la voiture de Logan. Les deux hommes s'installent, un devant et un derrière, comme s'ils connaissaient ma peur irrationnelle de la banquette arrière.

— Où va-t-on ? demandé-je pour la forme, en chassant les images qui envahissent mon esprit comme chaque fois que je monte en voiture.

— Au seul endroit où tu seras vraiment en sécurité, réplique Logan sur un ton défiant.

Gérald approuve sans un mot et je jure que si je le pouvais je leur décrocherais bien un bon uppercut. Une fois encore, malgré mes résolutions, me voilà dépouillée de mon libre arbitre.

Trente minutes de trajet plus tard, nous ralentissons devant un immense bâtiment de verre, classieux sans pour autant paraître ostentatoire.

Il me parait étrange jusqu'à ce que je réalise qu'il n' y a aucun point d'entré visible.

— C'est le siège social de la société de mon père, m'informe Logan avant que je ne l'interroge. Je voudrais que tu prennes conscience que je suis tout à fait capable de me défendre sans ton aide et que je suis aussi en mesure de t'aider.

Il s'avance vers l'entrée du parking souterrain, encore plus sécurisée que son appartement. Puis, il passe une carte magnétique dans l'appareil et tape un code sur un clavier numérique. Une voix désincarnée demande.

— Veuillez décliner vos noms, prénoms, et l'identité de vos accompagnants.

— Logan Harper, Meghan Harper et Gerald Johnson, ce dernier est armé, code vert.

Étrangement, je ne pense même pas à grimacer en entendant mon nom marital, bien trop choquée par la situation. Mais qu'est-ce qu'on fait ici ?

— La reconnaissance vocale est validée, bienvenue, monsieur Harper, je prends bonne note de l'information. Il devra laisser ses armes dans le sas. Vous connaissez la procédure.

— Merci Nell.

Si je suis impressionnée par les mesures de sécurité, je suis loin d'être au bout de mes surprises. Nous nous garons à une place, près des ascenseurs, et sortons rapidement du véhicule. Enfin, vite, tout est relatif, parce que ma patte folle me met tellement à la torture qu'en réalité j'ai la sensation d'avoir quatre-vingt-dix ans. Comme toujours, elle s'adapte à mon niveau de stress qui va crescendo, à mesure de mes découvertes. Logan me regarde avec insistance, m'encourageant à lui demander de l'aide, mais bien entendu, je l'ignore. Même moi je m'énerve ! Foutue fierté !

Je relève la tête et avance jusqu'à la porte sous leurs regards agacés. La porte s'ouvre et je suis surprise d'entrer dans une sorte d'antichambre sécurisée. Les portes se ferment derrière nous. Je sursaute, en entendant une voix féminine nous demander de glisser l'ensemble de nos effets personnels dans les ouvertures prévues à cet effet.

Gérald et Logan, qui ont apparemment l'habitude, vident leurs poches. Puis le flic se sépare de ses armes et détache sa montre.

Je les regarde faire, incrédule, sans bouger d'un pouce. La voix de la jeune femme me ramène à la situation lorsqu'elle me demande expressément de retirer ma montre et mon collier. Je m'exécute abasourdie.

Comme s'il avait senti mon malaise, Logan se rapproche et pose sa main sur ma hanche en murmurant :

— Simple mesure de précautions, Meg, personne n'entre ici, sans être scanné de la tête aux pieds. C'est une règle de base. Tout le monde est logé à la même enseigne.

— Mais où sommes-nous, Logan ?

— Je te l'ai dit, nous sommes dans l'entreprise de mon père.

— Dans quoi a-t-il fait fortune ?

— Dans la sécurité, il est le principal fournisseur de l'État dans le domaine de l'intelligence artificielle et la sécurité. Autant te dire que tout ce que tu vas voir ici est classé secret défense.

Je le regarde la bouche grande ouverte, incapable d'articuler un mot. Il me faut plusieurs secondes, alors que nous montons dans la cabine, pour retrouver un semblant de contenance. Et la seule chose à laquelle je pense, c'est son talent pour la cuisine. Ridicule !

— Mais ton restaurant ?

— Tu l'as dit, c'est Mon restaurant. Cela n'a rien à voir avec l'entreprise de mon père, mais j'ai dû le laisser en gérance depuis ton accident. Je n'arrivais plus à cumuler les postes. Aujourd'hui, je suis donc PDG officiel de la HHS Holding Harper Security.

— Mais pourquoi tu ne m'as rien dit ?

— Parce que tu ne m'as rien demandé ! Tu passes ton temps à me repousser, à t'impliquer le moins possible. Tu ne peux pas me reprocher de ne pas tout partager avec toi, alors que tu ne le fais pas.

— Oui, mais…

Je suis interrompue par le tintement de la cloche et l'ouverture de la porte.

Je jette un coup d'œil à Gérald qui dissimule son sourire, avec une certaine difficulté. Il reprend un air impassible quand il remarque mon regard. Je le fusille des yeux, me sentant comme la dernière des idiotes.

Logan attrape ma main et m'encourage à le suivre dans un large couloir. Il aboutit dans une petite salle en retrait. Nous entrons et il referme derrière nous. D'un geste, il m'adjoint de m'asseoir et s'installe à son tour sur l'une des chaises. La pièce est petite pour un bâtiment de cette taille. Chichement décorée, elle n'inspire ni chaleur ni détente. On a plutôt le sentiment d'être dans un espace ultra sécurisé.

Je regarde alentour, à la recherche de quelque chose à quoi me raccrocher, mais même les deux hommes que je pensais avoir cernés, m'apparaissent désormais comme des étrangers.

Logan l'air déterminé m'interroge :

— Tu es prête à m'entendre maintenant ?

Mon cœur manque un battement et je me demande si j'ai bien pris la mesure des forces en présence.

# Chapitre 26

## Julius

Les infos m'arrivent par vague. La surveillance des faits et gestes de cette petite emmerdeuse n'était finalement pas vaine. Elle aurait mieux fait de crever dans cet accident de voiture, comme je l'avais prévu. Cela m'aurait évité cette perte de temps. Il faut bien admettre qu'elle est plus résistante que je m'y attendais.

Je pensais l'avoir brisée et mise hors service, il y a des années, mais elle m'a surpris en négociant. Puis elle s'est mise sans cesse sur mon chemin, quand je cherchais à accélérer les choses, avec ma petite pierre précieuse. Elle a habilement manœuvré pour me ralentir, mais ça n'a rendu le jeu que plus attrayant. Jusqu'à ce que je décide qu'il avait assez duré. Cela restera d'ailleurs mon plus grand regret, ne pas être parvenu à baiser la petite Jadde et voir la terreur dans ses yeux avant de la tuer. Elle devait mourir, elle devait payer pour les crimes de sa mère, mais mon obsession devenait trop envahissante. Je prenais des risques inutiles.

Vouloir voler le dernier souffle de Monica était stupide, j'en ai bien conscience, mais elle m'a échappé et elle devait payer cet affront de sa vie. Sa fille n'était qu'un bonus, tout comme son petit idiot de compagnon.

Je me repasse pour la centième fois la vidéo de la scène que mes sous-fifres ont filmée et je jubile encore et toujours. Maintenant, je vais devoir m'occuper de cette petite rouquine et j'ai déjà quelques idées intéressantes pour y parvenir. Reste à gérer la logistique.

Avant toute chose, se débarrasser de son compagnon et de son service sécurité dernier cri qui m'ont, jusqu'à présent, donné quelques soucis. Cette petite idiote est déjà en train de s'en charger. Elle s'isole et c'est exactement ce que j'attends d'elle. Si ça ne fonctionne pas comme je le souhaite, peu importe, j'ai les moyens de faire ce que je veux.

Quand cet épisode sera derrière moi, je pourrai enfin transformer cet échec cuisant en réussite. Je me consacrerai enfin à ce qui est important : les affaires.

Les télécommunications sont sous mon contrôle depuis longtemps, les médias tout autant. Quand on veut passer inaperçu, la meilleure technique est d'agir en plein jour et de manipuler l'information. C'est tellement simple que cela en deviendrait presque lassant.

Heureusement, j'ai des distractions particulièrement attrayantes : les armes et conflits internationaux à orchestrer. C'est toujours amusant de voir ces bandes d'idiots s'entretuer avec les flingues qu'ils m'ont achetés.

Leur stupidité m'offre encore plus de pouvoir et d'influence parce que, quoi qu'on en pense, le contrôle est la clef de tout. J'ai des ramifications partout, je décide et le monde s'exécute, parce que j'en ai le pouvoir et personne ne pourra me l'enlever. J'ai bien trop d'ascendance pour cela. Je connais des milliers de secrets et chacun d'eux pourrait me sortir des pires situations. Si je tombe, je serai loin d'être le seul.    Mais ça n'arrivera pas parce que j'ai toutes les cartes en main.

La meilleure preuve : si je ne maîtrisais pas l'information, je n'aurais pas remarqué que ce fouineur de journaliste posait un peu trop de questions. On m'a rapporté qu'il faisait des recherches sur une série de chiffres. J'ai bien entendu vérifié, mais ils ne correspondent à rien dans nos bases de données. Même s'il n'a rien trouvé, je préfère le mettre hors service et envoyer un message à cette petite pute. « Tu es la prochaine ! ».

J'exulte d'avance de sa résistance, je serai le plus heureux lorsque je la verrai ployer...

Mais le jeu est presque terminé, il ne manque plus qu'à descendre la reine pour que ma victoire soit complète.

# Chapitre 27

## *Meghan*

Je ressors seule et totalement abasourdie du bâtiment du HHS. Il y a quelques mois, si l'on m'avait raconté toute cette histoire, j'aurais certainement pensé que mon interlocuteur venait de fumer un carton entier de Cannabis et qu'il était en plein délire.

Aujourd'hui, après avoir discuté avec ces deux hommes, je me dis que les apparences sont bien souvent trompeuses. C'est déstabilisant de réaliser que l'homme que l'on pensait connaître n'est en fait qu'une version simplifiée de celui qu'il est vraiment. En même temps, ne me suis-je pas toujours cachée derrière des masques et faux-semblants ? Je serais bien mal placée pour me permettre de juger son silence. En fait, quand on y réfléchit posément, j'arrive à comprendre pourquoi il m'a caché autant de pans de sa vie. J'admets même que dans un certain sens, il a bien fait. Si je l'avais appris plus tôt, avant Jadde, avant Mick, avant l'accident, je me serais enfuie. Il n'y a qu'à voir ma réaction devant la maison de ses parents. Alors je sais, sans le moindre doute, que je n'aurais pas été en mesure de faire face.

Seulement entre cette Meg et celle d'aujourd'hui, il y a un gouffre. La mort de mon amie, ma lutte pour survivre et mon combat encore plus violent pour remarcher ont transformé irrémédiablement celle que j'étais. Plus aucun retour en arrière n'est possible et je n'ai pas encore réfléchi ce que cela signifiait pour « un demain ». Pour moi, jusqu'à il y a quelques heures, ce demain n'existait pas vraiment. Les choses sont différentes dorénavant.

Tandis que je remonte la rue pour héler un taxi, j'essaie de regarder la situation sous un œil critique. J'avoue que je ne lui en veux pas vraiment de ses silences, je peux même les comprendre. Pour autant, savoir qu'il parvient à prédire mes réactions, mes besoins mieux que je ne le fais moi-même me terrifie. Je ne veux pas qu'il lise en moi, je ne veux pas qu'il me devine parce qu'à chaque fois que c'est le cas, j'ai le sentiment d'être transparente, prévisible, vulnérable. Et c'était inacceptable. J'ai besoin de faire taire cette étouffante sensation de ne plus rien maîtriser. Or s'il est dans les parages, c'est impossible. Je dois être loin de lui, de son emprise, de sa maîtrise pour mettre mes idées au clair et reprendre mon souffle. Je dois m'accorder un moment, une pause pour faire le point sur mes objectifs, mes envies, mon futur.

Je pourrais retourner à l'appartement de Tim et Mick, mais Logan me retrouverait sans la moindre difficulté. Aussi la meilleure option reste de prendre une chambre d'hôtel.

À présent, même si ma vengeance reste au cœur de mes préoccupations, je ne suis plus seule à porter cette charge et cela change considérablement la donne.

L'équipe de sécurité du HHS, qui agit sous le couvert de l'État, dispose des mêmes informations que moi, puisque je leur ai tout dit. En écoutant Logan m'expliquer certaines de leurs attributions, j'ai réalisé qu'il avait raison et que j'avais tort. Ils sont en mesure de m'aider dans mon combat voire de le mener en partie à ma place. J'ai toujours su que je n'étais pas de taille à faire face à Julius. Eux disposent de moyens technologiques et des ressources financières nécessaires pour l'affronter. Mon seul rôle consistera à témoigner devant la cour, quand ce monstre sera jugé si, et seulement si, ils parviennent à le confondre. Mais nous n'en sommes pas encore là et ce n'est pas vraiment de mon ressort. S'ils n'y parviennent pas, personne ne le pourra.

Un taxi s'arrête devant moi, mais avant que je ne m'installe une mélodie qui parle à mon âme retentit quelques voitures plus loin. Je scrute la file de véhicules et aperçois un tacot jaune avec la plaque d'identification de travers.

Entre la musique qui pulse comme une dingue et le véhicule qui n'est plus de la première jeunesse, j'aurais toutes les raisons de l'éviter. Pourtant, attirée comme un aimant par le tempo, je renvoie celui qui s'était arrêté et hèle mon charmeur de serpent.

Quelques secondes plus tard, le nouveau taxi s'immobilise à ma hauteur, interpellé par mes sifflements tonitruants. Je me baisse pour m'adresser au conducteur. Je tombe sur la réplique parfaite de Bob Marley, les dreadlocks jusqu'en bas du dos et un air faussement hagard.

— Vous pouvez m'amener dans un hôtel un peu à l'extérieur de la ville ? demandé-je avec entrain.

— Je t'amène au bout du monde si tu veux, ma jolie !

— À l'autre bout de la ville, ça me suffira, répliqué-je, amusée, et mettez la musique à fond, que je profite de vos goûts parfaits en la matière.

— Voilà une femme qui sait parler à mon cœur !

Je lui souris. Son visage détendu m'inspire la sympathie. Et puis j'avoue bien volontiers qu'un moment de légèreté envoutée par les sonorités de son idole ne peut que me faire du bien.

— Ça vous pose un problème que je me mette sur le siège avant ?

Il m'observe avec un sourire goguenard et je ne peux retenir un rire.

— J'ai peur en voiture, précisé-je pour qu'il ne se fasse aucune illusion.

Ses prunelles pétillent d'amusement et il me montre le siège à côté de lui. Quand je suis assise, il me sourit et monte le son avant de lancer :

— C'est parti ! dit-il en déboitant prudemment, tandis que les premières notes de « Redemption song » résonnent déjà dans l'habitacle. Je me laisse harponner par les rythmes baba cool de « no Woman no cry » puis « Dont worry be happy ». C'est un peu comme une porte ouverte vers la paix intérieure, une sorte d'état de grâce. Comme chaque fois que je laisse le rythme m'emporter, je ferme les yeux et profite des percussions du djembé et de la rythmique saccadée étonnamment harmonieuse. Mon esprit s'évade et j'imagine mon corps évoluant sur la piste. Des millions de chorégraphies me viennent à l'esprit et les vibrations me prennent au ventre.

Mes doigts suivent le tempo sur ma cuisse et j'imagine mon corps jouer d'entrechats et d'arabesques. La musique me possède et je ne suis plus qu'un de ses instruments.

Un, deux, trois, enjamber, rouler, croiser.

Quatre, cinq, six, relever, plier, déployer. Sept, huit, retomber, relancer.

Les gestes s'enchaînent au gré de mes envies et pour la première fois, depuis la salle aux étoiles, je me sens en paix.

C'est comme si les tensions qui se sont accumulées ces dernières heures s'évaporaient, et que j'étais emportée par une vague d'optimisme. Je ne suis plus seule à me battre contre le monstre. Nous allons y arriver. Je vais enfin pouvoir venger la mort de Jadde. Peu importe ce que l'avenir me réserve, si cette ordure paye, ma vie aura au moins eu un sens. Moi qui ai toujours rejeté la moindre étincelle d'espoir, je me surprends même à croire que peut-être, je vais pouvoir enfin vivre.

Je sais que rien n'est joué, mais pour la première fois j'entrevois le bout du tunnel. Je suis remuée par l'enchaînement des événements, le passage à tabac de Mick, les révélations de Logan, pourtant je suis aussi étrangement confiante. Le chant du possible est ouvert et la chute de Julius ne m'apparaît plus comme une illusion utopiste. Qui sait peut-être en verrai-je même une vraie conclusion à ce terrible chapitre.

Bien entendu, je n'ai toujours aucune certitude concernant le futur de mon couple, mais j'envisage un futur et c'est déjà une sacrée avancée. Je suis certaine que l'heure viendra. Il me suffit d'être patiente et de m'autoriser à y croire. Ce ne sera probablement pas pour demain, ni même la semaine prochaine, mais nous y arriverons parce que plus rien ne me tirera vers le fond. Je vais laisser le passé derrière moi et regarder l'avenir.

Même si Logan a fait preuve d'une incroyable perspicacité en me laissant partir, je suis surprise qu'il n'ait pas cherché à savoir où j'allais me terrer. Il faut dire qu'avec l'arrivée des deux agents plutôt impressionnants dans la petite salle sécurisée, il avait clairement d'autres chats à fouetter. En y repensant, j'ai cet étrange picotement qui remonte à nouveau le long de ma colonne vertébrale.

L'un des deux types m'a semblé familier, mais j'ai eu du mal à le remettre dans son contexte. Depuis je n'arrête pas de me dire que je devrais m'en souvenir, mais plus je creuse ma mémoire, plus l'information m'échappe.

À bien y réfléchir, c'est peut-être pour cette raison que je suis partie si précipitamment. Pour cela et pour emmerder Logan, même si je ne l'avouerais à personne.

En attendant, je profite toujours du plaisir de l'instant, oubliant le passé, le futur et tous les points qui pourraient foirer dans le plan qu'ils ont concocté.

— On est arrivés, ma petite dame !

La voix du taximan me fait redescendre sur terre, dissipant en même temps l'euphorie ambiante. J'ouvre les yeux pour le voir m'indiquer du menton, un bâtiment devant lequel il est garé. Je tourne la tête sur un bâtiment au charme un peu désuet sur lequel on peut lire une petite pancarte « Pension de famille Adams ».

— Ont-ils un quelconque lien avec la série d'épouvante ? demandé-je avec amusement.

Il éclate de rire, avant de me répondre ;

— Non pas la moindre, mais ici, vous serez en sécurité. Les propriétaires sont des amis et quand une jeune femme seule me demande un endroit où dormir, je la conduis toujours ici parce que je sais qu'elle sera bien traitée. Dites-leur que c'est le taxi-reggae, ils comprendront.

— Vous êtes un mec bien, monsieur le taxi-reggae.

Il rougit un peu et réplique avec sérieux.

— Vous pouvez m'appeler Bob, c'est mon prénom.

— C'est une blague ? pouffé-je en la lui serrant.

— Non, répond-il apparemment content de lui, j'étais juste prédestiné.

— Il faut croire, merci de votre aide, Bob, dis-je en m'extirpant du véhicule.

Je lui souris avant de sortir mon portefeuille et de lui tendre un billet qui devrait largement couvrir les frais de déplacement.

J'apprécie qu'il ne me propose pas d'aide. Pour l'instant, j'ai besoin de me reposer. Après une journée pareille, douze heures de repos loin de tout ne seront pas vraiment du luxe. Demain, il fera jour. En attendant, je veux faire une pause dans cette course folle. Il sera toujours temps plus tard de faire face à la suite. Derrière moi, Bob me lance que c'est un plaisir de transporter une aussi jolie fille. Je lui adresse un signe de main, sans pour autant me retourner.

J'avance vers le bâtiment, épuisée et avec pour seule envie de m'étendre pour ne plus jamais me relever.

# Chapitre 28

## Meghan

Lorsque je me réveille, j'ai l'impression d'être passée sous un rouleau compresseur. Mon corps est douloureux et malheureusement je n'ai pas pris la peine d'emporter le moindre traitement. En désespoir de cause, je me glisse dans un bon bain bien chaud, seul remède miracle que je connaisse. Dans ma précipitation, je suis même partie sans le moindre rechange, pas de brosse à cheveux, rien de plus que mon minuscule sac à main.

Bien sûr, je ne sors jamais nulle part sans mon indispensable trousse de premiers secours. Pour certains, il s'agirait de bandes et de comprimés. Pour moi, c'est une brosse à dents, du dentifrice, un bâton de rouge à lèvres, un mascara et une petite culotte.

Cela pourrait sembler ridicule, mais ça m'a sauvée de plus d'une situation cocasse, où la soirée apparemment calme se transformait en partie de sexe jusqu'au petit matin.

Une fois encore, ma trousse de premiers secours me sauve la mise et je descends dans la salle des petits déjeuners comme neuve ! Il faut dire qu'entre le bon bain moussant et une séance de relaxation, je suis une femme transformée.

Je m'assois à une des tables, un peu en retrait et profite de l'animation de la pièce. Bob ne me mentait pas, quand il disait que c'était un repère de femmes seules même si la plupart ont avec elles leur marmaille.

Une heure plus tard, après deux cafés et une brioche maison absolument sublime, j'ai besoin de prendre des nouvelles de mon ami allongé dans son lit d'hôpital par ma faute. La culpabilité ne m'a pas quittée, mais c'est une vieille compagne avec laquelle j'ai appris à vivre.

Je passe donc un coup de téléphone au Jefferson et tombe directement sur Tim. D'après lui, Mick dort comme un bien heureux, drogué aux hypnotiques parce qu'il refusait de s'endormir. Il prend plaisir à se moquer de sa bouche ouverte et du filet de bave qui en sort. Mais outre ses moqueries, ce qui me rassure vraiment c'est sa voix calme et posée bien loin de l'angoisse de la veille. Avant de raccrocher, il réitère ses recommandations et j'ai l'impression d'avoir affaire à une mère poule. Lorsque je raccroche, l'angoisse sourde qui ne m'avait pas vraiment quittée depuis la veille s'allège un peu. Je regarde ma petite chambre et je réalise que je suis bien ici. Je pense que je vais m'accorder une journée supplémentaire sans pression ni intrusion. Je me sens libre et c'est un sentiment que je n'avais pas ressenti depuis des années.

Décidée à profiter un maximum de chaque minute, je choisis d'aller faire une petite balade pour profiter du grand air. Avant de partir, j'attrape mon portable. Machinalement, je regarde mon journal appel, et constate non sans une certaine surprise que Logan n'a pas tenté de me contacter.

En même temps, cela ne m'inquiète pas vraiment. Il sait comment me joindre, je suis même certaine qu'avec toute sa technologie il doit pouvoir suivre mon portable à la trace. Le truc, c'est que je crois que j'aurais aimé qu'il le fasse. C'est bizarre la vie. J'ai passé mon temps à le repousser, à me cacher. Maintenant que nous avons joué cartes sur table, on pourrait croire que tout va être plus simple, mais ce n'est pas le cas, par ma faute.

J'ai passé mon temps à le repousser, puis il a su la vérité et là c'est lui qui a pris ses distances. Juste retour des choses, je suppose. D'un œil extérieur, je semble ne pas savoir ce que je veux, mais c'est faux. Je le veux, lui, depuis l'instant où j'ai mis les pieds dans son restaurant. Seulement, vouloir et pouvoir sont deux choses bien différentes.

Quand la situation aura suffisamment évolué, que je serai certaine que ma présence ne le mettra plus en danger, je retournerai vers lui. Je préfère prendre le risque de me perdre sans lui, plutôt que de le perdre tout court. Sa vie contre mon équilibre c'est un juste échange.

Peut-être m'attendra-t-il ? Peut-être pas… Quoi qu'il en soit, je lui présenterai mes excuses, admettrai sans honte mon idiotie. À ce moment-là, nous pourrons vraiment construire notre avenir à deux.

Mais avant ça, je dois faire le point sur mes sentiments, mes besoins et mes envies. Je l'aime, c'est l'une de mes rares certitudes, mais chérir ne signifie pas grand-chose quand on se déteste.

J'ai besoin de m'apprivoiser, d'accepter mon passé, de vivre avec mes erreurs. À ce moment-là, je pourrai accepter son amour et l'aimer comme il devrait l'être, passionnément et sans limites. Oscar Wilde disait très justement « s'aimer soi-même, avant d'aimer les autres, est l'assurance d'une longue histoire d'amour », je ne fais qu'appliquer ce principe.

Perdue dans mes pensées, je me rends à peine compte que j'ai rejoint une zone commerciale. J'entre dans la grande surface et prends un bain de foule. C'est étonnant comme devenir une anonyme parmi des inconnus a quelque chose de libérateur. On n'a aucun compte à rendre, personne à qui se justifier, juste cette liberté d'aller où l'on veut, comme bon nous semble.

Je passe de magasin en magasin sans rien acheter. C'est juste le plaisir de flâner, de profiter d'un moment d'insouciance, hors du temps.

Seule ma hanche, cette traîtresse ne s'adapte pas à mon humeur plus légère et se fatigue vite. Entre elle et ma vessie, j'éprouve le besoin urgent de prendre une petite pause. Je m'avance vers les commodités, un peu en retrait. Je n'aime pas trop ce genre d'endroit, mais il y a des envies qui ne peuvent pas attendre.

J'entre dans le petit couloir désert et un gamin sorti de nulle part me bouscule et m'arrache mon sac avant que j'aie le temps de réagir. Dans la seconde qui suit, il s'enfuit en courant, comme s'il avait le diable aux trousses alors qu'un éclair de douleur me traverse la hanche et me cloue sur place.

Foudroyée par la souffrance, il me faut quelques secondes avant de crier ou de me mettre en route pour rejoindre un poste de sécurité. Dans ce court laps de temps, une énorme paluche s'enroule autour de ma bouche et immobilise mes deux bras dans un même geste.

La terreur me prend aux tripes, mais je n'ai pas le temps de réagir. On enfonce une aiguille dans mon cou et mon corps se relâche presque instantanément.

J'ai vaguement conscience qu'on m'arrache mon collier, alors que je lutte désespérément pour ne pas perdre connaissance. Dans le flou qui commence à emplir ma conscience, j'entends une voix rauque et granuleuse murmurer avec une satisfaction évidente.

— Le colis est dans la boîte.

L'instant d'après, le monde disparaît et le noir envahit tout.

# Chapitre 29

## Logan

— C'est une foutue mauvaise idée ! Je le savais ! Jamais je n'aurais dû accepter ce plan à la con.

— Arrête de te biler, c'était la seule chose à faire, il faut un flag[12], c'est une façon rapide et efficace de le coincer, réplique Gérald, installé dans la camionnette devant le grand magasin.

— On aurait dû au moins l'avertir de ce que tu avais en tête !

— Cela n'aurait pas aussi bien fonctionné ! L'idée c'était de la suivre et de le laisser la kidnapper, pour ensuite faire tomber notre cible. Si elle avait soupçonné notre objectif, elle aurait été sur ses gardes. Tu as bien vu, elle est nullissime quand il s'agit de jouer la comédie, réplique-t-il, avec un certain agacement, pour la cinquième fois en moins d'une heure.

Je sais qu'il a raison, mais c'est plus fort que moi. Savoir qu'elle est seule sans autre protection qu'un traçage GPS dans sa montre, son téléphone et son collier, le tout à son insu, a tendance à me mettre sur les nerfs. J'étais contre, bien entendu, mais quand ils ont appris que McLewis avait engagé des pros pour l'enlever.

---

[12] Flagrant délit

Ils ont vu là, l'occasion qu'ils attendaient, pour le mettre hors d'état de nuire. Malgré ma position, je n'ai pu la protéger qu'en lui fournissant les plus perfectionnés de nos systèmes de traçages.

Je ne devrais même pas être là, je n'ai ni l'accréditation ni l'entraînement. J'ai dû batailler ferme pour me joindre à l'expédition.

Je n'ai même pas pu lui installer de micros, puisque les pros en question utilisent un matériel de brouillage de fréquence. En plus, il aurait fallu qu'elle soit au courant pour qu'on puisse le dissimuler, et ça, il n'en était pas question.

À mesure que les minutes passent, l'inquiétude grandit. Je ne sais pas pourquoi, mais j'ai un très mauvais pressentiment. Cette sensation explose, quand le marqueur de son téléphone s'emballe et se met à se déplacer très rapidement dans l'établissement. On dirait qu'il court et cela ne peut pas être Meg. Je panique vraiment, en réalisant que les deux autres capteurs, eux, n'ont pas bougé d'un centimètre.

Apparemment, la même inquiétude s'est emparée de Gérald, qui ouvre la porte latérale de la fourgonnette et se met à courir en direction de l'entrée. Nous avons cinq véhicules, placés stratégiquement, à chaque sortie. Gérald hurle des ordres, dans son oreillette et l'ensemble des équipes court vers l'intérieur.

L'un des groupes intercepte le gamin avec le sac de Meg, sous le bras, essayant de s'enfuir. Les autres se précipite à l'endroit où le signal a été repéré.

On court comme des dingues, bousculant les passants, pour se déplacer plus vite. Gérald a beau être plus en forme que moi, je le talonne de peu, la peur au ventre grandissant, à mesure que nous nous rapprochons de la cible. Qu'est-ce qu'il lui est arrivé ? Elle est évanouie, blessée peut-être pire...

En avançant vers Meg, Gérald et ses acolytes sortent leurs armes, créant un mouvement de panique, qui nous ralentit considérablement. Malgré la distance, nous sommes les premiers sur les lieux.

Arrivés à l'embranchement, qui conduit aux toilettes, Gérald se fige et je le bouscule, pour constater la plus affreuse des réalités. Le médaillon de Meg et sa montre sont par terre, mais plus la moindre trace de Meghan.

Elle a juste disparu…

***

Le temps que nous comprenions comment ces salopards s'y sont pris pour nous avoir, ils sont déjà loin. La situation ne pourrait être pire. Non seulement on a perdu ma femme (et putain, rien que d'y penser, j'ai envie de tous les exploser), mais on a aussi perdu deux des agents, qui ont été pris par surprise, juste avant l'assaut. Les deux officiers abattus, ils n'ont eu qu'à quitter les lieux par le flan Est du bâtiment. Entre le gosse et les émetteurs, qui ont détourné notre attention, il nous a fallu un temps de dingue pour réaliser que les deux gardes manquaient à l'appel. Temps qui bien sûr a été mis à profit par les ravisseurs pour s'enfuir.

J'essaie de garder la tête froide, parce que si je me laisse aller à la panique, il n'en sortira rien de bon. Gérald aboie des ordres à son équipe. Il a ce regard glacial qu'il affiche, en permanence, depuis la disparition de son ami Braden. Quand l'annonce de l'attentat a été rendue publique, il m'a passé un coup de téléphone.

J'ignore comment il savait que j'avais des liens étroits avec les agences gouvernementales de renseignements, mais il n'y est pas allé par quatre chemins pour me demander de l'aide. Je me rappelle encore avec exactitude notre conversation.

— Harper ? J'ai besoin d'un coup de pouce.

— Bonjour à toi aussi, Johnson.

— Fais pas chier avec tes conneries. Ils ont buté Braden.

La boule dans ma gorge s'était resserrée et j'avais émis un grognement, en guise de réponse. J'étais déjà au courant, depuis longtemps même.

— Ils doivent payer pour ce qu'ils leur ont fait.

Connaissant le contrat posé sur leur tête, je ne pouvais qu'être d'accord.

— Tu vas m'y aider !

Ça n'avait rien d'une question, c'était une affirmation virulente, alors je m'étais contenté de lui répondre.

— Comment ?

— J'ai donné ma démission à la police de New York. Tu me fais entrer dans ton entreprise. Là, je veux avoir accès à tes banques de données pour que je trouve le moyen de remonter jusqu'au commanditaire.

Je connaissais déjà le commanditaire. Cela faisait un moment que les agences, avec lesquelles l'entreprise travaillait, tentaient de rassembler des preuves contre cette ordure. Mais le moins que l'on puisse dire, c'est que ce type avait un étrange don pour passer entre les mailles du filet. Cela étant dit, faire entrer Gérald dans mon entreprise n'était pas un problème insoluble. Il était loyal et il remuerait ciel et terre pour attendre notre but commun. En plus, et c'était la cerise sur le gâteau, il avait des compétences qui pourraient nous être très utiles, maintenant que je venais de perdre mon meilleur agent.

— Tu es certain de ton choix ?

Le grognement agacé, en réponse, ne m'avait pas vraiment surpris.

— Très bien, présente-toi lundi au HHS, tu viens d'obtenir le titre très convoité de chef de la sécurité.

Il avait raccroché sans prendre la peine de répondre.

Aujourd'hui, cette même détermination l'anime et je sais, sans l'ombre d'un doute, qu'il va tout mettre en œuvre, pour la retrouver, mais ce n'est pas suffisant.

Meg est toute ma vie, et la savoir à la merci de ce salopard, que j'ai envie d'étrangler jusqu'à ce que mort s'ensuive, est une torture de tous les instants. La chose dont nous sommes pour l'instant certains, c'est qu'il la voulait vivante, sinon il l'aurait déjà tuée. Cela nous laisse quelques heures pour la sortir de cette merde.

Grâce aux caméras de surveillance qui quadrillaient le secteur, il ne nous faut pas longtemps pour repérer leur camionnette qui leur a permis de s'échapper. Malheureusement pour nous, les types en question sont loin d'être des amateurs. La meilleure preuve, leur véhicule a été retrouvé en proie aux flammes dans une ruelle quelques kilomètres plus loin.

Si nous avions un doute sur le professionnalisme des kidnappeurs, il a été rapidement dissipé. Ces gars ne laissent clairement rien au hasard. Ils ont pris le temps de rejoindre un quartier isolé, pour se débarrasser du véhicule. Il est certain qu'ils avaient repéré les lieux avant, puisqu'ils ont choisi l'une des rares zones non couvertes par les vidéos de surveillance. Le pire, c'est que nous n'avons aucune idée de la façon dont ils se sont enfuis ensuite.

Le temps presse. Chaque minute, les chances de la retrouver diminuent aussi sûrement que ma rage augmente.

Au bout de trois heures de recherches intensives, il faut se rendre à l'évidence, la voie normale ne donne rien. Ils sont trop professionnels, pour se faire avoir ainsi, mais je ne vais pas renoncer pour autant.

Je ne connais qu'une seule personne capable de m'aider dans cette situation. Ça ne me plaît pas du tout de l'impliquer, sauf qu'à ce stade, je ne vois pas d'autre possibilité. Les heures de Meg sont comptées et il n'est pas question que je la laisse seule, en attendant sagement les autorisations nécessaires pour débloquer la situation.

J'attrape mon téléphone et compose un numéro que je connais bien. Il répond à la première sonnerie. Je ne lui laisse pas le temps d'en placer une et l'invective façon lion enragé. Vu le contexte, il me pardonnera.

— Rejoins-moi au HHS, c'est urgent !

Je raccroche, sachant parfaitement que ce que je m'apprête à lui demander, risque de nous coûter la prison à tous les deux, mais pour Meg je suis prêt à tout.

# Chapitre 30

## Meghan

Dans le brouillard, mon corps pèse une tonne et mes paupières sont si lourdes que je ne serais pas surprise de découvrir qu'elles sont rattachées à un fil de plomb. J'ai froid et je frissonne, mais sans parvenir à me reconnecter à l'ensemble des sensations de mon corps. C'est presque comme si j'étais témoin des sensations, sans vraiment les ressentir. Je sais que j'ai mal, pourtant j'ai des difficultés à situer la douleur, elle vient de partout. C'est assez étrange, j'ai presque l'impression d'être hors de mon corps et de regarder la scène en spectateur.

Suis-je morte ?

Au bout d'un temps infini, je réussis à ouvrir un œil, mais je ne distingue rien, je suis dans le noir total. Combien de temps suis-je restée inconsciente, j'ai du mal à le déterminer. J'ai froid, un froid glacial qui me transperce jusqu'aux os.

Une odeur nauséabonde de renfermé et de pourriture flotte dans l'air. C'est difficile de se concentrer quand on a si froid, qu'on ne sent plus ni ses mains ni ses pieds. En plus, privée de la vue, l'espace autour de moi me semble hostile. J'ai l'impression d'être seule. Mes idées tourbillonnent, j'ai du mal à les fixer ; le « où suis-je », s'enchaîne au « j'ai froid », qui prend lui-même la place au « j'ai envie d'uriner ». Toutes ces pensées s'évanouissent à mesure qu'elles apparaissent. La seule qui perdure, c'est l'état de demi-conscience où rien ne m'affecte vraiment, pas même les mouvements anarchiques de mon cœur épuisé.

Mes paupières se ferment, sans que je m'en rende compte et quand je les rouvre, il fait toujours noir. Un truc passe furtivement près de ma jambe, je tente de la reculer précipitamment, mais je réalise que je n'y parviens pas. Le frôlement se renouvelle, je frissonne, j'ai soif, mais je suis trop fatiguée pour lutter. Malgré mes efforts, mes yeux ne résistent pas et je sombre à nouveau.

\*\*\*

Quand je reprends enfin conscience, les sensations me parviennent toujours de façon étrange, mais cet effet semble s'atténuer peu à peu. En premier lieu, mes mains paraissent attachées dans mon dos et maintenues par une corde, ou quelque chose qui s'en rapproche. J'essaie de les bouger, mais le nœud qui les retient est si serré que chaque geste m'écorche les poignets. Ils sont si froids et douloureux que j'en suis même à me demander si le sang y circule.

Le même sort a été réservé à mes chevilles. Elles sont écartées et attachées à ce qui semble être un tabouret.

Même si la situation paraît difficile, ce n'est pas vraiment ce qui me terrifie. Derrière mes paupières closes, je distingue la lumière, mais pas seulement. J'ai l'affreuse certitude que je ne suis pas seule et cette fois, ça n'a rien à voir avec des rongeurs. L'espace renfermé déborde d'un trop-plein de testostérone et ça ne fait que me terrifier encore plus.

Je perçois des relents de sueur et de cigarette. Je pourrais bien tenter de me mentir pour faire taire l'angoisse croissante, mais l'atmosphère saturée d'adrénaline est impossible à ignorer.

Je suis terrifiée.

Pétrifiée de peur, parce que je sens d'instinct qu'il ne manque qu'une étincelle pour embraser la situation et plus affolée encore de savoir que je tiens le rôle de flammèche.

Assise, entravée, j'ai la tête penchée vers l'avant. J'essaie de la relever sans y parvenir vraiment. Malheureusement, ma tentative est un signal suffisant pour lâcher les fauves. Sans que je m'y attende, je reçois une gifle monumentale qui me fait basculer en arrière. Je m'écrase pitoyablement sur le sol. Merde ! J'ai les oreilles qui se mettent à bourdonner et le visage qui me fait un mal de chien.

Si c'est le traitement qu'ils me réservent, j'aurais encore préféré qu'ils me tuent. Deux mains brutales me redressent et me remettent dans ma position initiale, sans me lâcher. La douleur sur mon flanc droit, malmené par ma chute, est cuisante. Bien entendu, ma hanche, la traîtresse, est loin d'être en reste et je pourrais presque visualiser les nœuds de tension qui s'accumulent le long de mes os.

Pendant ce minuscule laps de temps qui précède la pluie de coups qui va immanquablement suivre, je réalise deux choses.

La première, ils viennent tout juste de commencer leur déchaînement de violence et j'ai déjà mal partout. À ce rythme, je ne tiendrai pas longtemps.

La seconde, et c'est encore moins réjouissant, comme je me suis enfuie sans avertir personne, je suis désormais seule face à mon destin. Logan et les autres ignorent que je suis en danger. Aucun héros de roman ou autres conneries du genre ne va venir me sauver. Je vais crever ici, seule, sans possibilité de remise de peine.

À cette atroce pensée, le peu d'espoir qui me restait s'étiole, se disloque et s'envole en fumée. La perspective des heures à venir me paraît plus noire que jamais.

Aucune échappatoire, aucune chance d'en réchapper.

La poigne de mes bourreaux me maintient toujours en place et comme pour confirmer mes pensées noires, une seconde claque me coupe le souffle. Le goût du sang inonde ma bouche. Son odeur métallique envahit mes narines et me donne la nausée.

— Tu vas ouvrir les yeux ! Sale garce, beugle l'un de mes tortionnaires. On a des questions à te poser et autant de temps que l'on veut pour t'obliger à nous répondre. Je reconnais l'intonation de l'ordure qui a tabassé Mick. La rage me prend au ventre et m'éclaircit les idées. J'ai envie de me dégager de mes entraves, de me lever et de lui briser les dents, pendant que je jouerai aux castagnettes avec ses cojones[13]. Le doux rêve

---

[13] En espagnol : version familière parties génitales masculines

s'efface, quand je finis par obtempérer et prendre la mesure de la situation.

Non seulement je suis seule, menottée, sans défense, face à un balaise brûlant de sadisme contenu. Mais en plus, à côté de lui, trois autres mastodontes à la mine patibulaire m'observent avec une concupiscence à peine voilée. Chacun des visages exprime autant d'insensibilité que d'excitation et la peur me prend au ventre.

Oh mon Dieu ! Je vais y rester cette fois, pas de rédemption, pas de sauvetage miraculeux, pas de victoire sur mon corps et mon esprit.

Si j'étais seule avec lui, je lui aurais craché à la figure le sang qui a rempli ma bouche. Mais je ne suis pas suicidaire et je doute qu'attiser sa colère soit l'idée du siècle, alors je m'abstiens.

Quand l'un des colosses pince violemment mon sein, mon angoisse se transforme en terreur, me replongeant des années plus tôt dans la vulnérabilité d'antan. Plus jamais ça ! ai-je envie de hurler. Pourtant à la place, je me mords la langue quand un coup de poing m'atteint à l'abdomen.

— Alors sale pute ! C'est quoi les numéros que ton pote cherchait ?

Je serre les dents pour ne pas répondre, ils peuvent aller au diable, je ne leur dirais pas un mot. Un nouveau coup m'atteint dans le ventre. Je lutte pour ne pas geindre, ne pas leur livrer ma terreur sur un plateau, parce que comme tous bons prédateurs, ils l'utiliseraient contre moi. Les charognards sentent le sang frais autant que la peur et s'en délectent. Plutôt crever que de leur offrir ce plaisir. L'impassibilité et le détachement sont encore mes meilleures protections.

Après chaque coup, je m'oblige à me relever, me tenir droite, et fais peser mon regard sur chacun d'eux en les abominant des pires maux. Je lutte contre mon instinct qui me pousse à me mettre en boule et à implorer leur pitié. Je refuse d'être une bête traquée. Plus jamais. Je les toise comme si nous étions dans un combat d'égal à égal.

Ils ricanent de me voir lutter et l'un d'entre eux lance, mais je vois trop trouble pour parvenir à l'identifier.

— Elle nous offre un peu de résistance les gars, on va bien s'amuser.

C'est purement illusoire de vouloir garder un semblant de contrôle, mais c'est la seule façon pour moi de ne pas m'effondrer. Je m'accroche à ma fierté avec autant d'intensité qu'un noyé à sa dernière bouffée d'oxygène. Ils peuvent faire de moi ce qu'ils veulent, j'en ai parfaitement conscience, mais je ne compte pas leur faciliter les choses en redevenant la petite chose terrifiée que j'ai été.

Me cramponnant comme je peux au plus primaire de mes instincts de survie, j'observe la dynamique du groupe. L'un de ces malades fume une cigarette, les épaules et l'une de ses jambes appuyées nonchalamment contre le mur du fond. Il observe la scène avec un sourire en coin, comme si voir une femme se faire passer à tabac était une activité particulièrement distrayante. Chacun de ces types pourrait me briser d'une seule main, mais le plus dangereux de tous, c'est cet homme, j'en ai la certitude.

Ils frappent, frappent encore et mon corps n'est plus qu'une montagne de douleurs. Pourtant, plutôt que de me résigner mon regard reste concentré sur ce type à la cigarette, comme si je savais d'instinct que les choses sérieuses n'avaient pas encore commencé.

À chaque coup, j'ai de plus en plus de mal à maintenir la tête. Mes yeux sont gonflés et je vois trouble. Je peine à reprendre mon souffle et je suis presque sûre d'avoir une ou deux côtes fêlées. À vrai dire, au début, j'avais l'impression qu'ils retenaient leurs coups. Maintenant que mon corps n'est plus que douleur, je n'en suis plus certaine. Je m'accroche à l'énergie du désespoir, serrant les dents, refusant d'en être réduite aux supplices. Plutôt crever directement.

Le « patron » finit par s'avancer dans ma direction et ses acolytes reculent, sans qu'il n'ait prononcé un mot.

Son regard fait de perversion froide pourrait geler le désert d'Atacama[14]. Pour tenter de gagner du temps, j'essaie d'articuler une question. Je sais que je fais que retarder l'inévitable, mais j'ai besoin de confirmer mes soupçons.

— Qui vous emploie ?

Plutôt que de me répondre, il se rapproche encore avant de se pencher sur mon oreille, tout en me recrachant la fumée de sa cigarette au visage. Ses gestes sont lents, félins. Il passe sa main sur ma nuque, en douceur, avant de l'enserrer violemment faisant basculer le siège sur les deux pieds arrière.

---

[14] Désert situé au Chili, le plus aride du monde.

Puis il glisse l'ongle de son pouce de mon oreille à la naissance de mes seins. Il me blesse au passage et se délecte visiblement de ma grimace de douleur. Alors que j'essaie en vain de me débattre, il prend mon lobe entre ses dents et me mord jusqu'au sang, tandis que de sa main libre, il arrache d'un seul geste, l'ensemble des boutons de mon chemisier.

J'ai tellement peur, que j'entends à peine les attaches s'éparpiller sur le sol.

Mon corps tremble, c'est instinctif, même si j'essaie de le masquer, en l'affrontant du regard. Iris noisette, contre bleu azur. La terre contre la mer. La vie contre la dévastation.

Je peux faire ce que je veux, mais je ne peux pas faire taire mon cœur, qui court une cavalcade effrénée. Il s'y attarde comme hypnotisé par la turgescence de ma carotide.

Il retire sa cigarette de sa bouche, en la prenant entre le pouce et l'index, avant de murmurer assez bas pour que je sois la seule à l'entendre.

— Si fragile !

Puis il rit, de ce rire rauque et pervers, digne de figurer dans les pires films d'épouvante.

Je tremble plus fort, je n'ai aucune prise, aucun moyen de fuir, aucune défense. Il me laisse en équilibre précaire appuyé sur deux pieds du tabouret, le corps à la limite de la chute, ne dépendant que de son bon vouloir. Je sais que je n'arrive plus à masquer ma terreur quand un sourire de satisfaction durcit encore les traits pervertis de son visage.

Puis comme si une nouvelle fois ma réaction marquait un tournant dans son jeu pervers, il rapproche sa clope de la bretelle de mon soutien-gorge, dernier rempart contre ma nudité.

Le foyer rougeâtre se rapproche de mon épaule, ma peau brûle par anticipation, mais rien ne pouvait me préparer à la suite. Quand je me crispe dans l'attente du contact, il renforce sa prise sur ma nuque et appuie son mégot incandescent sur la bretelle qui cède rapidement. Mais il ne s'arrête pas là, il maintient la pression du feu sur ma peau. La douleur me transperce comme des millions de petites aiguilles concentrées sur ce seul point. Il perfore le derme tendre, juste sous ma clavicule. Mon corps s'enflamme et un cri d'écorchée vive déchire l'air.

Mon calvaire vient de commencer.

# Chapitre 31

## Logan

Il ne faut pas plus d'une heure pour que Fitz me rejoigne à HHS. Cet idiot est, entre autres choses, le meilleur hacker que je connaisse, et le seul en qui j'ai suffisamment confiance pour lui demander de l'aide.

Je n'ai pas l'habitude d'encourager ses travers de « geek », mais là il s'agit d'un cas de force majeure. J'ai parfaitement évalué les conséquences de ce choix, parce que mon frère a beau être super-doué, ce que je vais lui demander est clairement une connerie qui nous coûtera la prison. Pourtant, au vu de la situation, c'est une donnée non pertinente, surtout quand la vie de la femme que j'aime est dans la balance.

Avant son arrivée, j'ai fait évacuer tout l'étage pour être certain de n'impliquer personne d'autre. Même Johnson a dû se résoudre à descendre, face à l'argument de poids que si nous tombons il n'y aura plus personne pour sauver Meg.

J'explique la situation à mon frère, lui laissant la décision finale. Jamais je ne l'obligerai à agir contre ses convictions, même si elles vont à l'encontre des miennes. Je suis censé le protéger, pas le mettre en danger. Lui demander de l'aide va à l'encontre de toute logique, parce que je l'expose aux retombées qui pourraient être dramatiques. Je veux qu'il prenne sa décision en toute connaissance de cause.

Il m'écoute avec attention et, sans la moindre trace d'hésitation commence à sortir sa tablette qui le suit partout. Ça n'a rien d'une de ces machines vendues dans le commerce. Cette bécane est son bébé. Elle utilise les dernières découvertes en termes d'intelligence artificielle et de technologie de pointe.

— Tu es certain de vouloir prendre un tel risque ? ne puis-je m'empêcher de lui demander.

Il grogne en réponse, commençant déjà à pianoter à une vitesse hallucinante sur un clavier virtuel, avant de marmonner comme si c'était une évidence.

— Comme si j'allais laisser ma magnifique belle-sœur dans la mouise !

Sacré Fitz ! Je prends un fauteuil et m'installe à côté. Je dois avouer que je ne comprends pas grand-chose à ce qu'il trafique, mais je le laisse exercer sa magie. Les minutes passent au ralenti, et mon inquiétude se calque sur mon impatience, qui grandit à vitesse exponentielle. Mes tripes hurlent l'imminence d'une catastrophe.

Au bout de dix minutes, n'y tenant plus, je demande :

— Qu'est-ce que tu as en tête ?

Mon frère me répond sans même lever les yeux de son clavier :

— J'étais parti dans l'idée de pirater l'un des satellites pour obtenir des images de la scène, mais ça m'aurait demandé pas mal de temps. Si j'ai bien compris, nous n'en avons pas. Donc j'ai pensé à une solution alternative. Récemment, le maire de New York, comme ceux des plus grandes villes des États-Unis ont accepté d'installer des dispositifs d'écoute longue portée. Pour un néophyte, ces données sont totalement inutilisables. Il est nécessaire de disposer d'une technologie de pointe adaptée pour trier, classifier et séparer les sons.

J'ouvre la bouche, sidéré, mais il me coupe l'herbe sous le pied, en poursuivant pour répondre à la question que je n'allais pas manquer de lui poser.

— Ils m'ont sollicité pour la mise au point du système et le rendre inviolable, c'est comme ça que je connais l'existence du dispositif et des points relais. C'est un truc secret défense, je n'étais pas autorisé à en parler.

Je hausse un sourcil, lui signifiant que le système n'est pas si inviolable que ça et qu'il vient de lever le secret, mais il ne s'en rend même pas compte. Comme j'ai besoin de comprendre ce qu'il fabrique, je poursuis mon interrogatoire, parce que je trouve tout cela assez incroyable.

— Mais il doit y avoir des milliards de bruits à la même seconde !

Il opine en précisant :

— On parle plutôt de centaines de milliards, mais là où ce processus est génial, c'est que l'intelligence artificielle est capable de trier les données, les classifier, et les localiser comme un traceur. Ainsi en pointant comme point alpha, le lieu où ils se sont débarrassés de la camionnette, on va pouvoir remonter jusqu'à eux pour les suivre jusqu'à leur destination.

— Mais comment être certain qu'il s'agit bien d'eux ?

— Les sons sont aussi reconnaissables et uniques que des empreintes digitales. Ce qui posait problème jusqu'à maintenant, ce sont les modulations qu'on pouvait y apporter. Mais grâce aux dernières trouvailles en matière d'écoute longue portée, tout devient possible. Avec cette info et ce système, les précautions de ces imbéciles paraissent aussi idiotes qu'inutiles.

Je m'apprête à protester parce qu'elles nous ont donné du fil à retordre, mais il poursuit son monologue avec indifférence et concentration.

— Elles nous ont ralentis, en empêchant d'utiliser la voie traditionnelle, mais pour moi, ils ont, sans le vouloir, grandement facilité les choses.

Même si pour l'instant, j'attends de voir, je ne peux masquer mon respect et mon admiration. Si ce gamin utilisait son cerveau pour autre chose que des conneries, il serait déjà à la tête d'un empire.

Cherchant à en apprendre un peu plus, je l'interroge pour voir si j'ai bien tout assimilé.

— Si j'ai bien compris, tu recherches et identifies un son en particulier, puis tu le traces.

Il opine, avant de poursuivre.

— Ensuite, c'est un jeu d'enfant, une fois qu'on a le signal, on suit ses déplacements en fonction des réceptions aux différents points relais. Pour nous simplifier la tâche, le maire de New York a contraint les communes avoisinantes à faire de même.

Il s'arrête un instant, se tourne dans ma direction comme s'il réfléchissait. Il ne me regarde pas vraiment, il a les yeux perdus dans le vague à la recherche de la solution d'une équation qu'il est le seul à voir. Quelques secondes plus tard, il se replonge dans ses programmations et poursuit son explication comme si de rien n'était.

— Ce qu'il y a d'intéressant avec ce système, c'est que rien ni personne n'est totalement silencieux. Et c'est là tout l'intérêt du dispositif. Reste la partie la plus fastidieuse : identifier le bon signal.

Il sourit avec malice.

— Mais ce n'est pas vraiment un souci, c'est chronophage surtout. Alors j'essaie de créer un algorithme, pour affiner les critères de recherches. En théorie, je suis même capable d'identifier un type par rapport aux battements de son cœur, alors une voiture, ça n'est même pas un défi.

Il continue à pianoter, marmonnant, çà et là quelques ordres à l'ordinateur.

Le voir évoluer avec une telle facilité en eaux troubles me ramène à l'illégalité de la démarche. Une bouffée d'inquiétude, mêlée de regrets pour l'avoir entraîné sur des pentes savonneuses, me pousse à lui parler de mes plans.

— Si on se fait prendre, j'endosserai toute la responsabilité du piratage.

Il se tourne vers moi, et son sourire prend des allures goguenardes.

— Un piratage ? Je ne vois absolument pas de quoi tu parles !

Il me fait un clin d'œil, avant de replonger la tête la première dans son univers cybernétique. La confiance absolue en ses capacités et ses chances de réussite ôte un peu de pression autour de mes poumons. Pourtant, je ne pourrai vraiment reprendre mon souffle que lorsqu'elle sera dans mes bras.

# Chapitre 32

## *Meghan*

Ce que je vis n'est qu'un cauchemar, rien n'est réel, chaque seconde de mon calvaire n'est qu'une chimère. Si je me répète ce mantra assez de fois, je finirai par le croire, j'en suis persuadée. Il est venu me récupérer.

Je savais qu'il viendrait.

Quand il m'a vue attachée sur la chaise, à moitié nue, quatre affreuses marques rougeâtres sous la clavicule droite, il a sorti son arme et abattu le « patron » d'une balle entre les deux yeux.

— Pour l'exemple, a-t-il déclaré sans le moindre scrupule quand l'un des gars a voulu protester.

Il s'est tourné vers le type contestataire, les yeux étincelant d'une lueur vengeresse que je ne connais que trop bien, et a rajouté sur un ton n'admettant aucune réplique.

— Je suis le seul à décider du sort de cette pute ! Vous n'aviez pas d'autres missions que de me la ramener. Je n'ai jamais autorisé que vous vous amusiez avec elle !

Ces grands molosses, pourtant tout à fait capables de se défendre, ont reculé d'un pas sous la réplique cinglante.

— Et puis de quoi vous plaignez-vous ! Votre part sera plus grosse !

Les mercenaires ont opiné, mais il est évident que le brusque retour de bâton les a un peu refroidis. L'un d'eux parfaitement inconscient ou juste trop stupide s'est avancé pour plaider sa cause.

— Vous nous avez dit de la faire parler !

— Sombre idiot ! a-t-il répondu en le clouant sur place du regard. Avez-vous réussi avec vos méthodes archaïques à la faire parler ?

Se rendant compte de son erreur, le gars s'est reculé d'un pas, comme pour confirmer mon silence et tenter de retirer ses paroles. Mais le mal était fait. Remarque, je ne suis pas certaine que son intervention ait vraiment changé quelque chose au destin funeste que mon tortionnaire leur destinait. Malgré tout, le sombre idiot, plus pourvu en muscles qu'en cerveau, n'a pas eu l'air de saisir ce qui l'attendait dans les minutes à venir. Pourtant, malgré mon état de semi-conscience, cela me paraissait évident que je ne serais pas la seule à crever aujourd'hui.

Julius a ensuite exigé qu'on me détache, avant de les faire sortir de la pièce. Bien sûr, mon bourreau avait prévu un comité d'accueil, mais ces crétins n'avaient rien vu venir. Des coups de feu ont retenti, suivis de gémissements et d'un ultime tir. Puis le silence. Un silence glacial et mortel.

Leur compte est réglé.

Ne restait de mes kidnappeurs que des cadavres.

Les minutes qui ont suivi m'ont paru irréelles, comme si l'on m'avait une nouvelle fois injecté une drogue. Un balaise (encore un) m'a obligée à me lever et tout s'est enchaîné.

Le pic de douleur à la hanche a rejoint le feu cuisant de mon épaule, les multiples contusions et le visage tuméfié. Mon corps courbatu n'a pas supporté cette ultime demande et mon cerveau a perdu pied, avant que je ne m'effondre au sol.

Lorsque j'ouvre les yeux, je suis étonnamment alerte. Les images de la scène que je viens de quitter me reviennent en mémoire, mais je les observe avec détachement. Plus de douleur, plus de fêlure à l'âme, juste moi, Meghan Mélina Nathalie Blanc, perdue dans un monde d'un blanc immaculé.

Autour de moi, quelques personnes vaquent à leurs occupations. Mon regard est attiré par un homme dont l'attitude me paraît passablement étrange. Il porte la main à sa bouche, comme s'il allait croquer dans un fruit. Je le prendrais presque pour un fou, sauf que, lorsque ses mains arrivent à ses lèvres, une belle pomme bien juteuse apparaît comme par magie.

— Waouh c'est trop cool ! est la seule parole que je suis en mesure de formuler.

Les personnes autour de moi me prêtent à peine attention, même si je surprends quelques coups d'œil étonnés. Je ne m'en préoccupe pas, trop concentrée sur le type qui poursuit son manège. Il croque dans le fruit, trois ou quatre fois, et le fruit disparaît aussi simplement qu'il était apparu. Je ne sais pas pourquoi je ne remets pas en question ce que je viens de voir, que mon esprit cartésien ne tente pas de trouver une explication rationnelle. Je trouve cela normal, au même titre que le banc qui se matérialise derrière moi, quand je décide de m'asseoir.

C'est seulement quand mes fesses touchent la surface moelleuse d'un canapé, que je réalise que c'est ce dont j'avais envie. L'idée que mes envies prennent forme me remplit de satisfaction. Je dois être morte, je ne vois pas d'autre explication. Penser à ma mort me ramène à celle de ma meilleure amie et j'éprouve une envie irrépressible qu'elle soit avec moi. À peine l'ai-je formulée qu'elle apparaît à mes côtés.

— Jadde ? C'est bien toi ?

Elle me sourit en réponse. Ses grands yeux verts m'observent avec douceur et tristesse.

— Mon Dieu, ma Jadde, tu m'as tellement manqué !

D'un élan du cœur, je l'attire dans mes bras et la serre aussi fort que je peux. Peu m'importe qu'elle ne soit qu'une projection de mon esprit. La voir, la sentir près de moi c'est le plus grand réconfort que je puisse imaginer.

Elle me rend mon étreinte, avec la même ferveur. Tout paraît si réel, alors que je sais pertinemment que rien ne l'est. C'est cette conscience qui me fait légèrement reculer.

Elle s'accorde à mon geste et nos regards se croisent.

— Tu m'as manqué aussi, murmure-t-elle de sa voix chargée d'émotion. Tu as mis tellement de temps à venir me voir.

Je fronce les sourcils sans comprendre.

— Tu étais tellement en colère même dans tes rêves que je n'arrivais pas à me connecter avec toi.

— C'est toi qui fais ça ?

Elle secoue la tête, et explique.

— Non, c'est nous deux ensemble. Mais ça n'a plus d'importance, je suis si heureuse de te voir !

— Nous allons pouvoir en profiter, maintenant que nous sommes ensemble.

Elle secoue la tête.

— Cela ne va pas durer, tu vas repartir !

— Je ne veux pas ! Maintenant que je t'ai retrouvée, je ne veux pas te quitter à nouveau.

— C'est impossible, Meg, tu as des choses à accomplir. Logan a besoin de toi, tu as besoin de lui.

— Non ! accentué-je, avec un mouvement vigoureux du visage.

— Il le faudra pourtant. Tu ne peux pas le laisser seul, il n'y survivra pas.

— Mais il n'est pas là ! Ce que je vais vivre, c'est horrible. Julius va me briser.

— Tu as survécu à bien pire !

— Comment ? Comment le sais-tu ?

— Cela a moins d'importance que la conviction que tu y parviendras. Tu te relèveras encore et toujours. Cette fois Logan t'y aidera. Laisse-le entrer. Ensemble, vous parviendrez à vous relever.

Pour ne pas répondre, je l'entraîne à nouveau dans une étreinte où je lui transmets la peine engendrée par son absence, tous les mots que je n'ai pas su lui dire.

J'enfouis mon nez dans son cou et des images d'enfance et de paix m'envahissent.

— Je suis là, murmure-t-elle, je le suis toujours. Peu importe que je sois physiquement à tes côtés ; mon cœur, lui, n'est jamais loin. Cela me fait penser à une citation que j'ai toujours associée à notre amitié. « *Le cœur ne connaît ni temps ni distance.* ». Chaque fois que tu douteras, penses-y mon amie. Et reviens me voir aussi souvent que tu le voudras. Je serai toujours là à t'attendre.

Elle resserre un peu plus son étreinte et avant que je puisse lui répondre, un seau d'eau glacée me ramène à la réalité.

Je n'ai pas le temps de m'interroger sur ce qu'il vient de se passer, qu'une voix tout droit sortie de mon enfer personnel me susurre près de l'oreille.

— Il est temps de régler nos comptes !

# Chapitre 33

## Logan

La recherche de Fitz prend plus de temps que prévu, mais huit heures après son enlèvement nous sommes devant le repère des kidnappeurs. C'est une petite maison isolée, à l'abri des regards, une maison parfaite pour faire subir à la femme que j'aime les pires tortures. J'essaie de ne pas y penser, mais cette idée n'arrête pas de me torturer. Huit heures, c'est atrocement long quand on vous violente, quand on vous malmène. J'ai beau repousser le plus loin possible de moi cette idée, je n'arrive pas à m'en défaire.

Elle a besoin de moi, et j'ai tardé à venir.

Je voudrais crier ma frustration. J'aurais préféré être à sa place, qu'elle n'ait pas à subir ces supplices pour coincer cette ordure. Mais, même si je le désire de toutes mes forces, ça ne la ramènera pas plus vite. Alors, je fais un effort pour me concentrer sur ce que je peux maîtriser.

J'observe les données récoltées par la caméra thermique de l'équipe d'intervention, assis dans le van sombre garé à quelques centaines de mètres de la cible. Les données enregistrées montrent plusieurs individus couchés à même le sol, répartis dans deux pièces. Ils sont quatre dans la pièce principale et seulement une dans la seconde. Mon cœur se serre à l'idée qu'elle est probablement l'individu en question.

Les équipes se répartissent autour du bâtiment, prêtes à donner l'assaut. Il fait nuit noire maintenant, c'est le moment idéal pour intervenir.

J'ai pour consigne de ne pas quitter le van, mais c'est atrocement difficile de la respecter quand elle, mon tout est retenue prisonnière à quelques mètres à peine.

Gérald, qui coordonne l'ensemble, lance le décompte pour synchroniser les équipes.

Cinq, mes mains tremblent et j'ai peur.

Quatre, mon souffle se coupe et mon cœur a un raté.

Trois, j'ai envie de vomir et des fourmis dans les jambes.

Deux, je ferme les yeux avant de me lever.

Un, il faut que j'y sois, peu importe le risque.

Tandis que les équipes lancent l'assaut, je saute par la porte du van et me précipite vers la maison.

À l'extérieur, tout est calme, trop calme. Le silence est soudain troublé par le bruit d'une vitre brisée et d'une porte défoncée. Je cours comme un dératé.

Mon Dieu, faites qu'elle aille bien ! Qu'ils ne lui aient fait aucun mal ! Je rejoins la porte de la maison en un temps record. Je n'ai jamais couru aussi vite. Quand je m'apprête à entrer, le corps massif de Gérald me barre la route.

J'essaie de le pousser pour aller la rejoindre, mais il m'en empêche.

— Laisse-moi passer, putain !

— Il n'y a plus rien à voir ici !

Ma voix s'étrangle dans ma gorge, et j'arrive juste à demander d'un ton terrifié.

— Meg ?

— Elle n'est plus là…

# Chapitre 34

## Meghan

J'ouvre les paupières d'un seul coup.

Je vois flou, mais suffisamment pour distinguer le corps athlétique d'un quinquagénaire que je déteste plus encore que ma propre mère.

— Alors petite pute, tu as décidé de me causer des problèmes.

Son visage est tout proche du mien et j'avale avec difficulté le mélange de salives et de sang qu'il me reste dans la bouche. Les relents nauséabonds de son parfum hors de prix qu'il utilise toujours me donnent la nausée.

Plutôt que de lui répondre, je lui crache à la figure. Je vois double, mais vu la claque que je récolte, je suppose que j'ai atteint ma cible. Sa chevalière me déchire la lèvre et le goût du sang s'accentue.

Il sort un mouchoir de sa veste et s'essuie tandis que ses yeux lancent des éclairs.

On m'a déposée sur un canapé ou un lit, je ne saurais dire. Comme j'ai bien appris ma leçon, je ne prends pas le risque de le découvrir. J'ai déjà suffisamment de mal à me concentrer pour appréhender ses gestes.

— Tu te crois maligne ! hurle-t-il, en attrapant mes cheveux violemment.

— Va te faire foutre ! répliqué-je, alors que mon cuir chevelu me brûle à hurler.

Il ricane en réponse, et cela n'a rien d'agréable à l'oreille, cela ressemble plutôt au crissement des ongles sur un tableau.

— Ne joue pas les malignes, sinon je te jure que j'ai les moyens de te faire payer la moindre de tes insolences !

— Ha oui ! croassé-je en retour, et que croyez-vous être en mesure de me voler dont vous ne m'avez déjà dépouillée ?

— On a toujours quelque chose à perdre.

Même si je ne devrais pas, je continue les provocations, parce que je hais cet homme et que je me suis promis de ne plus jamais m'écraser devant lui.

— Vous avez déjà tout saccagé, il y a des années ! Je n'ai plus rien qui mérite de se battre.

Bien entendu c'est faux. S'il s'en prend à mes amies ou pire, à Logan, je n'y survivrai pas. Mais ce n'est pas le moment de lui laisser voir une faille dans ma carapace. En réponse, il balance ma tête contre l'accoudoir du canapé. L'impact résonne dans ma boîte crânienne encore et encore. J'ai tellement de mal à me concentrer que je vois à peine le signe de main qu'il adresse à un type que je n'avais même pas remarqué, au fond de la salle.

À vrai dire, j'y prête à peine attention, parce que j'ai toutes les peines du monde à penser à autre chose qu'à mon corps engourdi et le tam-tam lancinant dans mes oreilles. Soucieuse de ne pas quitter mon ennemi des yeux, je plisse les paupières pour me débarrasser de cette désagréable diplopie.

— Qu'est-ce que tu veux ? Pourquoi suis-je encore en vie ? craché-je avec provocation.

Rester concentrée sur la conversation est mon seul point de ralliement. Je dois à tout prix rester consciente et garder les idées claires. Je sais très exactement ce qu'il veut puisque les connards qui l'ont précédé m'ont répété la même question pendant des heures. Mais je préfère encore l'entendre bavasser que me prendre des coups.

Il sourit avant de répondre.

— J'attends des réponses ! Tu vas m'expliquer à quoi correspondent les recherches que Michael Julianny a réalisées pour toi.

J'ai la confirmation que j'attendais, il est bien responsable du passage à tabac de Mick. Je ne l'en déteste que plus !

Maintenant, je dois déterminer ce qu'il sait. Sa question ne me laisse que peu d'indices, il faut que j'en sache plus.

— Qu'est-ce qui te fait penser que cela à un rapport avec toi ? Tu es loin d'être le centre de mon monde !

Si ma pique l'atteint, il n'en laisse rien paraître et poursuit sur un ton ferme.

— Peu importe qui est la cible, je veux ces infos et je ferai ce qu'il faut pour les obtenir. Tu devrais savoir que la connaissance est la clef de la réussite.

— Ne compte pas sur moi pour rentrer dans ton jeu ! Je ne te dirai rien ! Tu veux me torturer, vas-y qu'on en finisse ! J'en ai assez de tes petits jeux pervers, de ta domination ridicule.

Comme toujours, tu as besoin d'affirmer ta virilité et d'imposer ta position, tu es encore plus pathétique que je ne le pensais. Mais tu sais quoi, je n'en ai rien à faire de tes phrases à la con. Mes recherches ne te regardent pas et je ne t'en dirai pas un mot.

Il étrécit les yeux et son regard vicieux m'examine avec perfidie.

— Crois-tu vraiment que tu sois en position de faire de l'esprit. Ta vie ne tient qu'à mon bon vouloir.

— Je n'ai pas peur de mourir ! lui hurlé-je en retour. Tu crois que tu me fais peur ! Je n'ai rien à perdre, Julius.

À la mention de son prénom, son regard se fait dur parce qu'il déteste qu'on fasse preuve d'une telle familiarité à son encontre. Monsieur a des rêves de suprématie !

— Meghan, Meghan, Meghan, rétorque-t-il, comme s'il s'adressait à une enfant capricieuse, tu n'apprendras donc jamais rien ! Il y a bien pire que la mort !

Son sourire pervers me glace à l'intérieur. Il reporte son attention vers l'entrée et je suis son regard avec inquiétude.

La porte de la petite pièce s'ouvre et mon cœur se brise.

Il n'oserait quand même pas se servir de son fils pour m'atteindre ?

N'a-t-il donc aucune limite ?


On pousse, sans ménagement, Alek dans la pièce et il manque de tomber. Mon ancien compagnon cherche une explication et croise le regard cruel de son père. Incrédule, il le fixe, puis comme s'il avait senti ma présence, tourne son regard dans ma direction. Je vois le moment précis où il me reconnaît et où il prend la pleine mesure de la situation. Son regard d'habitude si doux se fait meurtrier. Je n'ai pas besoin de lire dans son esprit pour savoir exactement à quoi il pense.

# Chapitre 35

## *Flashback*

*Sept ans plus tôt*

Voilà un an, jour pour jour, que la vie de Meghan est devenue un cauchemar. Elle n'aurait jamais cru après avoir survécu aux horreurs de son enfance, qu'elle retomberait sous le joug d'un monstre dominateur et sadique, qui tire de la satisfaction de sa souffrance.

Mais aujourd'hui, tout va changer, Julius l'a peut-être contrainte à trahir son amie Jadde en l'enrôlant dans l'entreprise de ce pervers, mais elle a bien l'intention de la protéger, coûte que coûte. C'est la goutte de trop, l'élément qui change tout. Elle ne peut pas le laisser faire, pas alors que son amie risque de se retrouver sous les tirs croisés parce qu'elle a été trop faible pour résister.

Quand il y a quatre mois, il a commencé à lui parler de Jadde, elle a senti une chape de plomb lui tomber sur la tête. Jusque-là, il s'était contenté de ravager tout ce qu'il y avait de beau dans sa vie : son métier, son couple, n'hésitant pas à la transformer selon ses envies, en objet sexuel ou en souffre-douleur. Il s'amusait de la voir se perdre un peu plus chaque jour.

Elle avait tout fait pour résister, mais cela n'avait servi à rien. Il avait saboté toutes ses vaines tentatives de rébellion, allant jusqu'à la droguer, pour laisser ses amis « s'amuser un peu ». Elle était brisée, autant physiquement que psychologiquement, son couple n'était plus qu'une illusion et sa carrière une vaste blague. Désormais, plus rien ne la retenait. S'il voulait détruire ce qu'il restait de sa misérable existence, grand bien lui fasse, mais elle n'entraînerait pas Jadde dans sa chute. Jamais !

Elle ne restait debout qu'à la seule force de sa fierté qu'elle refusait de céder. Elle s'était promis que, quoi qu'il arrive, elle s'interposerait toujours entre son amie et ce monstre et elle allait tenir parole.

Elle avait décidé de le prendre à son propre jeu, même si elle savait que cela allait lui coûter très cher. Elle était déterminée et ne renoncerait pas, quelles qu'en soient les conséquences. Elle n'avait pas compris de suite que son attirance pour Jadde n'était pas motivée uniquement par le besoin d'avoir une carte supplémentaire pour la tenir sous sa coupe. Non, il y avait une raison personnelle dessous et elle avait bien l'intention de s'en servir.

C'était une sorte de faille dans son armure, une faiblesse qu'elle utiliserait sans aucun état d'âme. Il céderait parce que plus que tout, il voulait son amie et qu'il ferait tout et n'importe quoi pour l'obtenir.

Cette fois, il pourrait bien la menacer de tous les maux, allant jusqu'à la dépeindre comme une petite pute opportuniste auprès de son compagnon, elle ne lâcherait rien pas même pour Alek. Elle avait de quoi faire ployer le grand Julius Mc Lewis, elle n'allait pas s'en priver.

Bien sûr, elle regrettait d'avoir entraîné son compagnon dans sa chute. Mais cela faisait déjà longtemps qu'ils n'étaient plus heureux ensemble. Elle le repoussait sans cesse incapable de faire face aux sentiments que son père lui inspirait. Chaque fois qu'elle croisait sans regard, les traits de son paternel se superposaient au sien et elle le haïssait pour ça, même s'il n'en savait rien et n'en était pas responsable. Elle se demandait encore comment il avait pu supporter ce traitement si longtemps. Mais tout cela appartiendrait bientôt au passé. Elle pourrait tourner la page enfin !

La lettre, clef de la délivrance, est partie par coursier il y a une heure. Il est temps de mettre son plan à exécution. Elle enfile la tenue qu'elle a choisie avec attention, enfile ses Louboutin pour couronner son armure. Avant de sortir, elle jette un coup d'œil dans la glace pour vérifier son maquillage, et repousse une des mèches, négligemment échappée de son chignon sophistiqué. C'est parfait !

Julius, en maître du monde, l'attend dans son appartement dans trente minutes. Le taxi est en bas de son appartement et elle le rejoint avec sérénité et assurance. Pour la première fois depuis leur rencontre, elle ne tremble pas, elle n'a pas peur parce qu'elle sait que cette fois c'est elle qui va mener le jeu.

Elle est tellement concentrée sur le petit discours qu'elle a prévu, qu'elle s'aperçoit à peine du trajet. Elle n'a pas droit à l'erreur. Il faut que tout soit parfait. Elle met son portable en silencieux et pianote sur l'écran pour joindre son interlocuteur. Elle ne lui dit rien, c'est inutile, la lettre lui a déjà tout révélé. Lui seul décidera de la suite.

Quand elle arrive, le majordome toujours aussi souriant lui ouvre la porte avec un regard condescendant, comme si elle n'était qu'un parasite, une vulgaire prostituée. Cela ne l'atteint même pas. Cet homme par son silence est devenu complice de son maître et ne vaut pas mieux que lui.

Il la conduit jusqu'au bureau et ferme la porte derrière elle, sans un regard de plus. Julius est assis devant son ordinateur et ne lève même pas la tête en l'entendant. Il a l'habitude de choisir le moment où il va s'intéresser à elle, mais cette fois cela ne se passera pas ainsi.

— Bonjour Julius, clame-t-elle d'une voix claire et limpide, où transparaît une détermination qu'elle n'avait plus éprouvée depuis longtemps.

Il lui adresse un regard glacial, qui habituellement la cloue sur place, mais pas aujourd'hui. Il doit sentir que quelque chose cloche, parce qu'il appuie son dos sur le dossier de la chaise et l'observe avec suspicion.

— Que fais-tu encore habillée ? crache-t-il avec verve. Tu as oublié ce que ça coûte de me faire attendre !

Il débite ses paroles sur un ton menaçant, la rabaissant au simple rang de morceau de viande dont il peut disposer à loisir. Pourtant elle ne bouge pas d'un pouce. Elle reste là, debout, derrière le canapé gris qui a vu si souvent son calvaire.

— Je n'ai aucune intention de me déshabiller, réplique-t-elle aussi sec.

Sans répondre, il se lève et avec l'habileté d'un chat, contourne le bureau et empoigne son bras, pour l'empêcher de s'enfuir, même si elle n'en a pas du tout l'intention.

— Parce que tu crois que tu as ton mot à dire, petite pute ! Je vais te montrer ce qu'il en coûte de me défier.

— LÂCHEZ-MOI !

Elle a parlé d'un ton ferme, sans la moindre inflexion. Surpris, il plisse les yeux, et la dévisage sans pour autant obtempérer.

— Je vous ai demandé de me lâcher, et vous allez le faire maintenant !

Pour toute réponse, il lui décoche une gifle monumentale et la fait reculer contre le mur, en l'étranglant avec sa main libre. Elle ne résiste pas, mais le toise avec une arrogance qu'elle ignorait posséder. Elle voit le doute s'insinuer dans l'esprit de Julius, lorsqu'il croise son expression déterminée.

— Je pourrais te tuer, là, tout de suite, murmure-t-il en resserrant la prise autour de sa trachée.

Elle a du mal à prendre de vraies inspirations, mais elle s'oblige à ne pas paniquer et rétorque.

— Oui, vous le pourriez ! Mais pensez bien que vous ne tarderiez pas à en payer le prix !

— Tu me menaces ? Comme si quelqu'un allait se préoccuper de la disparition d'une petite salope dans ton genre !

— Peut-être ou peut-être pas, quelle importance… une chose est certaine en revanche, si je meurs ou s'il m'arrive quelque chose, vous n'approcherez jamais Jadde.

La façon bien particulière dont elle vient de l'apostropher lui fait relâcher légèrement la pression, et elle respire avec plus de facilité.

— Qu'as-tu fait ?

— J'ai laissé une lettre à mon amie en lui expliquant à quelle menace elle avait affaire. Si je meurs, elle saura absolument tout.

— Tu bluffes ?

— Vous savez aussi bien que moi que ce n'est pas mon genre. Vous m'avez violée, violentée, manipulée pour parvenir à vos fins et tout cela sera réduit à néant par une simple lettre.

Il ne dément pas, et elle voit la nuance de doute s'affirmer dans ses pupilles, ce qui la conforte dans ses résolutions.

— Maintenant, vous allez me lâcher, répète-t-elle pour la troisième fois, en l'affrontant avec encore plus de détermination.

— Tu n'as rien à dire, espèce de petite merde ! Tu crois que tu me fais peur ! Je vais te réduire en cendres pour avoir osé me menacer.

Sa réaction ne l'étonne pas vraiment, même si elle avait espéré qu'elle épargnerait son complice d'une partie de cette violence. Il la frappe de nouveau et sa lèvre se fend. La douleur de sa joue est cuisante et même s'il a un peu relâché sa prise autour de son cou, elle peine de nouveau à bien respirer.

Pourtant, elle reprend sa position, bravant son regard ébène, sans ciller. Elle a bien l'intention de le faire plier et elle n'a plus aucune raison de ne pas employer les mêmes méthodes que lui. La surprise étant sa meilleure arme, elle prend appui sur le mur pour lui envoyer un coup de genou dans les parties si chères à son cœur. Ne s'y attendant absolument pas, il la lâche pour se plier en deux.

Plutôt que de s'enfuir, elle s'éloigne d'un pas et abat sa carte maîtresse.

— Vous pensez être le plus fin, le plus intelligent et contrôler votre petit monde à la baguette, mais vous m'avez sous-estimée, Julius. Notre conversation si instructive avec vos adorables menaces de mort et autres flatteries du genre viennent d'être enregistrées devant témoin. Donc à partir de maintenant, on va jouer selon mes règles. Pour commencer, je vais sortir d'ici indemne, et je vais aussi sortir de votre vie et de celle d'Alek. Je ne veux plus jamais rien avoir à faire avec vous. S'il devait arriver quoi que ce soit à moi, ou à l'un de mes proches, je n'hésiterais pas à rendre cette conversation publique.

— Tu ne vas pas t'en sortir si facilement !

— Honnêtement, Julius, vous n'êtes plus en position d'imposer quoi que ce soit. Je ne veux pas vous traîner dans la boue sans atteindre Alek aussi. C'est la seule raison qui me retient de vous faire payer chacune de vos humiliations, vos violences et vos perversités. Mais ne croyez pas y voir une faiblesse. À mes yeux, la vie a plus de valeur que ma vengeance, mais ne vous méprenez pas pour autant. Si vous tentez quoi que ce soit contre l'un des miens, je n'aurai de repos que lorsque vous serez entre quatre planches.

Elle martèle chaque mot, comme une menace et même si Julius est fou de rage, il ne l'est pas au point de tout risquer pour la tuer. Elle ne perd rien pour attendre cela dit. Si un jour l'occasion se présente, il lui fera payer chacune de ses paroles dans les pires souffrances. Il prendra plaisir à la détruire psychologiquement, il la brisera, ensuite il la tuera lentement sans se presser. Elle le mérite pour ce qu'elle vient de faire, elle devra payer de son sang. Pour l'instant, il n'a pas d'autre choix que de la laisser partir, mais elle ne perd rien pour attendre. Bientôt, il aura sa vengeance.

Quand elle termine son monologue, elle attrape son sac à main, réajuste son chemisier et sa veste avant de sortir de sa vie sans un regard en arrière.

# Chapitre 36

## *Logan*

La situation est inextricable. Certes, il ne nous a pas fallu longtemps pour repérer où elle a été emmenée ensuite, mais cela ne nous avance pas vraiment. Julius Mc Lewis n'est pas totalement idiot. Il s'est arrangé pour se mettre hors de portée. Et il a fait preuve d'une ingéniosité particulièrement perverse.

Pendant que mon frère rejouait son tour de passe-passe pour trouver Meghan, j'ai appelé Mick, toujours sur son lit d'hôpital. Il m'a donné les coordonnées du type qui avait cracké le code de la série de chiffres que Meg avait jalousement gardée. Sur ses recommandations, j'ai pu contacter le type en question qui, moyennant finance, n'a pas hésité longtemps à nous faire part de sa méthode de « désencodage ». Avec ses données, nous avons eu accès à la banque d'informations correspondante, et une chose est sûre : McLewis est la pire des ordures que la terre ait portée.

Il est mouillé dans tellement de trafics dans tout le pays, qu'il ne pourra pas s'en sortir cette fois.

Les premières exactions recensées datent d'une trentaine d'années. Mais le père de Jadde a bien fait les choses. Plutôt que de donner accès à des numéros de compte, ou des informations sur ses méfaits divers, il a simplement placé un cheval de Troie sur les serveurs de données bancaires cryptées.

Ce qui est particulièrement astucieux c'est que même lorsque la technologie a évolué, il n'y avait aucune raison de toucher à cette partie. Si l'on compare le réseau informatique à un arbre, il s'agirait du pépin qui prend racine. Il est tellement indolore que personne n'y a jamais prêté la moindre attention. En plus, et c'est là le génie de son inventeur, le mouchard est totalement indétectable, à moins de savoir qu'il s'y trouve. J'ignore comment le père de Jadde a réussi à avoir accès à une telle technologie trente ans en arrière, mais j'avoue que je suis très impressionné.

À l'époque, l'informatique n'en était qu'à ses balbutiements. Les serveurs bancaires étaient les plus sécurisés, mais avec quelques connaissances de base, il pouvait facilement être piraté. Le hacker n'a même pas pris cette peine, il s'est contenté de créer un lien, pour que les comptes apparaissent, sans passé par le serveur de la banque. C'est une sorte de pont-levis, simple et efficace.

Là, où il a joué gros, c'est en misant sur le fait que Julius ne changerait pas de compte, dans les années à venir. C'était loin d'être un pari gagné. Il plaçait ses pions sur l'égo sur dimensionné de McLewis, qui se croit encore aujourd'hui totalement intouchable. Bien entendu, les mesures de sécurité bancaires se sont accrues, mais avec cette stratégie personne ne s'aperçoit de rien.

Si le code tombait entre de mauvaises mains, et qu'on tentait de comprendre à quoi il correspondait, on accéderait à de simples infos compromettantes sans pour autant voir apparaître le moindre nom.

Par contre, avec le code complet, c'est une véritable porte ouverte sur les activités illicites de McLewis. Il est cuit, sans en avoir conscience.

Le problème c'est que même en disposant d'un lot de preuves indiscutables, pour l'instant, ce monstre s'est expatrié en terrain protégé.

Plutôt que de se barricader dans une forteresse, il a fait preuve de plus d'imagination. Pour assurer sa sécurité, il a choisi de s'installer dans l'Ambassade israélienne. Vu la situation géopolitique actuelle, autant dire qu'il s'est établi sur un baril de poudre.

Comme les lois américaines sont très claires à ce sujet, les consulats sont considérés comme des terres étrangères, aussi avant que nous puissions obtenir une autorisation pour entrer, ils auront eu mille fois la possibilité de la tuer.

Grâce à sa place à la tête de la plupart des réseaux de communication mondiaux, il a une position privilégiée pour créer des alliances puissantes. Si les forces spéciales du gouvernement tentent une intrusion, ils risquent de jeter de l'huile sur une situation déjà très tendue. L'intervention d'un groupe armé dans les murs de l'ambassade pourrait aisément déclencher une guerre. C'est d'ailleurs sur ce point qu'il place sa première ligne de défense JMC.

Il est persuadé que personne ne prendra le risque de l'attaquer dans cette enceinte. Ce qu'il n'a pas pris en compte dans l'équation, c'est que le contexte diplomatique m'importe bien moins que la femme que j'aime. Et soyons clairs, il n'est pas question que je laisse Meghan avec ce malade, une minute de plus.

Si ça continue, je vais faire un infarctus à force d'avoir le cœur bombardé par des pics d'adrénaline. Mon corps est en transe de la sentir si près et si loin à la fois. Je ne vais pas supporter ce régime encore bien longtemps, pour la vingtième fois en une demi-heure, je réexamine nos options.

La première, la plus efficace, mais clairement la plus risquée, on joue les gros bras et l'on rentre en force. Si l'on agit ainsi, il ne fait aucun doute que notre agression sera prise pour une attaque directe à l'encontre d'Israël. Pas besoin d'espérer la moindre aide des États-Unis qui n'auront pas les moyens de nous protéger. Nous nous exposons tous à la peine de mort, et plus personne ne sera là pour sauver Meg. Sans compter que nous risquons de tuer des civils, ce que je ne pourrais jamais me pardonner. Même si mon cœur vote pour cette option, je ne peux pas mettre la vie d'innocents sur la balance.

La seconde, la négociation, j'ai déjà commencé à œuvrer dans ce sens. Le seul souci, c'est que les accords passés entre McLewis et l'ambassadeur sont basés sur des pots-de-vin de vin financiers de plusieurs milliers de dollars. J'ai largement les moyens de les outrepasser, mais je n'ai pas le pouvoir qu'a Julius en termes de propagande et ça fait toute la différence. Au mieux, j'ai obtenu qu'ils ne la retiennent pas si elle souhaite sortir. Seulement pour cela, il faudrait déjà qu'elle parvienne à échapper à son geôlier.

La troisième et dernière option : l'extraction avec une attaque rapide, précise et efficace. L'ambassadeur a explicité que si nous tentions la moindre approche, il prendrait cela comme une agression et agirait en conséquence. Mais comment pourrions-nous la laisser se battre seule ? S'il nous faut nous battre, nous le ferons. Seulement pour envisager cette dernière approche, il nous faut un plan d'action. En attendant, nous sommes pieds et poings liés et cela me fait enrager…

# Chapitre 37

## Meghan

Alek se redresse, tandis que le garde du corps sort à la demande du chef de cérémonie. Cela me surprend presque, je sais que McLewis aime avoir des spectateurs pour asseoir son autorité ! Je n'ai pas le temps d'y réfléchir que je suis happée par un Julius nous toisant avec mépris. Il nous regarde avec supériorité, comme si nous ne représentions que des parasites négligeables. Je n'ai aucun doute sur les raisons de la présence d'Alek. JMC a décidé de me torturer et tout le monde l'a parfaitement assimilé. Pourtant, mon ancien compagnon tente d'obtenir une vision globale de la situation.

— Père ? Que se passe-t-il ici ? Pourquoi Meg est-elle dans un tel état ?

Malgré mon état pitoyable, il ne cherche pas à se rapprocher. Pourtant, j'aimerais être à l'abri dans ses bras même si je sais pertinemment que rien ne me protégera de la suite. Au lieu de me blottir contre lui et de m'accorder une pause, je lutte contre le brouillard de plus en plus épais qui m'enveloppe et m'empêche d'avoir les idées claires.

Son père ne prend même pas la peine de lui répondre. Il a toujours vu dans son fils un moins que rien qui n'est et ne sera jamais à la hauteur de ses exigences. Il aurait fallu qu'il hérite de son sens du sadisme et de « son hypermaîtrise ». Or Alek est et restera un artiste bohème dans l'âme. C'est un homme doux, attentionné, qui ne pense pas à imposer sa vision du monde. Il aime les gens, la culture et juge que la paix est le plus précieux des cadeaux. Autant dire qu'il est le strict opposé de son affreux géniteur.

— Que fait Alek ici ? demandé-je, en reprenant les dires de mon ex. Vous n'allez pas vous servir de votre propre fils pour me faire souffrir. C'est votre chair et votre sang. Bon sang, vous n'êtes quand même pas aussi perverti !

Ses yeux flamboient de satisfaction, bien sûr qu'il n'hésitera pas à l'utiliser pour m'atteindre. Plutôt que de répliquer, il sort une arme de la poche arrière de son pantalon et la braque dans ma direction. Alek écarquille les yeux et sans me jeter un coup d'œil se déplace doucement pour se placer dans la trajectoire. J'ai envie de lui hurler de ne pas bouger. Je lui ai fait déjà suffisamment de mal, il n'est pas question qu'il me protège. Cependant si je le lui demande le monstre reportera son attention sur son fils et ce n'est clairement pas une bonne idée.

— Reste où tu es ! gueule mon bourreau.

Alek s'immobilise, à quelques pas de moi. Son père fait glisser son arme dans sa direction.

En plantant ses yeux dans les miens, il demande sur un ton n'admettant aucune réplique.

— Je te repose une dernière fois la question : « Que cherchait Michael Julianny ?»

Pour appuyer ses paroles, il retire la sécurité de l'arme. J'hésite et le nœud dans ma gorge m'étrangle. Il faut que cette ordure paye, mais est-ce que cela vaut la vie d'un homme ? D'Alek ?

Devant mon silence, il prend la décision pour moi, et tire sur son fils, sans la moindre émotion.

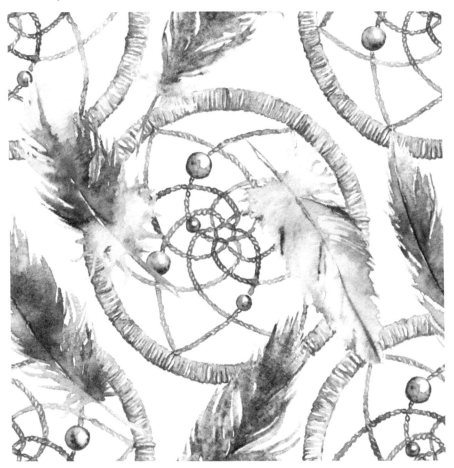

# Chapitre 38

## *Logan*

Un coup de feu retentit dans l'enceinte du complexe. Nous ne l'aurions probablement pas entendu, si les super micros de mon frère n'étaient pas braqués sur l'Ambassade. C'est un son caractéristique facilement identifiable. C'est beaucoup plus compliqué quand il s'agit de voix, surtout dans une pièce qui semble insonorisée.

Mon cœur a un raté. Mon Dieu ! Faites qu'elle ne soit pas touchée ! Ma poitrine se comprime douloureusement, et je serre les dents à me briser les mâchoires.

Comment puis-je la laisser dans une telle situation. Si seulement, j'avais écouté mon instinct et que je ne l'avais pas laissé s'enfuir. Si j'avais refusé qu'elle serve d'appâts. J'aurai dû…

À bout de nerfs, incapable de me contenir plus longtemps, je me rue hors du Van pour me heurter à trois murs de muscles armés jusqu'aux dents. Les officiers ont dû recevoir des ordres stricts parce qu'à la seconde où je pose un pied au sol, toutes les armes se braquent dans ma direction.

Même si nous avons obtenu l'autorisation de nous garer à quelques mètres de l'entrée, c'est bien loin d'être suffisant. Je serais capable de n'importe quoi, pour la rejoindre et la protéger. Même à braver les flingues de ces crétins de soldats complices involontaires de sa séquestration.

J'entends Gérald aboyer un ordre que je ne comprends pas, trop concentré sur les molosses que je trucide du regard. La seconde suivante, quatre mains m'attrapent sans ménagement et m'obligent à remonter dans le véhicule. Je me débats, mais leur poigne est ferme et je suis incapable de me libérer.

Même si Gérald, concentré sur les plans, n'a pas levé la tête en entendant le coup de feu, il redouble d'énergie pour trouver le moyen d'entrer.

— Arrête de jouer aux cons ! m'engueule-t-il quand la porte latérale se referme. Si tu continues, tu vas griller toutes nos chances ! On va aller la chercher, mais laisse-moi faire mon job. On fait ça à ma façon ! Alors, calme-toi, assieds-toi et écoute !

Je me laisse tomber sur un des sièges, défait. Je passe mes mains sur ma nuque, me penchant en avant, les coudes sur les genoux.

— J'en peux plus de rester là à attendre, elle est en danger ! On ne peut pas la laisser une minute de plus avec ce salopard.

— Elle est forte, elle tiendra !

— Elle ne devrait pas avoir à le faire ! Putain ! Je n'aurais jamais dû accepter ce plan de merde !

Je croise son regard furieux.

— Merde ! Tu vas arrêter de te lamenter ! On a besoin de ton cerveau, pas de guimauve. Alors soit tu la boucles et tu me laisses bosser, soit on te ramène chez toi illico ! C'est pigé !

Bien sûr qu'il a raison, mais l'imaginer seule, en danger, c'est bien plus que ce que je suis capable de supporter. Nous nous affrontons du regard avant que je finisse par obtempérer pour qu'il ne me laisse pas en plan.

Comme j'ai besoin de plancher sur quelque chose plutôt que de l'imaginer se vidant de son sang, apeurée et désespérément seule, je me rapproche de lui pour prendre part aux recherches.

— Qu'as-tu en tête ? demandé-je, en tentant de retrouver mon calme.

— La seule option, ce sont les égouts. Mais, il me faut encore un moment, pour nous y préparer. Prends ton mal en patience et prie pour qu'elle ne fasse pas l'idiote, d'ici là.

J'encaisse sa remarque, tel un nouveau coup de poignard dans la poitrine. Elle hait ce type et la connaissant, je doute qu'elle se taise. Pourtant une nouvelle fois, mon cœur se répète la même litanie idiote.

— Ne fais rien de stupide, ma chérie, j'arrive !

# Chapitre 39

## Meghan

Alek s'effondre, en se tenant le bras. Cette ordure l'a fait ! Il a froidement tiré sur son fils.

C'est un monstre !

Les veines saturées d'adrénaline, je me lève d'un bond, pour rejoindre mon ex couché sur le sol. La balle a traversé son bras, et cela saigne abondamment. Je cherche autour de moi de quoi comprimer la plaie. Ne trouvant rien à portée, je retire mon chemisier déchiré et appuie de toutes mes forces sur l'impact. Je me retrouve demi-nue, mais ça n'a vraiment aucune espèce d'importance. Alek gémit apathique sous le choc.

— L'équipe médicale viendra s'occuper de cette mauviette, si tu réponds à ma question.

— Allez-vous faire foutre ! Bordel, vous êtes un vrai malade ! C'est votre fils, bon sang ! Cela ne représente donc rien pour vous !

Il ricane en réponse, comme un dément.

— Il n'a jamais rien été d'autre qu'une déception. Il a peut-être mon sang qui coule dans ses veines, mais ce n'est pas mon fils ! Il est trop faible pour ça !

— La faiblesse ? Vous le trouvez faible ? C'est certainement l'homme le plus fort que je n'ai jamais croisé ! Malgré tout le mal que je lui ai fait, que vous lui avez fait, il m'a accordé son pardon ! Il a accepté mes excuses, pour mes faiblesses face à vous pendant près d'une année. Alors, je vous interdis de le traiter de minable, il est bien plus compatissant et fort que vous ne le serez jamais.

J'ai craché ces mots à l'image de pics que je voudrais lui enfoncer dans le cœur. Il rit plus fort.

— Le pardon est un sentiment ridicule pour excuser sa propre faiblesse. Vous êtes bien du même bois tous les deux. Vous me dégoûtez ! Maintenant, si tu ne veux pas que la prochaine balle l'atteigne entre les deux yeux, tu as intérêt à me donner les explications que j'attends !

Sa violence est perceptible. Il veut du sang, de la vengeance. Il n'hésitera pas à tirer. Malgré tout ce qu'il a pu me faire, je crois que je n'ai jamais eu aussi peur de ma vie. Si je le lui dis, je vais perdre toutes mes chances de le faire payer un jour. Il s'en sortira indemne, une fois encore, parce qu'il saura trouver une parade, je n'en doute pas une seconde.

Si je ne dis rien, c'est Alek, puis moi, qui en paierons le prix. Il me faut du temps pour réfléchir, je dois trouver le moyen de nous sortir de là.

Je compartimente mes émotions pour m'éclaircir les idées. La seule solution envisageable est de ne lui livrer une partie de la vérité.

Sur un ton que je veux le plus résigné possible, je lâche :

— Je ne sais pas ce que ces numéros représentent, nous n'avons pas réussi à craquer le code, mais je ne doute pas de leur importance, puisque c'est Jadde qui me les a confiés avant de mourir.

À la mention de Jadde, une expression de regret passe furtivement sur son visage, puis disparait presque aussi vite qu'elle n'était apparue. Lorsqu'il reprend son air c'est fait calculateur.

Il exige :

— Donne-moi ce code !

Je refuse de la tête.

— Pas tant que Alek ne sera pas soigné !

— Je t'ai demandé de me donner ce putain code ! MAINTENANT !

— Vous pouvez hurler autant qu'il vous plaira, je ne dirai rien, tant qu'on ne le soignera pas.

Il s'approche de nous, m'attrape violemment par le bras, et colle son visage au mien.

— Je t'ai demandé ce code, et je compte l'obtenir de gré ou de force !

Il place la pointe de son arme, sur le front de son fils, sans pour autant me quitter des yeux. Il retire la sécurité et place son doigt sur la détente. Un vent de terreur pure souffle dans mon cœur. Je ne peux pas prendre le risque qu'il le tue.

— Très bien, murmuré-je, vaincue, je vais vous le donner.

Il me balance à travers la pièce et je m'étale pitoyablement sur le sol. À la même seconde, alors que Julius continue de me regarder plein de suffisance et de mépris, il perd l'équilibre.

Je ne comprends pas de suite ce qu'il se passe.

C'est uniquement, quand je vois Alek se jeter sur lui que je saisis. J'essaie de me relever, mais ne parviens à rien d'autre que de m'effondrer de nouveau. Epuisée, à bout de force, sonnée, je rampe pour les rejoindre.

Je ne parcoure que quelques centimètres avant de tenter à nouveau de me mettre debout. Lorsque j'y parviens enfin, une douleur fulgurante me coupe le souffle, je hurle, détournant leur attention et le coup de feu part. La seconde suivante, le monde autour de moi devient flou.

Je m'effondre.

# Chapitre 40

## Logan

En entendant la deuxième détonation, je suis aussi terrifié que soulagé. Rassuré, parce qu'il n'y en aurait pas eu une deuxième si elle était déjà morte, terrifié parce que je suis convaincu que cette fois quelqu'un a vraiment été touché.

Je n'en ai plus rien à foutre de créer une guerre ou un conflit d'État, je ne pense qu'à ma femme, qui est sous les tirs d'une enflure de la pire espèce. Un sociopathe sans foi ni loi ! Il leur reste quelques minutes de préparation avant de lancer l'assaut par les égouts. Seulement, nous ne pouvons plus attendre. Je sors du véhicule en trombe. Gérald essaie de me retenir, mais même lui y met bien moins de conviction.

Comme lors de ma précédente tentative, les soldats braquent leur arme dans ma direction. J'avance d'un pas décidé. L'un deux, dont l'anglais teinté par un accent très marqué, m'apostrophe.

— Monsieur, veuillez-vous arrêter immédiatement !

— Vous n'entendez pas les coups de feu ? Ma femme est à l'intérieur, vous ne pouvez pas me demander de rester ici sans rien faire !

Il secoue la tête, tout en gardant un air impassible.

— J'ai des ordres, monsieur, toutes tentatives d'intrusion se solderont par un tir, sans sommation. Je fais preuve de respect, en vous avertissant, mais je n'aurai aucun état d'âme pour tirer. Alors, arrêtez-vous, monsieur ! Il n'y aura pas d'autres avertissements.

Mon équipe de sécurité, gonflée à l'adrénaline, prend place autour de moi, même si je me suis arrêté à dix pas de l'entrée.

— Laissez-nous passer, soldat ! Nous ne vous voulons aucun mal. Je veux juste récupérer ma femme.

— Non, j'ai juré de protéger mon pays au prix de ma vie. Votre attaque est considérée comme une agression directe à notre encontre.

Les trois soldats armés sont rapidement rejoints par dix tireurs de plus. L'entrée ressemble désormais à celle d'un fort.

Chacun des combattants est sur le qui-vive, la tension est à son comble, et je réalise seulement maintenant que je suis le seul à ne pas avoir d'arme pour me défendre.

— Je suis désarmé, soldat, vous n'allez pas tirer froidement sur une personne innocente et incapable de se défendre !

En réponse, ils mettent leur arme en joue. Aucun d'eux ne tremble, mais un frisson glacé se déverse dans mes veines. Je ne veux pas mourir, mais je ne peux pas laisser Meg livrée à elle-même.

Je fais un pas supplémentaire.

Les soldats posent le doigt sur la gâchette. En réponse, mes hommes dégainent aussi leur arme et les braquent dans leur direction.

Le monde autour de nous semble retenir son souffle.

J'amorce un nouveau pas et je vois dans les yeux du soldat l'instant où il se résigne à mourir. Il ne nous laissera pas passer. À la même seconde, alors que tout est sur le point de dégénérer une voix essoufflée lance, derrière eux.

— Ne tirez pas !

Tous les regards se braquent sur le type en question. Il est masqué par l'attroupement de soldats qui s'écartent quand il s'avance à notre rencontre.

C'est un homme que je connais pour l'avoir vu souvent sur les pages people. Ses cheveux noirs tranchent avec son regard si clair qu'on pourrait voir à travers. Mais ce qui retient vraiment toute mon attention, c'est son tee-shirt couvert de sang et la femme inconsciente dans ses bras.

Ma femme, mon cœur, mon amour !

— Meghan !

Ces mots, censés être hurlés, ressemblent à des sanglots étouffés et je me précipite pour la prendre dans mes bras. L'homme qui la portait s'effondre quand je la récupère. Je tombe à genoux, cherchant sur son corps la moindre trace de blessure. Son visage est tuméfié, son corps malmené, d'affreuses traces de brûlures suivent la ligne de sa clavicule droite. Je tâte son corps à la recherche d'un impact, mais ne récolte que des geignements de douleur.

Je pose mes doigts dans le creux de son cou à la recherche de son pouls. Les battements de son cœur sont précipités, mais réguliers. L'émotion me submerge. Je la serre fort dans mes bras, incapable de retenir des larmes de soulagement. Ma tigresse est en vie. Elle est en vie !

Je glisse mon nez dans son cou cherchant désespérément à me gorger d'elle. J'ai besoin de son parfum pour réaliser que je ne rêve pas, j'ai besoin de sa peau pour la sentir mienne, j'ai besoin de son cœur pour me sentir en vie. Notre contact est tendre, doux et pourtant presque désespéré. Ma bouche est à quelques centimètres de la sienne, je remercie le ciel de me l'avoir rendue.

— Merci ! Merci ! Merci ! sangloté-je en la serrant un peu plus fort.

Je reste ainsi longtemps, la réchauffant dans le cocon de mes bras. Même après l'arrivée des secours, je ne parviens pas à m'éloigner.

Bien à l'abri dans l'ambulance, elle reprend conscience peu à peu. Ses paupières papillonnent longtemps avant de parvenir à s'ouvrir. Quand elle finit par y parvenir, un voile de sueur recouvre son front comme si cela lui avait demandé un énorme effort. Elle fronce les sourcils en m'apercevant avant de lever la main pour effacer les larmes qui marquent mes joues. Épuisée, elle laisse mollement retomber son bras et murmure dans un dernier effort.

— Alek ?

Je ne peux pas m'empêcher d'éprouver une bouffée de jalousie en l'entendant parler de son ex. Pourtant je devrais plutôt lui être reconnaissant, sans lui, elle serait encore coincée avec ce taré et cette histoire se serait probablement soldée par un bain de sang.

— Il va s'en sortir, dis-je, avant de demander avec une pointe d'appréhension.

— Tu veux le voir ?

Elle resserre sa prise sur ma main et esquisse un pâle sourire, qui ressemble bien plus à une grimace. Puis, elle referme les yeux avant d'articuler sans bruit.

— Plus tard…

Elle replonge dans l'inconscience, mais ne relâche pas mes doigts comme pour me rassurer. Je reste près d'elle pendant les heures qui suivent, faisant fi des injonctions répétées des soignants pour m'éloigner.

La seule fois où j'y consens, c'est pour que les infirmiers puissent réaliser les scanners thoraco-pelvien et cérébral, afin d'évaluer la gravité de ses blessures.

Les heures passent dans un brouillard étrange. Rien ne semble réel. Elle est là, avec moi et malgré notre proximité, je n'arrive pas à le croire. Elle a frôlé la mort une nouvelle fois. Une fois encore, j'ai été incapable de la protéger, malgré toutes mes promesses. Sera-t-elle capable de me pardonner ?

Je ne vois qu'elle, n'entends que son souffle heurté quand la douleur se fait plus vive. Je compte ses inspirations, comme si je m'attendais à tout moment que ces instants de bonheur me soient retirés. J'ai eu tellement peur.

Chaque seconde, je prends un peu plus conscience de la chance que j'ai qu'elle soit toujours en vie. Elle est mon univers, mon oxygène, la seule personne qui compte vraiment. Je lui dis tout cela et tellement d'autres choses, alors que je veille avec possessivité sur son sommeil.

Son visage, même tuméfié, est plus détendu que jamais, comme si elle savait que nous venions de mettre un point final à cette histoire et qu'elle s'autorisait enfin à relâcher la pression.

Ce qu'elle ignore encore, c'est que McLewis n'est pas mort. Il a reçu une balle dans le ventre. Heureusement ou malheureusement pour lui, aucun organe vital n'a été touché. Il a perdu beaucoup de sang et sans l'intervention des secours, il serait mort. Vu la gravité des blessures de JMC, l'ambassadeur n'a pas eu d'autre choix que de le transférer à l'hôpital. Il a été conduit sans même passer par le service d'urgence directement au bloc opératoire, moins d'une demi-heure après la bagarre.

Mais Meg a raison de se détendre, parce que même s'il s'en sort vivant, il ne passera pas entre les mailles du filet. Il y a trop de preuves accablantes contre lui. Entre les informations transmises grâce aux codes chiffrés et l'enlèvement assorti de la tentative de meurtre, il ne reverra jamais la lumière du jour.

Si cela n'avait tenu qu'à moi, je l'aurais laissé crever sans intervenir. Il se serait vidé de son sang en sentant peu à peu la vie le quitter, chaque seconde un peu plus. Après tout le mal qu'il a fait, c'était la moindre des punitions.

Si Gérald m'avait laissé faire, je n'aurais pas hésité à briser les doigts de cette ordure, un par un, avant de lui couper les burnes et les lui faire bouffer. Je ne pensais pas qu'il était possible de détester quelqu'un à ce point. Mais mon chef de la sécurité avait d'autres objectifs en tête comme démanteler l'ensemble du réseau. Sans le chef, certaines ramifications nous auraient échappé et il refusait qu'un seul de ces connards s'en sorte.

Les murmures, à peine audibles de ma douce tigresse, ramènent mes pensées galopantes dans la chambre d'hôpital.

— Alek ? demande-t-elle à nouveau.

Étrangement, cette fois, la pointe de jalousie est bien moins intense que quelques heures plus tôt.

— Il est en salle d'attente, ma chérie. Il s'en sort sans trop de mal !

— Je voudrais le voir, souffle-t-elle, en me serrant la main.

Je lui caresse le front en me penchant sur elle.

— Il sera encore là dans quelques heures, tu sais. Tu ne veux pas te reposer plutôt ?

— S'il te plaît !

Résigné, je l'embrasse sur le front et pars le chercher.

Lorsque nous revenons, elle a monté le lit pour se tenir demi-assise. Elle fait visiblement un effort pour masquer sa douleur et sa fatigue.

— Alek, gémit-elle, en contenant mal ses sanglots.

Il se précipite vers elle, et l'entoure de ses bras avec affection. Leur étreinte est si intime que cela me met presque mal à l'aise. Elle doit le sentir, parce qu'elle redresse la tête et me tend la main. Son geste plus que tout autre m'apaise. Elle veut de moi à ses côtés, pour l'instant tout au moins. Je m'assois de l'autre côté du lit, et prends sa main tendue.

— C'est fini ? demande-t-elle, à son ex-amant.

— Oui, ma chérie ! Il ne te fera plus jamais de mal.

Dans d'autres circonstances, ce sobriquet m'aurait fait monter au plafond. Là, il me paraît juste être l'expression de son affection.

Il la serre de nouveau dans ses bras, sans qu'elle me lâche pour autant. Quand il la relâche, il pose son front contre le sien. C'est encore plus intime que leur étreinte, mais je prends sur moi, ce n'est vraiment pas le moment de se laisser aller à jouer l'homme des cavernes.

— Si tu savais comme je suis désolé, murmure-t-il, les yeux brillants, si j'avais été plus clairvoyant, si j'avais entendu tes non-dits, nous n'aurions jamais eu à vivre une telle situation.

Elle lève sa main libre, pour frôler la joue d'Alek avec tendresse et effacer une larme qui lui a échappé.

— Le passé est le passé, il est temps que tu acceptes de te pardonner, comme tu l'as fait avec moi, il y a longtemps. Je vais m'efforcer de faire la même chose.

Il penche sa tête pour accentuer le contact, tandis qu'elle poursuit, avec une douceur que je ne lui avais que rarement vue.

— Tu n'es pas responsable de sa folie. Et je reste persuadée que rien n'est dû au hasard. Je t'aime, je t'ai toujours aimé et je t'aimerai probablement toujours. Mais ce n'est simplement pas à toi que je suis destinée. Logan est mon avenir.

Elle me serre la main, comme pour confirmer ses paroles et poursuit avec douceur.

— Ne regrette rien, Alek, tu as été mon premier tout. Maintenant, il te faut trouver ton reste. Celle qui complétera ton âme, comme Logan complète la mienne.

Il se recule et lui sourit, de ce sourire triste qui m'atteint de plein fouet. Puis se penche pour lui poser un baiser au coin des lèvres, avant de se relever et de rejoindre la porte sans un mot. Avant qu'il ne sorte, c'est moi qui l'interpelle.

— Merci de l'avoir protégée.

Il secoue la tête et répond :

— Tu te trompes, c'est elle qui m'a sauvé !

Il sort sans un mot de plus, refermant ainsi la porte du passé derrière lui.

# Chapitre 41

## Meghan

*Deux mois plus tard*

Est-il possible d'être tellement heureuse que lorsque l'on respire on retient son souffle pour faire durer l'instant ? Est-ce vraiment humain d'aimer les siens avec tellement de force qu'on est incapable de s'imaginer sans eux ?

Ces questions, je me les pose sans cesse depuis que j'ai accepté qu'ils fassent partie de mon monde, parce qu'elles sont l'essence même de mes sentiments. Lorsque je dis « ils », j'évoque Logan et sa famille.

En trois semaines, ils se sont si intensément incrustés dans mon cœur, que je me demande encore comment j'ai pu survivre trente-six ans sans eux. Ils sont tout ce qui m'a toujours manqué : ils sont devenus une partie de moi. Qui aurait pu croire qu'un jour je tiendrais un tel discours. Pas moi en tout cas. Chacun, à sa façon, a su briser mes protections et m'accrocher à lui sans que je ne puisse rien y faire.

Sa mère, pour commencer, est la femme la plus aimante et la plus douce que la terre ait portée. Quand je me suis retrouvée de nouveau clouée à un lit d'hôpital, elle est venue chaque jour à mon chevet pour me tenir compagnie. Elle ne m'avait vue qu'une seule fois bon sang ! Pourtant elle était là, tous les jours malgré les difficultés que se déplacer représente pour elle. Elle est venue.

Le moins que je puisse faire en retour, c'est de lui raconter les grandes lignes de mon histoire. Elle m'a écoutée, a accepté mes paroles, comme faisant simplement partie de mon passé, sans jugement, sans heurt. Juste un parcours avec ses difficultés et ses obstacles. Elle aurait pu craindre pour son fils, mais elle me l'a confié avec un sourire plein de sagesse.

Et puis, il y a Fitz et Dorothée. L'un comme l'autre avait déjà ébranlé mes remparts à notre première rencontre. Leur naturel et leur amour coulaient de soi, sans que je n'aie à le gagner ou me battre pour l'obtenir. Logan m'a choisie, ils aiment leur frère, donc il m'aime moi. Aussi simplement que ça. Cet amour inconditionnel, c'est désarmant. On ne m'a jamais offert de tel sentiment sans condition, sans que j'aie dû lutter pour le garder. Alors cela reste difficile, de recevoir de telle vague d'affection sans m'attendre au pire pour demain.

Britanny a été la seule à me faire sentir sa réserve. Elle ne doutait plus de mon engagement envers son frère, pas plus qu'elle ne pensait que la cupidité était l'un de mes traits de caractère. Pourtant elle était inquiète. Elle m'a avoué, à demi-mot, que lors de nos séparations, Logan était vraiment au fond du gouffre et elle avait légitimement peur que je m'enfuie à nouveau. Or, même si le principal intéressé continue à avoir du mal à l'admettre, je n'ai plus aucune raison de rester loin de lui.

Leur amour est un cadeau et pour connaitre vraiment la valeur d'un tel présent, il faut en avoir été privé. J'ai grandi avec pour seule famille, mes amies. J'ai beau les aimer de toutes mes forces, la vérité c'est que j'ai toujours cru que personne ne pouvait m'aimer puisque même ma mère en avait été incapable.

Alors que ces personnes, dont je ne savais encore rien il y a encore quelques mois, m'acceptent telle que je suis me paraît encore irréel. Pourtant, pour la première fois de ma vie, j'ai juste envie d'essayer d'y croire.

J'ai décidé de poser mes valises pour profiter de chaque petit rien, qu'on nous accorde, parce qu'à mes yeux, ils représentent de magnifiques petits tout.

La dernière étape de mon chemin est de faire admettre à mon mari que je ne vais pas m'enfuir à la première occasion. Et là, j'ai ma petite idée pour qu'il le comprenne.

Je lui ai préparé une petite surprise, c'est un cadeau que je n'ai jamais offert à personne. Je sais qu'il en comprendra la valeur. Reste maintenant à mettre mon amour en scène.

Je regarde la pendule, il a promis de rentrer pour dix-sept heures. Pour l'occasion, j'ai dégagé la chambre d'amis de son appartement hors de prix dans lequel j'ai accepté d'emménager. La lumière du soleil chauffe la pièce, sous le doux scintillement du printemps. Je suis assise sur le sol, au centre de la pièce, une télécommande à la main.

J'ai mis la musique en toile de fond, juste assez fort pour qu'elle le guide jusqu'à moi. J'ai pris le temps d'échauffer mes muscles qui, après trois semaines de repos forcé, ont largement protesté, même si à vrai dire je m'attendais à pire. J'ai parfaitement conscience de l'importance du moment. D'une certaine façon, c'est la représentation la plus importante de ma vie. Je vais pousser mon corps et mon cœur au-delà de leurs limites, pour me donner à lui. Pour n'avoir que lui à l'esprit, j'ai même accepté d'avaler un petit analgésique. Pas question que la douleur vienne gâcher le spectacle !

Je masse ma hanche, par réflexe bien plus que par nécessité. Étrangement, depuis que McLewis est hors d'état de nuire, les douleurs neuropathiques ont quasiment disparu. Je pense souvent à Théophile, mon kiné tortionnaire. Malgré son exigence insupportable et son sadisme, il ne racontait pas que des conneries finalement. J'en viens à penser que mon corps s'était simplement mis au diapason de mon esprit. Quand JML a disparu du tableau, mon esprit a lâché prise et le corps a suivi. Je n'ai plus vraiment envie de repenser à tout cela. Cette histoire appartient au passé et j'ai d'autres moteurs que la vengeance désormais. L'amour est le plus puissant d'entre eux. Il me donne la force de résister et m'aide à me préparer au procès qui m'attend. Je secoue la tête pour éloigner ces pensées de mon esprit. La seule chose qui compte c'est Logan et rien d'autre.

Comme s'il m'avait entendu, la porte d'entrée s'ouvre, et mon cœur s'accélère.

— Meghan ? lance mon mari à travers l'appartement.

En réponse, j'augmente le son et lance la mélodie que je lui ai réservée. C'est un air tendre connu et repris à de multiples occasions. Une ode à l'amour, que l'on peut écouter des millions de fois et la redécouvrir avec le même plaisir. Jean Ferrat, avec son talent incroyable pour la poésie, nous parle d'un amour passionné. Il a beau s'être écoulé plusieurs décennies depuis qu'il nous a offert ces mots, ils raisonnent encore avec une incroyable justesse. J'aurais pu choisir sa version originale, mais la danse n'a pas sa place, les paroles se suffisent à elle-même. Aussi parce que cette chanson est l'exact reflet de mes sentiments, et que je tenais à ce qu'il le sache, j'ai choisi la version plus rock des enfoirés. Elle se prête mieux à ce que j'avais en tête.

Les premières notes retentissent avec le piano et la petite voix mélodieuse des chanteuses en vogue. Déjà dans mon esprit, les mouvements s'enchaînent et si j'agissais comme je le fais toujours, je serais déjà sur la piste, avec un saut, un entrechat ou une arabesque. Même lorsque la rythmique s'accélère et que mon corps réclame de la suivre, je ne bouge toujours pas. Cette fois, ce n'est pas pour moi que je danse, mais pour lui et ça change considérablement les choses.

Je ne vois pas la porte dans la position que j'ai adoptée. Assise, les genoux ramenés sous mon menton, j'ai le front penché vers l'avant et les pointes en extension. Pourtant, à l'instant où il passe le seuil, ma poitrine se comprime et je retiens mon souffle.

Comme s'il sentait que le moment est important, il s'avance dans la pièce et s'installe sur la chaise que j'ai placée à quelques pas derrière moi, sans poser la moindre question. Ses pas expriment une certaine hésitation couplé d'impatience et je ferme les yeux. C'est un moment unique, un cadeau qui, pour moi, a des allures de première fois.

J'inspire et me calque sur le tempo du refrain.

*Aimer à perdre la raison. Aimer à n'en savoir que dire*
*De n'avoir que toi d'horizon. Et ne connaître de saisons*
*Que par la douleur du partir. Aimer à perdre la raison*

Un, deux ! Mon bras lentement se détache pour atteindre le zénith, je me gorge de son regard, qui me caresse les épaules et le dos.

Trois, quatre ! Le second bras suit le geste et j'inspire profondément, m'imprégnant de la mélodie et du doux parfum de mon mari qui sature déjà l'air.

Cinq, Six ! Les mouvements de rotation de mes bras me font basculer sur le flanc, pour lui faire face à plat ventre. Il suit mon geste, avec une attention redoublée. La bouche légèrement ouverte, il me dévore littéralement des yeux.

Sept et Huit ! Je lui souris et lui fais un clin d'œil, alors que j'écarte mes bras du corps, pour mieux enchaîner une nouvelle combinaison.

Un, deux ! Basque avant, suivi d'un battement, au doux rythme de mes émotions. Mon corps s'exprime bien mieux que je ne l'ai jamais fait. Je lui offre celle que je suis et laisse partir celle que j'ai été.

Trois, Quatre ! Balancement de droite à gauche, en mouvement circulaire parfait, à vrai dire, même s'il ne l'était pas, ça n'aurait pas vraiment d'importance. Ce qui compte, c'est de lui donner accès à cette part de moi, que je gardais jalousement. Entrechats, chassé, croisé, envolée. Les éléments s'enchaînent dans une rythmique millimétrée, mais rien n'est plus vrai et intense que mon cœur qui s'ouvre au sien.

Chaque geste, chaque note est une porte ouverte sur mon âme. Mon corps exprime mon amour, le don si précieux de ma confiance, le renoncement à ma liberté.

Tout cela parce qu'il est mien, il est la seconde moitié de mon âme. J'ai réalisé que je préfère mille fois me perdre que passer une seule minute sans lui. J'ignore de quoi sera fait notre futur, mais tant qu'il sera là, le soleil éclairera toujours mon chemin.

# Chapitre 42

## Logan

Lorsque j'entre dans mon appartement, une douce mélodie m'accueille. Je pose le courrier sur la console, oubliant presque instantanément qu'une des lettres est adressée à mon épouse. Je reporte mon attention sur l'absence troublante de ma femme et l'interpelle.

— Meghan ?

En réponse, le son monte. Je tends l'oreille pour mieux entendre la mélodie. C'est une chanson française, elle fait partie du patrimoine. Je l'ai entendue quelques fois, durant ma formation culinaire, sans vraiment m'y intéresser. La version qui défile est différente de l'originale, plus rythmée. J'écoute les premières paroles avec plus d'attention et certaines parlent directement à mon cœur. J'ignore si elle l'a sciemment choisie, en attendant, elle reflète bien mon état d'esprit.

Je m'avance dans l'appartement, sans vraiment savoir à quoi m'attendre. Sera-t-elle en train de danser ? La seule fois, où j'ai eu la chance de la voir évoluer, reste l'une des expériences les plus érotiques de ma vie. Elle a un don naturel pour exprimer ses émotions à travers son corps.

Malgré tout, la première avait quelque chose de dérangeant, comme si elle se perdait dans la danse, se coupait du monde. J'aurais pu jouir, rien qu'à la regarder, mais j'ai surtout le souvenir de son corps se mouvant pour son propre plaisir. Elle dansait pour elle, avant tout, et je l'avais ressenti.

Alors quelle n'est pas ma surprise, lorsque j'entre dans la chambre d'amis où elle a repoussé le peu de mobilier, pour libérer le centre de la pièce. Si je veux être honnête, je n'y accorde pas la moindre attention, bien trop absorbé par mon épouse assise sur le sol prête à danser. Son corps menu est mis en valeur par sa tenue de danse. Elle a enfilé un justaucorps couleur chair, une jupe transparente noire et ses ballerines. Elle est sublime !

Ses cheveux frôlent ses épaules, et j'apprécie qu'elle ne les ait pas attachés. En plus, et c'est suffisamment rare pour le remarquer, elle les a laissés dans leur état naturel, légèrement ondulés. D'habitude, Meg est du genre parfaite. Tirée à quatre épingles, cheveux savamment lissés… la classe personnifiée, en somme. Mais là, elle est juste sublime, naturelle, sans fard, sans faux-semblant, aussi divine qu'après l'amour. Échevelée, détendue, belle.

Elle est immobile. Mon premier réflexe serait de la rejoindre, mais derrière elle est installée une chaise et je suppose qu'elle m'est destinée. Alors je m'exécute. Je m'installe, sans parvenir à détacher mes yeux de son corps. J'ignore ce qui m'attend, mais mon corps, lui, est déjà en mode « je la veux ».

Il faut dire que la dernière fois que nous avons couché ensemble remonte à plusieurs mois. Jamais je n'ai connu un tel désert sexuel, mais je n'imagine pas aller voir ailleurs. Chaque fois que je l'ai prise dans mes bras, ma main est devenue une amie indispensable… ce qui, je l'avoue, me fait passer pour un gros pervers.

Seulement, je refuse qu'elle ne se donne à moi qu'à moitié, alors je patiente. Ce sera tout ou rien, je n'accepterai plus de demi-mesure.

Lorsque le refrain débute, les paroles résonnent et m'atteignent directement en plein cœur, pourtant ce n'est rien, en comparaison du plaisir à la voir commencer à danser.

Elle bouge lentement, suivant la rythmique et les percussions, c'est doux, tendre, une forme de communion entre elle et la musique, mais pas seulement. La communion est aussi avec moi, je me sens comme inclus dans son monde. C'est assez étrange en fait. Elle se dévoile, sa vulnérabilité, son amour, sa confiance, je sens chacune de ses émotions, dans ses gestes. Elle est avec moi autant qu'avec la musique. Ses gestes sont fluides et elle n'hésite pas à utiliser sa jambe, qui la faisait tant souffrir il y a encore quelques semaines.

Elle me fait un clin d'œil, et me sourit alors que son corps m'offre le plus doux des spectacles. Une danse sans barrière, juste de l'énergie et de la sensualité pure.

Elle virevolte, tourne, saute, lance… chaque mouvement me rapproche de l'inévitable conclusion, tout mon corps l'a compris. J'ai de plus en plus de mal à rester stoïque, surtout lorsque chacun de ses gestes la rapproche de moi. Elle me livre tout ce qu'elle est, son corps, son cœur, son âme et j'accepte l'ensemble, sans hésitation.

Les dernières notes retentissent, elle est à bout de souffle et moi au comble de l'envie. Elle s'immobilise à un pas de moi, ses yeux dans les miens, le sourire aux lèvres.

J'aurais envie de crier victoire, de l'emporter sur mon épaule jusque dans ma caserne, taper sur mon torse façon homme de Néandertal. Je voudrais la revendiquer comme mienne enfin. Au lieu de ça, je lui tends juste la main, qu'elle saisit sans la moindre hésitation. Je la rapproche de moi, et l'installe sur mes genoux, sans la quitter une seule seconde des yeux.

J'écarte du doigt une des mèches qui masque son doux visage, et me penche pour l'embrasser doucement, au coin des lèvres. Elle se laisse faire, mais Meg restant Meg, elle ne s'en contente pas et entoure mon visage à deux mains, pour poser ses lèvres sur les miennes.

Elle prend l'initiative et je la laisse faire. J'aurai tout le temps de marquer mon territoire, plus tard, quand mon sexe sera enfoui en elle, et que je lui ferai perdre pied.

Là, elle prend les rênes, me caresse, me séduit de sa bouche, de sa langue, comme elle l'a déjà fait avec le reste de mon corps. Je resserre mon étreinte autour de sa taille, pour qu'elle se frotte plus précisément contre mon érection grandissante. Elle connaît l'effet qu'elle a sur mon corps, je ne le lui ai jamais caché, mais cette fois, elle l'accepte sans chercher à en abuser et à se cacher derrière.

Ses lèvres sur les miennes sont une divine caresse, elle est douce, mouillée et chaude. Quand ma langue part à l'assaut de la sienne, c'est son odeur qui m'enivre. Cette délicieuse saveur inimitable. On se redécouvre, s'apprivoise, se donne, sans jamais essayer de prendre le pas sur l'autre. Il n'y a plus de jeu de pouvoir, juste de la séduction.

À mesure que nos baisers s'approfondissent, mes mains redécouvrent ses courbes. Lentement, sans détacher nos lèvres, même pour reprendre notre souffle, je fais disparaître les barrières qui nous entravent. D'abord sa jupe, fin filet de mousseline, que je détache, sans la moindre difficulté. Puis suit son justaucorps. Je glisse les bretelles le long de ses épaules, puis de ses bras, pour révéler son buste nu. Sa poitrine, offerte à mes mains, tressaute au rythme de sa respiration de plus en plus saccadée. Je ne la vois pas, trop concentré sur sa bouche, que je dévore avec toujours plus d'intensité, mais je la sens.

Je caresse au passage sa poitrine aux douces formes juste faites pour mes mains. C'est un simple effleurement, mais elle retient son souffle.

Mes doigts glissent sur ses flancs, dévoilant toujours un peu plus de sa peau délicieuse. Vu sa position, je ne peux pas aller plus loin, et c'est inacceptable. Aussi, sans même y réfléchir, je la soulève et la porte jusqu'à ma chambre. Je manque de nous faire tomber au moins trois fois, mais je m'en fous, j'ai bien trop envie d'elle pour lâcher sa bouche. Arrivé près du lit, je la couche avec précaution et m'étends à côté d'elle.

Pendant que je la débarrasse de ce qui reste de sa tenue, elle s'attaque à la mienne. Ses doigts graciles détachent les boutons de ma chemise avec fébrilité et elle pose ses paumes contre mon torse. Ses mains glissent sur mes pectoraux puis descendent, en suivant la ligne de poils jusqu'à mon pubis.

Meg glisse sa main dans mon jean et frôle mon sexe déjà tendu. Elle détache les trois boutons, pour libérer mon érection fièrement dressée. Je manque de défaillir quand elle l'enserre entre ses doigts. Elle exerce la juste pression qui me fait gémir.

Ses tétons pointent dans ma direction, attendant, suppliant que je leur accorde l'attention qu'ils méritent. Mes geignements, étouffés par sa bouche, sont suivis des siens, quand je fais rouler, entre mes doigts, ses mamelons gorgés de désir. Je les pince juste comme elle aime. Avec les années, j'ai appris ce qui lui plaît vraiment et je m'attelle à lui offrir le plus de plaisir possible.

J'effleure son ventre du bout des doigts avant de tourner encore et encore autour de son nombril. Quand elle se soulève pour réclamer plus de mes caresses, je poursuis mon chemin vers son sexe.

Je quitte sa bouche pour descendre mes lèvres sur ses tétons, pointant d'impatience. Je les suce fort. En réponse, elle bascule la tête en arrière, pour me supplier de lui en donner plus. Bien sûr, je me fais un plaisir de répondre à sa demande, pince son clitoris. Elle grogne, tandis que mon pouce s'attelle à trouver la juste pression pour la faire haleter.

À bout de souffle, ses hanches ondulent et viennent à ma rencontre. Son sexe est humide, prêt à me recevoir alors que je l'ai juste cajolé. Je bous d'impatience de la prendre comme un fou. Mais à la place, j'entre lentement deux doigts en elle.

Ma main libre empoigne ses fesses, et elle se dandine pour obtenir plus. Elle cherche à se frotter pour apaiser le feu qui brûle dans ses veines. Mes mouvements s'accélèrent et je prends d'assaut son sexe, tandis que je la prépare à la suite.

Je dois me concentrer de toutes mes forces, pour ne pas laisser libre cours à mon besoin de la posséder comme un sauvage. Je veux jouir en elle. Marquer notre union de cette exploration inédite, pour qu'elle n'oublie jamais cet instant, où elle s'est offerte à moi, entièrement, pour la première fois.

— Logan, gémit-elle, quand j'accélère le rythme.

— Dis-le encore. J'aime entendre mon nom dans ta bouche.

Elle s'exécute, mais ça ressemble bien plus à une exigence qu'à une supplique. Je souris parce que quoi qu'il arrive Meghan reste ma tigresse.

— J'ai besoin… Ah ! Mon Dieu, Logan ! Oui ! Logan !

— C'est ça mon cœur, lâche prise.

Je me penche près de son oreille et lui murmure, la faisant frissonner.

— Je vais te prendre Meg, je vais te faire l'amour et te montrer à quel point c'est parfait entre nous.

J'accélère le mouvement de mes doigts, ma langue qui retourne autour de ses tétons rougis par mes douces tortures.

Elle monte, monte et monte encore, elle secoue la tête de droite à gauche, mais juste avant qu'elle ne perde pied, je m'arrête.

Elle râle de frustration et j'étouffe ses plaintes en l'embrassant ardemment. Puis, alors qu'elle se contorsionne pour obtenir le petit rien qui lui manque, j'écarte ses jambes pour m'y glisser. La seconde suivante d'un coup sec, je la pénètre.

Elle hurle. Son sexe bouillonne autour de moi et à cet instant, je jure que je pourrais mourir de plaisir. C'est comme si je m'enfonçais dans un fourreau de velours, avec en prime, la chaleur et la moiteur de la perfection. Si je ne m'étais pas juré d'effacer tous ces anciens partenaires en possédant chaque parcelle de son corps, je me laisserais submerger par nos coups de reins, de plus en plus désordonnés. Elle halète tandis que sa poitrine s'agite sous mes coups de boutoir.

Une fois encore je me retire, juste avant qu'elle ne bascule. Je la laisse pantelante et en manque. Elle vibre de toutes parts, elle a besoin de jouir et je vais lui donner exactement ce qu'elle attend.

Pendant tout ce temps, je n'ai cessé une seule seconde de préparer ses fesses à mon intrusion, aussi quand j'appuie ma queue contre son anus, je n'ai pas vraiment à forcer pour la pénétrer.

Elle gémit plus fort.

— Logan, ho mon dieu. Je ne vais pas pouvoir, je …clapit-elle à bout de souffle.

— Ho si ma douce, non seulement tu vas pouvoir mais tu vas adorer. Laisses moi t'aimer de toutes les façons possibles. Je veux que tu n'oublies jamais que tu m'appartiens. Peu importe ce qui a pu se passer avant.

Je lui mords le cou et accompagne mon geste d'une pénétration jusqu'à la garde. Elle se resserre autour de moi et je dois faire appel à tout mon contrôle pour ne pas me laisser aller.

Elle est si étroite, si chaude. Ses cloisons m'enserrent et elle me supplie de bouger.

Je réponds à sa demande en continuant à cajoler son clitoris. Elle se cambre, au bord de l'explosion.

Elle a juste besoin d'un peu plus de force pour lâcher prise, alors en me penchant en avant, je donne quelques coups de bassin plus secs, avant de lui susurrer à l'oreille.

— Je t'aime !

La réponse de son corps est immédiate. Elle explose autour de moi, m'entraînant avec elle, dans une chute vertigineuse, dont on ne peut revenir indemne.

Heureux et repu, je bascule sur le côté en l'entraînant avec moi. Mon sexe quitte son écrin et nous grimaçons tous les deux, avant d'éclater de rire.

C'est la tendresse et la complicité d'après l'amour qui prend le dessus. Elle vient loger sa tête au creux de mon épaule et le tableau me semble parfait.

Nous restons ainsi, sans parler, ma main caressant tendrement ses cheveux, tandis que nos respirations s'apaisent. Je finis par rompre le silence en posant la question que je retiens depuis trop longtemps.

— As-tu vraiment envie de divorcer ?

Je sais que j'aurais pu choisir un moment plus adéquat pour parler de ce sujet délicat, mais j'ai envie de savoir où elle se situe par rapport à notre histoire.

Elle relève la tête pour croiser mon regard, avant de poser ses mains sous son menton, pour me regarder droit dans les yeux et me répondre sans l'ombre d'un doute.

— Oui, je veux divorcer !

Elle m'aurait enfoncé un pieu dans le cœur que cela n'aurait pas été plus efficace.

— Même après tout ce qu'on a vécu ? lui demandé-je incrédule et blessé.

Elle me sourit avec tendresse et libère une de ses mains pour suivre le contour de ma bouche. Je l'arrête, trop piqué pour me laisser avoir par son besoin de détourner la conversation. Je la repousse et tente de me lever, mais elle me retient par le bras.

Son refus d'être ma femme m'atteint bien plus que je m'y attendais. J'étais sincère, en l'acceptant quelques semaines plus tôt, mais depuis j'espérais bêtement que les événements l'avaient conduite à revoir sa position. Apparemment, je me suis trompé.

Me tenant toujours par le bras, elle m'appelle doucement.

— Logan !

J'ai du mal à la regarder. Je sais ce qu'elle va voir dans mes yeux, la douleur de son rejet. C'est ridicule. Nous avons admis que nous voulions construire quelque chose et j'ai acquis la certitude qu'elle ne va plus s'enfuir. Alors le mariage… pourtant ça représente quelque chose à mes yeux et j'aimais l'idée qu'elle soit « ma femme » aux yeux de tous.

— Logan ! répète-t-elle un peu plus fort.

Je finis par obtempérer et me tourner vers elle.

Là où je m'attends à trouver une sombre détermination ou de la gêne, je ne trouve qu'une douce chaleur.

— Nous allons divorcer, répète-t-elle, accentuant la douleur dans ma poitrine. Mais pas pour les raisons que tu t'imagines. Si je choisis de lier mon destin au tien, je ne veux pas d'un truc à la va-vite, couchée dans un lit d'hôpital, juste pour sauver mes fesses de la catastrophe.

Je m'apprête à la contredire, ça ne s'est pas passé de cette façon pour moi, mais elle se rapproche et pose son index sur mes lèvres pour me faire taire.

— Nous méritons mieux. Tu mérites mieux que ça. Toi, comme moi, avons affronté pas mal de tempêtes et nous en traverserons probablement encore d'autres. Je ne suis pas prête à te laisser te reposer sur tes lauriers. Tu devras me conquérir chaque jour, lutter contre ma tendance à tout garder pour moi, m'apprivoiser sans cesse. En retour, je n'aimerai que toi, pour toujours, et te donnerai le meilleur de moi-même.

Elle attrape ma main et glisse ses doigts entre les miens. Elle regarde nos paumes entrelacées et sourit.

— Je veux devenir ta femme, mais il n'y a aucune urgence. Je veux que nous prenions le temps de nous aimer, un papier ne changera rien aux sentiments qui nous lient. Le jour où nous serons prêts, nous ne ferons pas ça comme des voleurs. Nous partagerons ce moment avec nos familles et nos amis.

Elle relève les yeux vers moi et j'ai un nœud dans la gorge.

— C'est une belle décision, lui dis-je, en me penchant pour l'embrasser. Mais ne tarde pas trop, j'aime t'appeler madame Harper.

Ses lèvres s'étirent de nouveau tout contre ma bouche, elle se pend à mon cou pour approfondir notre baiser.

Bien plus tard, alors que nous avons rejoué la scène du baiser et plus si affinité, elle me rejoint dans la cuisine, pendant que je prépare le café.

J'introduis les grains de café dans le moulin, mon portable resté sur la console dans l'entrée se met à chanter. Et merde ! Je me précipite en essayant de me sécher les mains, mais je ne réussis qu'à renverser le pot de café. Étouffant un gloussement moqueur, ma chère future épouse se précipite pour décrocher, mais le temps qu'elle arrive, la sonnerie a cessé. Elle s'apprête à revenir vers moi avec une moue dépitée, quand quelque chose attire son attention. Je la regarde d'un œil, tandis que je ramasse toujours le fruit de mes maladresses.

Je suspends mon geste quand je la vois porter la main à sa bouche en tremblant. Elle saisit la lettre sur le dessus de la pile et je sens d'ici sa fébrilité.

— Meg, tout va bien ?

Elle ne me répond pas, comme absorbée par l'enveloppe qu'elle peine à ouvrir. Je pose le paquet à côté de la cafetière et la rejoins inquiet.

Elle tire de l'emballage une carte postale.

Le paysage ne me parle pas vraiment, mais lui tire un « oh » étouffé par un sanglot. D'un geste fébrile, elle tourne la carte, pour y lire une inscription.

« Le cœur ne connaît ni temps ni distance » G.G. Byron.

— Oh mon Dieu ! gémit-elle, sans que je ne comprenne pourquoi elle se met dans un tel état.

Je l'oblige à me regarder dans les yeux pour comprendre.

Elle pleure, une expression de choc intense marquant ses prunelles.

— Qu'est-ce se passe, Meg, parle-moi bon sang !

— Jadde…

Je plisse les yeux, incrédule.

— Quoi Jadde ? Je ne comprends rien.

— Je crois qu'elle est… en vie.

# *Epilogue*

## Elisabeth

*Deux ans plus tard*

— Ma chérie, crie ma nouvelle maman depuis le salon.

Je ramasse mes chaussures sur le sol de ma chambre, avant de courir la rejoindre. Je ne peux pas m'empêcher de rajouter nouvelle devant maman. L'ancienne a rejoint les anges, il y a un an et demi, et depuis huit mois j'ai la chance d'avoir une nouvelle maison. Ma nouvelle maman Camille, Cam, comme l'appelle toujours mon papa, est la plus jolie dame que je n'ai jamais vue.

Elle est brune, la peau dorée et elle a des immenses yeux verts, qui brillent de mille lumières, quand elle nous regarde, papa et moi. Elle est tellement belle que des fois, je la regarde longtemps, quand elle corrige les copies de ses élèves de français, du collège où elle travaille.

Elle a toujours le sourire aux lèvres et elle est si gentille que ça me serre le cœur. Ma maman aussi était gentille, mais elle n'était pas aussi jolie, à la fin surtout, avant que les anges ne lui demandent de les rejoindre. Elle avait la peau grise et plus de cheveux, mais je l'aimais quand même. J'aime aussi ma nouvelle maman, même si c'est de façon différente.

Quand j'arrive dans l'entrée, Cam a enfilé sa plus jolie robe et papa la regarde avec envie. Je vois bien qu'il est amoureux d'elle. Parfois, il s'assoit à côté de moi et on la regarde pendant des heures, juste parce qu'elle est comme un soleil, elle irradie.

J'espère qu'un jour je lui ressemblerai, mais je n'en suis pas sûre, parce que je ne sais pas si j'arriverai à être aussi heureuse qu'elle. Ce n'est pas facile, car il y a des jours où j'ai du mal à chasser ma tristesse. Alors, quand c'est trop difficile, Cam me raconte des histoires qu'elle invente juste pour moi. Elle me parle de dragons fantastiques, avec de jolies princesses aux cheveux blond vénitien, comme les miens. Elle me parle de la maman de la princesse, pour qu'on ne l'oublie pas.

J'ai peur de l'oublier, de ne plus entendre son rire quand je ferme les yeux, de ne plus sentir son odeur quand j'attrape mon doudou. Cam, elle sait que c'est important, sa maman aussi est montée au ciel, comme celle de papa. Alors, tous les trois, on cherche dans les magasins les odeurs qui se rapprochent le plus de nos mamans et on respire fort, jusqu'à ce que la douleur, dans nos poitrines, arrête de brûler.

Mais aujourd'hui, c'est un jour de fête, alors je fais comme Cam m'a dit, j'enferme les pensées tristes dans un placard. Ensuite, je me concentre sur toutes les choses bien qui m'arrivent. Aujourd'hui, c'est une rencontre. Cam m'a expliqué que nous allons rencontrer des personnes très spéciales, qui viennent tout spécialement de l'autre côté de l'océan, pour venir nous voir, à Inverness.

Ma nouvelle maman m'a montré sur la mappe monde et ça a l'air drôlement loin. J'ai un peu de mal à m'en rendre compte, parce que j'ai toujours vécu en Écosse, mais mes parents, eux, ont beaucoup voyagé, même s'ils n'aiment pas trop en parler. Ils m'ont expliqué que je ne devais pas en parler non plus parce que c'était dangereux, mais comme ils m'aiment plus que tout, ils refusaient de me cacher leur histoire. Camille m'a dit qu'elle répondrait toujours à mes questions, et je la crois parce qu'elle ne ment jamais. Elle me dit toujours la vérité même quand c'est difficile à entendre.

Enfin bref, tout ça a changé la semaine dernière. Tonton Malcom est passé à la maison. Maman s'est mise à pleurer quand tonton lui a dit que le méchant monsieur qui nous voulait du mal était parti rôtir en enfer. Malcolm m'a expliqué que c'est ce qui arrivait aux méchants qui faisaient plein de mal autour d'eux. Bradley, le seul papa que j'ai jamais eu, m'a expliqué un jour, que ce méchant avait obligé mes nouveaux parents à tout quitter, pour repartir à zéro. Il m'a rassurée ensuite en me disant que c'était la plus belle chose qui ne leur était jamais arrivée puisque ça les avait conduits jusqu'à moi.

Je suis contente, quand il me dit des choses comme cela, parce que je me sens importante pour lui, et j'aime beaucoup qu'il me voie comme sa princesse. J'ai beaucoup de chance, car même si maman Maggie me manque, j'ai quand même trouvé une nouvelle famille. Il y a mes parents, tonton Malcolm et sa chérie Lucinda, qui me fait trop rigoler. Elle se chamaille sans cesse avec papa. D'après maman, ils agissent comme chien et chat, je ne sais pas trop ce que cela veut dire, mais pour Cam cela explique tout.

En plus, dans ma nouvelle famille, j'ai aussi une super tatie Mila, et son nouveau chéri Gérald. Ils sont venus avec mon papy. Je ne les ai vus que trois fois, quand ils sont venus nous présenter la petite poupée brune Mélina, qui a tout juste deux ans.

Elle est jolie comme un cœur et elle m'a regardée comme si j'étais son héroïne, elle ne m'a pas lâché d'une semelle et je me suis bien amusée, même si elle fait beaucoup de caprices.

J'aurais aimé écouter papa et Mila discuter, parce qu'il avait l'air inquiet, mais tatie l'a rassuré, en lui disant qu'ils avaient pris mille précautions. Je n'ai pas compris pourquoi, mais j'étais encore trop inquiète pour mon papa, qui avait pleuré en les voyant devant notre porte pour m'en préoccuper. Lorsque j'y pense, ça m'a fait bizarre de le voir pleurer, je croyais que les garçons, ils ne sanglotaient jamais. Alors, quand il s'est mis à pleurer, j'ai fait comme lui, pour qu'il se sente moins seul. Il m'a serrée dans ses bras très forts, avant de me présenter ma tatie et mon autre tonton.

Si j'ai bien compris, aujourd'hui, c'est la famille de maman qu'on va rencontrer et elle est toute nerveuse. On a l'impression qu'elle est montée sur ressorts. Elle a changé de robe quatre fois et cinq fois de chaussures. Je n'ai pas l'habitude de la sentir si agitée, elle me donnerait presque le tournis.

— Tu es très jolie, lui dis-je, pour la rassurer et en plus c'est vrai.

Elle me sourit avec tendresse, avant de me caresser les cheveux.

— Merci, Betsy, c'est une journée tellement importante pour moi !

Papa se met derrière elle et l'attrape par la taille en la serrant contre lui.

— Tout va bien se passer ma Cam, lui murmure-t-il doucement, tu es parfaite !

— Ça fait si longtemps, répond-elle, la main sur la bouche, comme pour retenir ses larmes.

Je lui serre la jambe, pour la réconforter. Elle s'appuie sur Brad et me soulève par la taille, pour faire un « Câlin à trois », comme elle les appelle.

Quand ses yeux brillent un peu moins, papa nous avertit doucement.

— Il faut y aller, on ne va quand même pas arriver en retard, après trois ans de séparation.

Il lui sourit et ce qui restait de tristesse disparaît, pour être remplacé par cette impatience qu'elle n'arrive pas à cacher.

Nous rejoignons la voiture, où Malcolm et Lucinda nous attendent déjà, tandis que papa ferme la maison à clef.

Je monte dans mon siège auto et attache ma ceinture, comme une grande. Ma nouvelle maman fait très attention à ma sécurité, alors pour lui faire plaisir, j'ai vite appris à m'attacher toute seule.

On roule vers le travail de papa, pendant que la musique d'un groupe, que je ne connais pas, chante à tue-tête. La musique est un peu forte, mais personne, excepté moi, ne semble vraiment y prêter attention. Le silence est bizarre dans la voiture, même maman, qui d'habitude me raconte des histoires, ne dit pas un mot, alors je lui prends la main, pour lui donner du courage, comme elle le fait si souvent pour moi. Elle serre mes doigts entre les siens et la tension quitte un peu son visage.

Lorsque nous arrivons devant le petit restaurant de papa, il sort de la voiture le premier, avant de nous ouvrir la portière. On s'avance tous ensemble, vers les portes qui sonnent quand on entre. Il y a quelques clients, qui font la queue à la caisse, mais personne ne nous prête attention. Papa n'aime pas trop se montrer, alors, en général, il reste derrière ses fourneaux et laisse Gerry, son employé, s'occuper des clients.

On s'installe dans l'arrière-salle et Brad part en cuisine nous préparer un petit déjeuner. Maman me tend un cahier de coloriage, qu'elle emporte partout avec elle. Je n'ose pas lui dire que c'est pour les bébés, parce que ça m'arrange bien qu'elle l'ait avec elle, au moins je ne m'ennuie pas.

Quand papa revient, je délaisse mes crayons de couleur, au profit des crêpes au sirop d'érable. Ce sont les meilleures du monde entier. J'avale ma troisième, quand la clochette retentit une nouvelle fois. Comme toujours, Cam sursaute et se penche pour voir qui vient d'arriver. Cette fois, quand elle se relève, les larmes dévalent sur ses joues, tandis qu'un sourire éblouissant me rassure.

Je me tourne vers l'entrée, pour découvrir cinq personnes : deux jolies dames, dont l'une avec un ventre comme une montgolfière, qui tient la main d'une petite fille. Derrière elles, deux immenses messieurs qui me font tout de suite un peu peur. Mais cela ne dure pas longtemps, parce que le plus impressionnant d'entre eux se met à pleurer comme une fille, avant de prendre maman dans ses bras et de la faire voltiger, comme dans un manège. Elle crie, rit et serre le monsieur très fort contre elle. Une des dames finit par le taper sur l'épaule, pour qu'il lâche maman. Il la repose à contrecœur, et elle tombe aussitôt dans les bras des deux dames, en pleurant. Plus discrètement, l'autre garçon prend papa dans ses bras et le tape dans le dos.

Je reste en retrait, parce que je n'ai pas trop l'habitude de voir mes parents si démonstratifs, ils sont plutôt du genre discret.

Les dames se mettent à parler dans tous les sens, dans une langue que je comprends, mais que je ne parle pas encore très bien. Elles discutent vite et c'est difficile à suivre. Quand maman me fait signe d'approcher, je me précipite vers elle et me cache derrière sa jambe. L'une des dames, avec des cheveux de la couleur du chocolat et les yeux verts, comme maman, se baisse pour se mettre à ma hauteur.

— Tu dois être Elisabeth, me demande la dame, en me souriant, moi c'est Sofia, et la petite fille qui se cache derrière son papa, c'est Jessy Jadde ou JJ, ma fille.

Je hoche la tête pour lui dire que j'ai compris, mais je n'ose pas m'approcher ni lui répondre. Elle a l'air gentille, mais j'ai toujours un peu peur des étrangers.

Alors que j'ai du mal à lâcher ma maman, la seconde dame attrape une chaise et s'assoit à proximité. Elle a un ventre tellement énorme qu'on dirait qu'il est prêt à exploser. Elle me regarde avec curiosité et je me concentre sur ses cheveux pour ne pas avoir à croiser ses yeux étranges. J'ai d'abord cru qu'ils étaient marron, mais maintenant qu'elle est plus proche, je vois qu'ils sont en fait marron, avec plein de nuances verte et jaune. C'est la première fois que j'en vois des comme les siens.

Elle porte un joli débardeur jaune, avec l'inscription : « Un c'est bien, deux c'est mieux », accompagnée de quatre petites empreintes de pieds.

Mais ce qui attire mon regard, c'est une ligne gravée sur sa peau. De là où je suis, je n'arrive pas à lire ce qu'il y a écrit. Maman, qui ne m'a pas quittée des yeux, me caresse de nouveau la tête, tout en parlant avec Sofia qui s'est redressée.

La dame aux cheveux rouges penche la tête sur le côté, comme pour savoir à quoi je pense, alors je lui demande :

— Qu'est-ce que tu as d'écrit sur la peau ?

Elle jette un coup d'œil à Cam qui s'est arrêtée, pour nous écouter, et me répond :

— C'est une citation de l'une de mes meilleures amies. « Le cœur ne connaît ni temps ni distance ».

— Pourquoi as-tu marqué cette phrase ici ?

Elle hausse un sourcil, semblant dire qu'elle me trouve bien curieuse, mais répond quand même.

— Pour deux raisons, la première pour ne jamais oublier à quel point cette amie m'a manqué, et la seconde pour montrer que l'amitié est plus forte, que n'importe quelle souffrance.

Je secoue la tête satisfaite de la réponse, et reporte mon attention sur ma mère, qui pleure à chaudes larmes. Je m'empare de sa main et lui serre les doigts. Elle me sourit, puis je continue à parler à la dame aux jolis cheveux.

— Tu attends un bébé ?

— Ne m'en parle pas, j'ai l'impression d'avoir avalé un ballon de baudruche !

Je fronce les sourcils et elle semble comprendre que je ne sais pas ce que c'est. Elle me fait signe d'approcher, tapç quelque chose sur son téléphone et me montre une photographie avec un énorme ballon.

— Tu as raison, affirmé-je, il a presque la même taille !

Tout le monde éclate de rire, même si je ne comprends pas trop pourquoi. Après quoi, la dame me tend la main en se présentant.

— Je m'appelle Meghan Harper-Blanc, je sais, c'est bizarre, mais ne le dis pas trop fort, sinon le grand type derrière va se moquer de moi. C'est donc notre petit secret, on est d'accord ?

J'approuve vigoureusement et lui serre la main.

— Moi, c'est Elisabeth Miles, mais tout le monde m'appelle Betsy. Avant, mon nom c'était Elisabeth Carmichael, mais mon nouveau papa et ma nouvelle maman m'ont donné leur nom. C'est plus facile à écrire.

— Enchantée, Betsy, je suis très heureuse de faire ta connaissance ! Tu veux bien venir t'asseoir à côté de moi, je suis tellement énorme que, si je bouge, je vais basculer !

Contente de pouvoir aider ma nouvelle amie, je m'installe à côté d'elle, et nous passons un long moment à discuter de son école de danse et de mes copines. Je suis sacrément impressionnée qu'elle arrive encore à danser avec un ventre pareil.

Un peu plus tard, alors que je ne prête plus vraiment attention aux activités des adultes, la petite fille de Sofia s'approche de mon cahier de coloriage. Elle parle drôlement bien pour une si petite fille.

— Quel âge as-tu ? me demande-t-elle, en mettant son pouce dans sa bouche.

— Sept ans et trois mois, réponds-je fièrement.

— Waouh, tu es drôlement grande, s'extasie-t-elle, moi j'ai deux ans, affirme-t-elle en me montrant quatre doigts.

— Tu verras, on y arrive vite, essayé-je de l'encourager.

Elle secoue la tête, avant de faire tourner une mèche de ses cheveux, autour de son doigt.

— Dis, tu veux que je colorie avec toi ?

— Bien sûr, tiens je te prête mes crayons si tu veux.

Elle attrape le crayon à paillettes en l'empoignant à pleine main. Elle fait de grands cercles qui ressemblent à des gribouillages.

— Tu as vu, j'ai dessiné une maison.

Elle me montre un truc informe, pour ne pas lui faire de peine, je lui souris. Je ne vais pas lui mentir quand même. Au bout de cinq minutes après avoir changé six fois de crayons, elle me regarde avec une expression sérieuse qui donne l'impression qu'elle a au moins quatre ans.

— Tu veux bien être ma copine ? me demande-t-elle apparemment pas certaine de ma réponse.

— Bien sûr, et puis comme ça on pourra jouer à la poupée avec les bébés de Meghan.

Ma réflexion provoque à nouveau les rires des adultes qui nous écoutent. Mais à vrai dire, j'y prête à peine attention. Je suis bien trop concentrée sur l'expression de satisfaction de ma nouvelle amie, qui, du haut de ses deux ans, me donne l'impression étrange qu'ensemble tout est possible, et que notre histoire ne fait que commencer.

## Bonus

### Rapport extraction
### M-MLC-JS&BM.
### Rédigé par Malcolm Jones.

*25 Septembre 2015.*

### *Résumé :*

\* Remplacement des corps effectué sans encombre.

\* Permutation du dossier dentaire et échantillon d'ADN dans le dossier personnel fait sans aide extérieure.

\* Dégradation de biens minime, et pertes négligeables.

\* Couverture médiatique appropriée.

### *Résultats :*

À la suite d'une mise en relation du témoin **1**, B. M., avec les services de PRDT[15]-- de la HHS sans que j'en sois prévenu au préalable. Le témoin 1 a été averti que sa tête et celle du témoin 2 J.S. étaient mises à prix, et a accepté de coopérer.

Mes collègues J. Masson et V. Cromwell se sont fait passer pour des mercenaires, et ont obtenu la confiance relative de la cible et ont pu mettre en œuvre le plan.

---

[15] Protection Rapprochée Des Témoins

La cible a imposé ses conditions pour la « mise à mort » des témoins 1 et 2.

L'heure et la date de l'attentat connue de nos services, nous avons pu organiser l'extraction, en toute sécurité.

La voiture a été placée sur une bouche d'égout, par laquelle a eu lieu l'évacuation. Par précaution, pour masquer la vue à d'éventuels acteurs extérieurs, plusieurs zones de travaux ont été installées, à des points stratégiques.

À l'heure dite, les deux corps de corpulences identiques à celles de nos témoins ont été placés à l'arrière du véhicule.

L'explosion s'est produite ne faisant que des dégâts matériels minimes, sans perte humaine.

La cible a reçu les rapports falsifiés des deux décès, après modifications des dossiers dentaires et des relevés ADN.

Les témoins sont, dès à présent, placés sous protection rapprochée jusqu'à la mise hors-jeu totale de la cible.

Nouvelle identité, Nouveau pays, Nouveau métier.

Malgré la réussite du plan dans son ensemble, la cible reste difficile à convaincre. Elle a maintenu la prime sur la tête de nos témoins, jusqu'à nouvel ordre pour pallier une éventuelle duperie.


### *Conclusion :*

Extraction réussie, sans victime humaine, avec nouvelle identité et mise sous protection, dans une zone sécurisée.

Au vu des ramifications du réseau de la cible, les témoins ne pourront espérer reprendre une vie normale, que lorsque l'ensemble du réseau sera mis hors d'état de nuire.

La mort de la cible n'étant pour l'instant pas suffisante puisqu'il a maintenu une prime conséquente pour leurs têtes.

Aucun autre rapport ne sera fourni après celui-ci, tant qu'il n'y aura aucune évolution de la situation.

Rapport adressé au service de sécurité du HHS.
Copie unique au PDG du HHS. LOGAN HARPER.

Je tenais, à la place des habituels remerciements, à exprimer ma gratitude envers mes lectrices les plus fidèles, mes LA, comme je les appelle.

Chacune de vous, au quotidien, me donne la force et l'envie de me dépasser.

Pour cette raison, et pour beaucoup d'autres, je voulais vous dédier ce tome.

*Parce qu'aucun rêve n'est inaccessible, si on y croit suffisamment fort… ne lâchez rien !!!*

PS :

Bien entendu, je serais bien ingrate si je n'en profitais pas pour remercier mon mari et mes enfants, pour leur soutien sans faille, ma famille pour comprendre mes absences et mes amies pour leur aide quotidienne :

Caro, Sam, Louise et Céline bien entendu

Merci ! Merci ! Merci !

*Avec le point final de ce tome, une page se tourne.*

*Love in Dream était une histoire intense qui m'a accompagnée pendant plus de cinq ans. Je dois avouer que j'ai un pincement au cœur, en réalisant que c'est la dernière fois que je partage leur aventure avec vous. Je n'ai pas répondu à certaines des questions que vous vous posez peut-être encore. C'est normal. Dans la vie, nous n'avons pas toujours toutes les réponses.*

*La seule chose que je puisse vous assurer c'est que Tim et Mick vont très bien, ils adorent toujours autant les cuisines et ne sont pas près de sortir de la vie de nos héros.*

*Alek est toujours célibataire, mais il a une jeune étudiante en droit au caractère bien trempé qui lui tourne autour depuis quelques temps. Peut-être se laissera-t-il tenter ?*

*BB a perdu son poste d'éditrice et elle s'est reconvertie dans le marketing publicitaire. Elle dirige sa propre boîte et n'arrive pas à garder un assistant plus de deux jours.*

*Amanda a été hospitalisée dans un centre de santé mentale en Suisse pour dépression. Elle a passé des mois très difficiles après la mort d'Adam et de Braden. Aujourd'hui, elle va mieux et espère sortir bientôt.*

*Enfin il reste Bob, notre reggae-man s'est lancé dans un road trip sur les traces de son idole, avec sa femme et leurs deux filles.*

# *L'autrice vous propose :*

## Les tomes de **Love in Dream**
## déjà disponibles :

### *Love in Dream*
*Tome 1 Connexion*

### *Love in Dream*
*Tome 2 Désillusion*

### *Love in Dream*
*Tome 3 Détonation*

# *Une série historique au goût de famille :*

## **L'ardillon de la liberté**

Le résumé comme l'histoire sont à déguster en musique avec Monsieur J-J Goldman et son titre mythique « Comme toi »

*« Elle s'appelait Sophie,*
*Elle n'avait pas 6 ans,*
*Sa vie c'était labeur,*
*Son frère et ses grands-parents.*
*Mais la guerre en avait décidé autrement.*

*Elle avait les yeux clairs*
*Et la robe en coton,*
*La douceur du bonheur,*
*Et les joies du Dragon ;*
*Mais des wagons glaçant l'en menaçait autrement*
*Comme toi ...*

## **D'une étreinte à une autre**

Le résumé comme l'histoire sont à déguster en musique avec monsieur Francis Cabrel et son titre mythique « je l'aime à mourir »

*« Ma vie n'était rien*
*Et voilà qu'avec toi*
*Le soleil réveille même mon cœur de bois*
*Je mourrais pour toi*

*Ils pourront briser*
*Tout ce qui leur plaira*
*Tant que tu existeras*
*Tout le reste ne comp'tera pas*
*Ne comptera pas*
*Je mourrais pour toi*

# Du suspense à l'émotion avec sa série

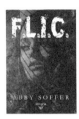

## FLIC
### Tome 1
### *Implosion*

Forte,
Loyale,
Intuitive et
Charismatique

Voilà 4 mots qui résument à merveille l'impétueuse Ashley Johnson. Ajoutons au tableau un instinct inné pour flirter avec le danger et un sens de la répartie acéré, et nous obtenons un cocktail explosif.

Pourtant derrière cette solide façade, *Ash* cache une blessure profonde. Comment construire un présent, quand le passé n'est que néant, vide de tout souvenir ?

Au cœur de ses enquêtes criminelles et voyage prête à tout même à se perdre, qui pourra l'empêcher de voler en éclats ?

*Laissez-vous surprendre par Ashley, une femme d'exception qui nous fera passer du rire au larmes, de l'amour à la haine, à travers sa quête de justice et de vérité.*

### Tome 2
### *Résurgence*

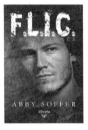

### Tome 3
### *Voleurs d'âmes*

Pour suivre ses actualités, rendez-vous sur :

facebook.com/abbysoffer1

instagram.com/abbysoffer/

Abby Soffer

Et son site Internet : abby-soffer.fr

Scannez moi

474

Printed in France by Amazon
Brétigny-sur-Orge, FR

19332301R00274